예언자와 보낸 마지막 하루

예언자와 보낸
마지막 하루

손홍규 장편소설

문학사상

차례

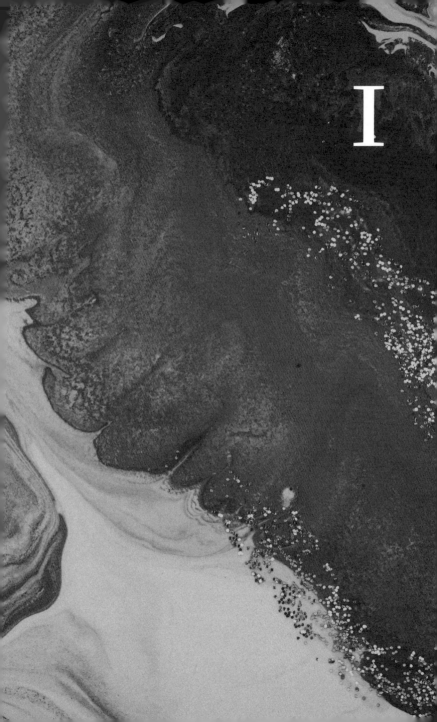

I

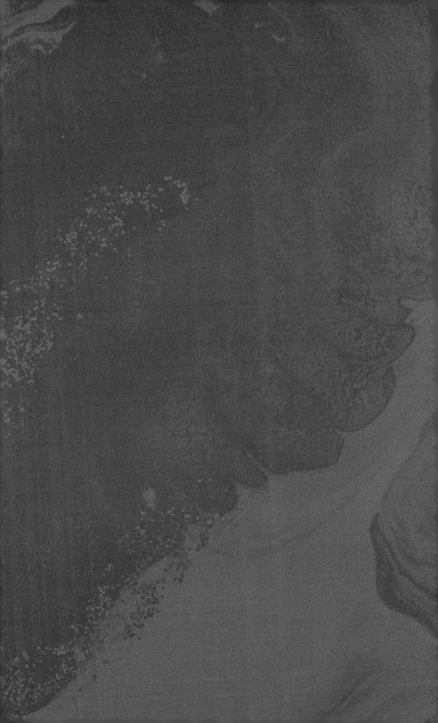

1

1895년 4월 24일

어느 감옥에서나 좌장은 사형수들이었다. 운종가를 사이에 두고 의금부 맞은편에 있던 전옥서에서도 마찬가지였다. 감옥서로 이름이 바뀌었다지만 어차피 서울 사람들은 입에 붙은 대로 여전히 서린옥이라 부르던 전옥서에도 사형수 몇 명쯤은 있게 마련이었다. 이들은 교수형이나 참형을 선고받았음에도 추분이 지나야만 사형을 집행할 수 있다는 자비로운 형률 덕분에 길게는 일 년 가까이 목숨을 부지할 수 있었다. 그러나 게으른 농사꾼이 똥통이 넘쳐야만 똥지게를 지고 나서듯이 지금은 형조에서 법무아문으로 이름이 바뀌었다 해도 그놈이 그놈인 관리들은 으레 추분이 한참이나 지난 동짓달에 이르러 감옥이 미어터

질 만큼 죄수들로 그득해야 저놈들이 아직도 살아 있단 말인가 하며 부랴부랴 한꺼번에 몰아서 집행했으니 이번에도 마찬가지일 거였다. 그런 사실을 죄수들만큼 잘 아는 이들도 없었다. 그렇다고 해서 이 가련한 자들이 행복했을 거라고 기대하지는 말자. 그들이 누리는 즐거움이란 고작 자신보다 늦게 사형선고를 받아 살아갈 날이 조금 더 짧아진 불운한 자를 조롱하는 게 전부였으니까. 사형이 집행되기 직전인 엄동설한에 선고를 받아 다채로운 감옥 생활을 겪지 못한 채 형장으로 끌려가는 자에게 느끼는 우월감이 얼마나 허망한지를 누구보다 잘 아는 이들도 역시 그들이었으니까. 그들이 오래 살아남을수록 흐뭇해하는 건 전옥서를 지키는 나장들이었다. 옥바라지를 하는 사형수의 가족에게 더 많은 돈을 뜯어낼 수 있어서였다. 나장들은 사형수에게 친절했고 이런 친절은 유교적 이념이 한낱 나장들까지 미쳐 한사코 백성을 교화하려는 어진 왕의 뜻이 실현되는 증거로 여겨졌으니 자비로운 형률이라는 표현이 터무니없지만은 않을 것이다.

수전노의 머릿속에 돈이 가득하고 난봉꾼의 머릿속에 난봉질이 가득하듯이 사형수의 머릿속은 사실 사형에 대한 생각으로 가득할 수밖에 없다. 그러니 그들이 밧줄에 목이 조일 때의 짜릿한 기분이라든가 머리가 잘려 나가는 순간의 신체적 반응

혹은 죽은 자의 시신이 얼마나 빨리 뻣뻣해지는가 따위를 지치지도 않고 끊임없이 이야기한대도 겁쟁이나 수다쟁이라고 속단할 수는 없다. 그건 마치 왕의 머릿속이 왕으로 가득하고 왕비의 머릿속이 왕비로 가득한 것과 다를 바 없으니 왕이나 왕비나 사형수나 자신의 운명만을 생각한다는 점에서 평등하다는 뜻이기도 할 테니까. 그런 이유만으로 왕과 왕비를 겁쟁이나 수다쟁이라 할 수 없는 것처럼 이들에게도 그렇다.

사형수는 예나 지금이나 그리고 언제까지나 다른 죄수를 경멸할 수밖에 없다. 이미 죽은 자를 무덤에서 파내어 썩지 않고 남은 뼈다귀의 여기저기를 잘라 버리는 부관참시를 제외한다면 사형이야말로 더 오를 데가 없는 극형이기 때문이었다. 그들은 다른 이들이 가보지 못한 정상에 선 자들이었다. 중죄인이라면 유배형이나 도형을 받겠지만 장형이나 태형으로 끝날 보통의 잡범들은 사형수에게 공손했고 사형수는 그들에게 인자했다. 도무지 말이 통하지 않는 잡범에게는 너 하나쯤 모가지를 비틀어 기왕의 살인에 또 다른 살인 하나를 보탠다 해도 사형수라는 사실에는 변함이 없음을 넌지시 일러 주면 그만이었다. 감옥에는 감옥에서만 들을 수 있는 이야기들이 있는 법이었다. 언제인지는 몰라도 남옥과 여옥이 분리되지 않았던 시절에 여죄수가 능욕을 당해 임신을 했는데 그 여죄수가 교수형을 당해 죽어 가는 동안 아기가 태어났다는 이야기라든가 버르장머리 없는 잡범들이 자고 있는 틈을 타 오로지 자신의 이마로 내리쳐 셋씩이나 머리통을 부숴 죽여 버린 전설적인 사형수 이야기 같은 것 말이다. 전옥서 관리의 입장에서도 이런 이야기들은 교훈적이어서 만약 헛소리로 치부하며 웃어넘기려는 자가 있다면 슬그머니 나장을 시켜 뺨이나 몇 대 후려치게 하면 그만이었다. 나장에게 뺨을 얻어맞은 잡범은, 제아무리 험하기 이를 데 없는 이현이나 칠패에서 주먹질로 먹고살던 무뢰배라 해도 감옥에서는 감옥의 법을 따라야 한다는 걸 순순히 수긍하기 마련이었다. 여전히 고분고분하지 않은 잡범이 있다면 자는 동안 손가락 두어 개를 분질러 주는 수밖에 없었지만 그보다 효과적인 건 잠에서 깨어났을 때 눈앞에 사형수의 얼굴이 보이게 하는 거였다. 이 무지막지한 사형수가 언제든 자신의 숨통을 끊어 놓을 수 있다는 사실을 실감할 수밖에 없었으니까. 이제 고분고분해진 잡범의 귀에 대고 이렇게 속삭이면 끝이었다. 우리 어머니가 목이 졸려 죽어 가면서 나를 낳으셨지.

지난겨울 들머리에 사형이 집행된 뒤 새로이 사형을 선고받아 수감 중인 자들이 전옥의 좌장이었다. 이웃집 사내를 밀어뜨려 죽게 한 육십 노인은 형이 집행되기도 전에 숨이 끊어질 것처럼 보였다. 병색이 완연한 데다 옥바라지를 해주는 가족도 없어 봄이 되면 시체가 되어 실려 나갈 게 뻔했기에 아무도 신경 쓰지 않았다. 강도 살인과 치정 살인을 저지른 사십 대 둘, 상전을 때려죽이고 도망갔다가 삼 년 만에 붙잡힌 삼십 대 사형수가 있었다. 수감자들은 옥바라지를 하는 가족들이 넣어 준 음식의 일부를 고수레하듯 예의를 차려 그들에게 먼저 올렸다. 다음으로는 이 년 동안이나 선고를 받지 못해 전옥서의 일이라면 손금을 보듯 꿰고 있는 오십 대의 사기범에게 그다음으로는 이십 대의 불량배 무리에게 차례가 갔다. 남옥은 세 칸짜리 옥사가 디근자 형태로 맞닿아 모두 아홉 칸이었기에 각각의 칸마다 나름의 좌장이 있었다. 다만 이들은 드나드는 빈도가 잦은 터라 한 죄수가 오랫동안 좌장을 차지하는 경우는 없었다.

전옥에 재미있는 일이 없다고 생각하면 착각이다. 감옥에 갇힌 자들이라고 해서 하루 종일 우거지상을 한 채 한탄만 하는 건 아니었다. 그들도 우스갯소리를 들으면 자지러지게 웃을 줄 알았다. 때가 되면 배가 고프고 똥이 마려웠으며 저녁이 되면 막노동이라도 마친 것처럼 피곤해지고 잠이 왔다. 이것이야 말로 그들이 가만히 앉은 채로도 얼마나 고된 정신적 시련을 겪는지를 증명했다. 사형을 선고받은 자가 하룻밤 사이 머리가 하얗게 세는 일이 그다지 신기한 일이 아니듯이 장형이든 태형이든 속전이든 뭐든 언제 선고가 내려질지 몰라 전전긍긍하는 죄수들이 먹는 게 부실한데 된똥만 싸는 것도 마찬가지다.

어느 집 사랑방에 들어서든 이야기꾼 하나쯤은 있듯이 감옥에도 재담꾼은 있었다. 그러나 감옥에서 두어 달쯤 지내면 누구나 그럴듯한 이야기 몇 개쯤은 쌈지에 쟁여 둔 담배처럼 지니게 되니 이놈 저놈이 하나씩만 꺼내어도 푸짐한 이야기상이 차려지게 마련이었다. 사내들끼리 모아 놓았는데 음담패설이 빠질리야 없었고 비록 담장 너머이기는 하지만 다섯 칸짜리 여옥에도 오십여 명이 넘는 죄수들이 있으니 바람결에 그들의 체취라도 묻어온다면 발정 난 개처럼 안달하지 않을 수 없었다. 그러므로 그들이 입으로 지저분한 이야기를 한다고 해도 용서해야 한다. 그들은 왕비에게 진절머리가 난 왕이 궁녀들 가운데 추녀로 이름 높았던 엄 씨를 침전으로 들인 것과 같은 방식으로 욕구를 해소할 수는 없었으니까. 무엇보다 그들이 비록 죄수이기는 해도 청나라의 북양함대마저 궤멸시키고 기세등등해진 일본 앞에 선 나라의 운명과 국왕 전하의 안위를 진심으로 걱정하는 우국지사이기도 했으니 창살 너머 어두워지는 하늘 위로 개밥바라기 별이 떠오를 때 장차 이 나라는 어찌 될꼬 운운하더라도 비웃어서는 안 된다. 새로 들어온 죄수에게는 바깥 정세를 경청하고 선고를 받아 나가는 죄수에게는 후일을 기약하지 않던가. 특히 그들은 한가할 때가 많으므로 나라의 운명과 같은 거창한 문제가 머릿속에서 잠깐씩 떠오른다 해도 전혀 이상한 일은 아니잖은가.

　해가 바뀔 무렵 전옥서에도 소문이 파다했다. 저 남쪽에서 보국안민과 척양척왜를 기치로 내걸고 일어난 농민군 오만 명이 무참히 살육되었으며 일본군은 단 한 명만 경미한 부상을 입었다고 했다. 이를 두고 오만 명이 몸으로 밀어붙여도 일본군 이백 명쯤은 뭉개고 지나갈 수 있었을 테니 과장된 소문이라는 쪽과 일본군이 사용하는 스나이더 소총과 무라타 소총의 위력을 몰라서 하는 소리라며 비아냥대는 쪽의 말다툼이 끊이지 않았다. 얼마 뒤에는 비참하게 패배한 농민군 우두머리가 서울로 압송되어 일본 영사관으로 끌려가는 꼴을 보기 위해 사람들이 왜성대에 구름처럼 몰려들었다는 걸 죄수들도 알게 되었다. 그때부터 전옥의 죄수들은 드러내지는 않았으나 초조해했다. 농민군 우두머리가 전옥으로 이감되어 올 거라는 소문 때문이었다. 의금부가 아닌 경무청에서 심문을 받고 선고를 기다리는 그들에게 의금부의 권설재판소에서 심문을 받게 될 농민군 우두머리는 정상 너머의 정상에 선 이들이었다. 감히 누구도 범접할 수 없는 대역죄인이라는 점에서나 이미 사형이 예정되어 있다는 점에서나 우러러보지 않을 수 없었다. 사형은 너무나 당연했으니 자연스레 죄수들은 농민군 우두머리를 어떤 방식으로 죽일 것이냐를 두고 이야기꽃을 피웠다. 교수형은 자못 얌전하니 일찌감치 옆으로 치워 버렸고 목을 베어 죽일 것이냐 사지를 잘라 죽일 것이냐 여기저기를 자르고 포를 떠서 천천히 죽일 것이냐 삼족을 멸할 것이냐 구족을 멸할 것이냐 의견이 분분하면서 활기가 넘쳤다. 형률이 바뀌었으니 기껏해야 참수형일 거라는 의견이 가장 그럴듯했지만 가장 재미가 적어서 지지를 받지 못했다. 사형수들마저 서로 의견이 달라 화색이 돌 만큼 열띤 어조로 토론하며 씩씩거렸는데 아무도 입을 열지 않아 찰나에 가까운 짧은 침묵이 흐르면 사형수의 얼굴이 하얗게 질리는 걸 눈치 빠른 사람이라면 알 수 있었다. 이런 이야기는 묘한 힘을 지녀서 기껏해야 장형도 아닌 태형 삼십 대에 그칠 잡범마저도 무시무시한 형벌을 선고받은 듯한, 아니 이미 그런 형벌을 치르고 있는 듯한 기분이 되었다. 죄수들은 한창 열을 올려 이야기하는 도중에 자신도 모르게 돋아난 소름을 가라앉히기 위해 목덜미나 팔 안쪽이나 허벅지나 정강이를 긁어 대곤 했다. 그러다가 부스럼 자리를 긁는 바람에 덧이 났고 아물지 않은 상처를 건드려 진득한 피고름이 손끝에 묻어나기도 했다. 그런 손을 바닥에 깔린 짚자리에 쓱쓱 닦아 댔지만 이마를 훔치거나 볼을 긁어 얼굴에 핏자국을 남기기도 했다. 당사자는 모르지만 피고름 지난 흔적이 있는 얼굴을 바라보는 다른 죄수는 이미 죽은 자, 저세상에서 잠시 불려 나온 원귀의 형상을 본 것처럼 소스라쳤다.

전봉준 그가 전옥서로 이감될 때까지의 분위기는 대체로 이러했다. 전봉준보다 빨리 전봉준을 둘러싼 무수한 소문이 감옥에 도착했고 켜켜이 쌓인 소문에 따르면 그는 녹두라는 별명이 있는 만큼 키는 작을지라도 보는 순간 사람을 얼어붙게 만드는 염라대왕의 눈빛을 지닌 자였다. 축지법을 쓰고 도술을 부리며 총알도 피해 가는 기인이었다. 장사치 두엇을 감금 폭행했다가 잡혀 온 칠패 출신의 무뢰배 하나가 침을 찍 뱉으며 투덜거렸다. 제길, 녹두장군인지 똥장군인지 그게 다 촌놈들이 만들어낸 허풍이지 별거 있어? 삼남까지 내려갈 것도 없이 고양에서 장작 팔러 온 촌놈만 해도 제 사는 마을에는 절벽을 날아서 뛰어오르는 놈이 있고 귀신과 씨름을 한 장사도 있다는 둥 건드리면 풀풀 기어 나오는 바구미처럼 흰소리가 줄줄인데 안경 쓴 양복쟁이라도 보면 야차를 본 듯이 놀라 자빠질 삼남의 촌놈들이야 말해서 뭐해. 겨울 해는 성마르기에 감옥 내부는 잠깐 밝았다가 내내 어둡고 차가웠는데 죄수들의 입에서 풀려나온 입김들이 희미한 형상을 이루어 누군가의 얼굴을 빚어내는 것 같았다. 그러니까 이 죄수들은 전봉준이 전옥서로 이감되기 전부터 이미 전봉준과 더불어 살고 있는 셈이었다. 누군가의 손이 어깨를 슬쩍 건드렸을 뿐인데 칠패 출신의 무뢰배는 벌떡 일어나려

다가 발목에 채워 놓은 차꼬 탓에 나동그라졌다. 야야 여기가 어디라고 춤을 추니? 똥장군 오시면 보여 주려고 그러니? 별 상관없는 일들에 전봉준을 갖다 붙이고 시비가 붙을 때나 화해를 할 때도 그를 불러냈다. 잠을 자려고 누우면 감은 눈앞에 알지 못할 얼굴이 어른거렸고 그 얼굴은 죄수마다 달랐기에 드나드는 죄수를 고려해도 백여 명이 부대끼는 이 남옥에만도 백여 명의 서로 다른 전봉준이 이미 똬리를 틀고 있는 셈이었다.

전옥서의 남옥을 둥그렇게 둘러싼 담장 위로 시푸른 하늘이 떠 있었다. 창살이 나눈 하늘은 실제보다 깊어 보였고 그 하늘을 온전히 볼 수 없다는 사실 때문에 신비롭기까지 했다. 죄수들은 누구나 감옥에 갇힌 동안에는 풀려나기만 하면 저 사소한 것들을 질리도록 바라보고 마음에 꼭꼭 새겨 결코 잊지 않겠노라 다짐하지만 막상 감옥에서 나가면 하늘 한 번 올려다볼 겨를이 없었다. 다시 감옥에 갇히고서야 무심히 보았던 모든 것들이 얼마나 소중한지를 뒤늦게 깨닫지만 이를 두고 죄수를 탓할 수만은 없다. 그들 대부분이 감옥 안에서나 밖에서나 먹고살기 어렵다는 점에서는 매한가지였고 배를 곯지 않으려면 하늘 쳐다볼 시간조차 아껴야 했으니까. 길 가다 돌에 걸려 넘어지면 넘어진 자리에 뭔가 쓸 만한 게 떨어져 있지는 않은지를 재빨리 톺아보며 일어날 수 있어야 사람 구실을 제대로 하는 거니까. 차가운 방바닥에서 얼어 죽지 않은 채 잠잘 수 있으려면 밤하늘의 달과 별을 헤아리는 호사는 포기해야 한다. 모로 누워 체온 한 톨이라도 흘리지 않게 제 무릎을 껴안고 냉기에 익숙해져 무감각해질 때를 기다렸다가 죽어 버리듯이 순식간에 잠들 수 있어야 사람인 거였다. 겨울은 가난한 자들에게, 그러니까 대부분의 사람들에게 혹독한 계절이었다. 개와 고양이보다 더 많은 숫자의 사람이 얼어 죽거나 굶어 죽었고 한 식구의 한 끼 식량과 아이 하나를 맞바꾸기도 했다. 서울이라고 해서 다르지는 않았다. 흉년이 아니어도 매점매석하는 장사치들 탓에 양곡과 땔감의 가격이 널을 뛰었고 작황이 좋지 않은 시절이면 무 한쪽 구하기가 하늘의 별따기와 같았다. 성 안팎으로 가난한 서울 사람들은 시골 사람보다 쉬이 죽어 나갔고 그 빈자리를 죽더라도 서울에서 한번 살아 보겠다며 올라온 시골 사람들이 채웠다. 그처럼 서울에서 한번 살아 보고 다들 끽소리도 못한 채 죽었다.

남옥에 갇힌 죄수들 가운데에는 여옥에 갇힌 죄수와 막역한 처지인 사내들도 있어서 종종 나장의 눈을 피해 혹은 암묵적인 허락을 받아 통음하기도 했다. 글줄이나 쓸 줄 아는 자가 대접을 받는 건 감옥의 법도였으나 전옥의 죄수 가운데 그런 자가 극히 드물다는 게 현실이었다. 그러니 죄수들의 통음이란 고작

자기들만의 신호로 안부를 묻거나 달리 방도가 없으면 그저 목청껏 상대의 이름을 부르는 거였다. 이 목소리를 오래 듣다 보면 그 이름에 익숙해질 뿐만 아니라 친근해지기까지 했다. 젊은 죄수 한 명은 해가 떨어지면 어김없이 여옥 쪽을 향해 여옥아, 여옥아, 하고 외쳤는데 하필이면 이름이 여옥이었던 탓에 누구든 한 번 들으면 잊을 수가 없었고 감옥에 갇힐 팔자였던 거라는 생각이 들지 않을 수 없었다. 그들은 태형을 선고받아 전옥서를 나갔던 터라 장형을 선고받은 죄수 가운데 운 나쁜 경우처럼 허리가 결딴나 앉은뱅이가 되거나 장독이 올라 죽지는 않았을 테고 어딘가에서 서로를 꼭 부둥켜안은 채 서로의 이름을 나지막이 읊조리며 간당간당 살고 있을 거였다. 그 젊은 죄수가 선고를 받아 전옥서를 나가던 날은 몹시도 추웠다. 죄수들은 창살 너머의 하늘을 보며 그날의 일기를 헤아렸기 때문에 그날도 살점을 저밀 듯한 칼바람이 그치지 않으리라는 걸 알았다. 눈은 그쳤으나 담장에 쌓인 눈은 전혀 녹지 않았다. 지붕에 쌓인 눈의 무게마저 느낄 수 있었고 그 탓에 죄수들은 돌덩이 하나가 가슴팍을 짓누르고 있는 듯 답답했다. 곧 죽을 것처럼 골골대는 육십 노인의 충고를 따라 다른 죄수들은 젊은 죄수의 볼기를 사정없이 문질러 줬다. 이처럼 추운 날에는 장형 아닌 태형이라 해도 볼기짝이 찢어질 수 있으니 피가 잘 돌아 살갗이 부드러워지게 해야 한다는 거였다. 노인장, 왕년에 곤장 좀 맞아 보셨나 봅니다? 무뢰배 하나가 이렇게 묻자 육십 노인은 차 한 잔 마실 시간 동안 기침을 한 뒤 힘겹게 답했다. 왕년에 곤장 좀 쳐봤지. 노인은 자주 정신이 오락가락했고 신열이 올라 죽은 듯이 누워 있어서 이처럼 멀쩡한 목소리로 말하는 걸 듣기란 쉬운 일이 아니었는데 멀쩡할 때면 꽤나 쓸모 있는 말을 했다. 젊은 죄수는 다른 죄수들에게 제 볼기를 내맡긴 채 이따금 아, 거긴 말고 하며 성질을 낼 수밖에 없었지만 이내 감정이 북받쳐 눈물을 글썽거렸다. 젊은 죄수가 또 다른 젊은 죄수를 두려운 눈빛으로 돌아보았다. 해원아, 내가…… 곤장을 맞고도 살 수 있겠니? 해원이라 불린 사내는 물끄러미 젊은 죄수를 바라보다 가볍게 고개를 끄덕였다. 젊은 죄수의 검붉은 얼굴이 분이라도 바른 듯 환해졌다.

해원은 다른 죄수들 입장에서는 어떻게 다루어야 할지 판단이 서지 않는 젊은이였다. 자기 입으로 직접 말한 적이 없으나 해원이 살인죄를 저질렀다는 사실은 나장을 통해 모두 알게 되었다. 아무것도 부인하지 않고 순순히 자백하고 인정했다는 사실까지. 이런 살인은 사형 말고는 다른 형벌이 있을 수 없으므로 좌장으로 대접해야 했지만 아직 선고는 내려지지 않았고 형식적인 과정에 불과하지만 심문은 느리게 진행되었다. 무엇보다 해원은 남옥의 죄수들을 한 번도 겪지 못한 혼란에 빠뜨렸다. 상투를 올리기는 했으나 외자상투라도 되는지 여자에 대해 전혀 모르는 것 같았고 곱상하다는 표현으로는 다 설명할 수 없을 만큼 고왔다. 맑은 목소리는 변성기를 지나지 않았거나 혹은 지났으되 순수함을 전혀 훼손당하지 않은 채 청년이 되어 버린 소년을 떠올리게 했다. 그러나 소년을 연상시키는 인상은 순간적일 수밖에 없었다. 키가 큰 데다 몸가짐이 고아해서 성숙하다 못해 어떤 경지에 이른 사람이라는 인상을 주었으니까. 해원은 소년이나 준수한 청년보다는 차라리 남성이나 여성 어디에도 속하지 않는 중성에 가까운 사람이었다. 얼굴이 희고 부드럽다는 점도 그런 인상을 두드러지게 했지만 귓바퀴에서 내려와 턱을 지나는 선 자체가 유려했다. 죄수들은 해원이 누군가를 죽일 수 있는 사람이라는 걸 믿지 못했다. 심각한 오해가 있는 게 아니라면 악랄한 자의 중상으로 누명을 쓴 거라고 여겼다. 만약 해원이 무도한 짓을 한 게 사실이라면 그러지 않으면 안 되는 정당한 이유가 있을 거라고 여겼다. 해원은 전옥서와 같은 시정 잡배들이 들끓는 누추한 곳에 와서는 안 되는 사람이었다. 한마디로 해원을 보고 있노라면 욕정이 끓어올랐다. 짓밟고 싶고 부수고 싶고 흠집을 내고 싶어졌다. 그러나 이런 욕정은 악의에서 생겨나지는 않았다. 한참 재미있게 갖고 놀던 개미를 마침내 발로 밟아 죽이고 그 자리를 떠나는 어린아이의 심사 같다고나 할까. 그들에게 해원은 어떤 해를 끼쳐도 진정으로 해를 끼칠 수 없는 존재, 아무리 흠집을 내도 뒤돌아서는 순간 흠이 사라져 매끈한 상태로 복원되는 존재였다.

　무뢰배들은 호시탐탐 해원을 노렸다. 치마만 입었다 하면 달려들고 싶어 하는 죄수들 가운데 그런 일을 부싯돌의 불이 번쩍하는 순간에 해치울 수 있는 자가 있었다. 아무리 치맛자락을 차돌같이 단단하게 여미며 쥔대도 부시처럼 잽싸게 할퀴어 불꽃이 번쩍하면 다 끝난 거라고 해서 번쩍이라 불리는 자가 특히 그랬다. 마포 출신의 번쩍이는 한 여자를 두고 주먹다짐을 하다가 상대방의 불알을 발로 차 터뜨린 죄로 끌려왔다. 번쩍이는 해원을 놀리고 싶을 때면 비역질하는 사내를 흠씬 패준 적이 있다는 하나 마나 한 거짓말을 늘어놓으며 외설스런 몸짓을 흉내 내곤 했다. 죄수들은 해원을 곁눈질하며 과연 해원이라면 그럴 수도 있겠다 싶어 가만히 고개를 끄덕였다. 번쩍이를 비롯한 무뢰배들이 해원에게 정말로 달려들지 않은 이유는 조만간 감옥에서 나갈 수 있으리라 믿어서였다. 이 년 넘게 바깥 구경을 못 해 운종가에서 여자 목소리만 넘어와도 맥이 풀리는 오십 대의 사기범이라면 앞뒤 재지 않고 그럴 수도 있겠지만 무뢰배들은 하루라도 빨리 이 더러운 감옥에서 나가기를 바랐다. 그 대신 해원을 향한 그들의 조롱은 점점 더 짓궂어졌다. 해원은 조롱을 당할 때마다 희디흰 얼굴이 질려 창백할 정도가 됐지만 화를 내지는 않았다. 그저 얌전히 견뎠다. 해원은 죄수들이 별로 신경을 쓰지 않는 육십 노인에게 유난히 살가웠다. 노인의 팔다리를 주물러 주고 소변을 받아 주었다. 나장에게 말할 게 있으면 대신 전해 주었고 잠을 잘 때도 옆에 붙어 자신의 체온을 나누어 주었다. 노인은 오래 살지 못할 거라는 사실을 믿지 못했다. 어차피 동짓달이 되면 사형을 당하겠지만 그전에 죽을 수도 있다는 생각은 노인의 머릿속에서는 떠오르지 않았다. 사형을 당해도 왠지 자신만은 죽지 않고 살아남을 거라는 은밀한 희망도 품었는데 이는 사형수라면 누구나 하는 생각인지라 딱히 망상이라고 말할 수는 없었다. 노인은 아침에 눈을 뜨면 밤새 묵혀 온 가래를 한꺼번에 뱉어 내며 기침을 해댔는데 듣는 이마저 가슴을 쥐어뜯기는 기분이 들 만큼 숨넘어가는 소리여서 그 소리를 듣고도 눈을 뜨지 않을 도리가 없었으니 하루의 시작을 알리는 신호이기도 한 셈이었다. 노인의 첫 번째 일과가 자지러진 기침이라면 두 번째 일과는 고개를 두리번거리며 여기가 지옥인지 아닌지를 확인하는 거였다. 해원이 들어온 뒤로는 여기가 어디냐 물으면 해원이 서린옥이라 대답하는 걸로 바뀌었다. 노인과 해원은 오래 사귄 사람처럼 자연스러웠고 별다른 말이 오가지 않아도 서로의 의중을 알아차렸다. 번쩍이는 해원과 육십 노인이 그렇고 그런 사이라며 해원만이 아니라 노인까지 싸잡아 희롱했다. 이게 다른 사형수의 기분을 건드렸다. 언제 죽어도 이상하지 않을 노인이지만 사형수였으니 좌장 대접까지는 아니어도 저따위 잡범이 대놓고 모욕해서는 안 되는 거였다. 상전을 때려죽인 삼십 대의 사형수가 마음속으로 이렇게 벼를 때 노인이 벌떡 일어나 앉더니 해원의 두 손을 잡았다. 너, 북묘에 살던 명일이로구나! 해원이 고개를 끄덕였다. 내가 북묘 옆집 살던 갓난이 할아비다. 이게 대체 무슨 일이란 말이냐. 육십 노인은 해원의 손을 어루만지며 눈물을 흘렸다. 죄수들은 할 말을 잃었다. 노인장, 해원이 여기 들어온 지 보름이 지났고 그동안 두 사람이 정답게 지내왔는데 여태 누구인지도 모르다가 이제야 알아보았단 말이우? 그 보름 동안 제정신이었던 적이 한 번도 없었단 말이우? 육십 노인은 죄수들의 핀잔과 힐난에도 아랑곳하지 않았다. 명일아, 우리 갓난이 잘 있니? 해원은 소식을 모른다고 말했다. 그렇지, 그래. 네가 모르는 것도 당연하지. 그럼 염치없지만…… 내가 좀 보이니? 해원이 고개를 끄덕였다. 내일까지는 보이니? 역시 해원은 고개를 끄덕였다. 육십 노인은 한숨을 내쉬었다. 하긴 오래 살아 뭐하겠니. 노인은 끙 소리를 내며 다시 누웠다. 어차피 올겨울이면 죽을 목숨 하루라도 빨리 떠나면 저 지긋지긋한 화상들 안 봐서 좋지. 지금 우리 들으라고 하는 소리냐며 죄수들이 투덜댔다. 우린 뭐 노인네 낯짝이 봐줄 만해서 보는 줄 아시우. 그나저나 왜 이 녀석을 명일이라 부르시우? 육십 노인은 고개도 돌리지 않은 채 우물쭈물 대답했다. 자네들은 진령군도 모른단 말인가. 임오년 이후 왕비에게 들러붙어 왕비의 가려운 데를 긁어 줬다는 그 요망한 무당 말이우? 자칭 관우의 딸이라며 위세가 등등하다가 몇 달 전에 재산을 몰수당하고 북묘에서도 쫓겨났다는 그 진령군? 진령군이 애지중지하는 아이가 하나 있었지. 명일이가 바로 그 아이라네. 육십 노인이 제정신일 때의 말은 믿어도 좋았지만 대화하는 방식은 답답했던 터라 죄수들은 무슨 말이든 해주기를 기대하며 해원을 보았다. 해원은 잠자코 노인의 옆자리를 지키고 앉았을 뿐이었다. 진령군이 기기묘묘할 수 있었던 건 그 아이 덕분이었다네. 아이는 앞날을 내다볼 수 있었으니까. 침묵이 흘렀다. 그 말이 무슨 뜻인지 헤아리는 데에는 시간이 조금 필요했다. 앞날을 내다보다니. 전봉준한테도 그런 재주가 있다는 소문은 듣지 못한 죄수들이었다. 그러니까 점쟁이란 말이우? 점을 치는 게 아니라 얼굴을 보면 그 사람의 앞날도 본다네. 젠장, 내가 그런 재주가 있었다면 민가네 일족보다 더 많은 재물을 모아 떵떵거리고 살았을 텐데. 그럴 수는 없지. 딱 하루만 내다볼 수 있으니까. 그래서 명일이라고 불렀지. 내일도 모레도 글피도 아닌 하루 앞만 본다고 해서. 그게 사실이면 무슨 소용이우? 여기 있는 잡놈들도 하루쯤은 다 내다볼 수 있는데. 그렇지. 별 소용이 없지. 그래도 자네들이 다음 날 점심에 고두밥을 먹고 있을지 칠성판에 누워 있을지는 알 수 있으니 아주 쓸모가 없는 건 아니겠지. 말을 마친 육십 노인은 자지러지게 기침을 한 뒤 다시 일종의 착란 상태로 접어들었다. 죄수들은 혼란스러웠다. 하루를 내다보는 재주가 대단한 것인지 아닌지를 가늠했다. 진령군이 애지중지했다면 그럭저럭 쓸 만한 재주일 거라고 인정할 수 있었다. 그러면서도 왜 여태 하루 앞까지 내다보는 명일이라 불리는 기인에 대한 소문을 한 번도 듣지 못했는지 저 노인네가 정말 제정신인 건지 하는 합당한 의심이 들었고 하루 앞까지 내다보는 것이야말로 무용한 재주이며 진령군 운운하는 이야기도 거짓일 거라고 판단했다. 이런 문제는 해답이 없는 터라 자꾸 생각해 보아야 머리에 쥐만 날 테고 사람들이 난감한 상황을 무마할 때 보통 그렇듯이 믿져야 본전이라는 쪽으로 아퀴를 지었다. 해원에게 정말 그런 재주가 있다고 믿어 줘서 손해 볼 건 없지 않은가. 어차피 해원도 사형을 선고받을 테고 올겨울이면 사라질 목숨이니.

키가 크고 호리호리한 귀골에 이 세상 사람이 아닌 것처럼 유별난 해원도 전옥에서 지내는 날이 하루하루 늘어 갈수록 다른 죄수들과 얼마쯤은 비슷해졌다. 피부는 탁해지며 윤기를 잃었고 삐죽삐죽 수염이 자랐으며 번들번들한 날상투에는 허옇게 비듬이 내려앉았다. 그럼에도 여전히 훼손되지 않는 해원만의 분위기가 있었다. 다른 이들을 백안시하거나 홀로 고고한 체하지 않는데도 그랬다. 물속으로 스며든 물처럼 허공을 불어 가는 바람처럼 고요하고 차분하게 부자연스러울 만큼 자연스럽게 죄수들의 일부가 되어 갔다. 감옥이 술렁거렸다. 전봉준을 제외한 농민군 우두머리들이 들어왔다. 순식간에 말이 퍼졌다. 왕십리 출신의 시정잡배가 창살 너머 하늘을 보며 늘 하던 대로 오늘은 일기가 청명하겠구려, 하자 우두머리 가운데 한 명이 소탈하게 웃으며 대꾸했다. 반란하기에는 더없이 좋은 날이군. 그렇게 말하는 목소리는 부드럽고 나직했다. 어린아이를 앞세워 집을 나서면서 파종하기 좋은 날씨구나 하며 타이르듯 말하는 다정한 아버지를 떠올리게 하는 목소리였다. 물론 한없이 다정한 아버지란 없었다. 보통 때에는 조그만 실수도 용납하지 않고 서슴없이 지겟작대기로 등짝을 후려치거나 괭이 손잡이로 허벅지를 때리겠지만 이따금 그런 목소리를 내기도 하는 거였다. 그러나 죄수들에게 목소리는 그다지 중요하지 않았다. 중요한 건 그 말이었다. 반란하기에 좋은 날이라는 식의 표현은 그들의 머릿속에서는 한 번도 떠오른 적이 없었다. 군이 비교하자면 이런 표현에는 익숙했다. 꽃놀이하러 가기 좋은 날이라거나 여자를 희롱하기에 맞춤이라거나 길바닥에서 눈먼 엽전 한 냥 주울 만큼 운수 대통할 날이라거나 손재수가 있을 테니 각별히 몸을 사려 근신하라거나 동쪽에서 귀인이 올 테니 누구를 만나든 눈알부터 부라리는 성질을 죽이라거나. 서울 사람 열 명 가운데 네 명은 양반이었으니 좋든 싫든 한두 다리만 건너면 관청과 연루되지 않은 자가 없었다. 하다못해 사돈의 팔촌이 어느 대감댁 하인에 불과할지라도 말이다. 가슴속 깊은 곳에 이놈의 세상이 망해 버리면 좋겠다는 생각이 있다 해도 청명한 하늘을 보며 감히 반란하기 좋은 날이라고 운운할 만큼 넋 나간 서울 사람은 없었다. 왕과 왕비가 기거하는 궁성과 지척에 산다는 자부심도 그런 삿된 생각을 입 밖으로 낼 수 없게 하는 이유이기도 했다. 하물며 촌놈이라면 일단 뭐 등쳐 먹을 게 없을까 머리를 굴리고 틈만 보이면 놀림감으로 삼으려던 잡놈들이야 말할 것도 없었다. 다르긴 다르네. 무지렁이 농민들 수만 명을 눈 하나 깜짝 않고 사지로 몰고 갔던 역적 놈들이 다르긴 달라. 사람 새끼로 태어나서 왕후장상은 못 되더라도 시답잖은 탐관오리 하나쯤은 목줄을 따고 가야 정말로 사람인 게지. 그렇게 수긍하면서도 죄수들의 가슴속에서는 묘한 반감이 생겨났다. 그들이 알기에 하늘을 얕잡아 볼 수 있는 자들은 오직 왕비의 비호를 받는 민씨 가문뿐이었다. 왕조차 그럴 수 없었다. 가뭄이 들면 비를 내려 달라 기원하기 위해 하늘에 고개를 조아려야 하니까. 한데 삼남의 시골에서 난을 일으키고 잡혀 온 자들은 사람이 곧 하늘이다 운운하며 하늘을 평범한 수준으로 아니 그보다 천한 수준으로 끌어내리고 있지 않던가. 하늘은 하늘이었다. 하늘을 올려다볼 수 있다 해서 만만하게 여기면 반드시 화를 입었다. 저들이 실패한 것도 전옥에 끌려와 장차 목이 뎅겅 잘릴 신세가 된 것도 사람이 곧 하늘이라며 하늘을 능멸해서가 아니던가. 비록 감옥에 갇힌 신세라는 점에서는 비슷하달 수도 있었으나 우리는 주제와 분수를 알고 하늘을 모실 줄 알지 않던가. 죄수들은 농민군 우두머리들에게 코웃음을 쳤다. 배포는 작아도 침은 멀리 뱉으랬다고. 말 한번 그럴싸하게 하는구나. 촌놈들이 임금의 행차 한번 본 적 없으니 간덩이가 부어서 하늘 높은 줄은 모르지. 하늘도 여염집 담장쯤으로나 아나 본데 고개만 쑥 내밀어도 모가지가 날아간다. 어차피 오래 보지 않을 자들이므로 좌장 대접은 해주겠지만 시정잡배라며 하대하고 무례하게 굴면 봐주지 않겠다는 오기가 솟았다. 시골 촌놈 몇 명쯤이야 손쉽게 버르장머리를 고쳐 줄 수 있었다. 다만 걱정스러운 건 전봉준이었다. 그가 전옥서로 이감되면 무슨 일이 벌어질지 알 수 없었다. 그때까지는 나머지 우두머리에게도 고분고분한 척하지 않을 수 없었다. 그러면서 죄수들은 참수당하는 장면을 은근히 구체적으로 묘사하며 우두머리들이 겁먹기를 바랐다. 일단 지붕 없는 수레에 태워 도성을 한 바퀴 돌게 하지. 동대문까지만 가면 구경꾼들의 돌팔매질에 이미 반죽음일 테고 형리들이 질질 끌어다가 상투에 밧줄을 묶어 참형대 위로 끌어올리겠지. 그러면 모가지가 쭉 당겨지며 훤히 드러나서 칼로 베기 좋게 된단 말이야. 맞아, 그때쯤이면 정신 줄을 놓는 게 이롭겠지만 형리들은 물을 뿌리고 눈꺼풀을 뒤집어서라도 정신을 차리게 하겠지. 기운이 남아서 몸을 버둥대면 두 사람이 몸뚱이를 붙잡고 꼼짝 못 하게 하지. 망나니의 칼이 단번에 목을 쳐내지 못하면 돼지 잡듯이 칼로 쓱싹쓱싹 썰어 대겠지. 아니 아니야. 천주학쟁이들 죽일 때는 그냥 바닥에 엎드리게 하고 칼을 위에서 떨어뜨렸다네. 한꺼번에 여럿의 모가지를 쳐내기에는 그만한 게 없지. 유식한 말로 단두대라고 하지. 이 촌놈들은 서학이 아닌 동학이니까 동쪽 방식으로 죽여야지. 죄수들은 서로 다투는 중에도 농민군 우두머리들을 곁눈질하며 어느 놈이 먼저 겁을 집어먹는지를 살폈다. 그들 가운데 누구 하나 겁을 먹은 것처럼 보이지는 않았다. 죄수들은 그들이 상상조차 할 수 없는 지옥과도 같은 시간을 지나 여기에 이르렀음을 알지 못했다. 그들의 분노가 얼마나 단단했는지 또한 그들의 절망이 얼마나 심오했는지를 알지 못했다. 사형에 관한 객쩍은 이야기에 오싹해지고 진저리를 치게 된 건 결국 죄수들 자신이었다.

여옥아, 여옥아. 이렇게 외쳐 대던 젊은 죄수가 경무청으로 이름이 바뀌기는 했으나 여전히 포도청이라 부르는 곳에서 나온 군사에게 인계되었다. 감옥에 남은 죄수들이 투덜댔다. 그놈의 여옥이 부르는 소리 이제는 안 들어서 살겠네. 죄수들이 침묵을 불편해하는 이유는 침묵이 진정한 침묵일 수 없어서였다. 아무도 말을 하지 않는 순간 전옥서 내부가 고요해지는 건 사실이지만 고요해진 만큼 운종가에서 들려오는 사람의 목소리는 더욱 날이 섰다. 흥정하는 소리 왁자하게 웃는 소리 누군가를 부르는 소리에 가마꾼의 길 잡는 소리 조랑말이 우는 소리 소 모는 소리 달구지 지나는 소리가 한층 크게 들려왔다. 담장과 벽을 지나느라 날카로움이 무뎌진 소리였고 분명하게 알아들을 수 없는 소리였지만 소리의 실체만은 어느 때보다 선명했다. 종각 앞에 자리를 잡는 전기수는 날마다 바뀌었지만 빨리 하라고 재촉하는 구경꾼의 조급한 목소리며 야유하거나 감탄할 때의 목소리가 바로 옆에서 그러는 것처럼 귀에 잡혔고 서린방 민가에서 막돼먹은 아이를 찾는 어미의 고함이며 개 짖는 소리며 숨넘어 가게 우는 젖먹이의 울음도 성큼 가까워졌다. 그런 소리를 듣고 있으니 차라리 육십 노인의 끙끙 앓는 소리에 귀를 기울이고 왕년에 내가 말야로 시작하는 허풍에 맞장구를 치며 평범하기 때문에 비범하게 여겨지는 일상의 소음은 아예 듣지 못하는 것처럼 구는 게 어느 모로 보나 죄수들에게는 나은 일이었다. 그러나 밤이 깊어 운종가가 적막해지는 시간이면 바로 옆에 누운 다른 죄수의 숨소리마저 크게 듣지 않을 수 없었다. 무엇보다 죄수를 괴롭히는 소리는 우는 소리였다. 여옥에서 들려오는 가느다란 울음은 포승줄보다 단단하게 온몸을 죄어 왔고 스스로 목을 졸라 죽어 버리고 싶다는 충동을 불러일으켰다. 남옥이라고 해서 울음이 없는 건 아니었다. 그날 면회 온 가족에게 연로하신 어머니가 돌아가셨다는 소식을 들어서, 기어이 여편네가 눈 맞은 놈팡이와 봇짐을 싸고 도망을 가서, 세 살짜리 딸이 병에 걸려 며칠 전에 죽었음을 알게 되어서 소리 내지 않으려 애쓰며 우는 죄수들이 있게 마련이었다. 숨죽인 울음은 숨죽인 채 들을 수밖에 없었다. 이런 울음은 듣는 이의 가슴속으로 슬그머니 들어와 똬리를 틀고 앉아 저마다의 처지와 신세를 돌아보게 했다. 운 좋게 잠이 들어도 버럭 고함을 치는 누군가의 잠꼬대에 뒤척일 수밖에 없었다. 죄수들이 하루 종일 갇혀 지내면서도 피로를 느끼는 또 다른 이유이기도 하다.

여옥이를 부르던 죄수가 나간 뒤 누군가 도대체 전봉준이라
는 자는 언제 오는 거냐고 해원에게 물었다. 해원은 질문을 던
진 죄수의 얼굴을 지그시 바라보았다. 오늘 밤…… 내일 여기에
함께 있는 얼굴이 보이니 늦어도 오늘 밤에는 올 거예요. 그 말
에 죄수들이 해원을 주시했다. 못 보던 얼굴을 보았나 보네. 하
지만 그게 전봉준이라는 걸 어떻게 알 수 있지? 너도 전봉준을
본 적은 없잖아. 누가 죄수들을 멍청하다고 했는가. 보시다시피
죄수들은 작은 허점이나 실수도 용납하지 않았다. 어떤 점에서
는 이런 명민함 탓에 결국 감옥에 끌려온 거라고도 할 수 있었
다. 잘하면 한탕 할 수 있겠는데, 잘하면 안 들키고 저놈을 감쪽
같이 해치울 수 있겠는데 등등. 해원은 그 질문에 정확히 대답
하지 않고 얼버무렸다. 그냥 알아요. 소문으로 듣던 것처럼 키
가 작고 눈이 부리부리해요. 죄수들은 포기도 빨랐다. 해원의
설명에 만족하고 고개를 주억거리며 전봉준이 올 때가 되었지,
했다. 이윽고 의금부가 그를 어떻게 죽일 것인지로 이야기꽃을
피웠다.

해원의 말대로 그날 전봉준은 일본 공사의 손아귀에서 의금
부에 설치된 재판소로 넘겨졌다. 그를 보기 위해 몰려든 사람들
로 의금부 앞은 인산인해를 이루었다. 구름처럼 사람들이 몰린

다고 해서 운종가지만 이처럼 발 디딜 틈도 없이 사람들로 가득
한 건 드문 일이었다. 의금부 맞은편인 전옥의 죄수들이 수상한
기미를 눈치채지 못할 리가 없었다. 나지막한 웅성거림과 평소
와는 달리 무수히 뒤엉킨 어지러운 발소리를 들었다. 전봉준이
왔다. 이런 소리는 들리지 않았다. 그들은 전옥서 바깥의 동정
에 귀를 기울였다. 기이하게도 웅성거림이 잦아들면서 운종가
가 텅 비어 버린 듯 고요했다. 하늘을 불어 가는 차가운 바람이
내는 소리만이 전옥서를 휘감았다. 거기 누구 없냐고 묻고 싶을
만큼 무시무시한 정적이었다. 눈을 감으니 비로소 무언가가 들
리고 보였다. 온기를 잃지 않으려고 가늘게 입술을 벌린 채 답
답한 숨을 들이쉬고 내쉬는 소리가 들려왔고 옆 사람의 팔뚝을
더듬다 겨우 찾아낸 손을 꼭 쥐는 아이들이 보였다. 찬바람이
들이쳐 시린 눈을 감았다 뜰 때마다 눈동자에 실금이 생겨나는
게 보였다. 적어도 그 순간만큼은 전옥서의 잡범들 모두가 해원
만큼 신비로운 존재가 되어 눈으로 볼 수 없는 것들을 보았다.
전봉준은 의금부 마당에 버려져 있었다. 겨울 해는 짧아서 삽시
간에 사위가 어두워졌다. 신원을 확인하는 간단한 절차를 마친
뒤 의금부는 그를 잊어버리기라도 한 것처럼 내버려 두었다. 일
본 공사관으로부터 전봉준을 인계받았음을 알리기 위해 궁에
들어간 법무대신이 알현을 청하고 기다리느라 지체되고 있었

지만 그는 이런 사실을 알지 못했다. 법무대신이 왕을 알현한다 해도 그들이 나누는 대화는 이 정도에 불과할 거였다. 전하, 대역죄인 전봉준을 의금부로 압송했나이다. 그래, 알았다. 그의 몸은 차갑게 식어 갔다. 지난 한 달 내내 그를 괴롭혔던 상처 입은 다리의 통증마저 사라질 정도였다. 그는 이미 반쯤 목이 잘린 사람처럼 비틀거리며 힘겹게 고개를 들었다. 어느덧 헤아릴 수도 없을 만큼 많은 별이 떠 있었다. 그는 옛사람답게 하늘의 별이 비참하게 죽어 간 사람들의 영혼임을 믿었다. 별들이 빛나는 이유는 어두운 세상을 밝히려는 것임을 절망한 자는 밤하늘의 별을 보며 용기를 되찾는 것임을. 그리하여 그는 부끄러웠다. 전투에서 죽어 간 수십만 명으로 그치지 않고 적게 잡아도 삼십만 명에 이르는 무고한 사람들이 관군과 향병과 일본군에게 학살당하고 있음을 짐작할 수 있었다. 살아 숨 쉬는 하루하루가 그에게는 치욕이었다. 밤하늘의 별은 어제보다 늘어났고 내일은 다시 늘어날 것이며 그가 죽을 때까지 무수히 많은 새 별들이 생겨날 거였다. 전봉준은 일본 영사관에서 처음으로 체경을 보았다. 체경에 비친 자신을 보았다. 그가 알던 그의 모습은 잔잔한 물에 비친 모습이거나 탁한 청동거울에 비친 모습이었다. 처음으로 그는 눈이 부실 만큼 맑고 깨끗한 거울에 한 점 왜곡 없이 비친 스스로를 보았다. 추했다. 몰골이 사나워서만은 아니었다. 그가 보았던 여느 농민과 다를 바 없는 검고 쭈글쭈글한 얼굴과 왜소하고 상처받은 육신에서 하늘과 닮은 점이라고는 눈을 씻고 찾아봐도 없었다. 평범하다 못해 한심해 보이기까지 했다. 밀려오는 후회로 뼛속까지 저렸다. 왕을 죽여야 했다. 왕은 왕이라는 한 개인이 아니라 조선을 뜻하고 조선의 백성을 뜻했다. 왕을 죽인다는 생각은 어머니와 아버지를 죽이고 나 자신을 파괴한다는 생각처럼 불경스러웠다. 그러니까 나는 잘못했다. 왕을 죽여야 했다. 왕을 죽인다는 생각에 깃든 허위를 알아보아야 했다. 나는 죽여야 했다. 비록 왕은 죽이지 못했으나 왕을 죽여야 한다는 생각을 억눌렀던 어리석은 나를 왕에게 죽도록 고이 내줄 수는 없지 않은가. 그러므로 나는 죽어야 한다. 혀를 깨물어서라도 머리를 댓돌에 찧어서라도 죽어야 한다. 그가 스스로 죽지 못한 이유는 뭇사람들이 그의 죽음을 굴복으로 받아들일까 두려워서였다.

　이슥한 밤에 의금부의 나장 한 명이 전봉준 앞에 등을 돌리고 꿇어앉았다. 다른 나장 두 명이 그를 부축해 일으켰다. 정신을 차린 그는 스스로 걸어가겠다고 말했다. 나장 한 명이 그의 귓가에 대고 나직하게 말했다. 장군…… 저는 남도에서 차역되어 올라온 농민입니다. 이 앞에 앉아 있는 자도 제 고향 사람이지요. 장군을 업고 가겠노라 자청한 자입니다. 우리가…… 모실

수 있게 해주세요. 전봉준을 업은 나장이 일어섰고 그 주위로 다른 나장들이 호위를 섰다. 의금부의 문이 열리자 그 앞을 지키던 사람들이 소리 없이 길을 터주었다. 그는 자신을 보기 위해 몰려든 사람들의 눈빛 하나하나가 밤하늘의 별처럼 빛나는 걸 보았다. 별을 올려다보지 않는데도 사람들의 눈동자에는 별이 서려 있었다. 의금부의 나장들은 전봉준을 전옥서의 서리에게 인계했다. 서리는 분주하게 수도기를 작성했고 수직 군사들은 엄중하게 대문을 단속했으며 전옥서의 나장들은 전봉준이 수감될 남옥으로 가는 길에 시립했다.

전봉준은 남옥의 남쪽 칸으로 인도되었다. 해원이 있는 곳이었다. 여기저기에서 그를 부르는 소리가 났다. 그보다 먼저 전옥서에 수감된 농민군 지도자들이었다. 그는 쥐어짜는 듯한 목소리로 화답했다. 손 접장, 최 접장, 김 접장, 성 접장 모두들 안녕하시었소? 나장들의 손에 들린 횃불 탓에 어지러운 그림자들이 감옥 내부에 드리워졌다. 죄수들은 눈살을 찌푸린 채 전봉준이 들어오는 걸 보았다. 소문으로 들어 알았지만 실물을 보니 정말 체구가 작았다. 입으로 혹 불어 넘어뜨릴 수도 있을 것 같았다. 사람을 벌벌 기게 만든다는 눈빛도 예사로웠다. 불빛을 등진 채라 그의 얼굴을 잘 알아볼 수 없었던 탓도 있지만 본래 맹수의 눈빛은 어둠 속에서 더 이글거리지 않던가. 숱한 소문을 몰고 다닌 인물치고는 한주먹감에 지나지 않는 듯해 죄수들은 조금 안심이 되었다. 촌놈한테 기가 죽어 서울 사람의 체면이 손상될 가능성은 없을 듯했다. 어차피 한배에 탔으니 언제든 이 작자의 숨겨진 면모를 알아볼 수 있을 터였다. 그러니 지금은 잠이나 자두는 게 나았다. 죄수들은 투덜거리며 잠을 청했다. 나장들은 그를 육십 노인 옆에 앉힌 뒤 차꼬를 채우지도 않고 나갔다. 죽은 듯이 누웠던 육십 노인이 부스스 일어나더니 오랜 지기라도 되듯 그의 손을 덥석 잡았다. 봉준이 자네 왔는가? 나 북묘 옆집 살던 갓난이 할아비네. 누추하지만 편히 지내시게나. 저녁은 드셨는가? 대접할 게 마땅찮아 면목이 없네그려. 죄수들은 눈을 감은 채로 이 소리를 들으며 킥킥댔다. 육십 노인은 허깨비처럼 다시 누워 얕은 잠에 빠졌다.

그는 노인 건너편의 해원과 눈을 마주쳤다. 해원의 두 눈에 실금이 생겼다. 그는 해원이 낯설지 않았다. 이전에 본 적이 없는데도 언젠가 본 적이 있는 것 같았다. 이런 기시감은 한때 무척 친밀했던 사람과 연관이 있는 법이었다. 그는 알 수 없었다. 그가 해원의 꿈에 자주 나왔다는 사실을. 해원이 꿈에서 늘 보던 사람이 바로 그였다는 사실을. 그런데도 그는 해원을 알아보았다. 알아보았다는 사실을 알지 못한 채로.

2

1956년 7월 19일

언제부턴가 그는 기억이 나지 않았다. 귓가에서는 익숙한 곡조가 울렸는데 익숙하다는 느낌만 있을 뿐 노랫말은 떠오르지 않았다. 한때 깊이 사랑했지만 이제는 볼 수 없는 누군가의 얼굴처럼 희미하기만 했다. 거기에 담긴 감정마저 희석되어 다른 사람의 감정이라도 되듯 아련했다. 그는 기억해 내려는 노력마저 포기했다. 지난겨울 최고인민회의 상임위원회 결정으로 구성된 최고재판소 특별재판부에 기소되어 공개재판에 출석한 이후로 한 번도 하늘을 보지 못했다. 감방으로 다시 끌려온 그날 밤 그는 하나의 규칙을 세웠다. 잠들기 전 〈공산당선언〉의 마지막 문단을 외우고 인터내셔널가를 소리 없이 부르기로 했다. 누군가에게 들려주기 위해서가 아니라 스스로를 위로하기 위해서였다. 젊은 시절의 그가 여운형과 함께 번역한 〈공산당선언〉은 최초의 조선어 번역이었다. 스물두 살 무렵이었던 그 시절에는 독일어를 전혀 몰랐기 때문에 영어판을 번역본으로 삼았다. 그를 기소한 자들은 이런 점마저도 그가 철저한 미국 사대주의자임을 증명하는 거라고 조롱했다. 재판정에서 겪은 일들이 여전히 그를 괴롭혔지만 선언문의 마지막 문단을 선명하게 떠올릴 수는 있었다. 지배계급으로 하여금 공산주의 혁명 앞에서 벌벌 떨게 만들어라. 프롤레타리아가 이 혁명에서 잃을 것은 쇠사슬뿐이요 얻을 것은 세계 전체다. 만국의 프롤레타리아여 단결하라. 이 문장들을 읊조리면서 분노가 천천히 잦아들었다. 분노가 완전히 사라지는 건 아니었지만 감정을 다스릴 수 있다는 사실에 안도할 수는 있었다. 그의 이성은 아직 죽지 않은 거였다. 곧이어 인터내셔널가를 마음속에서 부르면 환멸로 가득한 그의 냉랭한 가슴이 따뜻해졌다. 그날 이후 선언문을 외우고 노래를 부르는 건 그의 신성한 의식이 되었다. 그러나 어느 날 밤 선언문의 마지막 문단이 아닌 첫 문장이 불현듯 떠올랐다. 그 문장은 오랫동안 그를 사로잡았다. 공산주의라는 유령이 유럽을 배회하고 있다. 유령이라. 이 단어는 스펙터specter를 번역한 것이었다. 영어 번역자가 독일어 게슈펜스트gespenst를 고스트ghost가 아닌 스펙터로 옮긴 이유를 설명하던 그 시절의 여운형이 떠올랐다. 까맣게 잊었던 일이었다. 그를 돌아보며 차근차근 설명하던 선생의 얼굴이 지금 눈앞에 있는 것처럼 선명했다. 알 수 없는 노릇이었다. 그때 선생은 뭐라고 설명했던가. 스펙터와 고스트는 우리말로 유령 혹은 귀신이라 옮길 수 있으나 뉘앙스가 다르다고 했다. 불안과 공포를 가리킨다는 점에서 동일하지만 고스트가 지나간 일들을 추억할 때의 두렵고 무서운 감정을 뜻한다면 스펙터는 지금 당장 맞닥뜨리고 있거나 피할 수 없는 운명이 불러일으키는 두려움을 뜻한다네. 영어 번역자는 단어를 제대로 고른 거야. 그러니 설령 아무도 눈치채지 못한다 해도 우리가 선택한 번역어인 유령에는 과거가 아닌 현재와 미래의 의미가 담겨 있음을 잊지 않아야 하네. 돌아보니 그의 가슴속에도 유령이 거닐고 있었다. 유령의 정체는 먼저 죽어 간 동지들이기도 했고 그들의 뒤를 이어 유령이 될 그 자신이기도 했다. 그러나 이제 그가 곱씹게 된 유령이란 단어는 스펙터보다는 고스트에 가까운 셈이었다. 그를 진정으로 두렵게 하는 건 앞으로 그가 맞닥뜨리게 될 운명이 아니었으므로.

그가 수감된 감방은 그가 누워 본 적 있는 관 속을 떠올리게 하는 공간이었다. 미군정이 체포령을 내린 탓에 시체로 위장해 월북을 감행하던 때였다. 서울을 빠져나가 홍천에 도착할 때까지 숨소리조차 죽인 채 꼼짝없이 관짝에 갇힌 신세였던 그는 죽음에 대해 생각할 수밖에 없었다. 그가 무슨 생각을 했는지는 기억해 낼 필요도 없었다. 그에게 떠오른 건 소멸이 아닌 불멸의 이미지였을 테니까. 죽음이란 영원한 사유의 세계로 거처를 옮겨 가는 것, 영원히 생각에 잠긴 상태로 건너가는 것과 비슷했다. 유물론자인 그의 머릿속에 떠오른 이 불멸의 이미지는 죽음에 대한 관념론적인 해석이었지만 모순을 느끼지는 않았다. 관 속에 시체처럼 갇혀 견딘 시간이 그에게는 일종의 임사체험과 같은 것이어서였다. 아무리 죽음에 가까이 간다 해도 죽음 그 자체일 수는 없었으므로 임사체험이란 곧 죽음에 대한 관념론적인 해석에서 삶에 대한 유물론적인 확신으로의 필연적인 귀환을 뜻했다. 거기에 모순이 있을 리가 없었다. 그러나 내무성 지하 감옥의 적막과 심연에는 사람을 질리게 하는 무언가가 있었다. 한 치 앞도 보이지 않는 혼야를 걷는 기분이었다. 이전의 상태로는 결코 되돌아갈 수 없다는 장엄한 선언을 마주한 기분이기도 했다. 삼십여 년 전 그가 첫 옥고를 치렀던 평양형무소도 이처럼 무시무시하지는 않았다. 그때는 혼자가 아니었다. 함께 체포된 김단야와 임원근은 말할 것도 없었고 감방마다 북선에서 항일운동을 하다 잡혀 온 투사들이 가득했다. 평양형무소에 수감되었던 반년 남짓의 기간은 마르크스와 엥겔스 그리고 레닌의 주요 저작을 섭렵하며 혁명적 동지애를 키워 가는 시절이었기에 음울하거나 비참하지만은 않았다.

이곳에서 그는 거의 유령이 되어 버렸다. 오래전부터 그는 철저하게 고립되고 격리되었다. 남로당 출신의 동지들과 겨우 엿새 차이를 두고 체포되었을 때부터였다. 이후로 시간이 어떻게 흐르는지도 알 수 없게 되었다. 철문이 열리며 밥그릇이 그의 앞에 던져져야 하루 가운데 어느 때인지를 가늠할 수 있었다. 복도에 불이 켜지면 철문 아래로 새어 드는 희미한 빛에 의지해 감방 내부를 볼 수는 있었으나 그 빛은 새어 든다기보다는 허공에 그어진 하나의 경계선에 가까웠다. 그가 결코 넘어갈 수 없는 경계선이었고 그가 어디에 있는지를 분명하게 알려 주는 표지이기도 했다. 그는 산 사람보다는 유령에 가까운 존재임을 인정하지 않을 수 없었다. 공개재판정에서 공화국과 인민의 이름으로 사형을 선고받았으니 정치적 생명을 목숨보다 귀하게 여겨야 하는 공산주의자로서의 그는 그 순간에 처형된 것이나 마찬가지였다. 하지만 그는 처형당할 수 없는 사람이었다. 외무상직을 박탈당하고 체포되어 조선로동당 당적마저 상실했을 때에도 그는 공산주의자였다. 공화국을 전복시킬 음모를 꾸민 반역자이자 미제의 고용간첩으로 선고받았을 때에도 그는 여전히 공산주의자였다. 그가 더 이상 공산주의자일 수 없게 된 순간은 아직 오지 않았다. 그에게는 신념이 있었다. 그를 지금까지 견디게 해준 신념. 결국 그를 몰락으로 이끈 신념이지만 그의 몰락이 신념의 몰락을 뜻하지는 않았다. 그는 죽어서도 공산주의자로 남을 거였다. 그의 노쇠한 육신을 갈기갈기 찢어 놓을 수는 있을지라도 공산주의자라는 그의 정체성을 파괴할 수 있는 사람은 아무도 없었다. 그러나 그가 사람보다는 유령에 가까운 존재라는 현실은 그의 신념과는 무관했다.

그는 혐의를 인정하는 순간 죽음을 각오했고 공산주의자로 죽을 수 있다는 사실을 유일한 위안으로 삼았다. 호송원에게 이끌려 재판정을 나설 때에는 곧장 처형장으로 끌려가는 줄 알았다. 그로부터 반년이 넘는 시간이 흘렀지만 그는 아직 살아 있었다. 그는 살아 있기 때문에 점점 더 유령에 가까워졌다. 공개재판을 하기 전까지는 감방 천장에 붙은 등을 밝혀 주었으나 재판장에서 돌아온 뒤로는 이미 그가 죽은 사람이라도 되듯 불조차 켜주지 않았다. 그가 자살을 하든 말든 상관없다는 뜻이기도 했다. 당연히 더 이상 로동신문을 넣어 주지도 않았다. 여기저기 잘려 나가 누더기가 된 채 반입되었을지라도 그가 바깥의 동향을 추측할 수 있는 유일한 수단이었다. 이처럼 내무성이 그를 이미 죽은 자, 유령으로 취급한 것도 하나의 이유였지만 오로지 그것 때문은 아니었다. 그를 유령으로 만든 건 그 자신이었다.

사형을 선고받았으나 아직 처형되지 않은 자를 옭아매는 흔한 생각들 탓이었다. 어쩌면 선고가 취소될지도 모른다는 실낱같은 기대와 정변이 일어나 느닷없이 복권되어 체포 이전으로 되돌아갈 수 있을지도 모른다는 헛된 기대가 하루에도 수십 번씩 솟았다가 꺼지기를 되풀이했다. 스탈린은 죽었지만 마오는 건재하지 않은가. 마오가 그의 목숨을 구하기 위해 모종의 계책을 시행하리라는 기대 역시 그를 괴롭혔다. 그의 이성은 그가 이미 죽은 목숨임을 받아들여야 한다고 말했지만 실제로 그를 사로잡는 것들은 바로 이런 무자비한 희망들이었다. 실현 가능성이 없는 희망이 그를 미망에 빠뜨렸고 누구나 인정해 마지않던 그의 철옹성 같던 이성에 균열을 일으켰다.

공산주의라는 유령이 유럽을 배회하고 있다. 이 문장에서, 아니 정확히 말하자면 유령이라는 단어에서 간신히 빠져나온 그는 당황했다. 자신에게 부여한 규칙이 있었다는 생각은 들었지만 규칙 자체는 선명하게 떠오르지 않았다. 한참이나 잠들지 못한 채 뒤척이던 그는 아, 하며 탄식을 내뱉었다. 일어날 필요까지는 없었다. 눈을 감고 누운 채로 인터내셔널가를 불러 보려 했다. 익숙한 곡조가 귓가를 맴돌았지만 그의 입술은 달싹거리지 않았다. 노랫말이 떠오르지 않았다. 그런 날이 여러 날 이어졌고 마침내 그는 인터내셔널가를 잊어버렸다는 사실을 깨달았다. 어쩌면 잊어버렸다기보다는 잃어버렸다고 하는 게 나을 지도 몰랐다. 제 품에 지녔더라도 무심하여 그것이 있는 줄 모른다면 잊어버린 것이지만 아무리 뒤져도 찾아낼 수 없으며 무엇이 사라졌는지를 안다면 잃어버린 거라고 할 수 있을 테니까. 그는 어둠 속에서 주먹을 쥐었다가 폈다 하며 원래 그 손에 쥐었던 것들의 감촉을 되살리려 애썼다. 그에게 신념은 추상적이거나 관념적인 게 아니었다. 심장이나 허파와 같은 몸의 기관처럼 물질적인 것이었다. 필요하다면 꺼내어 손에 쥘 수도 있었다. 그러니까 잃어버릴 수도 있는 거였다.

더는 노래를 부를 수 없게 되자 오래된 기억들이 하나둘 그를 찾아왔다. 무언가가 떠나 버린 빈자리를 대신 채우기라도 하듯 끊임없이 밀려들었다. 그 자리가 광활해서일 수도 있었고 그를 찾아오는 과거들이 왜소해서일 수도 있었다. 한 가지 분명한 건 그가 정말로 유령이라면 스펙터가 아닌 고스트라는 사실이었다. 이제 그는 오로지 과거의 일들 탓에 마음이 아플 거였고 헤어날 수 없는 회한에 잠길 거였다. 그런 식으로 그의 감방에 수많은 유령들이 찾아왔다. 때로는 유령과 사람을 구분하지 못했다. 무릎 높이로만 열리는 철문으로 간수의 손이 들어왔을 때 유령의 손을 본 거라 믿기도 했다. 자신의 신음을 유령의 목소리라 믿기도 했다. 어느 날엔가는 사람의 손인지 유령의 손인지 알 수 없는 손을 불쑥 잡아 보기도 했다. 그 손의 주인은 저항하지 않았으나 잡힌 채로 내버려 두지도 않았다. 그의 손에서 스르르 빠져나갈 때 혐오와 부정의 기미를 느꼈다. 더러운 걸 만졌을 때처럼 손을 마주 비비며 툭툭 털어 대는 소리가 들렸다. 이윽고 나직하게 내뱉는 욕지거리가 들려왔다. 젊은 목소리였고 낯선 목소리였다. 자네는 누군가? 이렇게 묻는 그의 음성은 비굴하기까지 했다. 하루 종일 그 자신이 아니라면 유령과 대화를 나누는 것밖에 허락받지 못한 그로서는 대담한 시도였다. 유령 아닌 존재와 말을 섞고 싶다는 간절함이 담긴 가련한 시도이기도 했다. 그 목소리의 주인은 잠시 머뭇거렸다. 그는 눈으로 보지 않아도 알 것 같았다. 철문 너머 복도에 선 사람은 무척 젊은 남자였다. 아마도 평소에 바르고 정직한 언어만 썼을 것이며 화가 나거나 슬픔에 빠져도 감정을 드러내지 않는 데 익숙했을 것이다. 비록 반역자라 해도 그가 들을 수 있는 곳에서 욕설을 내뱉었다는 사실에 수치를 느꼈을 것이다. 그를 욕하는 것이야말로 정당한 일임을 굳게 믿었을 텐데도 이 젊은이는 스스로 정한 금도를 넘어섰다는 사실이 부끄러웠던 것이다. 스스로를 난처한 상황에 빠뜨린 어리석음에 화가 나기도 했을 것이다. 그럼에도 젊은이는 그의 질문에 순순히 대답했다. 그의 질문에 대답함으로써 수치심을 덜어 낼 수 있다고 믿었기 때문이다.

그는 이 젊은이가 김일성종합대학 외어문학부 1학년생으로 러시아어에 뜻을 두었으며 이미 2년 전에 당원이 되었음을 알게 되었다. 당원 배가 운동을 하던 시절이었음을 고려하더라도 너무 이른 입당이 아닐 수 없었다. 학비를 벌기 위해 필사자로 자원했다가 내무성으로 배치받았다는 것도 알게 되었다. 사실 구체적으로 대답하지 않더라도 그는 젊은이의 신원을 충분히 짐작할 수 있었다. 스무 살에 김일성종합대학에 입학할 수 있으려면 고위직 당 간부의 자녀여야 했다. 하지만 그런 내력이 있다면 학비나 생활비가 부족해 필사자로 자원할 리는 없었다. 설령 그렇다 해도 하필이면 분 단위로 이상 유무를 기록하고 시간 단위로 보고서를 제출하는 지하 감옥을 관리하는 부서로 배치될 리가 없었다. 이 순결한 젊은이는 지하 감옥에 배치된 걸 영광으로 여길 게 분명했다. 정식 기관원이 아님에도 반역자 박헌영을 감시하는 일을 부여받은 건 당이 절대적으로 자신을 신뢰한다는 뜻이라고 받아들였을 것이다. 그는 젊은이의 아버지를 비롯해 두 형과 누나 한 명이 인민군으로 참전해 전사했다는 걸 알게 되었다. 노모와 동생들을 부양하며 살아야 하는 형편이라는 것도 알게 되었다. 그가 보기에 이 젊은이야말로 조국의 새로운 얼굴이었다. 젊은이의 눈에 담긴 증오와 분노가 깊은 연원을 지녔듯이 새로운 세계의 주역이 되고 싶어 하는 열망 역시 그러했다. 자네는 이름이 뭔가? 젊은이가 대답했다. 해원…… 김해원입니다. 그가 혼잣말처럼 중얼거렸다. 우리…… 만난 적이 있던가.

인터내셔널가를 잃어버린 뒤 처음으로 그를 찾아온 유령은 그 자신이었다. 누군가 그의 이름을 부르는 듯했다. 그 소리는 바깥에서 들려오지 않았다. 그의 머리맡에서 들려왔다. 잠에서 깨어난 그는 고개를 두리번거리다 감방 구석에 웅크리고 앉은 소년을 보았다. 네가 나를 깨웠구나. 그는 부스스 일어나 앉아 소년을 마주보았다. 쉰일곱 살의 늙은이인 그와 소년 시절의 그가 서로를 지그시 바라보았다. 그는 소년이 언제쯤의 자신인지를 생각해 보았다. 키가 작고 얼굴이 새까만 이 소년은 두툼한 솜옷을 입고 있었다. 지금도 마찬가지지만 그는 키가 작은 아이였다. 아마도 소년은 1915년으로 넘어간 겨울 무렵에서 온 듯했다. 그때까지의 소년은 나고 자란 예산을 떠난 적이 없었다. 이제 얼마 뒤면 보통학교를 졸업하고 경성고보 진학을 위해 예산을 떠나게 될 거였다. 한 번도 떠난 적 없는 고향을 떠나야 하는 것도 쓸쓸한 일이었지만 가까운 도시도 아닌 저 먼 경성으로 가야 한다는 사실 역시 쓸쓸하기 이를 데 없었다. 소년은 서

자였지만 서자라는 사실을 부끄러워하거나 괴로워하지 않았다. 어머니 덕분이었다. 그의 어머니는 집안 살림을 당신 혼자의 힘으로 일으키고 감당해 냈다. 소년의 집은 우시장 근처였다. 어머니의 국밥집은 우시장에서 거래를 마친 사람들이 으레 들러 국밥 한 그릇에 술 한 잔씩을 하고 가던 곳이었다. 어머니가 끓여 내놓는 국밥은 맑은 국물에 푹 삶은 소 내장이 가득했다. 우시장을 찾은 사람들은 소를 팔러 왔거나 사러 왔거나 혼자서 오는 경우란 드물었다. 대부분 소작농인 시골 사람들에게 소를 사고파는 일은 자식들의 혼례를 치르는 일처럼 크고 중요한 일이어서 반드시 어린 자식을 한둘쯤은 데리고 왔다. 혹시라도 고삐를 놓쳤을 경우를 대비한 것이기도 하지만 이처럼 중요한 일을 겪으면서 세상 물정을 깨우치는 데 도움이 되길 바라서이기도 했다. 아버지를 따라 우시장에 온 아이들은 우시장에 오기 전과는 다른 아이가 될 수밖에 없었다. 어른의 세계라 여겨지는 곳에 당당하게 합류했으니 어깨가 으쓱해지는 게 당연했다. 그러나 소를 판 사람과 산 사람의 태도에는 차이가 있었다. 상실한 사람과 획득한 사람의 차이라고도 할 수 있었지만 분명히 그런 차이만을 가리키지는 않았다. 집안 경사를 치르기 위해 소를 팔았을 수도 있었으니까. 소년은 국밥집에 들어서는 사람의 발걸음이나 손짓을 보면서 저 사람이 소를 팔았는지 샀는지를 알 수 있었다. 물론 소를 산 사람은 국밥집 앞에 소를 매어 두고 들어섰기에 금방 티가 나기도 했다. 그러나 그곳에는 언제나 이 소가 좋은 소인지 아닌지를 품평하는 사람들로 북적거렸다. 더구나 어른들은 좋은 일이든 나쁜 일이든 속내를 드러내지 않는 데 이골이 난 사람들이었다. 좋은 일에는 마가 낄 수 있고 나쁜 일에는 악재가 겹칠 수 있어서. 이런 식의 믿음을 지녔던 터라 표정을 감추고 아무렇지 않은 척하는 게 바로 우시장에서 거래를 마친 사람들의 일반적인 태도였다. 대신 소년은 어른의 뒤를 따라오는 소년 또래의 아이들을 보면서 상황을 가늠했다. 어른처럼 감정을 숨기려 애쓰지만 채 갈무리하지 못한 감정의 꼬리가 아이들의 눈과 입 속으로 사려 드는 걸 볼 수 있어서였다. 우시장 근처에 산다는 건 장날마다 울부짖는 소리를 들어야 한다는 걸 뜻했다. 깊은 새벽 외양간에서 끌려 나와 주인의 재촉을 받으며 먼 길을 걸어온 소들은 우시장이 내려다보이는 고갯마루에 다다르면 발정 난 소들처럼 크고 길게 울어 댔다. 잠결에도 그 소리가 들리면 온몸이 오싹해졌다. 어머니는 솥을 부시고 밥을 안치고 국밥 끓일 준비를 하느라 부산할 테고 소장수들과 쇠살쭈들은 벌써부터 한잔 술을 걸치며 한몫 두둑이 챙길 생각에 골몰할 거였다. 우시장에서 바람을 타고 넘어오는 냄새는 여느 때와 달리 노린내가 섞여 지독했고 흥정하는 소리 다투는 소리 울음소리가 뒤범벅된 소음이 새벽부터 아침참까지 이어 질 거였다. 소년에게 익숙한 냄새이고 소리였지만 익숙하다고 해서 진저리가 쳐지지 않는 것은 아니었다. 어린아이였을 때부 터 그때까지, 경성으로 떠나도 될 만큼 훌쩍 자란 소년이 되기 까지 이 냄새와 소리는 소년에게 단 하나의 이미지로만 남게 될 거였다. 다른 많은 일들처럼 잊었다고 믿은 일을 솜옷을 입은 채 웅크리고 앉은 소년이 마침내 기억해 냈기 때문이었다. 물론 아직 그는 소년이 무슨 생각을 하는지 알지 못했다. 그와 소년 이 나눈 대화는 늙은이가 소년에게 들려줄 법한 평범하고 지루 한 이야기에 지나지 않았다. 타향살이에 대한 두려움만큼 소년 의 가슴 깊은 곳에 분명히 자리 잡고 있는 흥분이야말로 늙은이 가 젊은이를 조롱할 때 흔히 언급하는 비밀이었으니까. 그러면 서 그는 깨달았다. 아, 이 소년은 아직 공산주의자가 아니다. 이 소년의 내부에 이미 그것이 웅크리고 있다 해도 그것은 아직 깨 어나지 않았다. 이 소년이 열여섯 살에 이르도록 가슴에 거주하 게 내버려 두었던 그것은 여전히 알몸인 상태였고 공산주의자 로 깨어나지 않았다. 그러니까 소년은 기회가 있는 셈이다. 이 깨달음 앞에서 그는 잠시 머뭇거렸다. 소년에게 경성으로 떠나 는 게 필연적임을 말해야 하는지 아니면…… 삶에는 다른 선택 지가 있음을 말해야 하는지. 그러나 다른 선택지란 얼마나 기만

적인가. 다른 선택을 한다 해도 일제의 억압에 신음해야 한다는 점에서는 다를 게 없었다. 해방이 도둑처럼 찾아와 조국이 남북으로 허리가 잘리고 전쟁의 포화 속으로 뛰어들게 된다는 점도 마찬가지였다. 다른 선택을 해도 어떤 방식으로든 몰락하지 않을 수 없을 거였다. 물론 그는 이러한 설명 역시 하나의 위선임을 모르지 않았다. 자신의 삶을 옹호하고 정당화하려는 기만. 다른 선택지가 불가능한 이유는 그가 선택한 삶이 옳기 때문이라는 기만.

소년은 여러 날 그를 찾아왔다. 그와 소년의 만남은 흔한 조언을 건네는 것으로 끝났다. 소년은 스르르 사라졌고 그가 예상하지 못한 순간에 되돌아왔다. 소년의 옷차림은 처음 그가 보았을 때와 변함이 없었고 수심 깊은 소년의 얼굴에 드리워진 그림자는 점점 더 어두워졌다. 그와의 만남이 소년에게는 아무런 도움이 되지 못한 듯했고 소년을 사로잡는 불안과 두려움은 오히려 더 깊어 가는 듯했다. 복도에서 귀에 익은 간수의 목소리가 들려왔다. 해원과 이야기를 나누는 듯했다. 그는 해원의 소년 시절을 헤아려 보았다. 해원이 16살이 되었을 1951년은 지휘부 전체가 강계로 피신하고 있던 때였다. 하루가 멀다고 찾아오는 미군 폭격기 탓에 강계 시내는 초토화되었고 살아남은 시민들은 거의 없었다. 미군의 세균전으로 전염병이 창궐하던 시기이기도 했다. 해원의 16살은 그렇게 시작되었을 것이다. 하늘에서 정찰기의 프로펠러 소리가 들려오면 곧이어 폭격기가 보일 거였다. 어쩌면 폭격기는 구름에 가려 있는 탓에 소리로만 알 수 있을 거였다. 이윽고 구름을 뚫고 폭탄이 우수수 쏟아져 내릴 테고 제대로 된 방공호도 아닌 토굴로 뛰어들어 부들부들 떨면서 태산이 무너지는 듯한 굉음과 하늘이 무너지는 듯한 진동을 온몸으로 고스란히 받아 낼 거였다. 그러다 어느 날 아버지의 전사 통지서를 받게 될 테고 이윽고 큰형의 전사 통지서를 다음으로 작은형의 전사 통지서를 그리고 마침내 아주 살가웠으며 겨우 열여덟에 지나지 않던 두 살 위의 누나가 죽었다는 통지서를 받게 될 거였다. 해원의 두 눈에는 전쟁으로 인한 공포보다 맹렬한 증오심과 복수심이 깃들게 될 테고 바로 여기 해원이 무척이나 정당하게 증오해도 좋을 미제국주의자들의 앞잡이인 그와 같은 종파주의자, 고정간첩을 보면서 왜 전쟁이 그토록 비참했는지를 납득하게 될 거였다. 인민군의 정보를 적들에게 제공하여 수상을 암살하고 공화국을 파괴하려 했던 자들, 바로 그들 때문에 아버지와 형들과 누나가 죽어 갔다는 사실을 곱씹으며 종파주의자들에 대한 깊은 원한을 가슴에 아로새길 것이며 그자들을 완전히 박멸하여 공화국을 아름답게 재건하겠다는 꿈을 지니게 될 것이었다. 해원이 바로 그런 사람으로 자라는 중이었다. 토굴 속에서 떨던 소년은 마침내 그렇게 되었다. 누가 이 소년의 분노가 정당하지 못하다고 손가락질할 수 있을까. 그러나 또한 누가 이 소년의 분노가 아름답다고 장담할 수 있을까. 인간의 진짜 적, 인간을 파멸의 구렁텅이로 몰아넣는 적이 다른 곳에 있을 수도 있다는 사실을 전혀 고려하지 않는 이 분노가 인간적인 분노라고 감히 누가 장담할 수 있을까. 그는 이런 생각을 하는 스스로에게 흠칫 놀랐다. 분노에 대한 생각은 언제나 분노와 함께 생겨났다. 분노를 사유한다고 믿는 건 어리석은 일이었다. 분노하는 자가 분노에 대해 생각하듯이 그는 해원이라는 낯설고 낯익은 젊은이에게 분노하는 거였다. 그 역시 결국은 젊은이에게 분노하는 흔한 늙은이가 되어 버린 거였다.

억울하지는 않았다. 전쟁의 책임을 그에게 돌린 수상을 그리고 당과 인민을 원망하지는 않았다. 그를 간첩이자 종파주의자로 몰아붙인 자들이지만 원망할 수 없었다. 인민은 분노를 퍼부을 대상이 필요했고 그가 숙청됨으로써 인민의 당은 살아남을 수 있을 테니까. 그가 애석한 건 단 하나였다. 이 모든 일이 이성적으로 진행되어 스스로 책임질 수 있는 기회를 박탈당했다는 사실이었다. 수상과 수상을 따르는 이들의 강압에 의해 이 길로 들어서게 되었다는 사실이 안타까울 뿐이었다. 마오는 기억하지 못할 것이다. 그가 전쟁을 앞두고 만났을 때 수상의 숙청을 거론하자 마오는 스탈린이 강하게 반대할 테니 좀 더 두고 보자고 답했다. 전쟁을 주저하는 그의 고뇌를 마오가 알아채지 못했음을 알았기에 그는 대화를 이어 가지 못했다. 돌아보면 그는 비겁했다. 만약 그 말을 직접 꺼내 놓았을 때 마오가 두고 보자고 대답한다면 그에게 영영 기회가 없으리라는 걸 알아서였다. 그즈음의 중국공산당과 마오는 중국 전역을 해방시키면서 자신감이 넘쳤기에 어떤 방식으로든 전쟁에 찬성했을 가능성이 컸다. 그는 한 걸음 물러섰고 그와 동시에 전쟁의 책임에는 한 걸음 다가선 셈이었다.

소년은 점점 더 수척해졌다. 소년을 사로잡은 근심을 누구보다 잘 아는 그였기에 소년을 위로할 수 있으리라 믿었다. 그는 소년을 보면서 이 소년이 왜 공산주의자가 될 수밖에 없었는지를 헤아려 보았다. 소년이 앞으로 겪게 될 삶의 행로를 낱낱이 일러 준대도 이 소년이 과연 그 길을 걸어갈 것인가라는 짓궂은 호기심도 생겼다. 만약 다시 살 수 있다면 스스로 어떤 선택을 할지 궁금하기도 했다. 그가 끝내 맞닥뜨리게 될 비참한 운명을 알면서도 똑같은 선택을 할지 아니면 전혀 다른 선택을 할지. 소년은 이제 곧 고향을 떠나 제법 오랜 세월이 지난 뒤에야 잠시 돌아오게 될 거였다. 떠날 때는 경성고보에 진학할 풋내기 소년에 불과했지만 돌아올 때에는 공산주의자가 되어 있을 거였다. 그가 기억하기에 소년 시절의 그는 고향의 모든 것들을 사랑했다. 누군가에는 지루한 하늘일지 몰라도 농민에게 하늘은 해와 달과 별이 뜨는 곳이었고 구름이 지나는 곳이었다. 하늘은 햇살을 쏟아붓고 비를 내려 들판을 기름지게 하고 작물이 자랄 수 있게 해주었다. 생활을 영위하는 데 필요한 사소하고도 평범한 모든 것들이 하늘 아래서 태어났다. 소년이 늘 보던 사람들은 식민지의 백성이었고 영세할지라도 자작농이라 할 만한 이들은 거의 없었다. 대부분 지독한 가난에 시달리는 소작농이었다. 그 사람들이 불과 이십여 년 전에 들불같이 타올라 농민전쟁을 일으켰다는 사실이 믿어지지 않을 만큼 그의 눈에 비친 농민들은 순박하기 이를 데 없었다. 소년이 마음속으로 자신의 호를 이정耒丁이라 지은 것도 농민의 손에서 떠나본 적 없는 쇠스랑(耒)과 고무래(丁)야말로 농민에 대한 정직한 비유여서였다. 그 손에 죽창을 들지 않더라도 자기 자신일 수 있기를 바라서였다. 소년이 공산주의자가 될 수밖에 없었던 이유는 결국 고향과 고향 사람들에 있었다. 한 줌도 안 되는 양반과 지주, 마름들이 아니라 가난하고 무지하고 순진하지만 가슴속 깊이 절망과 분노를 지닌 사람들 사이에서 그의 미래가 태어났다. 이른 새벽 삽짝을 나서 터벅터벅 먼 길을 걸어 마침내 고갯마루에 이르러 원한의 울음을 우는 사람들. 그 사람들도 언젠가 말하게 될 거였다. 일하는 자들이 굶주리고 일하지 않는 자들이 배부른 세상은 끝장나야 한다고. 일하지 않는 자는 먹지도 말라고. 지금 이 소년은 그때까지 자신이 보고 듣고 느꼈던 것들이 한평생 지워지지 않는 화인으로 남아 삶의 행로를 결정지으리라는 사실을 모르겠지만 그건 늙은이가 되어 버린 그가 관여할 수 있는 문제가 아니었다. 비록 공산주의자의 길을 걷지는 않는다 해도 소년을 길러 온 고향과 고향 사람들의 사연들은 어느 쪽으로든 소년을 떠밀게 될 테니까.

그의 마음속에서 헛된 호기심이 잦아들었다. 그 시절로 돌아가 다시 선택할 수 있다 해도 변하는 건 없을 듯했다. 한 사람의 삶이 그 사람만의 것이 아님을 소년도 알게 될 테고 이미 소년은 자신의 내부에서 시작된 거부할 수 없는 운명의 목소리를 들었을 테니.

그는 소년을 위로할 수 있는 수단이 없음을 알았다. 소년은 그가 그래 왔던 것처럼 홀로 견디고 홀로 부서지고 홀로 일어서고 홀로 깨달아야 했다. 그가 유령으로 찾아온 소년에게 지금까지 들려주었던 이야기는 조언으로써 무의미했다. 소년의 마음속을 차지한 사람은 어머니일 거였다. 어머니란 말은 소리 내어 말하든 속으로 삼키든 비슷한 무게로 가슴에 얹혔다. 아버지를 만날 무렵의 어머니는 사별한 첫 남편과의 사이에서 얻은 어린 딸 하나를 데리고 금광 근처에서 숙박업을 하던 과부였다. 쌀장사를 하던 아버지와 자주 마주치며 인연을 맺게 되었다. 아버지의 본부인이 살아 있음에도 임신을 하여 그를 낳았으니 어머니와 아버지의 인연도 지독한 셈이었다. 그는 서자로 태어났지만 억척스러운 어머니 덕분에 큰 설움을 받지는 않았다. 어머니는 몸이 부서져라 일을 했고 본부인에게도 예의를 갖추어 대했다. 아버지의 본부인은 그가 다섯 살이 되던 해에 숨을 거두었다. 임종 직전에 그의 어머니의 손을 붙잡고 아버지와 살림을 합치라는 당부를 남겼다. 그는 큰어머니의 죽음은 별로 기억에 남지 않았지만 낯선 손님처럼 찾아오던 아버지가 여느 아버지처럼 사랑채를 차지하고 들어앉아 날마다 얼굴을 대할 수 있게 되어 어린 그를 짓누르던 불안이 서서히 사그라지던 기억만은 뚜렷했다. 어머니와 아버지가 다른 부부들처럼 한집에 살게 되었지만 그런 사실이 그가 말수 적고 차분하다 못해 소심해 보일 만큼 침울하고 내면은 고집스러운 소년으로 자라는 걸 막아 주지는 못했다. 이렇게 기억을 더듬다 보면 쉰일곱 살의 그로서도 이해가 되지 않는 부분이 있었다. 넉넉한 형편은 아니었다 해도 먹고 살 만큼은 되었고 어머니의 생활력 덕분에 서자라고 천대받지도 않았다. 서당에 다니며 한학을 공부했을 뿐만 아니라 장사를 했던 터라 세상 물정에 트인 어머니의 뜻을 좇아 신학문을 배우기 위해 보통학교에 다니고 경성으로 유학을 떠나기까지 했던 소년이 왜 이토록 서글퍼했는지를. 하나뿐인 아들에게 삶의 의미를 부여하고 모든 기대와 희망을 걸어야 했던 어머니. 그런 어머니를 소년은 애달파했다. 그는 새삼 깨달았다. 소년을 짓누르는 건 어머니의 무게였다. 어머니를 한없이 경애하면서도 어머니가 자신에게 품은 기대와 희망에 어긋나는 삶을 살 수밖에 없으리라는 막연한 불안이 소년을 괴롭혔다. 소년은 어머니가 바라는 그런 사람은 결코 될 수 없으리라는 예감이 있었고 결국 이미 마음속으로는 어머니를 배신해 버린 듯한 기분이 들었다.

그는 소년에게 말해 주고 싶었다. 비록 어머니의 뜻에 어긋나는 삶을 산다 해도 어머니에게 품은 소년의 진심은 훼손되지 않을 것임을. 훗날 그가 농민전쟁을 분석하게 되었을 때 전봉준을 비롯한 농민군이 집강소를 설치한 뒤 실질적으로 행정을 집행하면서 내세운 폐정개혁안에 토지를 공평하게 나누어 경작하게 하라는 공산주의적 요구가 담겼다는 사실보다 과부의 개가를 허락하라는 요구가 담겼다는 사실에 더 감정이 북받쳤음을 말해 주고 싶었다. 소년은 한 번도 어머니를 잊은 적이 없고 지금 이 순간에도 어머니만은 누구보다 생생하게 늙은 그의 가

습속에 살아 있음을. 그런 방식이 아니고서는 달리 어머니와 더불어 살아갈 수 없다 해도 소년 역시 나이를 먹어 가면서 사랑하는 이를 가슴에 묻는 일의 장엄함을 알게 되리라고.

그가 소리 내어 말하지 않았음에도 소년은 알아들은 것 같았다. 감방은 여전히 낮과 밤이 구분되지 않는 깊은 어둠 속이었고 그를 찾아오는 소년은 여전히 괴로워하는 얼굴이었으나 그 얼굴에 서린 빛은 사라지지 않았다. 다만 하루하루가 지날수록 소년의 형체가 희미해졌다. 희미한 유령이 더욱 희미해지고 있으니 소년이 더는 그를 찾아오지 않을 수도 있다는 뜻인 듯했다. 그렇게 되면 소년은 다시 그의 가슴속에 묻힐 테고 그것으로…… 소년과는 영영 이별일 것이었다.

소년의 형체가 희미해지면서 소년의 얼굴에 수많은 얼굴이 겹쳐 보였다. 그는 동지들의 유년 시절과 소년 시절을 잘 알지 못했다. 살아온 이력을 서로에게 들려주긴 했지만 그가 최초의 동지였던 김단야와 임원근을 만났을 무렵 그들 모두 청년이었다. 그의 얼굴에서 소년의 기미가 사라진 것처럼 그들의 얼굴에도 소년의 흔적은 남아 있지 않았다. 그들은 식민지 조선의 청년으로 만나 과거가 아닌 미래를 함께하기로 맹세했고 결국 그 혼자 남게 되었다. 최초의 동지들 이후 새로운 동지들을 만났고 그들 역시 하나둘 죽었다. 그의 마지막 동지들은 불과 얼마 전에 한꺼번에 처형되었다. 이제 그의 곁에는 그와 미래를 약속한 동지는 한 명도 남지 않았고 그에게도 더 이상의 미래는 없었다. 마지막 동지들이 죽은 뒤 홀로 살아남은 이 시간은 유령의 시간이다. 그들도 그를 찾아올 게 분명했다. 만약 제국주의자들과 싸우다 죽었더라면 인민의 적과 싸우다 죽었더라면 그는 죽은 동지들을 순수하게 애도할 수 있을 거였다. 그러나 그들은 당과 인민의 이름으로 처형되었다. 그들을 죽인 건 수상과 수상을 따르는 자들이지만 역사에는 그렇게 기록되지 않을 거였다. 그러므로 그에게 남은 게 죽음뿐일지라도 살아갈 날이 단 하루에 불과할지라도 그는 동지들을 기억해야 했다. 동지들이 얼마나 아름다운 사람이었는지를 기억하는 마지막 사람이 그였기에 그는 죽는 순간까지도 그들을 잊지 말아야 했다. 그러나 어디엔가 그들을 기억해 주는 사람이 적어도 한 사람쯤 더 남아 있을 것이다. 그는 지금도 이따금 그 소리를 들었다. 임화의 아내 지하련의 울음이 잠든 그를 깨우기도 했다. 그가 지하 감옥으로 끌려왔을 무렵의 평양은 폐허에 가까웠다. 전쟁 내내 지속된 미군의 폭격으로 평양 시내는 멀쩡한 건물이 한 채도 없었다. 대성산의 지하 벙커마저 폭격으로 무너져 내렸으니 당연한 일이었다. 평양이 부서지는 동안에도 보통강과 대동강은 의연하게 흘렀듯이 인민의 역사도 도도하게 흐르리라 믿을 수밖에 없었다.
지난겨울 공개재판정으로 끌려가면서 얼핏 본 평양 시내는 삼
년 전과는 달리 번듯한 도시로 재건되는 중이었다. 휴전으로 따
지면 겨우 이 년 반이라는 짧은 기간에 평양은 참담했던 전쟁
의 흔적을 상당 부분 지워 냈다. 그가 감옥에서 듣던 아련한 소
리들, 일하는 사람들의 노랫소리와 건물의 잔해를 치우고 그 자
리에 새로이 터를 다져 기초를 세우던 소리들이 환청이 아니었
음을 확인했다. 그러나 가끔 들려오는 지하련의 울부짖음은 환
청일 수밖에 없었다. 남편을 찾아 평양 시내를 유령처럼 떠돌던
지하련의 목소리가 다시 그를 찾아왔다. 지하련이 그토록 찾아
헤매던 임화는 안경알로 동맥을 끊어 자살하려다 실패하고 끝
내 총살을 당했다. 그는 손을 들어 얼굴을 더듬었다. 안경이 없
었다. 그제야 그는 공개재판정에서 안경을 벗어 바닥에 던져 깨
뜨린 이후 안경 없이 지내 왔음을 깨달았다. 어차피 이런 어둠
속에서야 시력이 좋든 나쁘든 상관은 없었다. 그러므로 그는 유
령이든 뭐든 눈에 보이는 것들의 반쯤은 마음의 도움을 받아 보
고 있는 셈이었다. 그의 눈에 비친 희미한 형상과 마음에 떠오
른 희미한 형상을 더해 인식하는 거였다.

　그는 희미한 소년의 얼굴을 지그시 바라보았다. 소년도 눈
에 비치는 것들만이 아닌 마음에 새겨진 것들을 보는 듯했다.

소년의 얼굴에 겹쳐지는 다른 얼굴들이 낯익듯이 이런 상황도 낯익었다. 그는 기억을 더듬어 보았다. 그래, 첫 아이를 얻은 뒤였다. 마치 이렇게 될 줄 알았다는 듯 그는 첫 딸에게 그림자라는 뜻으로 영影이라는 이름을 붙여 주었다. 영은 그의 그림자이면서 그의 환영幻影이기도 했다. 그와 아내 주세죽 사이에서 태어난 딸아이가 그림자처럼 살아야 할 운명임을 짐작했는지도 모른다. 실재하면서도 실재하지 않는 아이. 환영처럼 존재하는 실재. 그는 눈앞에 아이를 보고 있으면서도 아이를 부정할 수밖에 없었다. 그러나 영을 얻고 세바스토폴에서 지낸 휴양기와 아내와 함께 대학을 다니며 세 식구가 지내던 모스크바에서의 3년 남짓의 세월 동안 그에게는 말할 수도 없고 드러낼 수도 없는 수줍은 습관이 생겼다. 누구의 얼굴을 보든 자연스레 그 얼굴의 기원을 떠올리게 되었다. 노인이거나 중년이거나 청년이거나 나이에 상관없이 어떤 사람을 보든 그 사람의 최초의 얼굴이 어떠했을지, 이 세상에 막 태어났을 때의 얼굴이 어떠했을지를 생각하면 저절로 입가에 미소가 지어졌다. 젊은 여자만 보면 딸이 자라 성년이 되었을 때 저런 얼굴일까를 가늠하는 습관도 생겼다. 첫딸은 그의 실재를 가장 크게 뒤흔든 환영이었다. 그 아이의 러시아식 이름은 비비안나였다. 그의 첫딸은 지금도 모스크바에 있었다. 상해로 떠나면서 네 살짜리 영을 보육원에 맡졌고 다시 만나기까지 15년의 세월이 필요했다. 다시 만났을 때의 딸은 열아홉 살이었다. 15년 만에 모스크바에서 재회한 그의 딸은 조선어를 전혀 몰랐다. 무엇보다 놀라운 사실은 딸의 외모가 그를 쏙 닮았다는 점이었다. 그처럼 왜소한 몸집이었고 동그란 얼굴에 눈코입이 오종종했다. 까맣게 잊었던 오래전의 습관이 잠시 떠올랐고 그 뒤로는 한 번도 그런 습관을 가져본 적이 없음도 깨달았다. 한때 그런 습관을 지닐 수 있었던 건 영이 그의 아이였기 때문이었을 것이다.

그는 소년의 얼굴에서 다른 이들의 소년 시절 얼굴을 조금씩 알아보았다. 시선은 되돌아오기 마련이라는 듯 그를 보는 소년도 마음속으로는 내가 늙으면 이런 얼굴일까를 가늠하는 것처럼 보였다. 소년의 눈에 비친 나이 든 소년의 얼굴은 어떤 의미일까. 그는 부끄러웠다. 생김새 탓은 아니었다. 소년이 그의 얼굴에서 읽어 내는 세월을 부디 비참하다고만은 해석하지 않기를 바랐다. 1915년에서 1956년에 이르기까지 41년의 세월이 기억할 만한 가치가 있노라고 여겨 주기를 바랐다. 이제 소년은 거의 형체가 없었다. 추운 날 입에서 풀려나와 허공으로 사라지기 직전인 입김처럼 보였다. 아주 오랫동안 그를 방문했던 소년이 이제 떠나려 했다. 그동안 그들은 많은 이야기를 나누었다.

주로 말하는 쪽은 그였고 듣는 쪽은 소년이었지만 소년이 그를 잘 알지 못하는 데 비해 그가 소년을 무척이나 잘 안다는 점을 고려하면 불공평한 대화는 아니었다. 소년은 소년 시절의 그가 그랬듯이 그의 말을 경청하는 것 같았고 언제나 심사숙고하는 것 같았다. 과묵한 이 소년은 그의 말을 선선히 수긍하는 것처럼 보이지는 않았으나 그의 말을 무작정 밀어내려 하는 것 같지도 않았다. 어쨌든 그가 해야 할 말과 할 수 있는 말은 소년에게 닿았고 그중 무엇을 받아들이고 버리느냐는 오롯이 소년의 일이었다. 유령과도 같은 그를 찾아와 준 이 유령에게 그는 감사했다. 잊었던 일들 몇 가지가 선명하게 떠올라서였고 소년 시절의 그가 왜 그럴 수밖에 없었는지를 소년은 아닐지라도 그 자신은 납득할 수 있어서였다. 자네는 이제 경성으로 가야 하네. 미련을 버리고 앞으로 나아가게. 문득 그는 소년이 아닌 해원이라는 젊은이에게 말하고 있다는 기분이 들었다. 자네는 반드시 모스크바로 가야 하네, 조국을 위해 배우고 돌아와 조국을 위해 일해야 하네. 전쟁과 슬픔과 원한을 잊고 조국을 재건하게. 실제로 그는 소년의 얼굴이 일그러지는 걸 보았다. 혐오가 가득한 얼굴이었다. 그는 유령과 산 사람을 구분하지 못해 유령의 손을 사람의 손으로 착각했듯이 아니 사람의 손을 유령의 손으로 착각했듯이 지금도 그런 착각에 빠진 것 같았다. 소년이 조금 더 고개를 들었다. 소년의 일그러진 얼굴이 보였다. 희미해진 터라 그렇게 보였을 수도 있었다. 소년의 입술이 달싹거렸다. 그런데 누이는요? ……누이라니? 출가하겠다며 절을 찾아 떠난 누이 말이에요. 그는 소년의 이글거리는 눈을 똑바로 마주 보았다. 지금 자네가 괴로워하는 게 중이 되겠다며 떠났다가 기생이 되어 버린 자네의 동복누이 탓이라는 건가? 자네가…… 봉희 누나를 잊지 않고 있단 말인가? 그는 수치심을 느꼈다. 이 소년에 대해 전혀 알지 못했다는 생각이 들었다. 이제야 소년을 옭아매는 고뇌가 무엇인지 알 것 같았다. 소년의 가슴속에 새겨진 불멸의 이미지가 무엇인지도. 뜻밖이었다. 그는 고개를 저었다. 그러나 잊어야 한다. 봉희 누나는 공산주의자가 된 자네를 돕다가 비참하게 죽지. 봉희 누나의 두 자녀 역시 자네를 진실로 믿고 따르다가 비참하게 죽거나 도망자가 되지. ……자네가 아끼던 사람들은 자네 때문에 죽는다네. 자네의 아버지가 그러하고 자네의 어머니가 그러하지. 자네가 하나의 인간으로 자신만의 가정을 꾸리게 되면 자네의 가족들 역시 모두 자네 때문에 죽거나 비참해진다네. 자네는 세 명의 아내를 만나지. 첫 번째 아내에게서 딸을 얻지만 그 아이는 네 살 때 보육원에 맡겨지네. 자네는 그 아이를 몹시 그리워하게 되고 이제 영영 만날 수 없다네. 두 번째 아내에게서 아들을 얻지만 정식으로 혼례를 치르지는 못한다네. 그 아이는 아비와 세상을 원망하다 죽었을 테고 만약 죽지 않고 살아 있다면 한평생 도망자로 살 거라네. 세 번째 아내에게 딸과 아들을 하나씩 얻지만 이미 그들 모두 죽었거나 죽을 운명이라네. 미제의 간첩을 남편으로 둔 아내와 아비로 둔 자식들은 우리 공화국에서 살아갈 수 없으니까. 그는 떨리는 목소리로 말했다. 이 말은 그의 말은 아니었지만 그의 입에서 나왔으므로 그의 말이 아닐 수 없었다. 어쩌면 그조차 알지 못한 그의 본심이었을지도 몰랐다. 소년은 동요하지 않았다. 소년이 제 동복누이의 삶에 책임이 있다고 처음 느낀 순간이 언제였는지는 모르겠지만 그건 중요하지 않았다. 열여섯 살이 될 때까지 소년의 가슴속에 가장 선명하게 새겨진 이미지가 봉희 누나였다는 게 못내 서러웠다. 기억은 할 수 없지만 가장으로 살아야 했던 바쁜 어머니를 대신해 그를 보살펴 준 사람은 아마도 봉희 누나였을 것이다. 그가 자지러지게 울면 당황하여 빈 젖을 꺼내 물리기도 했을 테고 밥상머리에 앉아 숟가락으로 밥을 떠먹여 주기도 했겠지. 어머니가 할 수 없는 일을 대신하면서 누나는 울기도 많이 울었겠지. 어느 날 누나가 사라지고 난 뒤 그가 누나를 찾자 어머니는 시집을 간 거라고 말했다. 함진아비도 가마도 가마꾼도 떠들썩한 잔치도 없었으니 시집을 간 거라면 어딘가로 팔려 간 거라고 받아들였다. 그렇더라도 한 번쯤은 집에 오겠지 했건만 누나는 오지 않았다. 그렇게 세월을 보내면서 그는 누나가 시집을 간 게 아니라는 사실을 알게 되었다. 누나가 사라지기 전 누나와 나누었던 사소한 대화들이 본래의 의미를 벗어나 무수하게 변주되어 그의 내면에서 떠오르기를 되풀이했다.

그는 동요하지 않는 소년을 바라보았다. 소년은 거의 형체가 없었다. 이미 허공에 스며들어 가뭇없이 사라진 입김 같았다. 입김이 있었음을 증명하는 찰나의 잔영처럼만 보였다. 하지만 소년의 목소리는 분명하게 들렸다. 너무나 강직하고 단호해서 어리석게까지 들리는 목소리였다. 그렇다면 나는 결코 가정을 꾸리지 않겠어요. 비참하게 그런 짓을 당하느니 혼자서 가겠어요. 소리에 놀라지 않는 사자와 같이 그물에 걸리지 않는 바람과 같이 흙탕물에 더럽혀지지 않는 연꽃과 같이 무소의 뿔처럼 혼자서 가겠어요. 그는 깊은 숨을 내쉬었다. 공산주의자가 될 소년의 말치고는 종교적인 색채가 짙어서만은 아니었다. 그 말에 담긴 열망의 강도에 압도되어서도 아니었다. 소년의 말을 듣고 그는 생각했다. 맞아, 내가 바로 그런 꿈을 꾸었지. 혁명가에게 사랑은 거추장스러운 걸림돌일 뿐이라며 결코 결혼하지 않겠다고 다짐했지. 언제부터 그런 꿈을 꾸었던가. 아무리 늦게 잡아도 3·1운동을 치르고 난 뒤였으니 스무 살의 나는 혁명과 결혼에 대한 확고한 신념을 지닌 젊은이였던 거야. 그런데 그로부터 채 2년도 되지 않아 주세죽과 결혼했지. 왜 나는 그런 맹세를 저버렸던가. 무엇이 나를 놀라게 했고 무엇이 나를 붙잡았으며 무엇이 나를 더럽혔던가. 소년은 사라졌다. 소년이 사라졌는데도 그는 계속해서 물었다. 이윽고 그는 해원에게 어리석은 질문을 하고 있는 스스로를 보았다. 해원의 얼굴에 떠오른 표정은 사라지기 직전 소년의 얼굴에 떠올랐던 표정과 비슷했다.

3

2009년 5월 23일

내가 누구인지 나는 알지 못해요. 내게도 기억은 있지만 그 기억이 정말 내 기억인지는 분명하지 않거든요. 오랫동안 내가 누구인지 생각해 보았지만 확실한 건 하나도 없어요. 나는 바람에 가까운 존재니까요. 바람처럼 어디든 갈 수 있지만 내 의지에 따라서가 아니라 나도 알지 못하는 어떤 의지에 떠밀려서 갈 뿐이에요. 아마도 사람들은 나를 가리켜 귀신 혹은 유령이라 할 테지만 나는 스스로를 그림자에 가깝다고 생각해요. 원래 살아 있던 나 자신의 그림자요. 하지만 그것도 말이 안 되는 것 같아요. 조금 더 그럴듯하게 표현하자면 나는 살아 있는 동안 내가 꾸었던 꿈들의 그림자인 것 같아요. 실체는 불분명하지만 무얼 꿈꾸었는지는 느껴지니까요. 내 나이는…… 열 살이거나 스무 살 아니면 서른 살. 몇 살이었는지 잘 모르겠지만 마흔 살은 아니었던 게 분명해요. 만약 내가 죽기 전에 누군가를 보고 싶어 했다면 우리 엄마 아빠였을 텐데 왜 내가 이곳으로 오게 되었는지는 모르겠어요. 처음에는 의아했어요. 그동안 여러 곳을 떠돌았는데 이곳에 온 뒤로는 여기가 내 여행의 종착지라도 되는 것처럼 더 이상 떠돌지 않게 되었거든요. 나를 이끈 게 무엇이든 바로 이곳으로 데려오기 위해 그랬다는 생각이 들어요. 처음에는 낯선 곳이어서 놀랐고 내가 왜 여기에 있는지 알 수 없어서 놀랐지요. 그런데 시간이 흐를수록 마음이 편해졌어요. 왜 그럴까 생각하다가 내가 머물러야 할 곳이라는 사실을 깨달았어요. 이곳에 머물면서 조금씩이기는 하지만 옛 기억이 떠올랐으니까요.

이 마을은 기억에 없었지만 예전에 와본 적이 있는 것처럼 낯익었어요. 이 마을에 대해 말하자면 날씨와는 상관없이 한마디로 아늑해요. 남과 북이 그리 높지 않은 산으로 둘러싸여 있고 그 사이로 개천이 흐르며 개천 주위로는 논이 펼쳐져 있지요. 북쪽의 봉화산을 등지고 집들이 옹기종기 들어앉았는데 마을 어디에서나 고개를 돌리기만 하면 우뚝 솟은 봉우리 아래 툭 튀어나온 바위를 볼 수 있어요. 부드러운 능선들이 이어지고 작은 골짜기를 품은 산인데도 이마처럼 훤히 드러난 바위가 두 곳이나 있지요. 산 위에서 불어 내려온 바람이 도약하기 위해 마련한 장소처럼 여겨졌어요. 강직함을 안으로 갈무리한 온화한 산이라는 느낌이 들었지요. 높은 바위는 사자바위 낮은 바위는 부엉이바위라고 해요. 부엉이바위 아래에는 옆으로 쓰러진 마애불도 있어요. 언제부터 그랬는지는 알 수 없지만 너무 오래된 탓에 절벽에서 천천히 떨어져 나왔을 수도 있고 지진과 같은 재해가 일어나 순식간에 떨어져 나왔을지도 모르지요. 마애불, 하고 입 속에서 이 말을 되뇌면 텅 빈 공간을 쓸고 가는 혀가 느껴져요. 질감이 강하지는 않지만 혀에 와 닿는 부드러운 느낌이 사랑하는 사람과 입을 맞출 때처럼 따뜻하거든요. 나한테도 그런 기억이 있을까요. 사랑하는 사람과 그처럼 따뜻한 입맞춤을 나눈 적이 있을까요. 잘 모르겠어요. 그런 기억이 없는데도 이런 표현이 가능한 이유는 그것 역시 제가 꾸었던 꿈 가운데 하나였기 때문일지도 모르지요. 나는 오래도록 마애불과 눈을 맞추었어요. 닳고 닳아 납작해져서 형태만 남은 눈이었지만 거기에 서린 기이한 눈빛은 언제까지나 그대로일 것 같았어요. 이따금 고개를 돌려 마애불의 시선이 향한 쪽을 보기도 했지요. 나무에 가리기는 했지만 그 시선을 똑바로 따라가면 동쪽의 사자바위에 닿을 거예요. 마애불은 비스듬히 누운 채로 얼마나 오랫동안 그걸 지켜보았을지. 절벽에서 떨어져 나오기 전에는 마애불도 동남쪽을 바라보았겠지요. 부처가 온 방향을 바라보도록 절벽을 문지르고 문질러서 부처를 새기는 게 전통이었으니까요. 그러나 지금 마애불은 죽은 자를 묻을 때 바라보게 했다던 해 뜨는 쪽을 향하고 있으니…… 마애불은 절벽에서 떨어져 나오고서야 비로소 자기 자신이게 된 건지도 몰라요. 자신이 도래한 곳이 아니라 자신이 가야 할 곳을 바라보고 있으니까요.

이곳은 봉하마을이라고 해요. 봉화산 아래 있는 마을이라는 뜻이겠지요. 산속에는 정토원이라는 암자도 있어요. 그곳에 가족의 위패를 봉안한 사람들이 자주 찾아다녀서인지 산길은 여느 공원의 산책로 못지않게 잘 단장되어 있어요. 산 너머에서 시작된 등산로를 따라 여기까지 오는 사람도 있을 테고 이 마을을 출발점으로 삼아 등산하는 사람도 있겠지요. 산길을 따라 올라가다 아무 곳에서나 뒤를 돌아보면 마을과 마을 앞에 펼쳐진 논이 한눈에 내려다보이고 맞은편의 뱀산과 그 너머의 산들이 방금 몸을 일으킨 것처럼 크고 가깝게 보이지요.

내가 처음 이곳에 왔을 때는 겨울이 한가운데로 들어선 때였어요. 해가 짧아서 오후가 저문다 싶으면 금세 캄캄해졌지요. 어둠 속에 있으면 어둠과 하나가 된 기분이었고 나를 이끄는 다른 손길은 없었기에 지은 지 얼마 안 되어 보이는 그 집의 뒤뜰에 내려앉아 웅크리고 있었지요. 마을의 여느 집들과는 좀 달랐어요. 용마루에서 처마로 이어지는 지붕의 물매가 가파르지 않아 지붕 전체가 평평해 보이는 단층 건물들이 미음 자와 디귿자를 붙여 놓은 형태로 맞닿아 있었지요. 뒤뜰 쪽으로 난 넓은 창에서 불빛이 새어 나왔어요. 그 안에는 아무도 없었어요. 오른쪽과 왼쪽 벽면에는 빽빽하게 책이 꽂힌 책장이 전면을 차지했고 한가운데 기다란 테이블이 있었지요. 얼마나 지났을까요. 누군가 그 안으로 들어왔어요. 그리고 처음으로…… 그를 보았어요. 처음이라는 말의 뜻은 설명하기가 쉽지 않지만 실제로 누군가를 본 게 그렇다는 뜻이에요. 그때까지 나는 사람들을 보지 못했어요. 볼 수는 있었지만 본다고 말하기는 어려웠어요. 사람들은 내게 그냥 한 그루 나무나 한 포기 풀과 같았지요. 그들이 무얼 느끼는지 무슨 생각을 하는지 전혀 알 수 없었고 그들 역시 나를 볼 수도 느낄 수도 없었으니까요. 눈을 마주치는 경우도 있었지만 내 시선이 그 너머로 달려가 버리듯 나를 바라보는 그들의 시선도 나를 통과해 갔지요. 더러 관심이 가는 사람도 있었어요. 이유는 모르겠지만 나를 이끄는 손길에서 주저하는 기미가 느껴지는 경우가 있거든요. 잠시 여기에 서서 네 앞에 있는 그 사람을 보아라. 이런 뜻이 담긴 것 같았어요. 하지만 그런 관심마저도 오래가지는 않았어요. 내가 누구이고 왜 이처럼 떠도는지, 나를 생각하는 것만으로도 힘겨웠어요. 내가 나를 생각하는데도 안개에 갇힌 것처럼 막막했기 때문에 나 이외의 다른 누군가를 생각할 겨를이 없었어요. 물론 아무리 그 사람을 가까이에서 본다 해도 그 사람이 입을 벙긋벙긋하는 것만 볼 수 있을 뿐 목소리는 들리지 않았어요. 이처럼 사람들과 소통은커녕 서로를 의식하거나 인식할 수 없었기 때문에 그들에게 점차 무관심해졌고 그런 상황에 익숙해졌지요. 이 세상에서 아직 사람으로 살아가는 그들과 바람이면서 그림자인 나는 서로 무관하다는 걸 인정하니 한편으로는 서운했지만 홀가분하기도 했어요. 그러니까 서재면서 회의실인 듯한 그 방으로 들어선 그를 보았다고 해서 특별한 일은 아니었어요. 걸어 다니는 나무 한 그루가 그 방에 들어온 것이나 마찬가지일 테니까요. 다만 그를 보았다고 말할 수밖에 없는 이유는 그를 본 순간 그가 느껴졌기 때문이에요. 그동안 보았던 사람들에게서는 느낄 수 없었던 무언가를 희미하긴 해도 분명히 느꼈어요. 나한테도 퍽 새롭고 신기한 일이어서 오스스 소름이 돋았지요. 그는 테이블 너머에서 고개를 돌렸어요. 그의 시선은 창을 향했는데 정확히 내가 있는 쪽이었어요. 내가 살아 있는 사람이라 해도 그는 볼 수 없었을 거예요. 내가 웅크리고 있는 곳은 창을 통과한 빛이 힘없이 부려진 곳에서 한 걸음 물러난 자리였어요. 환한 방에서 창밖을 보면 빛이 닿는 곳 외에는 어두워 보일 테니 아무도 보이지 않았겠지요. 하물며 바람과 같은 존재인 나를 보았을 리가 없지요. 그런데도 우리는 눈을 마주쳤어요. 정체가 불분명한 감정이 그의 눈길을 타고 미끄러지듯 내게로 다가왔지요. 그가 무얼 느끼는지 알 수 있었어요. 선명한 하나의 감정은 아니어서 적당한 단어는 없지만 그래도 표현해 보자면 분노를 품은 당혹감 같은 거였어요. 딱 맞는 표현이 없을 뿐 사실 사람이 지닐 수 있는 흔한 감정 가운데 하나일 거예요. 그런 감정은 당혹이 깊어지면 끝내 분노가 되고 말지요.

그의 첫인상은 나쁘지 않았어요. 깊게 팬 이마의 주름살이며 검게 탄 얼굴이 속이 깊고 선량한 사람이라는 인상을 주었어요. 고생을 많이 한 사람 같았고 타인을 함부로 취급하지 않을 사람 같았어요. 무엇보다 내가 그를 보았다고 할 수밖에 없는 이유는 그의 목소리를 들었기 때문이에요. 그때까지 내가 사는 곳은 완벽한 침묵의 세계였어요. 처음에는 볼륨을 최대로 낮춘 화면을 보는 기분이었어요. 내가 감지하기 어려운 수런거리는 작은 목소리를 듣고 있다고 믿어서였지요. 얼마 안 되어 그건 습관 탓임을 알게 되었어요. 이를테면 새가 눈앞에서 날아갔을 뿐인데 그 새의 날갯짓 소리와 울음을 들었다고 착각한 거였어요. 어떤 사람이 인상을 찌푸리며 입을 크게 벌렸을 뿐인데 고함을 들었다고 착각한 거였어요. 시간이 흐르면서 내가 들었던 작은 목소리들은 내 기억에서 들려오는 소리라는 걸 깨달았고 실제로 내가 머물고 있는 이 공간은 볼륨을 최소로 줄인 곳이 아니라 완벽하게 소리가 소거된 세계라는 걸 알게 되었지요. 그런데 그의 한숨 소리가 들려왔어요. 나는 그를 똑바로 바라보고 있었기 때문에 그의 입이 한숨을 내쉴 때의 입 모양으로 변하는 걸 보았어요. 그래서 처음에는 내 기억 속에서 들은 한숨 소리가 되살아나는 거라고 생각했어요. 한숨 소리 다음에 불분명한 몇 마디가 들려왔어요. 정확히 뭐라 한 건지는 알 수 없었지만 어떤 사실을 차마 인정할 수 없어 당혹해하는 그의 복잡한 기분은 선명하게 느낄 수 있었지요. 내가 처음으로 들은 목소리가 바로 그의 목소리였기에 그에게 마음이 기우는 게 당연했어요. 그가 내뱉은 말들 가운데 몇 마디는 알아들을 수 있었지만 맥락을 모르기 때문에 정확히 이해할 수는 없었어요. 나는 몸을 일으켜 허공을 향해 도약한 뒤 미음 자로 된 건물의 한가운데인 중정으로 넘어갔다가 그곳을 발판 삼아 다시 남쪽 건물의 지붕을 넘어갔어요. 불빛이 새어 나오는 방을 들여다보니 기다란 테이블 끝 의자에 앉은 노부인이 보였어요. 비록 소리는 들을 수 없었지만 어깨를 가늘게 떠는 걸 보면서 울고 있다는 걸 알 수 있었지요. 노부인이 잠깐 고개를 들었어요. 얼마나 울었는지 눈두덩이 퉁퉁 부었더군요. 그제야 모든 게 이해가 됐어요. 나는 다시 왔던 곳으로 돌아갔어요. 그러곤 내가 들을 수 있는 유일한 소리인 그의 목소리에 귀를 기울였지요. 그가 내뱉는 말은 대부분 감탄사이긴 했지만 나를 속이다니, 아이들을 핑계로 삼다니, 이런 말들도 알아들을 수 있었어요.

나는 사람을 판단할 때 생김새를 염두에 두지는 않았어요. 얼굴이 잘생겼는지 못생겼는지 고운지 미운지 호감이 가는지 아닌지를 따진 적은 없으니까요. 내가 다른 사람에게 어떻게 보일지 신경 쓰기 싫은 것만큼요. 하지만 그의 첫인상이 나쁘지 않았음에도 그 순간부터 그의 생김새마저 호감이 가지 않았어요. 그를 다시 보니 심술로 가득 찬 노인임을 알 수 있었고 얼마나 고집이 세고 고약한 사람인지 짐작이 되었어요. 울고 있는 아내를 달래 주지는 못할망정 아내를 원망하는 사내라니요. 그는 아내가 자신도 모르게 많은 돈을 어느 기업인에게 빌려 외국에 살던 자녀들에게 보냈다는 사실을 처음 알게 된 거였어요. 아내는 그 돈의 대부분을 그동안 진 빚을 갚는 데 썼고 나머지는 아이들을 위해 썼다고 변명했지요. 그는 보통의 속 좁은 노인네가 하듯이 불같이 화를 냈고 그의 아내는 눈물만 흘렸어요. 그는 인정할 수가 없었어요. 아내가 자신도 모르게 그 많은 돈을 흔전만전 써버렸다는 사실이 비현실적으로 느껴졌어요. 그런 돈을 절대 빌려서도 써서도 안 된다고 늘 강조했던 터라 아내가 그처럼 대담하게 일을 저질러 버렸을 거라고는 상상도 못했으니까요. 그는 아내가 고백하는 순간 모든 걸 이해했어요. 자신이 평생 지키려 애썼던 것들이 허물어졌다는 걸, 이제 그는 누구에게도 떳떳하고 당당하게 말할 수 없게 되리라는 걸 이해해 버렸어요. 그는 우는 아내를 달래기는커녕 냉담하게 지켜보았어요. 아내의 어깨를 감싸고 달래 주기는커녕 더 크게 분노하고 윽박지르지 않는 것만으로도 최대한의 인내심을 발휘하는 거라고 믿었어요. 그는 이보다 더 너그러워질 수 있는 방법을 몰랐어요. 사실 그때 그는 거의 파괴되었어요. 한순간이기는 했지만 손에 뭔가 둔탁한 게 잡혔다면 그것으로 아내를 내리쳐 죽이고 자신도 곧바로 그 자리에서 죽을 수도 있다는 생각이 들 정도였으니까요. 어리석은 아내 때문에 자신이 죽게 되리라는 걸 예감했고 그 모든 게 자신의 불찰이라는 것도 깨달았어요. 그는 울고 있는 아내를 내버려 둔 채 혼자서 서재로 왔던 거예요. 그리고 창밖을 보다 나를 느꼈던 거지요.

내 가슴속에서 조용히 분노가 일어났어요. 아무리 아내가 잘못을 저질렀다 해도 한평생을 더불어 살아온 사람인데 그처럼 냉담하게 바라보는 그의 시선이야말로 가장 비인간적인 시선이라는 생각이 들었어요. 그 집을 떠나고 싶었어요. 누군가는 그곳을 가리켜 아방궁이라고 했지만 내 눈에는 평범하고 소박하기만 한 그 집이 싫어서는 아니었어요. 내 분노가 가리키는 곳을 향해, 더 먼 곳을 향해, 새로운 곳을 향해 날아가고 싶었지요. 그런데 누군가에게 명치를 얻어맞기라도 한 것처럼 꼼짝할 수가 없었어요. 그가 느끼는 당혹감보다 열 배 백 배 더 커다란 당혹감에 사로잡혔고 온몸에 힘이 빠지면서 기절할 것만 같았어요. 내 기억임이 분명한 것들 가운데 하나가 되살아났어요. 그의 냉담함에 분노를 느낀 건 내 경험과 관련이 있어서라는 걸 알게 되었고 내가 그처럼 행동하는 사람을 예전에 무척 싫어했다는 것도 알게 되었지요. 그런 점에서 그는 내 과거의 일부였어요. 내가 꾸고 싶지 않은 꿈이었고 만약 그럴 수 없다면 최선을 다해 조금이라도 빨리 벗어나고 싶은 꿈이었어요. 그는 테이블 오른쪽 끝 의자에 앉아 있었어요. 두 손으로 머리를 감싸 쥐고 고개를 숙인 채 혼돈에 빠진 스스로를 건져 내려 애썼어요. 이윽고 그는 두 손으로 마른세수를 하며 고개를 들었지요. 방금 전과는 다른 눈빛이었어요. 그토록 짧은 순간에 평정을 되찾았다는 게 믿어지지 않았지요. 그가 무슨 말을 할지 궁금했기 때문에 그의 입을 뚫어져라 바라보았어요. 작은 목소리로 내뱉는 말이라 할지라도 입 모양을 보면서 들으면 놓치지 않으리라 생각했어요. 하지만 그는 입을 꾹 다문 채 아무 말도 하지 않았어요. 그런데도 귓가에 그의 목소리가 들려왔어요. 그때부터 그가 무얼 생각하는지 볼 수 있었지요.

그는 이런 사람 같았어요. 무언가를 고백하지 않으면 안 되는 사람. 마음에 품은 것들이 그 안에서 숙성되어 저절로 밖으로 나오는 사람. 그런 순간에 이르면 스스로도 어쩔 수 없는 사람. 그런 사람을 시인이라고 할 수 있다면 그 역시 조금 특이하긴 하지만 시인이라고 할 수 있겠지요. 그의 머릿속에 노인의 얼굴이 떠올랐어요. 그의 아버지도 아니고 그가 잘 알고 지낸 누구도 아닌 원진레이온의 노동자였지요. 이와 비슷한 순간에 자주 떠올려 본 사람이었는지 오래전에 단 한 번 보았을 뿐인데도 노인의 얼굴은 방금 본 사람의 얼굴처럼 생생했어요. 실제로 그 사람은 노인이라고 할 수 없었는데도 그의 기억 속에서 노인이었던 이유는 이황화탄소 중독으로 급격하게 노화가 진행되어서였어요. 서울올림픽 개막을 얼마 남겨 두지 않았던 1988년 여름이었어요. 그보다 1년 앞서 재해를 입은 노동자들이 정부에 진정을 하면서 이 사건이 세간에 알려지게 되었지요. 특히 실을 뽑아내는 방사실에서 아무런 보호 장비도 없이 일하던 노동자 가운데 수십여 명이 여러 해에 걸쳐 이황화탄소 중독으로 언어장애, 전신마비, 정신질환 등을 앓았고 그들 가운데 증상이 심각했던 대여섯 명이 끝내 죽었다는 사실도 알려졌어요. 국회의원이었던 그는 공동 조사단의 일원으로 원진레이온을 방문해 합의를 이끌어 냈어요. 회사 측은 직업병을 인정하며 책임지겠다고 했으나 국회의원들이 돌아가자 태도를 바꾸었지요. 2차 조사를 나갔던 그는 강력한 경고를 남기고 대기 중이던 승용차로 향했어요. 그 자리에는 항의를 위해 휠체어를 타고 온 재해 노동자들도 있었지요. 그는 한 사람과 잠깐 눈이 마주쳤어요. 휠체어에 앉은 그 사람은 무표정한 얼굴이었지요. 뭔가 이상하다고 느낀 그는 수행원들 틈에서 다시 한 번 돌아보았지요. 그제야 그 사람의 얼굴에 표정이 없는 것이 아니라 안면이 마비되어 그렇게 보인다는 걸 알았어요. 그 사람의 얼굴에 정지된 표정은 어쩌면 다행스럽게도 무표정이었어요. 휠체어에 의존하지 않으면 안 될 만큼 반신마비가 진행되고 오랫동안 병에 시달린 탓인지 넉넉히 잡아도 사십 대 초반일 텐데 그 사람은 육십 노인처럼 늙어 보였어요. 그가 승용차의 뒷좌석에 오르자 중학생쯤으로 보이는 여자아이가 달려왔어요. 그 사람 옆에 서 있던 아이였지요. 그 아이는 차창을 붙잡고 울먹거렸어요. 선생님, 우리 아빠 좀 살려 주세요. 제발요, 우리 아빠 좀 살려 주세요. 우리 아빠…… 그는 울면서 매달리는 아이 너머에 있던 아이의 아빠를 바라보았어요. 그 사람의 눈에서 눈물이 흘렀지요. 무표정한 얼굴에서 흘러내리는 두 줄기 눈물. 이 얼굴이 바로 지금 그가 되살려 낸 이미지였어요. 그때 그는 깨달았어요. 그 사람이 눈조차 깜박일 수 없다는 걸요. 그러니 아마도 평소에는 두 눈에 안대를 쓰고 있었겠지요. 국회의원들에게 호소하고 회사 측에 항의하기 위해 이 자리에 와서야 안대를 벗었겠지요. 한여름 햇살은 깜빡일 수 없는 그 사람의 두 눈이 감당하기에는 한없이 부신 빛이었겠지요. 어쩌면 그 사람은 딸의 얼굴조차 오랜만에 본 것일지도 모르지요. 부신 햇살 아래서 아버지에 대한 걱정과 근심으로 수척해진 어린 딸의 얼굴을요. 그리고 그 딸이 생판 낯선 사람에게 매달려 아버지를 살려 달라며 우는 걸 보았겠지요. 눈이 시려서 그랬던 건 아니었을 거예요. 그 사람의 두 눈에서 흘러내린 눈물은 자기 연민도 아니었을 거예요. 보통의 아버지라면 딸이 자신을 위해 울부짖고 있을 때 자신의 상처만을 곱씹지는 않을 테니까요. 그 순간 아버지는 딸의 눈물이 무엇을 뜻하는지를 숙고하기 마련이니까요. 그 사람 역시 고통과 분노 그리고 감당할 수 없는 슬픔이 그처럼 눈물이 되어 흐르는 거였겠지요. 이 모든 사실을 그는 한순간에 깨달았어요. 이 얼굴이 그의 기억에 남아 언제까지나 그를 괴롭히리라는 것도요. 실제로 그 사람의 무표정한 얼굴에서 흐르던 눈물은 오래도록 그를 사로잡았고 민중이 어떤 존재인지를 뜻하는 상징으로 남았지요. 평온하게 비참한. 마침내 그는 노인 아닌 노인의 얼굴을 지금 이 순간 다시 떠올리게 되었어요. 전과는 다른 의미로요. 지금 자신의 얼굴이 그 노인의 얼굴과 다르지 않을 거라고 생각하면서요. 다른 점이 있다면 그의 눈에서는 눈물이 흐르지 않는다는 거였지요.

그가 무슨 생각을 하는지 알았다고 해서 그에게 호감을 느낀 건 아니었어요. 조금 뒤 그가 과거에서 길어 올린 노인의 이미지는 바닥에 떨어뜨린 유리창처럼 수많은 조각으로 부서지더군요. 그 과정이 느릿하게 진행되어서 노인의 얼굴에 균열이 생기고 작은 조각들로 나뉘어 사방으로 흩어지는 모습이 보였어요. 그 사이 그는 다시 손바닥으로 얼굴을 쓸어내렸고 오랜 세월 동고동락했던 측근이 들려준 이야기를 떠올렸어요. 떠올렸다기보다는 저절로 떠올랐다고 해야겠지요. 이 이야기를 처음 들었던 건 1982년 무렵이었어요. 특전사 시절 낙하 훈련을 할 때 겪었던 일이라고 했지요. 무사히 낙하산을 펴고 지상에 내려앉았던 측근은 한 동기가 낙하산을 펴지 못한 채 추락하는 걸 눈앞에서 보았다고 했어요. 그는 자신이 직접 본 것도 아니었는데 처참하게 부서져 죽은 젊은이를 상상할 수 있었지요. 결국 그가 원진레이온 노동자의 얼굴과 낙하산을 펴지 못해 죽은 젊은 군인의 얼굴을 거의 동시에 떠올리게 된 건 둘 다 추락의 의미를 지녀서였어요. 두 눈에서 소리 없이 흐르는 눈물과 낙하산을 펴지 못한 채 가속도가 붙어 굉장한 속력으로 지상을 향해 곤두박질치는 군인. 그의 자부심과 긍지 그리고 신념이 바로 그런 속도로 느리고도 빠르게 심연을 향해 추락하는 중이었어요. 바닥이 어디인지 모를 심연이었지요. 턱이 있는지 모른 채 발을 내딛다가 멈칫하는 순간처럼 전율이 그를 휘감았어요. 단단한 지상인 줄 알았는데 허공이라는 사실을 깨달았을 때의 당혹감을 그가 느낀 것처럼 나도 느낄 수 있었어요. 그의 내면에서 일어난 걷잡을 수 없는 추락에도 불구하고 그가 방금 전과는 달리 평정을 되찾을 수 있었던 건 한 아이의 목소리 덕분이었어요. 그 목소리. 살려 주세요. 살려 주세요. 그 자신이 추락하는 자였음에도 이 목소리는 그의 추락을 능가하는 굉음이었어요. 살려 달라니요. 그는 죽고 싶은 심정이었고 어떤 의미에서는 죽음에 거의 다가간 사람인데, 살려 달라니요. 추락하는 그를 향해 내민 구원의 손길이 아니었음에도 그는 이 추락을 멈추어 누군가를 살리기 위해 손을 내밀어야 할 것 같았지요. 어쩌면 구원이란 그런 형태로만 다가오는지도 몰라요. 내게 손을 내미는 게 아니라 내가 손을 내밀 수 있도록 내 이름을 불러 주는 목소리 같은 것 말이죠. 그의 마음속에서 생겨난 혼돈은 그가 여느 시인과는 다를지라도 자기만의 방식으로 시를 쓰는 시인임을 증명하는 듯했어요. 살려 주세요. 자신이 아직도 누군가의 목숨을 살릴 수 있는 사람인지를 생각하지 않을 수 없었어요. 그의 이름은 노무현이지만 살려 주세요, 라는 말이야말로 진정으로 그를 호명하는 목소리였어요. 상념에서 빠져나와 고개를 든 그는 헛웃음을 흘렸어요.

그를 처음 본 순간 이후로 나는 어디에 있든 그가 무얼 느끼며 두려워하는지 알 수 있었어요. 그의 목소리는 뚜렷하게 들릴 때도 있었고 의미가 모호한 중얼거림으로 들릴 때도 있었지만 그의 감정을 내 것처럼 느끼는 데에는 아무런 방해가 되지 않았어요. 내가 들을 수 있는 유일한 소리가 그의 목소리였으니까요. 그 마을에 머무는 동안 나는 나 같은 존재를 중음신中陰身이라 부른다는 걸 알았어요. 그가 산책을 다니는 길을 따라다니다 정토원에 들러 의례를 치르는 사람들을 유심히 지켜보면서 알게 된 거였어요. 중음신은 죽은 사람이되 아직 환생하지 못한 사람을 뜻한다고 하더군요. 그러나 글자 그대로 새겨읽으면 그늘 속에 있는 사람, 그림자와 같은 사람이라 할 수 있지요. 나는 환생이나 윤회보다는 이런 의미가 더 마음에 들었어요. 그에게 반감을 지녔음에도 호기심을 버리지 못한 이유는 그와 나, 우리는 죽었으되 아직 죽지 않은 사람, 죽지 않았으되 이미 죽은 사람이라는 점에서 똑같다는 생각이 들어서였지요. 그는 아내의 고백으로 처참한 심정이 된 그날 이후 하루하루 수척해졌어요. 그의 아내도 마찬가지였지요. 마을에 낯선 사람들이 하나둘 나타났고 부엉이바위와 사자바위에는 카메라를 쥔 채 꼼짝 않고 그의 집을 노려보는 기자들이 나타났지요. 그즈음부터 세상의 모든 시선이 그의 집을 향했지요. 그와 그의 가족 그리고 그의 수행원들의 일거수일투족이 관심의 대상이 되었어요. 마을 사람들은 조심스러워했지요. 둘씩 셋씩 모이면 무언가를 심사숙고하는 사람들이 그렇듯이 입을 작게 벌리면서 이야기를 나누었고 이따금 탄식을 하듯 길게 한숨을 내쉬곤 했지요. 물론 나는이 모든 걸 그들의 입 모양과 얼굴 표정을 보면서 짐작하고 알아냈어요. 봄이 되었건만 그는 집에 은둔한 채 바깥나들이를 하지 않았어요. 그는 자신을 보러 온 관광객들의 부름에도 화답하지 않았고 즐기던 산책도 그만두었어요. 봉화산 산책로의 왕벚나무가 싹을 틔우고 봉하마을이 잿빛을 벗어나 푸르게 변해 갈 때에도 그는 지붕 낮은 그 집에 외로이 틀어박힌 채 비서관을 비롯한 가까운 사람들과 담소를 나눌 뿐 세상과 절연하기로 마음먹은 것처럼 꼼짝도 하지 않았어요. 그사이 그의 아내가 부산지검으로 끌려가 조사를 받고 왔고 그 역시 서울로 끌려가 조사를 받게 되었어요. 그가 서울로 올라가던 날 아침 봉하마을 상공에는 헬리콥터가 날았어요. 그가 타고 갈 버스를 카메라로 찍으면서 그의 행보를 모두 기록하게 될 헬리콥터였지요.

그는 대문 앞에 대기 중인 승합차를 향해 걸어갔어요. 그러다 멈추어 뒤돌아선 뒤 잠시 숨을 골랐지요. 지난밤 한숨도 잠들지 못했던 탓에 피로했어요. 그가 새벽에 가장 먼저 한 일은 거울을 보며 머리를 다듬고 옷을 갖춰 입는 거였어요. 대통령직을 마치고 고향으로 돌아오던 날 그가 가장 기뻐했던 일은 이제 더이상 거울을 보며 배우들이 분장을 하듯 자신을 꾸미지 않아도 된다는 사실이었는데 그는 다시 자신이 다른 사람들 눈에 어떻게 비칠지를 고민해야 하는 처지가 되었어요. 그는 승합차로 다가갔어요. 하지만 곧바로 승합차에 오르지 않았어요. 나는 듣지 못했지만 그는 들을 수 있었던 소리. 그건 바로 그의 아내의 울음이었어요. 아내가 고백한 이후 그를 사로잡았던 두 사람이 떠올랐어요. 그가 가장 존경하는 김구와 링컨. 그는 김구와 링컨이라면 이런 상황에 처했을 때 어떻게 행동했을지를 생각해 보았지요. 하지만 그는 솔직하게 고백하자면 김구와 링컨이 과연 이런 상황에서 어떻게 행동했을지를 알 수 없었어요. 그에게 김구는 항일 독립운동가이자 민족의 분열을 가장 서글퍼한 인물이었고 링컨은 노예를 해방시킨 자이자 미국의 통합을 이루어낸 인물이었어요. 그에게 김구와 링컨은 사적인 의미가 없었어요. 그들이 어떤 방식으로 가족을 대하고 수신했는지에 대해서는 그 역시 몰랐어요. 그들은 그에게 영감을 주는 정치인이었을 뿐 이런 상황에서 현명한 조언을 해주는 인생의 선배는 아니었어요. 다시 말해 그는 비록 그가 존경하는 인물들에게 어떤 조언도 듣지 못했으나 그가 하지 않으면 안 될 일이 있음을 느꼈고 그 일은 그가 최초로 행하는 일이라는 걸 깨달았어요.

그는 우는 아내를 향해 재빠르게 다가갔어요. 자신감에 찬 걸음은 아니었어요. 그래, 나는 김구도 아니고 링컨도 아니다. 나는 노무현일 뿐이다. 나는 내 식대로 살아갈 수 있을 뿐이다. 내가 옳은지 그른지는 이제 아무도 설명해 줄 수 없다. 그러나 저 앞에서 울고 있는 사람은 나의 아내가 아니던가. 내 아내를 위로해 줄 사람은 나밖에 없지 않은가. 나밖에 할 수 없는 일을 회피하는 건 나답지 않다. 그는 이렇게 생각했어요. 아내에 대한 애정 때문도 아니었고 우는 사람에 대한 보편적인 연민 때문도 아니었어요. 그는 의무감을 느꼈고 이 의무를 수행하지 않으면 자기 자신일 수 없다고 생각했어요. 그때까지 아내는 그를 피했어요. 아니, 그가 아내를 피했다고 해야겠지요. 그는 아내와 한마디도 나누지 않았고 마주 앉지도 않았고 함께 잠들지도 않았어요. 그와 아내는 이혼을 앞둔 부부가 어쩔 수 없이 동거하는 것처럼 함께 살고 있을 뿐이었지요. 그러나 그는 어깨를 들썩이며 우는 아내를 이번에는 모른 척할 수가 없었어요. 다른 사람들이 지켜보고 있기 때문이 아니라 김구와 링컨은 겪지 못했던 일을 그 자신은 겪고 있다는 생각 때문이었지요. 그는 아내에게 다가가 두 팔로 가볍게 안았어요. 힘껏 껴안는 뜨거운 포옹도 아니었고 부서질세라 조심스러워하는 포옹도 아니었지요. 그저 가볍게 살짝 안았어요. 그건 그가 해야 하는 수많은 행동 가운데 하나일 뿐이었어요. 그런데도 그의 마음속 깊은 곳에서 무언가가 치밀어 올랐지요. 처음에 그는 코끝으로 밀려오는 아내의 익숙한 체취가 불러일으킨 묵은 감정일 거라고 믿었어요. 이내 그는 마음속으로 고개를 저었어요. 그 행동의 동기는 의무감이었지만 그는 그 행동을 실행한 뒤 낯선 느낌을 받았어요. 뜻밖이었지만 그 행동으로 아내를 위로한 게 아니라 스스로가 위로받았다는 것도 알게 되었지요.

그를 태운 승합차가 집에서 나왔어요. 승합차에서 내린 그는 자신을 기다리던 사람들을 향해 돌아섰어요. 잠시 양복의 매무새를 가다듬은 뒤 사람들에게 말했어요. 국민 여러분들께 면목이 없습니다. 실망시켜 드려서 죄송합니다. 가서, 잘 다녀오겠습니다. 그리고 인사를 꾸벅 한 뒤 집 앞 도로변에 서 있던 버스를 향해 걸어갔어요. 검찰에 조사를 받으러 떠나는 이의 소회 치고는 무척 짧고 간단했지만 어떤 말보다 무거웠지요. 그의 목소리는 착 가라앉아 있었고 처연하기 이를 데 없었어요. 마지막 말을 할 때 잠시 멈칫거린 찰나의 순간 그가 말하려고 했으나 하지 못한 말들이 그의 등 뒤에 남겨진 채 낙엽처럼 바닥에 떨어졌지요. 물론 나는 다른 사람들의 목소리는 들을 수 없었지만 그들의 입 모양을 보면서 그의 이름을 부른다는 걸 알았어요. 할 말이 많은 이들일수록 그 말을 할 수 없는 상황에서는 상대의 이름만 불러 댄다는 것도 그때 알았어요. 그처럼 서로가 나누지 못한 말들이 그가 떠나고 없는 빈자리를 맴돌았지요.

그와 변호인단을 태운 버스가 마을을 빠져나갔어요. 나 역시 다른 사람들처럼 버스의 뒤꽁무니를 오래도록 바라보았지요. 방송국 카메라를 실은 헬리콥터가 버스를 따라 날아갔고 모든 사람들이 실시간으로 그의 서울행을 텔레비전을 통해 보고 있었지요. 그는 자신의 불찰을 알았고 모든 걸 인정했기 때문에 자신을 향한 의혹들을 충분히 해명할 수 있다고 믿었어요. 거만하고 교활한 검사들이 그의 도덕성에 흠집을 내기 위해 소환조사를 강행했다는 것도 잘 알았지만 받아들일 수밖에 없었어요. 그자들이 원하는 만큼 짓밟혀야 끝날 일이었고 이게 바로 그의 패배라면…… 이 패배를 인정하기로 마음먹었어요. 그는 죄가 없기 때문에 죗값을 치러야 함을 납득한 거였어요. 전세 버스를 타고 변호인단과 함께 서울로 가는 그의 마음속에는 한 가지 생각뿐이었어요. 그가 모든 걸 인정함으로써 그의 패배가 다른 누구의 패배가 아닌 오롯이 자신의 것이 될 수 있기를. 홀로 이 모든 책임을 지고 물러날 수 있기를. 그는 차창 밖으로 고개를 돌렸어요. 4월의 마지막 날이었어요. 계절은 봄의 한복판을 향했지요. 이른 봄을 알리던 꽃들이 지고 길가에 흐드러지던 벚꽃들도 지고 산은 완두콩 빛깔로 물들어 있었지요. 거센 봄바람이 빈 하늘을 불어 가는 게 그의 눈에도 보였어요. 그는 이 계절에서마저 추방당한 기분이 들었어요. 봄이 왔으되 홀로 봄 바깥에서 살게 되었으니까요. 오래전 처음 국회의원이 되었을 때 느꼈던 소외감과 비슷했지요. 그는 스스로를 박해받는 사람들 속에 섞여 있는 박해받지 않는 사람이라고 여겼어요. 시위를 하다 강제로 해산당한 철거민들과 노동자들 사이를 관용 승용차를 타고 지날 때면 문득 저 사람들 속에 있고 싶다는 강렬한 유혹을 느꼈어요. 현실은 인권변호사였던 그가 정치를 하기로 결심했을 때 예상했던 것들과는 확연히 달랐어요. 아니, 전혀 예상하지 못한 건 아니었지만 현실 정치의 벽은 그가 상상한 것보다 견고했지요. 국회의원이 되기 전에는 국회의원만 되면 세상을 바꿀 수 있다고 믿었지요. 국회가 제 몫을 다한다면 더 나은 세상을 위해 많은 일을 할 수 있을 거라고 믿었어요. 하지만 불과 몇 달 만에 그는 한계를 직시했어요. 국회의원이 할 수 있는 일이 많지 않아서이기도 했지만 무엇보다 그를 괴롭힌 건 그가 인권변호사라는 직함을 팔아 개인의 영달을 누리고 있다는 양심의 가책이었어요. 여전히 사람들은 부당한 억압과 착취를 당하고 있었고 그와 같은 인권변호사 출신의 국회의원이 여느 정치인과는 다른 일을 해주길 기대하면서 우러러보았지요. 정작 그가 그들을 위해 할 수 있는 일은 혹시라도 승용차에 타고 있는 자신을 알아볼까 봐 목을 움츠리는 것이었으니까요. 이런 식의 후회는 그의 일생을 두고 되풀이되었어요. 당의 지도자가 된다면, 이 선거에서 승리한다면, 대통령에 당선된다면……. 꿈을 꾸는 정치인. 정치만 하는 사람이 아니라 다른 이들과 같은 꿈을 꾸고 꿈을 잃은 자들에게 꿈을 되돌려 주고 더불어서 함께 사는 세상. 사람이 사는 세상. 그가 머릿속으로 그려 왔던 미래상은 확고했지만 그가 현실에서 겪은 일들은 이제 그만 꿈을 포기하라는 끈질긴 속삭임 같았지요. 수많은 우여곡절을 겪었으나 지금까지 그는 안전했어요. 풋내기 국회의원이었던 그는 5공화국 청문회를 거치면서 전국적인 유명 인사가 되었으며 이후 낙선에 낙선을 거듭하긴 했지만 오히려 대중적인 인기는 더 높아져 한국 정치사 최초로 자발적으로 만들어진 팬클럽까지 두게 되었어요. 이해관계가 얽힌 정치적 후원 단체가 아닌 그와 같은 꿈을 꾸고 그와 더불어 세상을 바꾸고 싶어 하는 평범한 사람들의 열망이 만들어 낸 전례 없는 사건이기도 했지요. 그는 마침내 기적 같은 경선 과정을 거치면서 집권당의 대통령 후보가 되었고 일일이 기록할 수 없는 극적인 순간들을 견디어 대통령이 되었지요. 대통령이 된 뒤로도 풍파는 그를 비켜 가지 않았어요. 역사상 최초로 국회에서 탄핵소추안이 가결된 대통령이 되었으나 헌법재판소의 탄핵 기각 판결로 대통령직에 복귀하게 되었지요. 그가 직무에서 배제되어 있는 동안 치러진 총선에서 승리하여 국민은 다시 한번 그에 대한 신임을 보여 주었지요. 정권 연장에는 실패했지만 무사히 임기를 마치고 고향으로 내려올 수 있었어요. 그는 자신에게 닥친 위기를 피해 가지 않았고 그때마다 그를 지지하는 사람들은 혼신의 힘을 다해 그를 지켜 주었어요. 그렇게 그는 언제나 안전했어요. 그를 흔들 수는 있어도 그를 짓밟을 수는 없었어요. 하지만 그는 위기를 넘겼던 매순간마다 처음 국회의원을 하던 시절에 느꼈던 수치가 되살아났어요.

탄핵소추안 가결로 직무가 정지되어 청와대 관저에 칩거했던 두 달 남짓의 기간 동안 이 수치가 두려움에서 비롯되었다는 걸 처음 알게 되었어요. 일주일 동안 그는 한평생 부족했던 잠을 채우기라도 하듯 밥 먹는 시간이 아니면 줄곧 잠을 잤어요. 혼곤한 잠에 빠져들어 과거와 미래가 구분되지 않는 시간 속을 헤맸지요. 그는 대통령직을 수행할 수 없었고 그걸 생각하는 것조차 위법이라 여겼기에 업무에 대해서는 아예 생각조차 하지 않으려 했어요. 그 빈자리에 그가 잊었던 일들, 잊었다고 믿은 기억들이 밀려왔고 거기에서 벗어나기 위해서라도 억지로 책을 읽었지요. 하루 종일 책을 읽다가 관저 부속실의 직원들이 퇴근한 뒤에야 마당으로 나갔지요. 북악산과 인왕산이 무언가의 그림자처럼 상춘재의 지붕을 굽어보는 시간이었어요. 마당의 한쪽에 산으로 통하는 계단이 있는데 그 계단을 오르면 작은 쉼터가 있었지요. 그는 어둑어둑할 무렵 그곳에 올라 경복궁 너머를 보곤 했어요. 텔레비전 화면으로만 보았던 촛불들이 만들어 낸 불그림자가 세종문화회관 위에서 어른거렸지요. 가만히 의자에 앉아 보고 있노라면 촛불을 들고 웅성거리는 사람들의 목소리와 함성이 들려왔어요. 거대한 음향기기에서 울리는 소리일지라도 거리가 멀어서 그저 웅웅거리는 소리 같았지요. 가수가 부르는 익숙한 노래가 들려오기도 했고 사회자의 선창에 화답하는 목소리들도 들려왔지요. 아내는 당신을 지지하는 사람이 저렇게 많다며 안도했지만 그는 아내의 말에 선뜻 고개가 끄덕여지지 않았어요. 그는 이따금 고개를 들어 서울의 밤하늘을 올려다보았어요. 헤아릴 수도 없을 만큼 많은 별들이 떠 있겠지만 그의 눈에 보이는 별은 그리 많지 않았어요. 서울의 불빛이 밤하늘을 잠식해서이기도 하고 대기가 탁해서이기도 했지만 비록 그가 볼 수 있는 별이 손가락으로 헤아릴 수 있을 만큼 적다 해도 저 하늘에 은가루를 뿌려 놓은 듯 무수히 많은 별들이 빛나고 있음을 잘 알았지요. 그는 옛사람들처럼 별이 비참하게 죽어 간 사람들의 영혼이라고 여기지는 않았어요. 그러나 별들이 빛나는 이유는 어두운 세상을 밝히려는 것이며 절망한 자는 밤하늘의 별을 보며 용기를 되찾게 된다는 건 믿었지요. 광화문과 시청 앞에 모인 사람들의 눈빛 하나하나가 밤하늘의 별처럼 빛나리라는 것도 알았어요. 별을 올려다보지 않는데도 사람들의 눈동자에는 별이 서려 있을 테고 거기에 서린 별빛은 촛불보다 찬란하겠지요. 그는 겁이 났어요. 저 사람들이 밤마다 촛불을 들고 와서 그를 탄핵에서 구해 주겠지만 그다음에는 무엇을 요구할지…… 그들이 원하는 것을 과연 해낼 수 있을지.

그는 버스 창가에 어른거리는 희미한 자신의 얼굴로 시선의 초점을 맞추었어요. 차창 밖 풍경이 뭉개지면서 유령 같던 얼굴이 뚜렷이 보였지요. 창에 서린 그의 얼굴은 그의 것이 아닌 것만 같았지요. 때로는 그 자신이 창밖에서 버스 내부를 들여다보는 듯했어요. 이미 유령이 되어 버린 그가 생전의 그를 찾아와 무언가를 전하려고 애쓰는 것 같았지요. 무슨 말을 하려는 걸까. 미래의 나여. 그는 가만히 손을 뻗어 얼굴을 만져 보았어요. 그의 얼굴에 다가가는 손의 형상이 그를 향해 마주 다가왔지요. 그는 유리창에 손을 댔어요. 익숙한 유리창의 감촉이 느껴지리라 기대했던 그의 손끝에서 낯선 감각이 살아났지요. 잔인하고 지독한 감각이었어요. 망치를 쥐고 단단한 물건을 내리칠 때 손안 가득 번져 오는 둔탁하고 뜨거운 느낌이었어요. 그의 손안에서 벗어나려고 하는 의지와 그걸 손안에 꼭 쥐고 있으려는 의지가 충돌하며 만들어 낸 격렬한 느낌이었지만 이 감각은 순간적일 뿐이었어요. 뒤이어 다시 그의 손끝에서 살아나 손바닥과 손등을 타고 그의 손 전체로 퍼져 간 감각은 같은 극끼리의 자석을 가까이 가져갈 때 느낄 수 있는 부드럽지만 만만치 않은 저항 같은 것이었고 그건 아마도 그가 집을 떠나오며 잠시 아내를 껴안았을 때 그의 손에 남은 기억이었을 거예요. 그는 묘한 위로가 되어 주었던 가벼운 껴안음이 낯선 감각의 정체라고 생각했어요. 그러다 이내 손안에서 전혀 다른 기운이 느껴졌어요. 뻣뻣하고 차가웠어요. 그런데도 꽉 쥐면 으스러질 것처럼 불안했어요. 그는 시험 삼아 손에 조금 힘을 주었어요. 차갑고 무른 금속이 그의 손안에 들어온 듯했어요. 이 불안감이 그의 내부에서 생겨난 게 아니라 그의 손안에 들어온 것에서 생겨났다는 걸 알았어요. 차갑고 작고 아직은 여린 누군가의 손이었어요. 그 손이 그의 손에서 스르르 빠져나갔어요. 다급해진 그는 손에 힘을 주고 놓치지 않으려 했으나 그 작은 손을 잡을 수는 없었어요. 그는 차창에 손바닥을 댄 채 한참을 그렇게 있었지요. 방금 무슨 일이 일어난 건지 알 수 없었지만 그의 손아귀에서 빠져나가던 차갑고 작고 여린 손가락에서 전해져 오던 두려움, 그가 지금까지 겪은 어떤 두려움보다 더 크고 강하며 무시무시한 공포만은 생생했어요. 그의 두 눈에서 눈물이 흘러내렸어요. 변호인을 비롯한 비서관들은 그를 못 본 척했어요. 그는 차창을 향해, 차창 너머를 향해 나지막한 목소리로 말했어요. 해원, 해원이 네 이름이니.

4

2014년 4월 16일

너는 그해 오월에 태어났다. 네가 태어난 곳은 시내 중심가에 있던 산부인과 병원이었고 너를 받아 준 이는 관록 있는 의사였다. 요즘에는 수중분만을 선호한다는 병원 측의 은근한 권유에 네 아빠는 솔깃했지만 그 말을 꺼냈다가 엄마의 핀잔만 들었을 뿐이다. 엄마는 단호했다. "그럴 돈이 어디 있어." 사실 엄마는 수중분만이 출산의 두려움을 드러내는 거라 여겼고 막내딸로 자란 터라 몸을 사리는 것처럼 비치는 게 죽기보다 싫었다. 굳이 그렇게 하지 않더라도 너를 단번에 쏙 이 세상에 내놓을 수 있으리라 믿었다. 네가 엄마 배 속에서 얌전하기만 했던 건 아니었다. 엄마는 누구보다 입덧을 심하게 치렀다. 임신 사실을 알고 난 지 일주일째 되던 날이었다. 엄마는 뜨겁고 매운 음식이 먹고 싶었다. 차마 예전처럼 소주 한 잔을 곁들일 수는 없었지만 아주 맛있게 먹었고 아빠는 그 모습을 흐뭇하게 바라보았다. 마침내 엄마가 무슨 말인가를 하려다가 욱, 욱 하고 두 번 헛구역질을 하더니 아빠 앞에서 여태 먹은 육개장을 왈칵 쏟아 냈다. 아빠는 울면서 식탁을 치우고 다른 식탁의 손님들에게 허리를 구십 도로 꺾어 가며 사과했다. 아빠는 식당을 나온 뒤 담벼락에 손을 짚고 먹은 걸 토해 냈다. 그러니까 아빠도 엄마 못지않게 입덧을 심하게 치렀다. 엄마가 파파야가 먹고 싶다고 했던 밤에도 아빠는 꼼짝도 않고 침대에 누운 채 헛구역질을 했다. "생각만 해도 메슥거려. 딴 거 안 될까?" "파파야가 먹고 싶다니까." "아니, 그거 말고 딴 거." "대체 누가 임신한 거야?" 엄마의 입덧이 사라질 때까지 이런 식으로 다툰 게 헤아릴 수도 없을 정도였다. 그래도 아빠는 다음 날이면 어디서 어떻게 구했는지 엄마가 원하는 걸 사가지고 퇴근했다.

임신 석 달째였던 어느 날 엄마는 어린 시절 고향의 시장 골목에서 먹었던 떡볶이를 떠올렸다. 떡볶이를 그처럼 스산한 목소리로 말하는 걸 처음 들은 아빠는 헛구역질을 하면서도 깊은 생각에 잠겼다. 다음 날 저녁 퇴근한 아빠는 엄마에게 고백했다. "여보, 시장 골목의 그 집이 없어졌어." "거길 갔다 온 거야? 내가 없어진 지 오래됐다고 말하지 않았어?" 아빠 얼굴에 억울해하는 표정이 떠올랐다. "그걸 왜 이제야 말해? 거기 돌아다니면서 하도 구역질만 해대서 창자가 입 밖으로 튀어나오는 줄 알았는데." "떡볶이?" 아빠는 입을 손으로 가리고 욕실로 달려갔다. 그 시절에는 남자가 입덧하는 걸 이해하지 못했던 터라 아빠는 괴로웠다. 엄마의 배가 부푸는 만큼 아빠는 핼쑥해졌다. 태아보험에 가입하고 임신 중에 필요한 물품을 구입하며 가을을 보냈다. 겨울로 들어설 무렵 엄마와 아빠는 좀 심하게 다투었다. 젊은 부부가 심하게 다툴 일이란 결국 돈 말고는 없었다. 엄마는 무능한 아빠를 탓하며 한탄했다. 보통 이런 경우 아빠는 엄마의 화가 잦아들 때까지 기다렸다가 반격을 시작했다. 아빠는 속이 뒤집어졌지만 견뎠다. 드디어 엄마가 지친 기색을 드러냈다. 아빠의 시간이 온 거였다. 시계를 보니 자정 즈음이었다. 엄마가 갑자기 배를 두 손으로 받쳐 잡으며 인상을 찌푸렸다. "여보, 이상해. 쿡쿡 찌르는 것처럼 아파." 아빠는 금세 얼굴이 하얗게 질렸다. 말조차 더듬었다. 욕실로 들어갔던 엄마가 울상이 되어 나왔다. "여보, 어떡해. 피가 나왔어." 아빠는 택시를 잡고 엄마와 함께 병원으로 갔다. 당직 의사의 얼굴은 무덤덤했다. 뭐 이런 걸로 호들갑이냐는 듯. 아빠는 만약 엄마와 너한테 무슨 일이라도 생긴다면 의사의 멱살을 잡아 호되게 비틀어 주리라 마음먹었다. 검사 시간은 삼십 분 정도에 불과했지만 아무리 밀어도 꿈쩍도 하지 않는 코끼리를 상대라도 한 것처럼 녹초가 되기에는 충분했다. 실제로 기다란 의자에 쓰러져 있던 아빠는 거기에서 떨어지지 않기 위해 안간힘을 쓰고 있었다. 별거 아니니까 걱정 마세요. 엄마도 아기도 다 정상이에요. 아빠는 당직 의사를 힘껏 껴안고 뽀뽀라도 해주고 싶은 심정이었다. 집으로 돌아오는 택시 안에서 엄마가 아빠에게 말했다. 엄마 역시 코끼리 두 마리쯤을 상대하고 난 것처럼 기진맥진해 있었다. "거 봐. 내가 무슨 말 하면 얌전히 좀 들어 줘." 아빠는 억울했다. 얌전히 듣고만 있었으니까. 반격할 기회가 없었으니까. 그래도 아빠는 고개를 힘차게 주억거렸다. "미안해, 여보. 많이 놀랐지?" 아빠는 몸을 옆으로 기울여 엄마의 배에 귀를 갖다 댔다. 네가 웃는 소리가 들리는 것 같았다. "나 괜찮으니까 걱정하지 마, 아빠." 이렇게 말하는 것 같았다. 아마 그때 네가 말할 수 있었다면 분명히 그렇게 말했을 거였다.

엄마는 겨울을 나는 동안 정기적으로 병원을 찾아 초음파 검사뿐만 아니라 여러 검사를 받았다. 초음파 사진을 보거나 증폭된 네 심장박동을 들을 때마다 아빠가 너무 호들갑을 떠는 바람에 엄마는 얼굴이 달아올랐다. 아빠는 엄마와 단둘이 있을 때면 감히 엄마의 말을 무시하거나 토를 달지 못했지만 다른 사람들이 있는 곳에서는 못 들은 척하며 어물쩍 넘어가기도 했다. 엄마는 아빠가 누리는 사소한 즐거움까지 구박하고 싶은 생각은 없었다. 어쩌면 이 모든 게 너의 심장소리 때문이었을 것이다. 너의 태명은 튼튼이였다. 엄마 아빠 모두 어린 시절 몸이 허약했던 기억 때문이었다. 엄마는 별로 적을 게 없는 산모 수첩을 알아야 할 정보가 가득한 책이라도 되듯 닳도록 펼쳐 보았고 아빠는 태교에 좋다는 건 죄다 집으로 가지고 와서 그렇지 않아도 좁은 집 안이 어수선하기 짝이 없었다. 걱정 많은 아빠가 보일러를 너무 세게 틀어 집 안이 후끈거렸고 여느 임신부보다 훨씬 일찍 소양증이 찾아온 엄마의 가려움증은 더 심해졌다. 엄마는 시도 때도 없이 아빠에게 짜증을 냈고 아빠는 안절부절못하며 허둥대기 일쑤였다. 그리고 너는 엄마 배 속에서 무럭무럭 자랐다. 초음파사진으로 보았을 때 해독할 수 없는 기하학적 무늬 같았던 네가 어렴풋하게나마 형태를 보여 줬다. 사실 그때까지 의사가 여기가 어디고 저기가 어디고 할 때 전혀 알아볼 수 없었음에도 알아보는 척했던 게 마음에 걸렸는데 너의 형상을 헤아릴 수 있게 되었으니 기쁘지 않을 수 없었다.

엄마는 마침내 크리스마스이브에 처음으로 태동을 느꼈다. "우리 튼튼이가 움직여." "어디, 어디!" 물론 아빠는 알 수 없었다. 볼록 튀어나온 엄마의 아랫배를 눈이 빠져라 지켜보아도 네가 움직이는 걸 볼 수는 없었다. 아빠는 친구들만 놀이기구를 타고 있는 놀이동산에 혼자 버려진 어린아이처럼 시무룩해졌다. "방금도 움직였어." 엄마의 얼굴에 환한 미소가 떠올랐다. 아빠도 웃었다. 너도 웃을 수 있었다면 웃었을 것이다. 그즈음의 너는 한 뼘 크기였다. "어떤 기분이야?" "몰라. 설명하기 힘들어." "배고플 때 꼬르륵 하는 거랑은 달라?" "그거랑 어떻게 비교해." "그렇지. 그거랑은 다르겠지. 그럼 여보가 변비로 고생하다가 간신히 손톱만큼 밀어낼 때랑은 비슷해?" "인간아, 내가 지금 애를 낳니?" "내가 뭘 알아야지." "모르면 공부를 해. 다른 남편들은 임신출산대백과를 줄줄이 외울 정도로 본다더라." 그 날부터 아빠는 임신과 출산에 관련된 책을 탐독했고 엄마는 후회했다. 아빠가 자꾸 아는 체를 하며 사사건건 잔소리를 해대서였다. 이를테면 이런 식이었다. 저녁을 먹고 뉴스를 보던 중이었다. 엄마가 어느 정치인을 가리키며 툴툴거렸다. 원래부터 엄마가 미워하던 정치인이었다. 아빠도 싫어하는 정치인이었다. 하지만 아빠는 정색을 했다. "여보, 그러면 안 돼. 지금 우리 튼튼이는 당신이 느끼는 걸 똑같이 느낀단 말야. 혐오, 증오, 미움, 분노 이런 건 좀 자제해 줘." "저 뭣 같은 사람을 보고 욕 한마디 안 할 사람이 어딨어." "바로 그거야. 뉴스를 끊어야겠어. 욕 한

마디 안 하면서 뉴스를 볼 수 있는 사람은 대한민국에 한 명도 없을 거야." 대신 아빠는 엄마가 좋아하는 사람이 나오면 엄마가 무얼 하고 있든 끌고 와서 보게 했다. 엄마는 괴로웠다. 해가 바뀌어 겨울의 한복판에 들어설 무렵 엄마의 입덧은 사라졌지만 아빠의 입덧은 여전했다. "난 괜찮은데 당신이 왜 그래?" "몰라. 입맛이 전혀 없고 웬만한 건 쳐다보기만 해도 구역질이 나." 엄마는 산책과 같은 가벼운 운동을 꾸준히 해야 했지만 하필이면 추운 겨울이어서 마음처럼 쉽지가 않았다. 두꺼운 오리털 점퍼를 걸치고 천변 길을 몇 번 걸어 보기도 했지만 밥을 먹고 바로 뛰었던 때처럼 배의 어느 부분이 경직되며 통증이 느껴져 그만둘 수밖에 없었다. 아빠는 태교 체조를 함께 해주겠다며 시범을 보이면서 엄마를 격려했지만 워낙 몸치인 터라 그런 아빠를 보는 것만으로도 가슴이 꽉 막힌 듯 답답했다.

네가 태어나던 그해부터 아빠의 업무가 이전보다 바빠졌다. 아빠가 다니던 회사는 컴퓨터를 비롯해 소형 전자기기에 필요한 각종 센서 등을 생산해서 납품했는데 얼마 전부터 주문량이 늘어나고 있었다. 생산 공장을 이전하거나 확장하는 문제 등으로 아빠의 회사는 부산스러웠다. 개발 부서에 있던 아빠에게도 업무가 밀어닥쳤다. 규모가 크지 않은 회사여서 주문과 매출이 늘어나니 사원들이 감당해야 할 업무도 공평하게 늘어난 거였다. 시장을 개척하거나 선점하는 문제뿐만 아니라 생산 단가를 낮추고 납품 일정을 맞추는 일에 모든 사원이 머리를 맞대고 해결책을 찾아내야 했다. 날마다 야근이었다. 겨울이 끝나 갈 무렵 평소보다 일찍 퇴근한 아빠는 똑바로 누운 엄마 옆에 앉아 얼마 전부터 시작한 태교 동화 읽기를 했다. 동화책을 펼치고 읽어 나가던 아빠의 목소리가 끊어졌다 이어지길 반복했다. 엄마는 주파수가 정확하지 않은 라디오 방송을 듣는 기분이었다. 엄마는 불안한 눈으로 아빠를 올려다보았다. 아빠는 꾸벅꾸벅 졸면서도 게슴츠레한 눈으로 책을 읽어 갔다. 손목이 툭 꺾이면서 책을 거의 놓칠 뻔한 적도 여러 번이었다. 엄마는 짜증이 났다. 저러다 두껍고 날카로운 책의 모서리가 배 위로 떨어져 너를 놀라게 할 것만 같아서였다. 아빠는 거의 자고 있었지만 아주 자는 건 아니어서 엄마에게 풍겨 나오는 기운을 감지했다. 보통 때라면 살벌하다고 느꼈을 텐데 아빠는 그걸 다정한 어루만짐으로 느꼈다. 간신히 끝까지 읽은 아빠는 엄마 배에 얼굴을 대고 속삭였다. "튼튼아, 잘 자. 아빠도 잘게. 아침에 보자." 아빠는 엄마 옆에 누워 이불을 끌어올리더니 만족스러운 표정으로 잠에 빠져들었다. 순식간이었다. 엄마의 귓가에는 방금까지도 책을 읽던 아빠의 목소리가 생생하게 맴돌았는데 벌써 코고는 소리가 뒤섞여 혼란스러울 정도였다. 엄마는 몸을 잘 뒤척일 수 있도록 아빠를 좀 옆으로 밀어내어 공간을 마련하고 싶었다. 잠든 아빠는 무척이나 무거웠다. 아빠에게만 다른 중력이 작용하는 것처럼. 엄마는 힘겹게 윗몸을 일으켰다. 부쩍 체중이 느는 중이어서 어쩔 수 없었다. 아빠를 저쪽 편으로 굴리기 위해 몸을 기울인 엄마는 잠든 아빠의 얼굴에 눈길이 갔다. 엄마는 잠든 아빠의 얼굴을 이처럼 내려다본 게 참 오랜만이었다. 그리고 보면 너를 임신한 뒤로 아빠는 엄마보다 일찍 잠든 적이 없는 것 같았다. 엄마가 잠이 든 뒤에야 잠자리에 누웠고 엄마가 눈을 뜨면 이미 일어나 무언가를 하고 있었으니까. 자다 깨어난 적은 있지만 그럴 때 아빠 얼굴을 유심히 들여다본 기억은 없었다. 너는 엄마의 배 속에만 있는 게 아니라 엄마의 마음속에도 있었으니까 엄마는 너를 누구보다 가깝게 느꼈고 분리된 존재가 아니라 일치된 존재로 느꼈다. 그런 점에서 너를 낳는다는 생각은 비현실적이었다. 대체 누가 스스로를 낳을 수 있단 말인가. 그러나 지금 엄마는 이런 생각보다 비현실적인 생각에 빠져들었다. 네가 엄마의 일부만이 아니라 아빠의 일부이기도 하다는 생각. 너와 가장 가까운 사람은 엄마인데도 엄마 옆에 누운 아빠 역시 너와 가장 가까운 곳에 있으며 너와 일치된 존재라는 생각이 들었다. 아빠는 평온해 보였다. 고된 일과를 마치고 마지막 의무까지 치른 뒤 기절하듯 잠들었으니 그렇게 보이는 것도 당연했다. 눈꺼풀 아래서 눈동자가 움직였다. 혀로 볼 안쪽을 쓰윽 훑을 때 바깥 볼에 드러나는 부드러운 일렁임과 같은 파문이 눈꺼풀에 일어났다. 엄마가 나직하게 아빠를 불렀다. "여보." 그러자 아빠의 얼굴이 일그러졌다. 갑자기 슬프거나 아픈 기억이 떠오른 사람 같았다. "튼튼이 아빠." 그러자 아빠의 얼굴이 양쪽 끝에서 잡아당긴 것처럼 쫙 펴지더니 평온을 되찾았다. 그 말은 엄마에게도 낯설었다. 너의 엄마 혹은 너의 아빠로 불리는 게 어색했다. 병원에서도 아직은 엄마의 이름을 호명했다. 너를 낳은 뒤 처음으로 누구 어머님 하고 불리었을 때 엄마는 바로 이 순간을 떠올렸다. 약간 심술이 난 엄마는 손가락으로 아빠의 이마를 쓱 문질렀다. 아빠는 다시 악몽으로 빠져들었다.

아빠가 맞았다. 너는 엄마가 느끼는 대로 느낄 수 있었다. 너는 기억하지 못하지만 엄마 배 속에 있는 동안 너는·엄마와 연결되어 있었고 엄마와 똑같이 느꼈다. 이 경험은 선명한 기억으로 남지는 않았지만 너의 어딘가에 새겨진 것만은 분명했다. 그걸 무의식이라 해도 좋고 선험적이고 원초적으로 부여된 너만의 형질이라 해도 좋겠지만 뭐가 됐든 네가 때때로 감지했던 것 역시 사실이었다. 훗날 네가 엄마와 감정적 대립을 할 때 불쑥 불쑥 튀어나와 너를 의아하게 했던 느낌들은 거기에서 비롯되었다고 믿어도 좋을 거였다. 너는 여름이 저물고 가을이 시작될 무렵에 잉태되었다. 엄마와 아빠는 아직 아이를 가질 계획이 없었다. 아이를 갖지 않는 대신 서로에게 더없이 충실하기로 약속하고 결혼하는 사람들이 생겨나던 시절이었다. 엄마와 아빠의 주변에도 그런 사람들이 있었다. 엄마와 아빠는 새로운 형태의 삶을 살아가려는 그들에게 감탄하기는 했지만 그들처럼 살 엄두는 내지 못했다. 인생의 계획이 확고하지 않았을 뿐 아이를 갖지 않겠다고 결심한 건 아니었으니까. 물론 상황이 여의치 않다면 아이를 갖지 못한 채 늙어 갈 수도 있겠다고 미리 체념했던 것도 어느 정도는 진실에 가까웠다. 결혼한 지 삼 년째였고 서로에게 느낀 실망을 더는 감추기 어려운 때였다. 밤새 뒤척이다 새벽에 먼저 눈을 뜬 사람은 엄마였다. 엄마는 방금까지도 뒤숭숭한 꿈에 시달렸던 탓에 의식의 반쯤은 여전히 잠 속에 있는 것 같았다. 그럼에도 지난밤에 무슨 일이 있었는지 헤아리며 중대한 변화가 이미 시작되었음을 깨달았다. 아빠는 엄마보다 약간 늦게 잠에서 깼다. 아주 달콤하고 평온한 잠에서 빠져나오자마자 불안에 휩싸였다. 벼랑 끝에서 떠밀리는 사람처럼 한사코 버티며 다시 잠 속으로 돌아가고 싶었지만 눈을 뜨는 순간 찾아온 불길한 예감 탓에 그럴 수가 없었다. 아빠 역시 중대한 변화가 시작되었음을 느꼈다. 여태까지는 잘 피해 왔는데 지난밤에는 무슨 마음으로 그랬는지 엄마도 아빠도 알 수 없었다. 그날은 휴일이어서 바깥은 고요했다. 잠에서 깼다는 사실을 서로에게 들키지 않기 위해 눈을 감은 채 꼼짝도 않고 엄마와 아빠는 각자의 생각에 빠져들었다. 결혼생활 삼 년 동안 엄마는 좀 심하다 싶을 만큼 아빠를 윽박질렀다. 결혼 초기에 남자를 제대로 휘어잡지 못하면 한평생 고생이고 후회라는 이야기를 귀에 못이 박히도록 들어서만은 아니었다. 엄마는 외로웠다. 결혼 생활이라는 게 이토록 외롭다는 사실을 짐작했음에도 외로웠다. 엄마는 아빠가 알아봐 주기를 바랐다. 말하지 않아도 엄마가 얼마나 외롭고 위로가 필요한지 알아주고 안아 주기를 바랐다. 아빠는 스스로의 일에만 골몰할 뿐 엄마가 느끼는 외로움을 대수롭지 않게 생각하는 것 같았다. 처음에는 짜증을 내고 화를 내는 것에 그쳤지만 얼마 안 되어 비명을 지르고 물건을 집어 던지게 되었다. 초기에는 화해하는 데 한두 시간이면 충분했으나 점점 더 많은 시간이 필요해졌다. 엄마는 아빠가 의기소침해지는 걸 느꼈다. 내가 너무 휘어잡았나. 아빠는 지난 삼 년 동안 충분히 고통 받았다고 생각했다. 결혼 전에 꿈꾸었던 것들이 산산이 부서지는 데는 일 년도 걸리지 않았다. 신혼 생활의 달콤함은 너무 짧았다. 그리고 깨달아 버렸다. 이제 남은 생을 엄마와 더불어 살기는 하되 아무런 희망도 꿈도 없이 그저 하루하루를 견디며 살아야 한다는 사실을. 엄마가 퍼붓는 악담과 저주에 익숙해졌고 그럴수록 점점 몸이 작아지는 기분이었다. 이제 거의 바닥에 가깝게 납작해져서 온 세상이 거대해 보였다. 이 삶을 송두리째 뒤흔들 만큼의 새로운 사건이 벌어지지 않는다면 머지않아 먼지가 되어 사라져 버릴 것 같았다. 아빠는 엄마를 이해했다. 엄마는 아빠에게만 사나웠다. 다른 사람들과의 관계는 원만했다. 그런 엄마를 보면서 아빠는 문제의 근원이 스스로에게 있다고 인정해야 했다. 엄마가 진정으로 몰두할 수 있는 사람이 아빠뿐이라는 걸. 내가 너무 무심했나. 엄마와 아빠 모두 지난 삼 년을 돌아보며 지난밤에 너를 잉태한 게 운명적이고 필연적임을 깨달았다. 서로를 더 이상 증오하거나 혐오하지 않기 위해서라도 그래야만 했음을. 비겁하게 도망치거나 회피하거나 숨어 버리는 대신 다시 한번 시작하기 위해서라도 결정적이고 중대한 전환이 필요했다는 점에서는 동일했지만 엄마와 아빠가 받아들인 방식에서는 차이가 있었다. 엄마는 네가 아빠를 위로하고 기쁨을 주는 존재라 여겼고 아빠는 네가 엄마의 자존감이 되살아나는 계기가 되어 줄 거라고 여겼다.

그로부터 몇 주가 흘러 가을이 제법 무르익은 어느 날이었다. 퇴근하고 돌아온 아빠는 식탁 위에 놓인 작은 바구니를 보왔다. 거기에는 임신진단 테스트기와 엄마의 메모가 있었다. 그런 기기에 문외한이지만 선명한 두 줄이 무얼 뜻하는지는 알 수 있었다. 짐작했던 일이지만 막상 눈으로 확인하니 왠지 모르게 가슴이 벅차올랐다. 아빠는 안방 문을 열고 들어가 엄마를 껴안았다. 서로를 다정하게 껴안아 본 게 백만 년 전의 일인 것처럼 낯설었다. "오 주 되었대." "오 주? 우리 아기가 오 주씩이나 우리와 함께했던 거야?" "그래." 너는 아직 생겨나는 중이어서 엄마가 무얼 느끼는지 알 수 없었다. 만 석 달이 되었을 때 정밀 초음파 검사실에서 본 너는 헤엄이라도 치듯 팔다리를 움직이고 있었다. 그때의 너는 겨우 손가락 하나 크기였다. 처음으로 엄마가 너의 태동을 느낀 날로부터 조금 더 시간이 필요했다. 해가 바뀌고 겨울이 한복판으로 접어들었을 때가 바로 네가 엄마처럼 느끼게 된 시기였다. 너의 마음속으로 무언가가 밀려들어왔다. 너는 그걸 거부하거나 너를 관통해서 지나가도록 할 수는 없었다. 사실 네가 처음으로 느낀 엄마의 감정은 불안이었다. 국가부도를 예고하는 전조로 가득한 시기이기도 했다. 직장을 잃거나 사업체가 부도난 사람들에 관한 흉흉한 소문이 벌써부터 여기저기에서 들려왔다. 낙관과 비관이 한데 뒤섞인 채로 모두가 허둥대고 있었다. "당신 회사는 괜찮아?" "우리 회사는 괜찮으니까 걱정하지 마." 엄마와 아빠는 무슨 대화를 하든 먼저 이렇게 묻고 대답한 뒤에야 시작할 수 있었다. "혹시 말이야. 해고당했는데 나 걱정시키기 싫어서 날마다 출근하는 척하는 거라면 괜찮으니까 고백해." "드라마 좀 적당히 봐." "요즘 세상이 드라마보다 더하니까 그러지." "쉿, 우리 튼튼이가 놀라잖아."

너는 엄마의 불안을 고스란히 느꼈지만 거기에만 고착되지는 않았다. 엄마의 감정은 다채롭고 변화무쌍해서 만화경을 들여다보는 것과 비슷했다. 비 갠 하늘에 무지개가 걸리기도 했고 눈을 한 번 깜빡였을 뿐인데 사위가 캄캄해지기도 했다. 늪에 빠진 듯 아래로 천천히 침몰하는 기분이기도 했고 가벼운 물체가 되어 실바람을 타고 떠다니는 듯도 했다. 계절은 겨울이었고 눈이 잦지는 않았지만 가끔 폭설이 내리기도 했다. 눈이 내리면 눈 내리는 소리마저 들리는 것 같았다. 엄마는 창가에 다가가 눈이 내리는 바깥을 내다보았고 창을 조금 열고 손을 내밀어 손바닥에 내려앉는 솜털 같은 눈송이를 경이로운 눈빛으로 바라보았다. 어느 늦은 밤 함박눈이 내렸다. 엄마와 아빠는 창가에 나란히 서서 어지럽게 내리는 눈을 지켜보았다. 금세 눈이 쌓여 갔다. 아직은 아무도 걷지 않는 길이어서 하얀 솜을 깔아 놓은 것 같았다. 가로등 불빛이 재단한 허공에서 하얀 눈송이들이 부글부글 끓었고 젊은 부부의 가슴속에서도 야릇한 희망이 들끓었다. 아직 정체는 불분명하지만 지금과는 다를 가까운 미래에 대한 낙관적인 희망이. 아빠는 잠깐 나갔다 오겠다며 외투를 걸쳤다. 거실의 불은 꺼둔 채 텔레비전을 보던 엄마는 너의 태명을 부르는 아빠의 목소리를 들었다. 이 깊은 밤에! 이웃 사람들이 욕해도 뭐라 변명할 수 없는 시간이었다. "튼튼아! 여기 좀 봐!" 엄마는 창가로 다가가 밖을 내다보았다. 아빠가 저 아래서서 손을 흔들었다. 아빠의 머리에 하얗게 눈이 내려앉아 있었다. 바닥에 엄마의 이름이 씌어 있었다. 그 이름 옆에는 사랑해라고 씌어 있었다. 눈밭에 음각된 엄마의 이름과 사랑해라는 글자가 살아 움직이는 듯했다. 눈은 여전히 펑펑 쏟아졌다. 엄마가 피식 웃었다. 너도 웃었다. 너의 작은 입이 엄마의 입 모양을 따라 부드러운 선을 그렸다. 그건 네가 처음 경험한 독특한 몸의 기억이기도 했다. 엄마의 감정만이 아니라 엄마의 표정까지 새긴 최초의 기억이기도 했다.

엄마가 잠들면 너도 잠들었고 엄마가 꿈을 꾸면 너도 꿈을 꾸었다. 엄마의 꿈은 혼란스러웠고 대체로 무서웠다. 사소하고 낯익은 사물에서도 엄마는 두려움을 느꼈다. 너는 엄마가 진짜로 두려워하는 건 그러한 사물에 잠복해 있으며 언제든 너와 엄마를 해칠 수도 있는 가능성이라는 걸 알았다. 엄마는 숟가락을 들 때에도 주의 깊게 살피면서 거기에 알 수 없는 적의가 있는 건 아닌지 헤아릴 정도였으니까. 너를 보호하고 너를 안심시킬 수만 있다면 엄마는 무슨 일이든 감당할 수 있었으나 너에게 전해진 건 바로 그런 태도였다. 두 눈을 꼭 감은 채 달리는 차의 운전대를 잡고 있는 것과 비슷했다. 봄은 좀 더디게 찾아왔다. "여보, 튼튼이가 발로 찼어." "정말이야?" 아빠가 있는 동안에는 잠잠했다. 아빠를 골탕 먹이기라도 하는 것 같았다. 그 탓에 아빠는 네가 발로 차는 걸 한참이나 지나고서야 처음으로 보았다. "이리 와봐, 발로 차기 시작했어." 아빠는 엄마 옆에 붙어 앉았다. 정말 엄마 배가 불룩불룩 튀어나왔고 순간적이기는 했지만 발바닥 모양인 걸 보았다. 아빠는 엄마의 배에 손을 갖다 댔다. "튼튼이가 내 손을 찼어." 과로 탓에 두 눈에 핏발이 선 아빠가 웃었다. 누군가를 겁주는 데 실패한 괴물 같은 얼굴이었다. 너도 웃었다. 어떻게 된 일일까. 그즈음의 너는 엄마만이 아니라 아빠와도 연결되어 있었다. 밤마다 동화책을 읽어 주고 노래를 불러 주는 아빠의 목소리에 익숙해졌다. 엄마를 부르거나 너를 부르는 아빠의 목소리를 다른 목소리들과 구분할 수 있었다. 그리고 무엇보다 엄마의 감정에 미묘한 변화가 일어나던 순간을 기억했다. 그런 변화는 엄마 곁에 아빠가 있을 때 생겨난다는 것도 알았다. 비록 엄마를 뒤덮은 감정이 슬픔이거나 분노일지라도 아빠가 곁에 있으면 여느 때의 슬픔이나 분노와는 달랐다. 이 사소한 차이를 만들어 내는 힘이 어디에서 오는지 너는 궁금했다. 네가 묻지 않았음에도 네 물음에 대답이라도 하듯 아빠가 말했다. "튼튼아, 사랑해." 사랑해. 이 말을 들을 때마다 엄마의 체온이 약간 올라갔고 너를 둘러싼 양수가 따뜻해졌다. 포근하고 부드러웠다. 이 말은 마법과도 같아서 다른 모든 말들에 흔적을 남겼다. "엄마 아빠는 튼튼이가 이 세상으로 나오길 기다리는 중이야. 건강하게 잘 자라 줘서 고마워. 이제 얼마 남지 않았네. 튼튼이가 엄마 배 속에서 나와 우리를 만나게 될 날이." 너는 엄마와 아빠가 너를 기다린다는 사실을 알았다. 엄마 배속에서 무탈하게 잘 자라고 있으니 당연하다는 투였다. 그러나 엄마는 그렇게 생각하지 않았다. 너의 출산과 관련된 엄마의 감정 역시 다른 감정들처럼 복잡했다. 너를 만나고 싶다는 열망에는 너를 만날 수 없을지도 모른다는 두려움도 섞여 있었다. 유산에 대한 두려움은 아니었다. 유산의 가능성이 높은 시기는 지났으니 기껏해야 남은 두려움은 예정일보다 앞서 출산하는 조산 정도라고 할 수 있었다. 하지만 여러 검사를 통해 지금까지 지켜본 바로는 조산의 가능성도 거의 없었다. 엄마가 느끼는 두려움은 네가 태어난 뒤 감당해야 할 삶과 관련이 있었다. 엄마는 여전히 그게 두려웠다. 과연 너를 이 세상에 내놓고 다른 아이들 못지않게 잘 키울 수 있을지. 엄마는 집 안을 한 번 둘러보고 한숨을 쉬었다. 너에게 안전하고 쾌적한 환경이라고 할 수는 없었다. 엄마와 아빠는 결혼하면서 전세 보증금 4천만 원을 치르고 빌라 삼 층에 있는 열여덟 평짜리 집에 들어왔다. 방은 두 개였고 욕실과 다용도실 그리고 발코니가 있었다. 젊은 부부가 신혼살림을 하기에는 넉넉해 보였다. 엄마와 아빠의 저축을 모으니 3천만 원이었고 나머지는 전세대출을 받았다. 이자가 그리 많지는 않았지만 다달이 들어가는 공과금과 보험비 등을 비롯한 생활비를 고려하면 목돈을 모아 대출을 갚는 게 최우선이었다. 네가 태어나면 살림도 늘어날 테고 머지않아 네가 일어나 걸음마를 하게 되면…… 어디를 걸을 수 있단 말인가. 엄마는 사방 벽들이 달려들어 꼼짝도 못 하게 옥죄는 것 같아 가슴이 답답했다. 소화불량 탓이기도 했지만 하루에 몇 번씩은 가슴을 두드려야 했다. 엘리베이터가 없는 빌라여서 계단을 오르내리는 일도 쉽지가 않았다. 이전에는 별로 불편을 느끼지 못하던 부분이었다. 이제 네가 엄마 배 속에 있으니 무슨 일을 하든 무얼 계획하든 너를 셈에 넣어야 했으므로 하나하나 조금씩 부족해 보였다. 결혼 생활에서 가장 중대한 변화가 시작되었건만 엄마를 둘러싼 경제적인 상황에는 변화가 없었다. 꼬박꼬박 청약통장에 돈을 붓고 있지만 어느 세월에 네가 안락하게 지낼 만한 우리만의 집을 갖게 될지. 네가 커갈수록 그만큼 생활비도 늘어날 거였다. 어린이집부터 시작해 유치원과 학교를 거치는 동안 감당해야 할 사교육비도 만만치 않을 테고 다른 집 아이들만큼 풍족하게는 아니더라도 서러움을 겪지 않을 만큼은 해주어야 할 거였다. 그런 생각이 들면 슬픔과 분노가 번갈아 가며 엄마를 잠식했다. 아빠의 쥐꼬리만 한 월급으로는 어림도 없는 일이었고 결국 엄마 역시 무슨 일이든 하면서 돈을 벌어야겠지만 기대한 만큼 벌기도 어려울 뿐만 아니라 솔직히 자신이 없었다. 슬픔과 분노 다음에는 체념이 찾아왔고 두 손을 내려다보면 거기에 단단한 쇠구슬 같은 두려움이 얌전히 놓여 있게 마련이었다.

한 주 한 주가 지날수록 그러니까 너의 출산 예정일이 한 주 한 주 가까워질수록 엄마는 더 혼란스러워졌다. 고민거리는 많은데 마땅한 해결책은 없었다. 너는 엄마가 느끼는 불안을 그대로 느꼈지만 엄마의 불안이 어디에서 비롯되었는지를 알았던 건 아니었다. 사람이라면 누구든 그게 비록 태중에 있는 아기라 할지라도 원초적인 공포가 있게 마련이었다. 생명을 얻는 순간 죽음에 대한 공포가 생겨나듯이 엄마 배 속에서 평화롭게 자라는 동안 평화를 위협하는 모든 것들에 대한 두려움도 자라났다. 그러므로 네가 느낀 불안에는 너라는 생명체에 부여된 선험적인 불안과 엄마에게서 이어져 온 불안이 뒤섞여 있었고 그 둘은 실제로도 분간하기 어려울 만큼 밀접하게 얽혀 있었다. 그리고 겨울이 끝나갈 무렵 엄마는 문득 엄마의 내부에서 생겨난 게 아니라 마치 외부에서 주어진 듯한 두려움을 느꼈다. 엄마는 고개를 두리번거렸다. 벽이나 천장의 얼룩진 무늬도 아니었다. 엄마는 평소에 그 얼룩들을 보면서 두려워했으니까. 집 안의 사물들을 차근차근 훑어보았다. 이게 뭐지. 왜 이렇게 몸이 떨리지. 보일러 알림창은 28도를 가리켰다. 추워서 그런 것도 아니었다. 이윽고 엄마는 그게 바깥에서 오는 게 아니라 안에서 오는 것임을 깨달았다. 엄마의 내부에서 시작되었는데도 외부에서 온 듯한 기분이 들었던 이유를 헤아렸다. 조금 뒤 엄마는 네가 움직이는 걸 느꼈다. 정밀 초음파사진으로 보았듯이 네가 팔을 벌리고 다리를 벌리며 헤엄치는 게 떠올랐다. 엄마는 처음으로…… 너의 감정을 느꼈다. 엄마가 읽은 책에는 그런 내용이 없었다. 아이가 엄마의 감정을 느낀다고 되어 있을 뿐 구체적으로 아이가 느끼는 것들을 엄마도 똑같이 느낀다는 이야기는 없었다. 물론 짐작은 할 수 있었다. 너의 움직임을 통해 네가 기뻐하고 있다든지 시무룩해한다든지 혹은 배고파한다든지. 하지만 지금 엄마가 느낀 두려움은 그런 종류가 아니었다. 그때의 너는 엄마와 하나인 동시에 엄마와 나누어진 존재였다. 전기회로에 익숙한 아빠라면 이런 현상을 일종의 되먹임이라고 표현하겠지만 엄마는 그 표현에 동의하지 않을 거였다. 엄마가 감지한 두려움은 순수하게 너에게서 시작된 거였다. 엄마의 감정이 너에게 들어가 너를 흔들어서 생겨난 반응이 아니었다. 두려움이라기보다는 두려워하기로 작정한 상태라고나 할까. 이성적으로 논리적으로 어떤 감정을 선택한 것만 같았다. 엄마는 믿을 수 없었다. 때때로 느끼는 정체 모를 불안 같은 거라고 생각하며 넘어가기로 했다. 만약 네가 말할 수 있었다면 이렇게 말했을 것이다. "엄마, 난 괜찮아. 엄마가 하고 싶은 대로 해. 정말 괜찮아." 엄마는 무릎을 구부려 안고 싶었지만 그럴 수 없었기 때문에 옆으로 누웠다. 아빠가 사다 준 기다란 베개를 껴안고 숨을 고르게 쉬려 애썼다. 너의 움직임이 멈췄다. 엄마의 눈에서 흘러나온 눈물이 베개에 아슴아슴 스며들었다.

엄마가 처음 태동을 느꼈던 크리스마스이브를 지난 뒤 아빠는 엄마가 어떤 고민을 하는지 알았다. 1996년이 저물고 1997년이 되었다. 새해가 되었지만 계절은 겨울이었고 하루 종일 잿빛인 날이 많아서 보통 사람들도 우울해지기 좋은 때였다. 엄마와 아빠가 다툰 날이었다. 여느 때보다 심하게 다툰 것도 아니었고 금세 화해를 했던 터라 아빠는 금방 잊었다. 이전과 달라진 건 없었다. 달라진 게 있다면 엄마의 마음속에 생겨난 갈등을 알게 되었다는 거였다. 아빠는 생각해 본 적 없는 일이었기에 현실적으로 느껴지지 않았다. 아빠는 그날도 여느 날처럼 너에게 이런저런 이야기를 들려주었다. 엄마가 이제 자야겠다고 했다. 아빠는 불을 끄고 엄마 옆에 누웠다. 임부가 겪을 수 있는 증상들이 모두 엄마를 거쳐 가는 중이었다. 엄마는 소화불량으로 낯빛이 새까맸고 종종 현기증을 느끼며 휘청거렸다. 엄마가 먹은 것들이 전부 너에게 갔는지 배만 불룩 솟아올랐을 뿐 영양실조에 걸린 사람처럼 엄마의 피부는 거칠어졌고 건드리기만 하면 살비듬이 떨어졌다. 어느 틈새로 들어온 찬 기운이 엄마와 아빠의 얼굴 위에서 느리게 흘러갔다. 아빠는 엄마를 덮은 이불자락에 틈이 있는지 살폈다. "당신, 자?" "아니. 잠이 안 와?" "그냥." 엄마와 아빠는 어둠 속에서 한참 동안 아무 말이 없었다. "우리 튼튼이는 자?" "응, 자." 이런 식으로 자는지 안 자는지를 묻다가 밤이 샐 수도 있었다. 잠들었다 깨어나도 잠들었다는 사실을 알 수 없는 경우도 있으니까. 눈을 감았을 뿐인데 눈을 떠보니 아침인 경우가 얼마나 흔하던가. 사실 너는 잠들지 않았으므로 엄마와 아빠가 나누는 대화를 들을 수 있었다. 엄마가 망설이고 있다는 것도 알았다. "아직 안 늦었어." "뭐가 안 늦어?" "튼튼이 말야. 태어나지 않게 할 수도 있어." 그 말에 아빠가 벌떡 윗몸을 일으켰다. 너는 아빠의 망설임도 느꼈다. 이윽고 아빠는 천천히 몸을 눕혔다. "튼튼이가 들어." "잔다니까." "자면서도 들어." "자는데 어떻게 들어." "나 닮아서 들어." "당신이 자면서도 듣는다고?" "당연하지." "듣기만 하겠지." "인정해." 커튼이 살짝 흔들렸다. "여보, 진심이야?" "잘 모르겠어. 그냥 무서워. 우리가…… 잘 키울 수 있을까?" "그럼. 잘 키울 수 있지. 난 여보를 믿어." "그런 문제가 아니잖아." "내가 여보를 믿듯이 여보도 나를 믿어 줘." "믿으면 되는 거야?" "반쯤은 되는 거지." "그걸로는 충분하지 않아." "나머지는 우리 튼튼이가 알아서 할 거야. 튼튼이를 믿어 줘." 엄마와 아빠가 직접 입 밖으로 꺼내지는 않았지만 너는 무엇에 관한 대화인지 알았다. 엄마는 책을 읽다가 유산 혹은 낙태라는 단어를 만나면 움츠러들었다. 엄마의 시선이 그 단어에 오래 머물기도 했다. 그 단어는 왠지 모르게 서글펐다. 그로부터 닷새도 지나지 않아 엄마와 아빠는 정말 크게 다투었다. 엄마는 점퍼를 입고 집을 나갔다. 화가 난 아빠는 엄마를 붙잡지 않았다. 한 시간이 지났다. 아빠는 슬슬 걱정이 되었다. 이 추운 밤에 어디를 갔단 말인가. 십 분이면 돌아올 줄 알았는데. 아빠도 점퍼를 입고 집을 나섰다. 인적 드문 밤길을 걸으며 아빠는 언제 화가 났었냐는 듯 차분해졌고 대신 슬픔에 빠졌다. 차갑고 날선 공기가 아빠의 얼굴을 거칠게 쓸고 지나갔다. 어딘가에서 엄마도 이처럼 난폭한 밤공기에 아파하고 있겠지. 아빠의 슬픔은 엄마의 슬픔이기도 했다. 이런 문제는 뚜렷한 답이 없기에 차라리 모른 체하는 게 나을 수도 있었다. 그렇지 않으면 비현실적인 상념에 빠져들기 마련이었다. 아빠도 다르지 않았다. 주택복권에라도 당첨되든가 갑자기 하늘에서 돈 다발이 툭 하고 떨어지든가. 그나마 현실적인 건 생명보험에 가입하고 사고로 위장하여 죽은 뒤 남은 가족이 거액의 보험금을 받도록 하는 거였다. 거액의 보험금을 받기 위해서는 다달이 거액의 보험료를 납부해야 한다는 사실을 아빠는 몰랐다. 아빠가 탄 비행기가 추락하면 거액의 보상금을 남길 수도 있었다. 교통사고로 죽어도 웬만큼은 남겨 줄 수 있을 거였다. 운이 나쁘면 돈이 없는 운전자이거나 음주운전, 무면허운전이어서 한 푼도 못 받을 수 있었다. 아빠는 일확천금을 꿈꾸었다. 가망 없는 꿈이었다. 저기에 돈이 있다! 이런 소리를 듣고 달려가 보면 누군가 이미 싹 쓸어간 뒤였다. 그게 아빠가 살아온 인생이었다. 무능하다는 비난에 화가 나지 않은 이유는 스스로 얼마나 무능한지 잘 알아서였다. 이런 잡념들을 머리에 가득 채운 채 걷다가 공원 입구에 앉아 있는 엄마를 보았을 때 아빠가 얼마나 감격했을지 너도 알 수 있었다. 방금까지도 죽음에 대해 심각하게 고민하던 아빠였기에 엄마를 보는 순간 죽다가 살아난 기분이었다. 너는 아빠가 조심스레 엄마에게 다가오는 소리를 들었다. 몇 걸음 앞에 두고 멈춰선 채 머뭇거리는 것도 보았다. 아빠가 재빨리 엄마를 훑어보면서 너와 엄마 모두 무사한지를 확인하는 것도 알았다. 너는 엄마의 숨죽인 울음을 아빠도 듣고 있다는 걸 알았다. 엄마는 차가운 벤치에 앉은 채로 오들오들 떨면서도 울지 않았다. 엄마의 눈에 눈물이 맺힌 건 저 멀리서 다가오는 아빠를 발견한 뒤부터였다. 아빠는 너무 늦게 왔지만 아주 오지 않은 건 아니었으므로 엄마에게 몇 대 맞아야 했다. 아빠는 엄마 옆에 앉아 엄마의 어깨에 팔을 둘렀다. 엄마는 아빠 품에 안기지 않았다. 가만히 그렇게 있었다. 이윽고 아빠가 엄마를 살짝 끌어당기며 엄마 쪽으로 다가갔다.

산수유가 피고 목련이 피고 진달래가 피었어도 여전히 날씨는 쌀쌀했다. 벚꽃이 필 무렵이 되어서야 온화한 기운이 대기를 채웠다. 엄마는 만삭이었기에 힘겨워했다. 만삭의 임부가 겪을 수 있는 증상들 역시 차례차례 엄마를 찾아왔다. 배냇저고리부터 수유와 관련된 용품들까지 준비가 끝났다. 주변 사람들도 소소한 선물들을 안겨 주었다. 아주 작은 양말과 신발을 보고 있노라면 이미 너를 만난 듯한 기분이 들었다. 너는 엄마 배 속에서 나올 준비가 되었다. 엄마는 하루에도 몇 번씩 이슬이 비치는지를 확인했다. 이슬이 비친다는 말은 아빠뿐만 아니라 너의 귀에도 신비롭게 들렸다. 예정일보다 일주일쯤 일찍 나오는 게 보통의 경우라는 걸 알았기 때문에 예정일을 한 달 앞두었을 때부터 하루하루가 긴장이었다. 사월이 저물어 가던 그 무렵은 엄마와 아빠가 다투지 않았던 유일한 시기이기도 했다. 네가 태어나는 건 거역할 수 없는 진실이었다. 어떤 문제는 해결하지 못해도 시기가 지나면 더 이상 문제가 아닌 경우도 있었다. 지난 아홉 달 동안 엄마와 아빠를 괴롭히던 문제들이 그랬다. 하나도 해결되지 않았지만 더 이상 문젯거리가 되지 못했다. 임박한 너의 출산이 웬만한 문제는 무위로 돌렸다. 사라진 것들도 있었지만 유예된 것들도 있었다. 언젠가 다시 불쑥 솟아나 엄마와 아빠를 괴롭힐 수도 있었지만 지금은 아무 소용이 없었다. 엄마는 더는 그럴 수 없을 만큼 신경이 날카로웠고 아빠는 더는 그럴 수 없을 만큼 고분고분했다.

너는 엄마와 아빠의 속삭임에 귀를 열고 곧 만나게 될 미지의 세계를 상상했다. 만약 네가 정말로 말할 수 있었다면 엄마를 위해 했을 게 분명한 말이 네 입 속에 맴돌았다. "엄마, 난 괜찮아. 엄마가 하고 싶은 대로 해. 정말 괜찮아." 그러나 네 목소리를 엄마와 아빠는 듣지 못한 듯했다. 어쩌면 듣고도 못 들은 척하는지도 몰랐다. 엄마와 아빠에게 너의 출생이 심각한 일인 것처럼 네게도 엄마 배 속에서 나가느냐 마느냐는 심각한 문제였다. 아무도 네가 이런 갈등을 겪고 있으리라고는 짐작도 하지 못했다. 아주 짧은 순간 엄마가 너의 감정을 느끼고 옆으로 돌아누워 눈물을 흘린 적은 있지만 그때도 엄마는 모른 체하기로 마음먹었으니까. 네가 엄마 배 속에서 나오는 건 지극히 당연한 일로 치부했고 너의 의지와 결심은 아무런 의미가 없다고 간주했다. 너는 엄마의 불안을 통해 네가 이 세상으로 들어갔을 때 어떤 일을 겪어야 할지 짐작했다. 네가 감당할 수 있는 일도 있겠지만 감당하지 못하면서도 그런 척해야 하는 일이 있다는 걸 알았다. 너는 갈팡질팡했다. 너의 부모는 가난했다. 아주 희망이 없다고 할 수는 없었지만 딱히 낙관적이지도 않았다. 엄마와 아빠는 너를 보며 힘을 내고 최선을 다해 상황을 개선하려 노력할 테지만 사태는 뜻한 대로 흘러가지 않을 테고 어쩌면 너의 탄생 자체가 사태를 악화시키는 계기가 될 수도 있었다. 그렇다고 해서 네가 사랑받지 못한다거나 불행의 근원으로 취급되리라고 여기지는 않았다. 너는 엄마의 부드러운 자궁 속에서 안전했지만 가장 안전한 그곳이야말로 네가 몰린 궁지이기도 했다. 바깥으로 나가는 것 말고는 다른 선택지가 거의 없다는 점에서 막다른 곳이었다. 너는 엄마에게 물었다. 정말 나 태어나도 괜찮겠어? 엄마는 아빠에게 물었고 아빠는 엄마에게 답했으며 그 대답은 너에게로 전해졌다. 너는 알아들었다.

오월이었다. 봄바람이 잦아들고 있었다. 지난 사월만큼 거세지는 않았다. 침대에 누운 엄마는 속옷이 미끈거리는 느낌이 들었다. 이슬이었다. 차분하게 가방을 챙겼다. 한 달 전부터 싸둔 가방이었다. 엄마와 아빠는 숨죽인 채 기다렸다. 기다리다가 잠이 들었다. 아침이 되어서도 아직 진통은 찾아오지 않았다. 출근해야 하는 아빠는 걱정스런 얼굴로 엄마를 달랬다. "일단 병원으로 가자." "괜찮아. 조금 더 기다려보고 진통이 오면 택시라도 타고 갈게." 아빠가 출근한 뒤 진통이 찾아왔다. 병원에 도착한 엄마는 너의 큰이모를 불렀다. 점심 무렵 큰이모가 도착했다. 아빠에게는 회사로 소식을 전했다. 아직 진통 중이니 서두르지 말고 퇴근한 뒤 병원으로 오면 된다고 일러 주었다. 오후부터 끔찍한 진통이 찾아왔다. 아랫배를 거대한 손아귀에 붙잡혀 비틀리는 기분이었다. 엄마는 식은땀을 흘리며 정신을 잃지 않기 위해 매번 마음을 가다듬었다. 퇴근하자마자 병원으로 온 아빠는 분만실 바깥 복도에서 기다렸다. 저녁이 되었고 밤이 찾아왔다. 아빠 귀에는 아직 문이 덜 열렸다는 간호사의 목소리가 어른거렸다. 문이 열리다니. 아빠의 머릿속에서 온갖 문의 이미지가 떠올랐다가 사라졌다. 그 사이 엄마는 회음부를 절개했고 너를 출산할 준비를 모두 마쳤다. 간호사가 출산이 임박했다고 알려 주었다. 의사는 보였다가 안 보였다가 했다. 분만실 내부에 전용 출입문이 있는 듯했다. 아빠는 복도에서 서성거렸다. 나이 지긋한 의사는 저음의 목소리로 엄마를 격려했다. 엄마의 비명 같은 신음이 복도로 흘러나왔다. 아빠는 팔짱을 끼었다가 풀었다가 했다. 복도 이쪽 끝에서 저쪽 끝까지 왔다 갔다 했다. 간호사가 아빠를 불렀다. 아빠는 분만실로 들어갔다. 분만대 위에 누운 엄마와 눈이 마주쳤다. 엄마의 눈은 이렇게 말하는 것 같았다. 당신 때문에 내가 이런 개고생이야! 헬쑥하다 못해 창백한 엄마의 얼굴 탓에 아빠는 죄책감에 휩싸였다. 의사가 손짓을 했다. 오라는 건지 가라는 건지 헷갈렸다. 물론 오라는 뜻이었다. 노련한 의사의 장점은 아빠처럼 처음 출산을 겪는 풋내기조차 이미 아이 열둘쯤은 낳아 본 적 있는 사람이 된 듯한 기분이 들게 해준다는 거였다. 긴장을 누그러뜨리는 데에는 확실히 도움이 되는 의사였다. 다만 세월이 흐른 뒤 아빠는 만약 의사가 아빠와 같은 풋내기였다면 어땠을까 하며 아쉬워한 적이 있다. 그랬다면 분만실의 풍경을 좀 더 생생히 기억하게 되지 않았을까. 아빠는 간호사가 건네 준 장갑을 끼고 수술용 가위를 쥐었다. 의사가 두 손으로 탯줄을 잡고 있었다. 아빠는 가위를 댔다. 나중에 엄마가 탯줄 자를 때 어떤 기분이었냐고 물었을 때 아빠는 잠시 생각하다가 대답했다. "그냥 좀 질겼어." 아빠는 가위를 쥔 손에 힘을 주었다. 탯줄이 잘려 나가는 느낌이 손에 선명하게 전해졌다. 얼떨떨했다. 마침내 네가 태어났다. 의사는 너를 엄마 가슴에 가만히 올려 주었다. 엄마가 너의 태명을 불렀다. 울던 네가 울음을 뚝 그치고 살짝 눈을 떴다. 너와 엄마의 첫 만남이었다. 이윽고 너를 안은 간호사가 아빠에게 다가갔다. 목욕물이 준비되어 있었다. 간호사가 너를 따뜻한 물에 담갔다. 너는 아빠의 손가락을 꽉 쥐었다. 아빠의 온몸에 전율이 흘러갔다. 아빠가 너의 태명을 불렀다. 너는 울음을 그치고 살짝 눈을 떴다. 너와 아빠의 첫 만남이었다. 네가 신생아실로 들어간 뒤 아빠는 엄마 옆에 앉았다. 아빠는 노련한 의사와 간호사가 알려 준 대로 축 늘어진 엄마의 배를 주물렀다. 엄마와 아빠 모두 너를 생각했다. 너의 몸무게는 3킬로그램이었고 피부는 살구색보다는 옅은 분홍색에 가까웠다. 너는 따뜻하고 부드러웠으며 울음마저 감미로웠다. 너의 얼굴을 처음 보았음에도 엄마와 아빠가 상상한 바로 그 얼굴이어서 낯설지가 않았다. 그건 너도 마찬가지였다. 너는 아직 시력이 온전하지 못했으므로 눈을 잠깐 뜰 수는 있었다 해도 눈으로 엄마와 아빠를 볼 수는 없었다. 너는 너의 온몸으로 엄마와 아빠를 보았고 네가 오래전부터 만나왔던 바로 그 사람들임을 알았다. 이제 네가 태어났다. 네가 태어나기 전까지 있었던 모든 일들은 과거가 되었다. 네가 태어나는 순간 새로운 우주가 생겨났다. 네가 태어나기만을 기다린 세계가 바야흐로 기지개를 켜며 일어났다. 하지만 엄마와 아빠는 전혀 몰랐다. 네가 만든 우주가 겨우 18년 만에 사라지게 되리라는 걸. 네가 이 세상에 고작 18년밖에 머물지 못한다는 사실을 짐작조차 하지 못했다. 네가 18살의 나이로 침몰하는 배 안에서 끔찍한 고통을 겪으며 죽게 되리라는 걸…… 너는 알았을까.

너의 이름을 무엇으로 지을지 엄마와 아빠는 머리를 맞대고 의견을 나누었다. 엄마는 예쁜 이름이면 좋겠다고 했다. 엄마의 입에서 예쁜 이름 몇 개가 흘러나왔다. 아빠는 고개를 저었다. 엄마가 짜증을 냈다. 아이 이름도 생각해 두지 않고 지금까지 뭘 한 거냐고. 아빠는 오래전부터 생각해 둔 이름이 있다고 했다. "그게 뭔데?" "여보 이름하고 내 이름에서 한 글자씩 가져온 거야." 엄마는 생각에 잠겼다. "누군 쌀 한 가마니 주고 작명소에서 받아 오고 학식 있는 사람한테 애걸복걸해서 받아 온다던데." "튼튼이는 우리 아이야. 우리 아이니까 이름도 우리가 지으면 돼." "예쁘고 좋은 이름도 많은데 꼭 그래야 해?" 아빠는 고개를 끄덕였다. "그럼 당신 뜻대로 해." 아빠는 고개를 저었다. "알았어. 나도 그렇게 하는 게 좋겠어." "고마워, 여보." 산후조리원을 나온 아빠는 잠시 고민했다. 버스나 택시를 타고 갈지 그냥 걸어서 갈지. 왠지 걸어서 가는 게 너를 이 세상으로 이끌어 낸 사람 가운데 한 사람으로서 마땅히 취해야 할 방법인 듯했다. 한 걸음 한 걸음마다 너를 생각할 수 있을 테니까. 아빠는 시청을 향해 걸어갔다. 지나는 사람 모두가 아빠에게 인사를 건네는 것 같았다. "축하합니다." "감사합니다." 아빠는 마음속으로 인사를 했다. 지금 무엇을 하러 어디로 가는지를 지나치는 사람들 모두 알고 있다는 생각이 들었다. 너를 잉태하고 너를 임신한 사실을 알게 되고 너와 무수한 대화를 나누고 마침내 너를 만나게 된 지금까지의 시간이 일제히 날아오르는 새 떼처럼 아빠 앞에서 화르륵 떠올랐다. 어딘가에 잠깐 숨어 소리라도 지르고 싶은 심정이었다. 아빠는 출생신고서에 네 이름을 적기 전 빈 종이에 연습을 해보았다. 예쁘게 잘 쓸 수 있게 될 때까지. 마침내 아빠는 신고서에 네 이름을 또박또박 써넣었다. 너의 이름 해원을. 아빠가 환하게 웃었다.

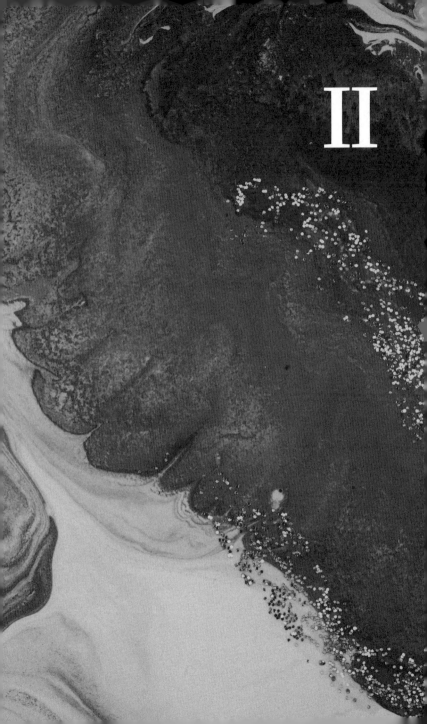
II

5

1895년 4월 24일

전봉준은 차분하고 침착했다. 어찌나 조용한지 죄수들은 그가
헛것이 아닐까 하는 의문을 품을 정도였다. 눈앞에 있는 이 자
는 전봉준의 허깨비일 뿐, 진짜 전봉준은 체포된 적도 없고 앞
으로도 영영 체포되지 않으리라는 터무니없는 생각마저 들었
다. 누구 한 사람만의 생각은 아니었다. 죄수들은 이야기를 나
누면서 서로가 이런 생각을 한다는 걸 확인할 수 있었다. 전봉
준이 전옥으로 이감되기 전까지는 곁에 있는 것만 같았는데 막
상 그가 이감된 뒤로는 현실에 존재하지 않는 사람인 것만 같았
다. 의금부의 나장이 권설재판소의 명령을 받아 전옥서에 오면
그는 조용히 일어나 절뚝거리며 감옥을 나섰다가 가까운 곳에

마실이라도 다녀온 사람처럼 별 동요 없는 얼굴로 돌아왔다. 고통도 희망도 없는 얼굴이었다. 그의 표정은 한결같았고 그가 감내하는 고통도 한결같았다. 한눈에 보아도 그의 상처는 깊었다. 체포될 당시에도 상처 입은 상태였지만 체포 과정에서 죽기 직전까지 두들겨 맞은 탓이었다. 일본 영사관의 순사청에 수감되어 있는 동안 일본인 군의관의 치료를 받았음에도 별다른 차도가 없었다. 차도가 있다 해도 의금부에서 당하는 고문 탓에 나아질 수가 없었다. 그는 중병을 앓는 여느 환자들과 비슷했고 어떤 점에서는 이미 죽은 사람이나 마찬가지였다. 비록 그가 속내를 드러내지 않는 사람이라 할지라도 잠든 동안마저 그러기는 어려웠다. 죄수들은 밤마다 그가 흘리는 신음을 들었다. 그의 나지막한 신음은 육신의 고통에서 비롯된 것이 아니었다. 타인의 고통을 헤아리는 혜안이 없더라도 그 정도는 누구나 알 수 있었다. 감옥에서는 지겨울 정도로 들을 수 있는 신음이었으니까. 특히 사형수는 그런 신음에 익숙할 수밖에 없었다. 내면에서 흘러나오는 신음을 얼마나 자주 가장 가까이에서 들어야 했는지 다른 죄수들은 짐작도 못 할 거였다. 어쨌든 그는 대장기를 휘날리며 적진을 향해 돌격하는 장군으로도 수만의 농민군을 이끌고 서울로 진격하던 역적의 수괴로도 보이지 않았다. 차라리 논에 물꼬를 내다 발을 헛디뎌 발목을 접질리거나 자신의 곡괭이에 발등을 찍힌 농사꾼이라고 하는 게 더 그럴듯해 보였다. 어떤 점에서 그건 사실이기도 했다. 농민전쟁에 나서기 전의 그는 조소마을과 말목장터에서 서당을 열고 약방을 운영하는 훈장이자 의원이기도 했지만 그의 몸속에는 대대로 이어져 내려온 농사꾼의 피가 흘렀다. 농사꾼의 피는 붉은색이 아니었다. 도랑을 흐르는 물과 무논을 채운 물처럼 흙빛을 띠었고 알맞게 탁한 그 물속에서는 온갖 생명이 헤엄치며 살았다. 농사꾼은 대지를 경작하듯이 자신이 경작되도록 내놓아 이 세상에 스며드는 동시에 세상이 자신에게 스며들도록 했다. 바람은 그의 몸을 통과해 불었고 물은 그의 몸에 난 길을 따라 흘렀다. 농사꾼이란 결국 사람이 죽어 흙으로 돌아가는 이유가 본래 흙으로 빚어져서임을 아는 자였다.

전옥서 관리의 엄포가 아니라 해도 죄수들은 전봉준을 비롯한 농민군 지도자와 대놓고 말을 섞지 않았다. 금지된 일이기도 했지만 역적과 대화를 나누는 것 자체가 역적질일 수도 있다는 두려움이 더 컸다. 괜히 말 한마디 잘못했다가 나장이나 서리의 귀에 들어가면 곤장 몇 대로 끝날 일에 역적과 내통한 죄목이 혹처럼 붙을지도 몰랐으니까. 대신 죄수들은 육십 노인을 본받아 에둘러서 말을 걸곤 했다. 봉준이 자네 왔는가? 나 동묘 옆집 살던 언년이 아비네. 차린 건 없지만 맛있게 드시게나. 번쩍이는 대담하게 그의 얼굴 앞에서 손을 휘젓기도 했지만 그는 별다른 반응을 보이지 않았다. 그의 눈에는 아무것도 보이지 않고 귀에는 아무것도 들리지 않는 듯했다. 아니, 어쩌면 눈에 보이고 귀에 들리는 것들의 실체를 차분하게 따져 보는 것도 같았다. 실제로 그는 잠에서 깨었을 때와 잠들었을 때의 차이를 분간하지 못할 만큼 현실과 꿈이 뒤섞인 시간을 보내는 중이었다. 얼마 만이던가. 그는 오래도록 꿈을 꾸지 못했다. 하루하루가 긴장의 연속이었던 그에게는 꿈조차 사치였다. 아예 꿈을 꾸지 않은 건 아니었다. 다만 꿈을 꾸었다는 기억은 있으나 무슨 꿈이었는지 전혀 기억할 수 없다는 점에서 꿈을 꾸지 않은 것과 별다르지 않은 셈이었다. 설령 기억할 수 있다 해도 그의 꿈이 달콤했을 리는 없었다. 봉기 이후 그의 시간은 생시에서만 흘러갔다. 죽은 듯이 눈을 감았는데 눈을 떠보면 누군가 그를 깨우고 있었다. 방금 눈을 감았는데 두어 시간이 지났다는 사실을 알고 허망해한 적이 얼마나 많았던가. 잠든 동안에 흐른 시간은 그의 시간이 아니었으니 한 번도 잠든 적이 없는 것이나 마찬가지였다. 피로리에서 체포되어 나주를 거쳐 서울에 이를 때까지도 마찬가지였다. 꿈 없는 잠, 잠 없는 꿈은 죽을 때까지 이어질 것만 같았다. 그러나 일본 영사관의 체경에 비친 자신을 보며 깊은 슬픔에 빠졌던 날 이후로 그에게도 꿈이 찾아왔다. 꿈에서 본 장면이 잠에서 깨어난 뒤에도 사라지지 않았다. 그에게는…… 꿈이 있었다. 보국안민, 광제창생, 척양척왜. 그의 꿈은 그만의 것도 아니었고 혼자서 꿀 수 있는 꿈도 아니었다. 그건 서로의 꿈속에 서로가 나타나는 것과 비슷했다. 잠든 채로도 깨어 있는 것이었고 깨어 있는 채로도 잠든 것이었다. 마침내 이 꿈은 산산조각이 났다. 꿈이 사라진 자리에 그가 오랫동안 꾸지 않았던 다른 꿈이 들어섰다.

그가 꿈에서 가장 자주 보았던 건 고부였다. 고창과 김제, 고부와 태인, 정읍 일대를 떠돌며 살았건만 유독 고부가 자주 보인 이유는 그곳에서 첫 아내를 사별한 데다 연로한 아버지가 관아에 끌려가 죽임을 당해서일 거였다. 그가 살던 조소마을에서 남쪽의 야트막한 언덕을 오르면 손에 잡힐 듯 솟은 두승산이 보였다. 고부에서 태어난 사람의 태몽 가운데 반 이상은 두승산과 관련이 있다 해도 과언이 아닐 만큼 고부 사람에게는 친숙한 산이었다. 배들이라 불리는 너른 들판에 난 길을 따라 두어 개의 마을을 지나면 말목장터였다. 장터 입구의 공터에는 그리 크지 않은 감나무가 한 그루 있었다. 정월 초에 거기에서 최초의 봉기가 있었다. 입김이 획획 날리던 차갑고 쓸쓸한 겨울이었다. 헐벗은 감나무 아래 수천 명이 모여들었다. 그중 횃불을 든 오백여 명의 농민과 함께 고부 관아로 달려갔다. 돌아보면 두승산의 북쪽 아래를 따라 고부 관아로 향하던 새벽에 그는 이미 각오가 되어 있었다. 이렇게 되리라는 걸 확신까지는 아니라 해도 짐작은 하고 있었다. 그러나 그가 각오한 건 자신의 운명이었지 오백에서 마침내 오만, 아니 오십만에 이른 그들 모두가 똑같은 운명을 감당해야 할 것이라고 예상하지는 못했다. 불과 일 년 전의 일이건만 백 년 전의 일이라도 되듯 아득했다. 백 년을 기다려 봉기한 사람들이 겨우 일 년 만에 사라졌다는 사실도 여전히 실감할 수 없었다.

감옥의 다른 죄수들을 돌아볼 때면 무심코 아는 얼굴이 있는지를 헤아리기도 했다. 모두 낯선 이들이었지만 아주 낯설다고만 할 수는 없었다. 무언가를 수치스러워하는 얼굴이라는 점에서 그랬다. 그럴 때 그가 가장 자주 사로잡히는 생각은 지금 이 순간에도 농민들이 죽어 가고 있다는 것뿐이었다. 무고한 농민들이 의병에 동조했거나 의병의 식솔이라는 이유로 죽었다. 이를 두고 노륙한다고 일렀다. 노륙이라. 짐승에게 원한이 있어도 그러지 못할진대 하물며 사람을 두고 한 사람에게 원한이 있다 하여 그이의 식솔까지 전부 도륙하는 게 어찌 사람의 법일 수 있을까. 이 법을 정한 자가 극악한 것인가, 이 법에 순응한 자가 극악한 것인가. 사람은 누구 하나 다를 것 없이 극악하니 어쩔 수 없는 노릇이라며 받아들여야 하는가. 그렇다면 극악하기를 간신히 멈춘 자를 가리켜 진정으로 사람이라 할 수 있지 않 겠는가. 죄수들은 전봉준의 시선이 자기 얼굴에서 딱 멈추면 흠 칫 놀라며 고개를 돌렸다. 본래 사형수와 눈 마주치기를 꺼리는 그들이었지만 전봉준의 눈길에는 사형수마저 가볍게 압도하는 지독함이 있었다. 분노, 고통, 절망과 같은 극단적인 감정이 깃 든 눈길이 아닌데도 그보다 첨예하게 느껴지는 낯선 감정 같은 게 말이다. 그와 눈길이 마주쳐도 고개를 돌리지 않는 사람은 사형수와 해원뿐이라고 할 수 있었다. 그는 왜 해원이라는 젊은 이를 이전에 본 적이 없음에도 가까운 사람처럼 느껴지는지를 생각해 보았다. 아마도 해원이 그에게 자식들을 떠올리게 해서 인 듯했다. 남성과 여성 어디에도 속하지 않는 듯한 해원을 보 고 있노라면 아들과 딸이 한꺼번에 떠올랐다. 정확하게 말하자 면 해원과 비슷한 나이인 큰아들과 그보다 몇 살 아래인 큰딸이 었다. 큰아들은 본래 폐가 좋지 않아 낯빛이 창백했고 큰딸 역 시 병약한 편이어서 얼굴이 자주 붓고 누렇게 떴다. 전주성에서 화약을 맺고 집강소를 설치한 뒤부터 삼례에서 마지막 봉기를 할 때까지의 몇 달 동안이, 그중에서도 겨우 며칠 동안이 그의 인생에서 누릴 수 있는 가장 평화로운 시기였다. 식구들과 한자 리에 모여 밥을 먹기도 했고 도란도란 이야기를 나누기도 했다. 첫 아내와 사별한 뒤 만난 지금의 아내를 비롯해 두 아들과 두

딸, 이렇게 여섯이 모여 잠시나마 한가로운 시간을 보낸 건 이전에도 없던 일이었고 앞으로도 결코 없을 일이었다. 동곡리 지금실에 남아 있는 식구를 생각하면 가슴이 저렸다. 고부 다음으로 자주 꿈에 나온 곳이 거기였다. 남쪽으로는 동진강이 흐르고 북쪽으로는 상두산이 버티고 있는 전형적인 배산임수 지형이었다. 산 아래에서 강변까지 펼쳐진 농토는 비옥했으나 그 땅에 목숨을 대놓고 사는 이들 가운데 지주를 제외하고 배부른 이는 없었다. 이 땅 어디에서나 볼 수 있는 흔한 마을 가운데 하나였다. 남은 식구의 소식을 전해 준 사람은 없었다. 전해 줄 소식이 없어서이거나 전해서는 안 되는 소식이기 때문일 거였다. 누구보다 먼저 노륙될 사람들이 그의 식솔이었으니 어쩌면 이미 그들 모두 이 세상 사람이 아닐 수도 있었다. 피붙이들이 모두 죽었으리라는 생각이 들면 외려 마음이 고요해졌다. 그를 흔들 수도 있는 마지막 미혹이, 아니 어쩌면 핑계가 사라진 셈이니까.

권설재판소의 재판장은 법무아문 대신 서광범이었지만 심문을 맡은 건 참의 장박이었다. 장박은 으레 해왔던 것처럼 우선 농민군 우두머리를 의금부로 불러들인 뒤 다짜고짜 주리를 틀었다. 장박은 관료 생활이 체질인 노련한 실무자였다. 죄수는 처음부터 기를 죽여 놔야 고분고분하기 마련이었다. 그러지 않으면 죄가 없다는 둥 오해가 있다는 둥 억울하다는 둥 온갖 흰

소리를 듣고 있어야 했다. 관료란 본래 그런 소리를 들으며 만족해하는 집단이지만 세간의 이목이 쏠린 재판인 만큼 법무아문의 위신에 해가 되지 않도록 주도면밀하게 처리해야 했다. 이런 경우의 주도면밀함이란 죄수가 딴소리를 못하도록 윽박질러 신속하고 정확하게 판결하는 거였다. 물론 그들 가운데 대부분은 일 년도 채 안 되어 왕이 러시아 공관으로 도망가면서 내린 면직 처분으로 쫓겨나고 성난 민중에게 잡혀 죽거나 간신히 도망쳐 망명하게 되지만 그것도 관료라면 으레 감수해야 하는 새옹지마일 뿐이다. 장박에게 중요한 일이 전봉준에게는 전혀 중요하지 않았다. 그는 형량이 관대하길 바라며 유리한 진술을 고집할 필요가 없었고 그러고 싶지도 않았다. 관료에게 심문은 재판을 완성하는 하나의 과정이지만 그에게는 인정투쟁의 과정이었다. 그가 마지막으로 남길 수 있고 남겨야 하는 말들이 기록되는 과정이었지만 그에게는 진술서를 확인하고 승인할 권리도 없었다. 그가 무슨 말을 하든 주사는 자기식대로 기록할 테고 법무대신이 인상을 찌푸리면 서둘러 문구를 수정할 거였다. 대신은 재판과 관련된 서류를 모두 들고 왕을 알현하겠지만 왕은 그 서류 가운데 한 장도 읽지 않을 것이었다. 대신은 개요를 설명한 뒤 이런저런 처분을 바란다며 조아릴 테고 왕은 사건의 전말을 알지 못해도 위엄을 갖추어 마음에서 우러나는 대로

명을 내릴 테다. 그리하여 공식적인 실록에 기록된 왕의 말 가운데 "그렇게 하라"를 가장 흔히 볼 수 있게 된 것이다. 그렇게 하라. 이 말이야말로 그가 하고 싶은 말이었다. 너희가 원하는 대로 나를 죽여라. 기꺼이 죽어 주마. 다만 지금 내가 하는 이 말을 한 글자도 틀림없이 똑바로 기록하여 후대에 남겨라. 그러나 심문관은 그가 말하고 싶은 대로 내버려 둘 생각이 없었다. 역적의 입에서 나온 말을 고스란히 기록하여 대신에게 꾸지람을 받을 빌미를 줄 생각도 없었다.

그가 이감된 지 며칠 안 되어 감옥이 들썩거렸다. 일본인이 전봉준의 치료에 필요한 약품을 전달하고 가면서 그의 상태를 주도면밀하게 살폈다는 사실이 알려진 뒤였다. 일본 공사와 영사가 왜 그를 치료해 줬는지도 의문이었지만 상처에 차도는 있는지, 평안히 잘 지내는지에 관심을 쏟는 이유를 헤아리느라 하루가 바쁠 지경이었다. 왜놈들은 도무지 이해할 수가 없단 말이야. 자기들 몰아내겠다며 죽창 들고 덤벼든 적장을 왜 살려 주라고 하느냐 말이지. 그놈들 관습인 거야. 용맹한 적장을 죽이는 대신 회유해서 자기편으로 끌어들이려는 거지. 역도의 우두머리를 회유했다가는 우리 조정과 대놓고 맞서게 될 텐데. 그놈들이 언제 조정을 안중에나 두었던가. 작년에 그놈들이 경복궁에 들이치는 걸 두 눈으로 똑똑히 보았다면 그런 말은 못하지. 여기가 누구네 땅인데 이 땅에서 지들 맘대로 한단 말이야. 이미 청국의 목줄을 누르고 있으니 못 할 일이 뭐가 있겠어. 경거망동을 하면 아라사가 가만히 있지는 않을 텐데. 청국도 눌렀는데 아라사라고 못 누를까. 청국이야 종이호랑이지만 아라사는 아닐 걸. 청국도 언제까지나 당하고 있지만은 않을 거야. 법국이랑 덕국도 가만히 있지는 않을 테니까. 빌어먹을! 법국은 어느 나라고 덕국은 또 어느 나라야? 물 밖 나라들에 이토록 어두우니 조선의 운명이 풍전등화일 수밖에.

성내에 소문이 퍼지면 한발 늦긴 해도 어김없이 전옥까지 소문이 닿기 마련이었다. 일본 외교관이 그를 의금부에 인도하면서 사형 판결을 제외해 달라 요구하고 약속까지 받아 냈다는 소문도 벌써 전옥 내부를 떠돌았다. 이렇게 되면 죄수들의 사정이 달라질 수밖에 없었다. 전봉준이 사형을 면하고 사면을 받는다면 후일을 도모하지 않을 수 없었다. 삼남의 농민이 그를 구하기 위해 성내로 잠입할 가능성이야 극히 적었지만 풀려나기라도 한다면 언제 어떤 방식으로 앙갚음을 할지 모를 노릇이었다. 죄수들이 하루 종일 쉬지 않고 몰두할 수 있는 건 자신뿐이었으므로 이런 두려움을 조금 품었다 해도 이상한 일은 아니었다. 하지만 소문은 소문일 뿐이었고 시간이 흐른 뒤 거짓으로 밝혀지기 일쑤였으므로 진위 여부가 진짜로 문제가 된 적은 없었다. 무료하고 궁색한 감옥살이에 활기를 불어넣는 이야깃거리가 되어 주는 것으로도 족했다. 육십 노인은 자기 일처럼 기뻐했다. 이보게 봉준이, 그게 사실이라면 봄이 한창일 무렵이면 여기를 나가겠네그려. 그때까지 내가 살아 있어야 자네를 환송해 줄 텐데. ……근데 왜놈들이 왜 자네를 구명하려는 건가? 노인의 질문이야말로 모든 죄수들이 궁금해하던 것이었으므로 일순 조용해지면서 침 삼키는 소리만 들릴 정도였다. 어떤 죄수가 딸꾹질을 하는 바람에 그 방의 모든 죄수들이 고개를 돌려 잡아먹을 듯이 노려보았다. 다들 한마음으로 그가 소문의 실체를 확인해 주길 바랐다. 이것이야말로 죄수들만이 누릴 수 있는 특권이 아니던가. 서울 사람들이 소문을 두고 입방아를 찧어 댈 수는 있을지라도 죄수들처럼 직접 그의 입을 통해 그 소문이 사실인지 거짓인지 확인할 수는 없는 노릇이니 말이다. 그는 노인을 다정한 눈빛으로 바라보았다. 이윽고 눈빛만큼 다정한 목소리로 그동안 겪은 일을 들려주었다.

그는 일본 순사청에 있는 동안 일본 공사, 영사를 직접 면담했을 뿐만 아니라 일본인 군의관에게 치료를 받기도 했다. 어느 날 그가 수감된 감방에 눈매가 날카롭고 조선말을 제법 잘 구사하는 일본인이 들어왔다. 그에게 접근하기 위해 일부러 죄를 지어 잡혀 들어왔다고 했다. 다나카 지로라고 합니다. 초면이었지만 다나카 지로가 천우협에서 보낸 자라는 사실을 알 수 있었다. 농민군을 이끌 무렵에도 천우협이 보낸 자들과 두어 차례 만난 적이 있었다. 필담으로 이루어진 만남에서 어떤 말이 오갔는지를 다나카 지로는 내부자가 아니라면 결코 알 수 없는 세부적인 사항까지 정확하게 알고 있었다. 다나카는 일본 공사와 면담을 하면서 그의 사형을 면제해 줄 것을 요구했다고 말했다. 공사도 수긍했고 조선 정부도 이를 받아들일 수밖에 없을 거라고 장담했다. 한 가지 조건이 있습니다. 판결이 내려지면 일본에서 장군의 신병인도를 요청할 테니 거기에 응해 일본으로 건너가 선진 문물을 배워야 합니다. 그런 뒤에는 일본의 강력한 지지와 후원을 받으며 돌아와 내각에 입각하게 될 테고 그게 아니라 해도 한성부판윤쯤은 거뜬할 겁니다. 한성이 싫다면 전라도 관찰사는 어떻습니까. 어쨌든 장군은 집강소를 통해 펼치려 했으나 이루지 못한 뜻을 비로소 온전히 실현하게 될 겁니다. 죄수들은 내각의 대신이나 판윤, 관찰사 등이 언급되자 침을 꼴깍 삼켰다. 한평생 우러러보기만 한 고위 관료직이 전봉준의 손아귀에 거의 들어온 것만 같아 전율을 느꼈다. 그들은 입담 좋은 전기수 앞에 둘러앉았을 때보다 긴장하고 흥분했다. 전기수가 들려주는 이야기는 옛날이야기지만 그가 들려주는 이야기는 현재의 이야기일 뿐만 아니라 짜릿한 성공담이 아니던가. 사촌이 땅을 사면 배가 아프겠지만 시골 촌놈이 역경을 딛고 화려하게 성공하는 이야기에서는 옛 영웅호걸의 모험담을 들을 때처럼 대리만족을 느꼈다. 죄수들은 조바심이 났다. 일본이라면 충분히 가능한 일이었다. 지금의 내각도 일본의 강력한 후원을 입어 성립되었으니 설득력이 있었다. 그는 다나카 지로가 무슨 말을 하든 가만히 듣고만 있었다. 다나카는 그가 자신의 말을 심사숙고하는 거라 여겼고 더욱 열을 올려 설득하려 애썼다. 장군, 좋다 싫다 왜 말이 없습니까. 시급을 다투는 일이니 결단을 해야 합니다. 이윽고 그가 입을 열었다. 나는 그대들과 적이 되어 싸운 사람이오. 한사코 나를 살려 내어 주구로 삼으려는 까닭이 무엇이오? 다나카는 고개를 저었다. 주구라니, 당치도 않은 말씀입니다. 사냥개쯤으로 부려 먹을 소인배라면 애초에 관심을 갖지도 않았을 겁니다. 장군이 누군가의 부림을 받는 사냥개 노릇을 할 리도 없을 테지요. 장군이 서학이 아닌 동학에 관심을 갖게 된 것과 비슷한 이유입니다. 오랜 세월 동방은 어둠에 잠겨 있었습니다. 백성은 곤궁한데도 위정자는 호의호식했지요. 그 결과가 이것입니다. 서구 열강의 침략에 속수무책으로 당하면서도 청국은 상전 노릇을 그만두지 않으려 하지요. 관

습에 얽매인 약소국은 이 상태를 벗어나려 하지 않습니다. 조선
도 다시 일어서야 합니다. 일본처럼 무지몽매했던 세월을 딛고
일어나 스스로의 힘으로 서야 합니다. 그렇게 된다면 우리 모두
힘을 합해 서구 열강의 침략을 막아 내고 부강한 나라를 만들
수 있습니다. 장군은 조선에서 그 일을 할 수 있는 적임자입니
다. 그는 한숨을 내쉬었다. 설령 그대의 말이 순리라 해도 일본
군의 총칼에 죽어 간 창의군을 배신할 수가 없소. 그이들의 깊
은 원한을 어찌 감당하란 말이오. 장군 말씀이 옳습니다. 죽은
이들은 자신을 죽인 자를 용서할 수 없겠지요. 원한을 품을 수
밖에 없겠지요. 하지만 그 원한은 본래 어디에서 시작되었습니
까? 이전에 우리 천우협과의 면담에서도 그런 뜻을 밝히지 않
았습니까? 만약 청국이 출병하지 않았다면 일본군도 조선에 들
어오지 않았을 겁니다. 그렇게 된 연유는 누구보다 장군이 잘
알고 있겠지요. 이전에 창의군을 일으킬 때도 일본에 대한 의구
심과 적개심으로 그러했습니까? 아니었지요. 양민의 피를 빨아
먹고 사는 민씨 일가와 부패한 탐관오리를 징치하기 위해 일어
섰지요. 그리고 장군, 마침내 장군이 이룬 일이 무엇입니까? 민
씨 일가를 모두 몰아냈습니까? 탐관오리를 일소했습니까? 보
국안민과 광제창생은요? 원한을 품고 죽어 간 창의군이 진정으
로 바라는 일도 그게 아닐는지요. 장군이 입신한다 해도 사사로

운 영달을 위해 그러리라 여기는 원혼은 하나도 없을 것입니다.

다나카와 나눈 대화를 전하는 그의 목소리는 차분하기 이를 데 없어서 마치 자신의 일이 아니라 남의 일을 전하고 있는 것처럼 여겨질 정도였다. 이미 죄수들은 그의 입장이 되어 심사를 헤아리는 중이었는데 그의 이야기에 너무 몰입한 나머지 스스로가 전봉준이 된 듯 감정을 이입했을 뿐만 아니라 심지어 다나카의 설득에 거의 넘어가는 중이었다. 어찌나 집중을 했는지 다나카가 눈앞에 있는 것만 같았고 다나카의 약속이 손에 잡히는 돌멩이처럼 구체적인 사물로 여겨져 자기도 모르게 손을 내밀어 그걸 건네받으려는 시늉까지 하게 되었다. 이처럼 몰두했던 탓에 전봉준이 끝내 거절했노라 이야기했을 때는 굴러들어온 복을 발로 차버린 사람을 본 것처럼 경악하지 않을 수 없었고 품에 안은 대어가 빠져나가는 바람에 망연자실한 어부처럼 입을 딱 벌린 채 그를 바라보았던 거다. 육십 노인은 끌탕을 했다. 봉준이 자네, 애썼네. 작은 복을 마다하면 그것도 복을 짓는 일이라 언젠가는 큰 복이 오게 마련이라네. 한 죄수가 노인에게 이기죽거렸다. 노인장이 결국 사형수가 된 걸 보면 그동안 얼마나 작은 죄를 많이 지었는지 눈에 훤하우. 다른 죄수가 맞받았다. 이 사람아 그게 어째서 죄인가. 작은 복을 짓고 지어 마침내 사형을 받게 되었으니 이보다 더 큰 복이 어디 있겠나. 어차피 시궁창 인생인데 나라님이 영을 내려 목을 베어 줄 터이니 감읍할 일이 아니겠나. 노인은 그런 말을 전혀 못 들은 것처럼 굴었다. 다른 죄수들은 입맛을 다시며 얼굴을 찌푸렸다. 곁눈질로 전봉준을 보기도 했다. 마음만 고쳐먹으면 고위 관료가 될 수도 있었다는 생각이 들자 시골 촌놈이 아닌 명문가의 귀골이라도 보는 듯한 기분이 들었다. 그동안 조용하던 사기범이 제법 말이 되는 소리를 덧붙였다. 거절했다고 포기할 왜놈들은 아닐 테니 사형을 면하게 해주겠다는 약속은 지켜지겠구나. 그럼, 그 소문이 말짱 거짓은 아닌 셈이군. 왜놈들한테 꽉 잡혀 사는 대신들이니 끝까지 모르쇠를 하긴 어렵겠지. 저런 얼굴이 모름지기 관운이 있는 얼굴이야. 그 말 때문에라도 다들 한 번씩은 전봉준을 힐끔거리지 않을 수 없었다. 콧수염과 염소수염이야 사내라면 당연한 것이니 남다를 게 없었지만 툭 튀어나온 둥그스름한 이마가 예사롭게 보이지 않았다. 죄수들은 슬쩍 손을 올려 자기 이마를 짚어 보며 대체 나는 왜 저렇게 훤한 이마가 아니란 말인가 하고 애석해했다. 사형수들만은 그가 끝내 일본의 회유에 넘어가지 않고 거절했다는 말에 안심하며 고개를 주억거렸다.

일본 측의 회유 과정을 담담하게 말하고 난 뒤 그의 마음이 얼마나 괴로웠는지를 눈치챈 사람은 해원뿐이었다. 그러나 마음속 깊이 혼란을 느낀 사람은 해원 자신이었다. 해원은 그를 처음 만난 순간부터 그때까지 유지해 왔던 평정심이 흔들리는 걸 느꼈다. 딱히 그래야 할 이유가 없음에도 동요하지 않을 수 없었다. 해원은 이 흔들림이 분노에서 비롯되었음을 알고 있었다. 감옥에 수감되어 지금에 이르기까지 간신히 다스려 왔던 분노가 기지개를 켜며 일어나려 하고 있었다. 번쩍이를 비롯한 무뢰배들의 놀림과 괴롭힘에도 평정심을 유지할 수 있었던 건 그런 일쯤이야 해원의 내부에 있던 분노에 비하면 아무것도 아니어서였다. 누구도 건드릴 수 없는 깊은 분노가 오히려 해원을 침착하게 해준 셈이었다. 하루하루 수척해지고 병색이 짙어지는 것도 따지고 보면 감옥 생활 탓이 아니라 이 분노 탓이라고 할 수 있었다.

해원은 다섯 살 무렵이었던 임오년에 진령군의 거처로 들어갔다. 아직 장마가 한창이던 초여름이었다. 해원은 부모가 누군지 몰랐다. 진령군은 어느 날 국망산 근처의 서낭당을 지나다 아기 울음을 들었다고 했다. 그런 일에 겁먹을 진령군이 아니었건만 겁이 났던 이유는 아기 울음을 듣는 순간 거역할 수 없는 운명을 예감해서였다. 세상에 태어나자마자 버림받은 아기는 버림받자마자 진령군에게 발견되었다. 어떤 의미에서는 진령군이 낳지만 않았을 뿐 진령군에게서 태어난 것이라 해도 좋을 정도였다. 진령군은 직접 아기를 키우는 대신 아기를 먹여 주고 재워 줄 사람을 구해 삯을 치르고 맡겼다. 일 년에 몇 번 바람처럼 찾아와 얼굴만 보고 가더니 마침내 때가 되었다는 듯 자신의 집으로 데리고 간 거였다. 아주 어린 시절의 기억은 없지만 세 살 무렵부터는 어렴풋이 기억이 났다. 한집에 오래 있어 본 적은 없었다. 어리고 잘생긴 사내아이를 누구나 기꺼이 맡아 줬으나 몇 달 못 가 고개를 젓기 마련이었다. 대단한 이유는 없었다. 그러나 사내아이는 여느 아이들과는 좀 달랐다. 퀭한 눈으로 방구석을 바라보는 아이를 지켜보고 있노라면 한기가 느껴졌고 젖니에 불과한데도 젖꼭지를 물리면 젖어미가 몸서리를 칠 만큼 아프게 깨물었다. 아이는 젖을 주는 이에게 집착이 심했고 한 번 울면 숨을 못 쉴 정도로 울어 대서 금방이라도 죽을 것처럼 얼굴이 하얗게 질리곤 했다. 돈을 받고 맡아 기르는 아이가 죽도록 내버려 둘 수야 없는 노릇이었으니 아무리 돈이 궁해도 더는 못 기르겠다며 기어이 두 손을 들고 마는 거였다. 그런 이유로 한 해에 서너 집을 옮겨 다녔다. 마지막 집에 대한 기억은 비교적 뚜렷했다. 그 집에서 아이는 평온한 편이었다. 별다른 사고를 치지 않았고 학대를 받지도 않았다. 친동기간은 아니었지만 그 집 아이들과도 사이좋게 지냈다. 장마가 시작되었고 여러 날 비가 주룩주룩 내렸다. 장대비가 내리던 늦은 오후에 그 집의 가장인 서른 살의 사내가 이웃 마을에 다녀와야 했다. 아이는 다른 아이들에게 너희 아버지는 못 돌아오실 거라고 말했다. 그게 무슨 뜻이냐고 묻자 섶 다리를 건너다 큰물에 휩쓸려 물에 빠져 죽게 된다고 대답했다. 아이들은 코웃음을 쳤지만 다음 날 그 사내는 익사체로 발견되었다. 정작 아이는 무슨 일이 벌어진 건지 몰랐다. 아이는 앞일을 말했을 뿐인데 앞일을 획책한 요망한 아이로 치부되었다. 그 집은 물론 마을 사람들조차 아이를 두려워하고 혐오해서 더 이상 횡액을 입지 않으려면 두들겨 패서 쫓아내거나 소리 소문 없이 죽여 파묻어야 한다고 여기게 되었다. 진령군이 아이의 행방을 물으면 큰물에 휩쓸려 갔다고 둘러댈 작정이었다. 그 집의 큰아이가 괭이를 치켜들고 아이의 등 뒤로 다가갔다. 그때 진령군이 비를 맞으며 마당으로 들어섰다. 진령군은 아이를 일으켜 세웠다. 아이는 뒤도 돌아보지 않고 그 집을 나왔다. 섶 다리가 떠내려간 개울가를 따라 걸을 때 비가 잦아들었고 진령군은 네 뒤에서 그 집 아이가 괭이를 치켜들고 있던 걸 알았느냐고 물었다. 아이는 고개를 끄덕였다. 그럼 왜 뒤돌아보거나 피하려 하지 않았냐고 묻자 아이는 맞아 죽으려 했다고 대답했다. 진령군은 아이의 눈을 지그시 들여다보았다. 이윽고 진령군이 한숨을 내쉬었다. 아이는 진령군을 따라가고 싶지 않았으나 그 눈을 보고서는 마음이 바뀌었다.

깊은 이해와 공감이 담긴 눈빛이었고 아이를 위로해 주는 힘을 지닌 눈빛이기도 했다. 집에 도착했을 때 진령군은 아이에게 다시 물었다. 네가 무엇을 보든 본 걸 모두 말하거나 알은체해서는 안 된다. 잠시 생각에 잠겼던 진령군은 이렇게 덧붙였다. 그러나 말하지 않으면 네가 감당하지 못할 테니 말해야 한다면 딱 하루, 하루 앞일만 말하거라. 아이는 고개를 끄덕였다. 지금까지 쓰던 이름은 너에게 어울리는 이름이 아니다. 네 이름은 오래전에 지어 두었다. 너는 이제부터 해원이다. 아이는 해원이라는 이름을 읊조려 보았다. 이상하게도 마음이 가라앉으며 차분해졌다. 해원에게는 한 가지 궁금한 게 있었다. 왜 진령군의 얼굴을 보아도 그 얼굴만 보일 뿐 다른 건 보이지 않는지. 그로부터 얼마 지나지 않아 해원은 진령군과 함께 여염집 아낙처럼 꾸몄으나 타고난 기품이 있는 한 사람을 보았다. 사납고 날카로워서 보는 이를 기죽이게 하는 성품임을 한눈에 알아볼 수 있었다. 집으로 돌아오자 진령군이 물었다. 무엇을 보았느냐. 해원은 높고 커다란 문과 화려한 문양을, 값진 보석으로 꾸민 가체와 그 앞에 조아리고 있는 수많은 사람들에 대해 말했다. 한참 동안 생각에 잠겼던 진령군이 혼잣말처럼 나직한 목소리로 말했다. 환궁이로구나. 진령군의 얼굴이 화사하게 빛났다. 그해 여름 해원이 본 사람은 군란을 피해 충주로 내려와 은신해 있던 민비였다. 여름이 다 저물기 전 왕비는 궁으로 돌아가게 되었고 해원은 진령군을 따라 서울로 가게 되었다. 고향인 충주를 떠난다는 서운함보다 서울로 간다는 흥분이 더 컸다는 것도 분명히 기억할 수 있었다.

세월이 흐른 뒤 그 시절을 돌아보면 진령군이나 왕비와의 만남이 아니라 마지막으로 의탁해 살던 그 집의 아이가 유독 생생하게 떠올랐다. 해원은 등 뒤로 다가오는 익숙한 발소리를 들었을 때 두려웠다. 고개를 돌렸을 때 무엇을 보게 될지 알았다. 그런 장면을 직접 눈으로 본다면 언제까지나 일그러진 형상으로 머릿속에 남게 되리라는 것도 알았다. 가장 끔찍한 장면이어서는 아니었다. 가장 서글프거나 괴로운 장면도 아니었다. 그 아이가 손에 괭이를 쥐게 된 사연, 그 아이의 의지가 아니라 무언가에 떠밀려 괭이를 쥐어야만 했던 사연을 납득할 수 있었다. 그런 깨달음은 사람이 한평생 자기 의지에 의해서가 아니라 눈에 보이지 않는 어떤 힘에 떠밀려 사는 생명이라는 생각으로 해원을 이끌었다. 정말 그런 힘이 있다면 거기에 저항할 수 있는 사람이 어디 있을까. 사람이란 참으로 가련한 생명이 아니던가. 그 아이도 모르지 않았다. 자기 손에 괭이를 쥐게 한 운명과 그 괭이를 치켜들고 다른 아이의 머리를 내려쳐야 하는 운명이 어디에서 비롯되었는지를. 해원은 아이가 주저하는 걸 느꼈다. 숨

죽여 다가오는데도 누구보다 가쁘게 숨 쉰다는 것도 알았다. 아이가 끝내 괭이를 거두리라는 예감도 있었다. 차마 머리를 똑바로 내려찍지는 못하고 해원의 어깨를 혹은 해원을 비껴 땅바닥을 찍으리라는 예감이 들었다. 맞아 죽으려고 했다는 대답은 거짓이었다. 아이는 해원을 죽일 수 없었고 실제로도 죽이지 않았다. 그렇다면 왜 나는 피하지 않았던가. 이 문제를 생각하고 또 생각했으나 다른 답이 있을 수 없었다. 그 아이를 부추겨서 자신을 해치도록 하고 싶었던 것이다. 무슨 일이 일어날지 전혀 모른다는 듯 얌전하게 앉은 채 운명을 거부하고 아이 역시 운명을 거부하도록 격려하고 싶었던 것이다. 몇 해 전에 해원은 충주 출신이라는 장사치를 통해 그 집 사람들의 근황을 전해 들을 수 있었다. 아이들은 아비 없이 살면서 지독한 가난에 시달렸다. 여자아이는 일찌감치 푼돈에 팔려 갔으며 사내아이는 남의 집 머슴살이를 하거나 한둘은 떠돌이가 되어 생사조차 불분명하다는 거였다. 남다르거나 새삼스럽지 않은 소식이었지만 해원은 가슴속 깊은 곳에서 불쑥 솟아오른 불안, 두려움, 죄책감 탓에 며칠을 앓았다. 장사치에게 돈을 들려 주긴 했지만 제대로 전달될 리도 없었고 그 정도로 씻어 낼 수 있는 앙금도 아니었다.

서울에서 호사를 누리며 사는 동안 해원은 진령군의 가르침을 성실하게 따랐다. 바깥출입을 거의 하지 않았고 궁을 드나들 때에도 진령군의 가마를 함께 탔다. 해원에 관한 소문은 무성했지만 정작 해원을 아는 이가 드물었던 이유이기도 했다. 그렇다 해도 언제까지나 정체를 숨기며 지낼 수는 없는 노릇이었다. 가까운 사람들부터 이웃 사람들까지 점점 더 많은 이가 해원을 알아보게 되었다. 서울이라서 그런지 까닭 없이 꺼리거나 두려워하는 사람은 드물었다. 대신 해원이 아니라면 다른 누구에게서도 찾기 힘든 미묘한 품성에 뭇사람들이 매혹되었다. 미색으로 유명한 규수의 얼굴을 보려는 호기심 많은 사람이 그러듯이 담 너머 염탐하는 눈길도 많아졌다. 열 살 무렵 하루 앞을 내다보는 재주가 있다는 소문이 돌면서 명일이라는 이름으로 알려지게 되었다. 해원은 사실 그보다 많은 것을 보았다. 진령군의 가르침을 따라 보았던 것도 못 본 척하고 아는 것도 모르는 척할 뿐이었다. 멀쩡하던 몸에 열이 오를 때가 무언가를 고백하듯 토해야 하는 순간이었다. 이때의 신열은 고뿔에 걸렸을 때와는 달라서 몸이 뜨겁게 달아오를 뿐 다른 징후는 없었다. 몸속에서 이글이글 타는 숯덩이가 돌아다니는 기분이었다. 보았던 것들 가운데 무언가를 말하고 나면 거짓말처럼 열이 가라앉았다. 점점 그런 일에 익숙해졌다. 무얼 말해야 하고 무얼 꾹 갈무리해야 하는지도 알게 되었다. 자신의 말이 다른 사람에게 어떤 영향을 끼치고 어떤 결과를 불러오는지를 보았다. 그럼에도 불구하고 해원은 이 세상이 낯설었다. 많은 걸 보았는데도 정작 해원이 진실로 알고 싶은 것들, 이를테면 자신을 낳아 준 부모가 누구인지와 같은 것들은 전혀 알지 못했다. 보았다고 해도 무슨 의미인지 매번 간파하지는 못했다. 썰물 없이 밀물만 있는 바닷가에 선 듯했다. 끝없이 해원에게 세상이 밀려왔지만 세상이 무엇이고 사람이 무엇인지는 가늠하기 어려웠다. 사랑도 그러했다. 마음속에 생겨난 누군가를 그리워하거나 간절히 바라거나 애달파하는 감정에는 익숙해질 수가 없었다. 감정은 있었으나 그걸 가지고 무얼 해야 하는지 몰랐다. 그럴수록 해원의 감각은 예민해졌고 이전에는 흘려보냈던 사소하고 구체적인 것들까지 내부로 들어오는 걸 막아 낼 수 없게 되었다. 해원은 지쳐 갔다. 하루가 다르게 키가 크고 몸이 단단해지고 성숙해졌지만 말수가 적고 생각이 깊어 약간은 음울해 보이는 청년이 되어 갔다. 음울하다는 건 말 못 할 분노를 간신히 삭이고 가까스로 평정심을 유지하는 사람처럼 보인다는 뜻이기도 했다. 마침내 해원은 이처럼 감옥에 들어오는 신세가 되었으며 꿈에서 보았으되 누구인지 몰랐던 이를 직접 만나게 되었고 그게 무슨 의미인지는 여전히 알지 못했다. 해원이 그를 꿈에서 보았다는 사실을 그도 아는 것 같았다. 그는 해원의 꿈에 나왔을 뿐인데 어떻게 해

원을 알아보았을까. 다른 이의 꿈에 등장한다고 해서 꿈꾼 이가
누구인지 알 도리는 없잖은가.

감옥의 죄수들이 전봉준에게 말을 걸었다가 실수로 장군이라
할까 봐 차라리 입을 다무는 쪽을 택했다면 해원은 그를 스스럼
없이 장군이라 부르는 쪽이었다. 어차피 해원은 사형선고를 받
을 예정이었으니 그를 장군이라 부른다 해도 더 나빠질 건 없
었다. 해원이 그에게 말을 걸면 죄수들은 안 보는 척하면서도
다 보았고 안 듣는 척하면서도 다 들었다. 죄수는 겁쟁이가 아
니다. 겁쟁이처럼 보여야만 살아남을 수 있는 처지에 떨어진 사
람이다. 이 죄수들 가운데 살아남은 자들이 바로 이듬해 정월에
총리대신을 지낸 최고위 관료를, 평소라면 그 앞에서 고개도 들
지 못해 얼굴조차 똑바로 바라볼 수 없던 김홍집을 때려죽이게
될 거였다. 해원은 그의 무표정에 가까운 얼굴이 사실은 어떤
표정을 뜻하는 얼굴이라는 걸 알아보았다. 무표정은 표정이 없
는 게 아니라 표정의 한 형태일 뿐이었다. 그는 수치스러워하고
있었다. 자신의 말이 가뭇없이 사라지게 될지도 모른다는 두려
움에서 비롯된 수치 탓에 괴로워했다. 밤이 되면 조용히 고개를
돌려 창살 밖 하늘을 보았고 하늘에 흩뿌려진 별들을 헤아렸다.
감옥에 이골이 난 죄수도 어쩔 수 없이 별을 헤아리기 마련이었

으니 처음이자 마지막으로 수감된 그에게는 감옥에서 겪는 일들이 모두 새로울 거였다. 해원도 그랬으니까. 밤하늘의 별을 헤아릴 때의 그는 사로잡힌 역적의 우두머리나 높고 깊은 산을 호령하던 맹수가 아니었다. 사형선고와 집행을 기다리는 한 명의 죄수일 뿐이었다. 해원의 꿈에 나오던 그는 악당도 아니었고 구원자도 아니었다. 지금의 그가 꿈에 나왔을 때의 그에 가장 가까웠다. 해원은 그가 마음속으로 별을 헤아리면서 죽은 이들을 떠올리는 걸 알았다. 그가 해원을 돌아보며 물었다. 젊은이, 자네도 저 별들이 비참하게 죽은 이들의 혼이라는 걸 믿나? 그와 해원 사이에 누운 노인이 그르렁거렸다. 얕은 잠에 빠진 노인은 자신에게 묻는 말로 알아들은 듯했다. 해원은 노인의 이마를 짚어 보았다. 여느 때와 비슷한 미열이었다. 해원이 나직한 목소리로 말했다. 장군, 죽은 자들의 혼이 별이 된다면 왜 저 하늘의 별은 그대로일까요? 그는 듣고만 있었다. 그건 아마도 한이 풀려 빛을 잃은 별들이 있기 때문일 겁니다. 별도 사람처럼 태어나는 만큼 죽기도 하겠지요. 해원을 이룬 별, 아직 해원을 이루지 못한 별, 새로이 원한을 품고 별이 되는 자, 새로이 원한을 품게 될 이. 아직 원한을 모르되 이 세상에 짓밟혀 반드시 원한을 품게 될 이. 그리고 아직 원한을 모르면서 어떤 원한도 품지 않으리라 스스로를 믿는 이. 사람만큼 별도 다양할 겁니다.

장군은 어떤 이들과 함께 하시렵니까. 아마도 장군은 죽음으로
원한을 품은 이들 곁에 가실 테니…… 장군의 이름만은 아직 원
한을 모르는 이들을 위해 여기에 남겨 두시지요. 그는 고개를
두어 번 끄덕였다. 자네 이름이 해원인 데에도 사연이 있을 듯
하군. 그렇습니다, 장군. 제 어미, 그러니까 저한테는 어미나 마
찬가지인 그분은 무당이니까요. 한 없는 사람이 없고 한 많은
사람도 많아 무당이 할 일도 많았지요. 곁에서 주워들은 풍월입
니다. 그는 해원을 지그시 바라보았다. 겸손하지 않아도 된다네.
자네 말을 듣고 내 질문이 어리석었다는 걸 깨달았네. 장군……
한 가지 궁금한 게 있는데 여쭤도 되겠습니까? 그러시게나.
왜 하필 지난가을에 군사를 일으키셨나요? 군사를 일으키기에
좋은 시절은 아니었잖습니까? 겨울이 목전에 있었는데……. 죄
수들의 몸이 뻣뻣해졌다. 언제까지 저런 시답잖은 이야기만 나
눌 건가 싶어 그냥 잠이나 자야겠다 했는데 그나마 들어 줄 만
한 이야기가 곧 나올 듯해서였다.

군사를 일으키기에 좋은 때라. 의병의 대부분은 농민이라서
농번기를 피해야 하지. 전주화약을 맺은 이유 가운데 하나도 그
거였다네. 때를 놓치면 파종을 할 수 없으니 농사꾼답게 의병들
은 몸살이 났지. 생사를 오가는 순간에는 까맣게 잊었는데 전주
성에 똬리를 틀고 앉아 있자니 죽창을 쥔 손이 낯설어진 거라

네. 오랜 세월 잡아 손에 익은 낫과 괭이와 삽이 그리웠지. 지게를 지고 싶었고 논두렁에 앉아 밥을 먹고 싶었지. 밭벼는 파종을 했는지, 모내기할 볍씨는 싹을 틔우고 있는지, 논을 갈고 물을 대야 하는데…… 그랬겠군요. 그렇다면 왜 가을걷이가 한창일 때 다시 군사를 일으켰단 말인가요? 장군 말씀처럼 의병이 농군이라서 그렇다면 농사꾼에게 가을걷이야말로 가장 즐겁고 뜻깊은 일일 텐데요. 그는 고개를 돌려 창살 너머를 바라보았다. 저 하늘 아래서 낫질을 하는 농민이 바로 눈앞에 있는 것처럼 보였고 그들 사이로 모락모락 피어오르는 고즈넉한 노래가 귓가에 맴도는 듯했다. 그래서였네. 들판은 무르익었고 때를 놓치면 안 되었지. 그게 핑계가 되어 주었다네. 어떤 핑계요? 젊고 어린 이들은 남겨 둘 수 있는 핑계 말이네. 의병이 되기로 마음먹은 아비가 집을 나서는데 잠자코 지켜볼 자식이 어디 있겠는가. 장성한 자식이라면 더더욱 그렇고 어린아이마저 아비를 따라가고 싶어서라도 그럴 수가 없다네. 평소에는 그토록 반항하고 대들며 엇나가던 아이였다 해도 아비가 돌아오지 못할 길을 떠난다는 걸 알게 되면 성화를 부린다네. 아비는 너른 들판을 가리키며 말하지. 너희들마저 집을 떠나면 저 들판의 곡식은 누가 거둔단 말이냐? 너희들마저 길을 나선다면 네 어머니와 누이는 누가 지켜 준단 말이냐? 짚가리는 누가 묶고 볏섬은 누가 진단 말이냐? 따라오지 말아라. 나서지 말아라. 아비의 그림자를 밟지 말아라. 붙잡지도 말고 울지도 말아라. 너희가 화로에 둘러앉아 짚으로 신을 삼을 때 삽짝에 발소리가 들리거든 내가 돌아온 줄 알아라. 긴긴밤 밝던 달이 이울고 별들이 하나둘 꺼질 때 먼동이 트며 바람이 갑자기 거세어질 때 어디선가 여우가 울면 아비가 고개를 넘어오고 있는 줄 알아라. 눈이 펑펑 내려 천지가 잠기고 사위가 빛으로 가득하여 개벽이라도 된 것처럼 눈부시거든 대숲에 가서 푸르고 가느다란 대나무 하나 베어다가 지붕에 꽂아 두어라. 내가 돌아가야 할 집이 어디에 있는지 알아볼 수 있도록. 그렇게 말한 뒤 아비는 죽창을 쥐고 집을 나섰다네.

그의 눈빛은 공허했다. 그가 실제로 했던 말일 수도 있었고 그저 들어서 아는 말일 수도 있었다. 그는 상징을 게양한 적이 없었다. 그는 오직 신념만을 게양할 뿐이고 그의 신념은 관념이 아니기에 자기 자신을 내거는 것 말고는 할 수 있는 게 없었다.

죄수들은 각자의 생각에 잠겼다. 밤이 되면 흔히 있는 일이었다. 전봉준과 해원의 대화가 자신을 돌아보는 계기가 되었을 뿐이다. 자신의 처지를 잠깐 잊고 다른 생각에 몰두할 수 있을 때가 좋았다. 스스로를 생각하게 되면 비참한 기분에 빠져들었으니까. 엄동설한의 감옥살이란 얼마나 고된 일이던가. 살갗이 트고 피가 나고 배는 주리고 몸은 한기에 얼어붙고 머리털이 한 줌씩 뭉텅뭉텅 빠지고 멀쩡한 이가 간당간당 흔들리고 온갖 잔병치레에 진이 빠지는데 너 나 할 것 없이 비슷한 처지라 하소연할 곳도 없고 들어 줄 이도 없는 신세 아니던가. 한탄할 수도 없는 자기 신세를 생각하는 건 죄수가 저지르는 실수 가운데 치명적인 실수였다. 잠들기 전에 빠져든 생각은 반드시 형체를 갖추어 꿈에 나타났다. 즐겁고 좋은 일을 생각하다 잠들어도 악몽에 시달리기 일쑤인데 우울한 신세를 생각하다 잠이 들면 식은땀을 흘리고 발작하듯 깨어나기를 밤새 되풀이해야 했다. 어느 모로 보아도 전봉준과 함께 수감되었다는 사실은 괴로운 일이었지 즐거운 일은 아니었다. 번쩍이가 투덜거렸다. 잠 좀 자게 조용히 좀 합시다. 여느 때와는 달리 한풀 꺾인 목소리였다. 여기저기서 돌아누우며 끙끙대는 소리가 났다. 차꼬의 사슬이 바닥을 쓸고 지나는 소리마저 그친 깊은 밤이었고 쓸쓸한 정적이 감옥을 채웠다. 그들은 밤새 지랄 같은 꿈에 시달릴 거였다. 다음 날 일어났을 때 꿈을 꾸었다는 사실만 기억할 뿐 꿈의 대부분을 기억하지 못한다는 게 그나마 다행이었다. 누군가에게 뒤통수를 맞아 돌아보았는데 아무도 없는 것처럼 꿈은 그들을 찾아왔다가 순식간에 사라졌다. 뒤통수에 얼얼한 느낌만 남듯 꿈이 지나간 가슴 한쪽이 아릴 뿐이었다. 가끔 생생하게 몇 장면이 떠오르면 감옥에서 그나마 해몽을 잘한다는 사기범에게 털어놓기도 했다. 사기범은 꿈풀이에 이골이 난 작자라서 묻는 이가 무슨 말을 듣고 싶어 하는지를 알았다. 사기범의 말을 곧이곧대로 믿는 죄수는 없었지만 사기범이 들려준 낙관적인 풀이를 대놓고 야유하는 죄수도 없었다. 죄수가 꾼 꿈은 대부분 개꿈이었지만 날마다 굶주리는 죄수조차 실낱같은 희망이 한 끼식사보다 소중한 법이었다. 꿈은 꿈이기에 무엇이든 될 수 있었고 무엇이든 가능하다는 사실이야말로 꿈이 필요한 이유였다. 잠에서 깨면 삭신이 쑤신 탓에 나장이 점호를 할 때까지 끙끙대며 누워 있으면서 기억이 나지 않는 꿈을 기억해 내려 애쓰는 것도 거기에서 희망의 징조를 볼 수 있을까 싶어서였다. 피붙이에게 변고가 생긴 건 아닌지 자신의 신상에 뜻밖의 액이 끼어드는 건 아닌지를 걱정하면서도 지금보다 나은 앞날이 반드시 있을 것이라는 믿음마저 포기할 수는 없었다.

이른 새벽, 해원은 잠에서 깼다. 겨울날 새벽은 차갑고 소슬하기가 이를 데 없었다. 해원은 소름을 잠재우려는 듯 팔뚝을 쓸어내렸다. 노인 너머의 전봉준이 뒤척였다. 방금 잠에서 깬 듯했고 만약 잠에서 깨기 직전까지 꿈을 꾸고 있었다면 아마도 지금 그는 꿈을 곱씹는 중일 거였다. 해원이 물었다. 장군, 괴로운 꿈이었나요? 그의 한숨이 노인의 바싹 마른 몸뚱어리를 타고 넘어왔다. 내가 본 것들을 어찌 말로 다 할 수 있겠는가. 밤새 몰려든 구름 탓에 창살 밖은 새카맸다. 눈이라도 퍼부을 듯한 하늘이었다. 보셨다고요. 그래, 많은 걸 보았네. 꿈에서요. 꿈에서. 장군은…… 볼 수 없었을 겁니다. 그게 무슨 뜻인가? 꿈은…… 눈으로 보는 게 아니니까요. 눈으로 본 게 아니라면 어찌 볼 수 있단 말인가. 꿈은 꾸는 거지 눈으로 볼 수는 없습니다. 잠든 동안 눈을 감은 채 꿈을 꾸었으니 눈으로 본 게 아닙니다.

6

1956년 7월 19일

지금까지 내내 지하 감옥에 있었건만 적어도 소년과 함께 있는 동안만은 그곳에 있다는 사실을 잊을 수 있었다. 그는 소년과 함께 고향 마을과 고향 집으로 돌아갔고 그 시절에 느꼈던 감정이 아련하게 되살아나 자신이 소년이 된 듯한 기분까지 들었다. 비참함마저 한결 부드러워져서 원래의 비참함보다는 견딜 만한 것으로 여겨지기도 했다. 그러나 이제 소년은 없었다. 소년이 느낀 비애에 어떤 조언도 해주지 못한 채 소년을 떠나보내고 말았다. 소년은 정말 유령이 되었다. 이제 소년이 찾아온다 해도 그는 소년을 알아보지 못할 거였다. 소년을 더는 볼 수 없게 된 뒤로 그는 어둡고 습한 감방으로 되돌아왔다.

만약 경성고보 동창생인 심훈이 살아 있다면 그의 얼굴을 보며 또다시 읊조렸으리라. 여보게 박 군, 이게 정말 자네의 얼굴인가? 심훈은 〈박 군의 얼굴〉이라는 시에서 이렇게 물었고 그는 시인에게 대답할 기회가 없었다. 그 시가 쓰인 때로부터 12년의 세월이 흐르는 동안 망명, 체포, 투옥으로 만날 수가 없었고 그가 감옥에 있는 동안 시인은 겨우 서른여섯의 나이로 세상을 떠나 버렸다. 지금이라면 대답할 수 있을 거였다. 심 군, 이게 정말 나의 얼굴이라네.

이따금 그는 소년이 웅크리고 앉았던 곳을 향해 손을 내밀었다. 아무것도 손에 닿지 않았다. 감방은 세상에서 격리된 공간이긴 했지만 완벽하게 방음이 된 공간은 아니었다. 그는 바깥에서 들려오는 소리를 통해 지금이 낮인지 밤인지를 구분할 수 있었다. 낮 동안에는 어디선가 쿵쿵 울리는 소리가 들려왔고 잠결에 듣는 나직한 수런거림처럼 속삭이는 듯한 사람의 목소리도 들려왔다. 그 소리는 체에 거른 곡식알처럼 말갛고 아기의 옹알이처럼 다정하기까지 했다. 그러나 실감할 수 있는 건 해원이라는 젊은이 한 명뿐이었다. 그는 내무성 기관원들의 발소리와 해원의 발소리를 구별할 수 있었고 여럿이 떠드는 소리 가운데 해원의 목소리만 가려낼 수도 있었다. 해원의 목소리는 소심한 사람이 그러듯이 나직하고 가늘었다. 물론 해원이 지나치게 긴장하고 주의를 기울인 탓에 그런 목소리를 낸다는 것도 알았다.

해원의 목소리. 그가 서울을 탈출해 평양에 자리를 잡은 뒤로는 익숙해진 그 목소리. 남선과 북선의 사람들은 목소리부터 달랐다. 학창 시절을 보낸 경성에서는 그런 차이를 민감하게 받아들이지 않았다. 경성은 조선 곳곳에서 모인 사람들로 북적였고 생전 처음 듣는 사투리마저 지방색이라기보다는 경성에서만 가능한 경성 고유의 특성인 것만 같았다. 각자 고향이 다른 벗들과 이야기를 나누다 보면 전혀 알아듣지 못할 만큼 낯선 경우도 있었지만 그게 우열을 뜻하지는 않았다. 누군가 작심하고 사투리로만 말하면 다른 지역 출신들은 전혀 알아듣지 못하기도 했고 치사한 욕을 내뱉었는데 외려 웃음을 불러일으키기도 했다. 그의 말투는 고향인 예산 사람의 말투였지만 경성에서 지내는 동안 그런 흔적이 거의 사라져 경성 태생과 구별하기 어려울 정도가 되었다. 본래 말을 빠르게 하는 편이 아닌데다 단어 하나하나를 신중하게 고르는 편이어서 고향 사람이 아니라면 그의 말투에서 예산의 기미를 알아채는 사람은 드물었다. 그가 북선에 자리를 잡은 뒤로는 말투에서 느껴지는 차이가 강렬하게 다가오게 되었다. 서울과 평양은 남선과 북선을 대표하는 도시였고 다양한 말투를 지닌 사람들이 뒤섞인 곳이었다. 서울

말투에 비밀을 감추고 드러내지 않으려는 의뭉스러운 구석이 있다면 평양 말투에는 어떤 비밀을 지녔든 언젠가는 밝혀질 테니 일찌감치 털어놓으라고 으름장을 놓는 듯한 날카로움이 있었다. 그건 아마도 입술을 적게 벌리고 말하는 북선 사람들의 방식 때문인 듯했다. 남선보다 춥고 척박하며 바람이 거센 북선 사람들은 한 톨의 체온도 허투루 날려 버리지 않기 위해 그런 습관을 지니게 되었는지도 모른다. 거센 바람을 뚫고도 상대방에게 목소리가 닿을 수 있으려면 비음이나 유음보다는 시옷과 치읓 같은 마찰음과 파찰음이 유용했을 테고 자연스럽게 그런 소리를 힘주어 말하게 되었으리라. 그래서인지 북선 사람의 말투에서는 늘 쇳소리가 났다. 그의 귀에는 언어와 휘파람 사이에 있는 소리로 들렸다. 마음이 평온할 때에는 아무렇지도 않던 말투의 차이를 점점 실감하게 된 건 결국 그의 마음이 평온을 잃고 있다는 뜻이기도 했다. 언제부턴가 남로당 사람끼리만 모이면 북로당을 헐뜯고 비난하는 말이 오갔다. 처음에는 은밀한 비토였으나 점점 조심성을 잃고 감정적이 되어 갔다. 그는 이런 비토를 용납하지 않았다. 그가 용납하지 않으니 그의 앞에서는 입을 다물었지만 그가 없는 자리에서는 더 맹렬하게 북로당을 비토하리라는 걸 모르지 않았다.

그때부터였을 것이다. 북로당에는 해주, 개성, 함흥처럼 서울과 가깝거나 교류가 잦은 지역 사람도 있었지만 평안도를 비롯해 저 북쪽 함경도 사람이 훨씬 많았다. 개마고원과 백두산 근처를 비롯한 국경 지역 출신, 이른바 갑산파는 수상을 비롯한 빨치산파와 밀접한 관계였고 전쟁 중에 지도부가 최후로 은신했던 의주 출신도 마찬가지였다. 그들은 전쟁 중에도 가장 비타협적이었다. 제국주의자와 종파주의자에게 누구보다 깊은 원한을 품었고 날마다 복수를 꿈꾸었다. 그들의 목소리는 날카롭고 공격적이어서 그를 외롭게 했다. 그는 낯설 뿐만 아니라 속을 알 수 없는 사람들에게 둘러싸인 것만 같았다. 그를 경계하고 위협하는 것으로도 모자라 그를 반역자로 낙인찍어 처단하고 싶어 하는 속내를 숨기지 않아서였다. 과연 그들을 동지라고 할 수 있을까. 해원 역시 그런 젊은이 가운데 한 명이었다. 다만 해원의 목소리는 여느 사람들과는 조금 달랐다. 재판정에서 그를 조롱하고 모욕하던 사람들과 똑같은 말투였음에도 그처럼 사납거나 모질지가 않았다. 그는 해원의 기척이 느껴지면 가슴 한구석이 따뜻해졌다. 해원이 그에게 품은 적개심을 잘 알았지만 이상하게도 해원이 밉지 않았다.

겨울이 저물고 있었다. 그의 마음은 점점 더 해원에게 기울었다. 펜이 종이를 긁는 소리가 나면 그 젊은이가 복도 끝 책상 앞에 앉아 일지를 작성하고 있음을 알았다. 나직한 한숨이 들리면 고향의 가족을 떠올리는 중임을 알았고 중얼거리는 소리가 들리면 몰래 러시아어 학습서를 들여다보고 있는 줄을 알았다. 그러면 소년도 떠올랐다. 그는 소년이 지금쯤 무엇을 하고 있을지를 헤아려 보았다. 소년은 부모에게 하직 인사를 올린 뒤 기차역이 있는 곳까지 여러 날이 걸리는 먼 길을 걸어가고 있을 거였다. 눈에 들어오는 풍경을 가슴에 새기며 한 걸음 한 걸음 고향에서 멀어지고 있을 거였다. 봉희 누나가 집을 떠날 때 걸었을 그 길을. 설령 구름이 끼고 하늘이 흐려 동틀 무렵이나 석양 무렵처럼 사방이 어둑해도 소년의 주변만은 환할 거였다. 소년은 빛이고 대낮이었다. 소년이 없는 감방은 어둠이며 밤이었다. 그런 생각이 들자 이 비유가 왠지 낯익었다. 언제였을까. 그는 옛 기억 가운데 하나를 떠올렸다.

휠잇트맨…… 휘트먼. 그래 바로 휘트먼이었다. 돌아보면 낯 뜨거운 일이기는 했다. 휘트먼을 휠잇트맨이라 독음한 건 그 시절 아직 영어에 정통하지 못한 탓이기도 했지만 그가 무엇을 알지 못하는지를 몰랐다는 뜻이기도 했다. 경성고보를 졸업한 지 얼마 안 되었던 그 시절이라면 '너 자신을 알라' 식의 정언명령을 무겁게 받아들이지 못한 게 어쩌면 당연한 일이기도 했다. 그는 당대 최초로 여성해방을 선언한 잡지인 《여자시론》의 편집원으로 일한 적이 있었다. 잡지를 창간하고 실질적으로 운영하던 이양전이 일본 경찰에게 심한 고문을 받아 정신착란을 일으키자 잡지의 폐간을 막기 위해 언더우드와 차미리사가 나섰다. 호러스 그랜트 언더우드의 아들인 호러스 호튼 언더우드는 유쾌하고 자상하면서도 교육자로서의 사명감이 투철한 사람이었다. 그는 영어 성적만큼은 최고였던 터라 언더우드도 그의 공부 방식에 관심이 많았다. 이런저런 대화를 나누었던 어느 날 언더우드가 혀를 찼다. 박 군, 자네의 영어는 너무 딱딱해. 회화가 어색하다는 뜻은 아니야. 다만 지나치게 격식을 차려 거리감이 느껴진다네. 자네가 교재로 삼은 책이 죄다 철학서이거나 정치적 팸플릿이라서 그럴 거야. 영문학에도 관심을 갖게나. ……자네는 내 아버지를 잘 모르겠지. 조선어를 모국어처럼 구사하던 분이었어. 아버지가 내게 조선어를 가르쳐 줄 때 가장 먼저 읽게 한 교재가 시 모음집이었다네. 당신이 손수 골라 편집하고 어설프게 제본한 책이었지. 거기에는 조선 문인의 한시도 있었고 조선어로 된 시도 있었다네. 솔직히 말하자면 그 시를 읽어서 조선어 실력이 늘었다고 생각하지는 않네. 하지만 그 덕분에 지금의 내가 있다고 말할 수는 있겠지. 그러니 영시를 제대로 읽어 보면 어떻겠나?

언더우드가 추천한 휘트먼의 시를 읽는 동안 그는 휘트먼의 시어에 숨겨진 의미를 해독하느라 골머리를 앓아야 했다. 그는 잡지 《문우》의 창간호에 휘트먼의 시를 번역해서 실을 예정이었기에 최선을 다해 그 시를 읽고 또 읽었다. 그가 번역한 시의 제목은 〈청년은 주晝 노년은 야夜〉였다. 그렇게 번역하게 된 건 그가 휘트먼의 시를 읽고 깨달은 것과 관련이 있었다. 처음에는 시를 통독했고 두 번째에는 맥락에 주의를 기울였다. 세 번째에는 시어들을 다른 번역어로 바꾸어 가며 맥락을 무시하는 방식으로 읽었다. 네 번째가 되자 비로소 시가 그에게 다가왔다. 그를 사로잡은 시구 가운데 하나는 이거였다. I am the mash'd fireman with breast-bone broken……. 나는 구타당해 가슴뼈가 부러진 화부……. 그 시구를 읽는 동안 자신도 모르게 손을 올려 가슴을 만져 보았다. 그의 가슴은 멀쩡했지만 가슴뼈는 이미 부러져 있었다. 날마다 구타당하는 화부는 지금 당장은 멀쩡할지 몰라도 언젠가는 가슴뼈가 부러지고 말 것이므로 화부의 가슴뼈는 화부가 된 순간 이미 부러진 셈이었다. 비구니가 되기 위해 집을 떠난 봉희 누나도 이미 가슴뼈가 부러져 있었을 테고 그의 어머니, 아버지, 어쩌면 그가 아는 이들 가운데 가슴뼈가 부러지지 않은 사람을 찾기가 더 어려울 거였다. 그가 보기에 휘트먼은 숭고함을 극히 세속적인 언어로 노래하는 시인이었다. 휘트먼의 시에서는 숭고하고 성스러운 일이 평범하다 못해 속되기까지 한 인간사가 되었다. 그리하여 결국 평범하고 일상적인 사연이 비범하고 특별한 사연이 되어 시어들 사이에서 솟아올랐다. 언더우드의 조언이 가리키는 지점을 알 것 같았다.

그가 보기에 휘트먼은 경계가 없는 사람이었다. 시집의 서문에서 만난 이런 문장처럼. 사람이 자기 조국을 사랑하는 것은 자연스러운 일이다. 하지만 왜 국경에서 멈춰야만 하는가? 그는 이 문장에서 조국애라는 관념이 국경이라는 단어에서 물질화되는 걸 보았다. 이후 그는 국경을 넘을 때마다 서문에서 보았던 문장을 떠올렸다. 국경을 넘기가 두렵거나 주저하게 될 때마다 왜 국경에서 멈춰야만 하는가, 하며 자문했다. 휘트먼은 '나를 다시 보고 싶거든 당신 구두 밑창에서 찾아보라' 했고 바로 그 구두에 짓밟힌 풀잎을 가리켜 '희망으로 가득 찬 푸른 직물로 짠 내 본성의 깃발'이라 했다. 휘트먼의 표현에 따르면 풀잎이야말로 이 세상 무엇보다 가장 낮은 곳에서 펄럭이는 깃발이었다. 풀잎이야말로 허공이 아닌 대지와 가장 가까운 곳에서 나부끼는 깃발이었으니 그건 바로 일제 치하에서 신음하는 조선일 수밖에 없었다. 모든 걸 이해하고 나니 휘트먼의 시어가 지극히 단순하고 평범하다는 것도 알게 되었다. 그럼에도 그가 알지 못하는 심오한 의미가 숨겨졌으리라 여긴 이유는 그가 시를 잘 몰라서만은 아니었다. 삶의 진실은 언제나 비밀스러운 형태로만 존재하고 성립한다는 믿음 탓이기도 했다. 그에게 진실의 문제는 비밀의 문제이기도 했다. 젊은 시절의 그는 이 비밀을 알고 싶어 안달이 난 키 작고 새까맣고 과묵한 사람이었다. 그런 점에서 그는 미국을 증오해 본 적이 없었다. 심지어 미국과 전쟁을 하는 동안에도 그에게 없던 새로운 증오심이 생겨나지는 않았다. 미국은 그가 지향하지 않는 다른 가치를 표상하는 나라일 뿐이었다. 그가 알아야 할 하나의 비밀이었다. 청년은 낮이고 노년은 밤이라는 번역은 거기에서 시작되었다. 낮이 다하면 밤이 되듯이 청년은 나이를 먹고 노년에 이를 수밖에 없었다. 장강의 뒷물결이 앞물결을 밀어내듯 미국이 흘러간 자리에 조국이 있을 거였다.

그는 습관처럼 소년이 있던 자리를 향해 손을 뻗었다. 손끝에 무언가가 닿았다. 부드럽지만 차가웠다. 그는 고개를 들고 머리 맡 어두운 구석을 바라보았다. 거기에는 한 젊은이가 있었다. 휘트먼의 시를 읽던 젊은 그였다. 그는 청년과 이렇게 만나게 되리라 짐작했기에 놀라지 않았다. 어디선가 한 줄기 빛이 새어 들어온 것처럼 청년은 자신이 차지한 자리의 어둠을 밀어내고 그 자리에서 홀로 빛났다. 순수한 열정과 희망으로 가득한 청년에게서만 볼 수 있는 빛이었다. 그 시절의 청년 대부분은 3·1운동의 열기에 사로잡혀 있었다. 러시아혁명이 불러일으켰던 동요를 넘어설 만큼 거센 열정이었다. 상하이에서 임시정부가 수립되었다는 소식은 수많은 청년을 들뜨게 했다. 기꺼이 모든 걸 내던지고 상하이로 가겠다는 열망을 품게 한 낭보이기도 했다. 청년을 이토록 강렬하게 사로잡은 열기 속에서도 그만은 차분했다. 그는 상하이가 아닌 미국을 꿈꾸었다. 미국은 영어 공부를 하면서 자신도 모르게 품게 된 열망이었다. 고보 시절 농과가 아닌 상과를 선택한 이유도 상과에만 영어 과목이 있어서였다. 졸업한 뒤에도 유일하게 손에서 놓지 않은 게 영어이기도 했다. 그에게 미국은 무엇이든 가능한 나라였다. 진정한 혁명역시 제국의 심장인 바로 그곳에서 시작되어야 했다. 미국이라는 비밀에 누구보다 먼저 가까이 다가가고 싶었다. 경성고보를 졸업하고 아직 상하이로 떠나지 않았던 스물한 살 무렵의 그는 여전히 공산주의자가 아니었던 셈이다.

독학을 했음에도 일본 유학생보다 공산주의 이론에 밝았던 그는 유학생 위주의 마르크스주의자들과 미묘한 차이가 있었다. 공산주의 이론을 일어본이 아닌 영어본으로 접한 그는 영어 번역자가 번역본에 남겨 둔 고뇌마저 받아들였다. 각기 다른 환경과 상황에서 마르크스주의를 의지하고 믿어야 했던 사람들 사이에는 감지하기 어렵지만 실제적인 차이가 있었다. 영어

본 독자에게는 일본 제국주의를 물리치고 독립을 쟁취해야 한다는 절박함이 없었다. 그들의 절박함은 다른 종류였다. 그들은 인류사의 도도한 흐름 속에서 마르크스주의가 어떤 자리를 차지하는지에 대한 냉정하고 명확한 관점을 잃지 않았다. 신 중심의 세계에서 인간 중심의 세계로 변화했음에도 인간이 불행한 까닭에 대한 이성적이고 논리적인 해답을 요구했다. 한마디로 그들은 신본주의를 대체할 완벽한 인본주의를 요구한 거였다. 그들의 절박함은 여기에 있었다. 신의 자리에 대신 올라선 인간이 완벽해질 수 있으려면 신적인 속성을 부여받아야 했다. 기계문명에 대한 예찬이 신적인 능력에 대한 예찬을 뜻했던 이유도 마찬가지였다. 기계문명을 만들어 낸 인간은 이제야 한걸음 더 신에 가까워진 셈이었다. 마르크스주의는 어떻게 인간이 신처럼 완전무결하고 이상적인 존재가 될 수 있는지에 대답할 수 있어야 했다. 이러한 요구는 불가능한 걸 요구하는 것과 같았다. 인간에게 신성을 부여하는 게 위험한 이유는 그것이 새로운 형태의 앙시앵레짐일 수도 있기 때문이었다. 영어본 번역자는 마르크스주의가 신의 빈자리를 완벽하게 대체할수록 역사가 추방한 신을 제자리로 돌려놓는 결과를 불러올 수도 있음을 아는 것 같았다. 만약 그가 마르크스주의자가 되어야 한다면 마르크스주의가 빠져들 수도 있는 함정을 피해 단번에 이상을 실현할 수 있다는 신념이 필요했다.

스물한 살 무렵의 그에게는 아직 그러한 신념이 없었다. 그를 찾아온 젊은 유령을 사로잡은 고뇌가 바로 이런 문제였음을 그는 기억해 낼 수 있었다. 수심에 잠긴 청년은 이따금 고개를 들고 그를 물끄러미 바라보았다. 그가 무슨 대답이라도 해주길 바라는 것처럼. 그는 청년이 무엇을 고뇌하는지 잘 알았기에 내버려 두었다. 청년은 경제적인 여력이 없어 미국 유학을 포기한 뒤에도 오랫동안 방황해야 했다. 방황의 시기에 휘트먼의 시를 읽게 된 건 행운이라고도 할 수 있었다. 비록 미국으로 떠나지는 못했지만 휘트먼의 시에서 그가 꿈꾸던 미국을 보았다. 실제의 미국과는 분명히 다르겠지만 무엇이든 가능한 나라이기에 언젠가는 구타당해 가슴뼈가 부러진 화부들이, 가장 낮은 곳에서 펄럭이는 깃발들이 혁명을 이루리라는 상상 역시 가능했다. 그 혁명은 러시아 혁명조차 꿈꾸지 못했던 경지일 것이며 완벽한 형태의 공산주의일 거였다. 이런 상상만으로도 미국에 가지 못한 스스로를 위로할 수 있었다. 그는 이미 미국을 통과해 조선으로 돌아온 것과 같았다.

청년의 얼굴은 그가 다시 재현할 수 없는 얼굴이기도 했다. 한 번도 잘생겼다는 말은 듣지 못했지만 그의 인생에서 가장 잘

생긴 시절일 거였다. 그는 청년에게 말해 주고 싶었다. 자네는 이미 미국에 갔다 온 것과 같다네. 미국에 가지 못했다고 억울해할 필요도 실망할 필요도 없어. 마음속에서 국경을 넘었으니 그것으로 충분하네. 이제 자네는 미국 대신 일본을 선택해서 도쿄로 가게 될 거야. 그러나 두 달 만에 도쿄를 떠나야 하지. 그때까지 잘 은폐되어 있던 자네의 3·1운동 당시의 행적이 일경에 포착되어 대학 입학시험을 치를 수 없게 될 테니까. 포부를 품고 도쿄로 건너갔으니 조선으로 되돌아오기가 쉽지 않게 된다네. 고향의 어머니가 마련해 준 여비마저 바닥이 났으나 빈손으로 돌아가 부모를 뵐 낯이 없었지. 어느 날 우에노 공원 근처를 걷는 자네의 머리 위로 비행기가 살포한 전단지가 낙엽처럼 떨어진다네. 자네는 고개를 두리번거리며 주변 사람들을 살피지. 이런 방식의 전단지 살포가 익숙했는지 몇몇은 바닥에 떨어진 걸 줍기도 했지만 대부분은 무심하게 지나쳤지. 무심하다는 말로는 다 표현할 수 없는 냉담한 일상이 눈에 들어왔다네. 이 사람들 가운데 독립이나 혁명을 상상하는 사람이 단 한 명이라도 있을까. 자신을 바라보는 젊은이가 조선에서 온 미래의 공산주의자라는 사실은 더더욱 알 리가 없을 테지. 자네는 상하이로 가고 싶지 않았어. 상하이에 가게 되면 자네에게 아무런 선택권이 없고 결정된 운명을 따르게 되리라 생각했지. 마침내 도쿄를 떠나 나가사키를 거쳐 상하이로 가게 되지. 그 뒤의 일은 자네 생각처럼 된다네. 자네가 그토록 피하고 싶었던 상황에 스스로를 밀어 넣게 된 거야. 조선의 독립을 꿈꾸는 젊은이들로 넘쳐나는 그 영광의 땅에서 자네가 달리 할 수 있는 일이 무엇이었겠는가. 자네는 아직 신념이 없다네. 신념을 획득하기도 전에…… 신념이 주어지고 말았지. 그래, 돌아보니 어쩌면 그때부터 나는 유령이었을지도 모른다네. 내가 신념을 선택했다고 믿었지만 신념이 나를 선택했을 수도 있다는 가능성 따위는 그 시절의 내 머릿속에 한 번도 떠오른 적이 없었지. 내가 유령일 수도 있다는 생각을 한 번도 해본 적이 없었듯이 말야. 죽음을 앞에 두고 지하 감옥에 갇혀 오로지 나 자신만을 생각하게 된 지금에 이르러서야 그런 깨달음을 얻었다네.

청년은 그가 무슨 말을 하고 싶어 하는지 아는 것 같았다. 청년의 얼굴에 지루해하는 표정이 떠올랐다. 그 표정이 뜻밖이긴 했지만 청년이니까 그럴 수도 있었다. 소년이라면 늙은이에게 약간의 경외심을 품을 수도 있었다. 늙은이는 바로 앞 세대라기보다는 아무 관련이 없는 세대이기에 전설처럼 여겨질 수도 있으니까. 그러나 청년에게 늙은이란 청년이 되기까지 숱하게 보았던 오류와 기만의 역사를 만들어 낸 흔한 사람 가운데 하나일 뿐이었다. 청년은 그의 깨달음이 무언지도 아는 것 같았고 결정적으로 그의 깨달음이 얼마나 쓸모없는지를 잘 아는 것 같았다.

청년이 나타난 뒤로 감옥의 공기가 한층 부드러워졌다. 봄이 한 창이라고 할 수는 없었지만 기관원들의 대화에서 어딘가에 피어난 봄꽃을 보았다는 말을 알아들을 수 있었다. 지상에서는 꽃샘추위가 찾아왔다 물러나기를 되풀이하고 있을 거였다. 감방의 차갑고 습한 공기에도 방금 입에서 풀려나온 누군가의 숨결 같은 온기가 담긴 실바람이 섞여 들곤 했다. 청년이 봄을 몰고 온 것만 같았다. 청년을 바라보는 그의 시선은 다정했지만 그를 바라보는 청년의 시선은 그렇지 않았다. 해원의 눈길도 마찬가지였다.

어느 날 그는 꿈결에서 들려오는 듯한 사각사각 소리에 눈을 떴다. 그의 머리맡에 앉은 청년은 여전히 수심이 가득했다. 지금쯤은 도쿄에 머물러 있는 듯했다. 조선고학생동우회 등을 찾아다니며 조언을 구해 보지만 청년의 마음속에서는 환멸만 커질 뿐이었다. 도쿄의 유학생은 분파가 많았고 저마다 지향하는 바가 달랐다. 그들이 잠시나마 한자리에 모일 수 있었던 건 3·1운동이 심어 준 턱없이 낙관적인 기대심리 때문이었다. 외부의 탄압도 교묘하고 철저했다. 친일 인사의 자녀가 중심이 된 또 다른 유학생 단체가 생겨났고 유학생 내부의 반목과 갈등도

심해졌다. 3·1운동이 일어난 지 불과 1년여가 지났을 뿐이었다. 청년이 느끼기에 한마디로 모두들 성급했다. 금방이라도 독립을 쟁취할 수 있으리라는 기대가 팽배했고 이제 더 이상 잃을 건 없으며 얻을 것만 있다고 자신하는 듯했다. 그건 신념이 아니었다. 변화된 상황이 만들어 낸 착시일 뿐이었다. 패배주의만큼이나 무의미한 낙관주의에 지나지 않았다.

그는 귀를 곤두세우고 사각사각 소리가 뜻하는 게 무엇인지를 헤아렸다. 그 소리는 보고서나 일지를 작성할 때와는 운율이 달랐다. 거의 비슷한 단어로 빈칸을 채워야 하는 일상적인 업무를 수행할 때에는 단조롭고 규칙적인 소리가 났다. 칸과 칸을 옮겨 다녀야 하기 때문에 손날이 종이를 쓸고 지나는 소리와 연필이 종이를 긁는 소리가 번갈아 가며 들려오기 마련이었다. 사각사각 쓰윽, 사각사각 쓰윽. 그러나 그의 귀에 들리는 소리는 사각사각사각…… 사각사각…… 사각…… 사…… 그리고 한숨이었다. 필기를 하는 소리도 아니었다. 필기를 한다면 교재의 책장을 넘기는 소리도 들려왔을 테니까. 그 소리는 꼭…… 누군가에게 편지를 쓰는 것만 같았다. 일분일초를 아껴 러시아어 단어를 외우고 교재를 들여다보는 해원일진대 편지를 쓴다면 누구에게 보내려는 걸까. 고향에 있는 가족이나 친척이겠지. 가까웠던 동무나 옛 은사일 수도 있었다. 아니 어쩌면 마음에 두고 있는 누군가일 수도 있었다. 전쟁 중에도 사람은 사랑하기를 멈추지 않았으니 전쟁이 끝난 지 3년이 되어 가는 지금 젊은이가 사랑을 꿈꾸는 것이야말로 자연스러운 일이었다.

그 소리는 여러 날 간간이 이어졌다. 만약 편지라면 단순히 안부를 묻는 편지는 아닐 거였다. 여러 날에 걸쳐 고심하며 써야 하는 편지에 안부만 담을 사람은 없을 테니. 어느 밤에도 그 소리가 들려왔다. 철문이 열리는 소리와 누군가 계단을 내려오는 소리도 아련히 들려왔다. 해원은 인기척을 뒤늦게 알아챈 듯했다. 곧이어 기관원과 해원이 나누는 대화가 들려왔다. 목소리가 낯익은 기관원이었다. 뭘 그리 쓰는 거야? 해원은 곧바로 대답하지 못했다. 어디 좀 보자. 괜히 그의 가슴이 울렁거렸다. ……무슨 지원서인가 본데. ……유학 지원서입니다. 공화국의 최고 인재께서 조국을 위해 배우려고 저 머나먼 모스크바까지 가시겠다. 기관원은 몇 마디 의례적인 격려를 덧붙였고 해원은 대학 정치위원의 추천을 받아야 지원이 가능하다면서 기관원에게 잘 부탁드린다고 말했다. 기관원이 웃음을 터뜨렸다. 나 같은 내무성 말단이 무슨 힘이 있겠어. 아무튼 최선을 다해 보라.

그는 편지가 아니라는 사실에 약간 실망했지만 해원에게 뭔가를 해줄 수도 있다는 생각이 들었다. 해원이 그의 감방 앞을 지날 때였다. 나는 자네가 태어나기도 전에 소련공산당에 입당했고 국제레닌학교를 다녔다네. 지원서를 쓰는 데에 나만큼 이골이 난 사람도 없지. 원한다면 내가 좀 봐줄 수 있네. 해원은 잠시 멈춰 고민하더니 한숨을 내쉬었다. 러시아어를 아시오? 조선어만큼 능숙하지. 지원서를 유려한 러시아어로 작성할 수 있다면 이로울 테지만 해원은 별말이 없었다. 그 뒤로도 해원은 계속해서 지원서를 쓰고 있었다. 학기말까지는 시간이 있으니 여유롭게 초고를 작성한 뒤 계속해서 수정하려는 심산인 듯했다. 어느 날 해원이 나지막하게 러시아어로 읊조리는 목소리가 들려왔다. 우수에 젖은 목소리였다. 프쇼 므그나벤너······ 프쇼 쁘라이됻 쉬떠······ 쁘라이됻······ 또 부뎰 밀러·······. 세상의 모든 것들은 하염없이 사라지게 마련이지만 사라진 것들은 또한 훗날 모두 그리워지게 마련이라는 뜻으로 풀이할 수 있는 문장이었다. 유령이 되어 버린 그의 입에서 나온 말이라면 그럴듯할 수도 있었으나 패기와 열정으로 가득한 젊은 노동당원의 입에서 나온 문장치고는 지나치게 감상적이었다. 그는 벽에 몸을 기대어 무릎을 끌어안았다. 젊은 그의 곁에 늙은 그가 나란히 앉았다. 청년은 그를 힐끔 보았다. 무언가를 기억해 내라 요구하는 듯한 일별이었다.

　기억한다네. 1928년 그해 겨울을 크림반도의 세바스토폴에서 보냈지. 따뜻한 겨울이었다네. 흑해는 검지 않고 푸르렀지. 밀물이 들면 바닷가 사람들은 바다가 생각에 잠겼다고 말한다네. 그런 말을 들으면 정말 바다가 생각에 잠긴 것처럼 여겨지지. 누군가 이런 시구를 들려주기도 했어. 그러나 우리에게 젊음이 헛되이 주어졌으니…… 우리는 언제나 젊음을 배반하고 젊음은 우리를 기만하노라고. 그 시절의 나는 예브게니 오네긴의 한탄에 동요할 만큼 무르지 않았다네. 내가 상하이로 떠나기 전부터 조선에서도 실용주의 철학을 비롯해 니체와 톨스토이가 커다란 반향을 일으켰지. 상하이는 온갖 철학이 난무하는 용광로와 같은 곳이었어. 심연을 들여다보는 그대를 심연도 들여다본다는 말을 누가 했는지도 모른 채 입에 달고 살 정도였으니 말일세. 하지만 젊었을 때는 젊음의 의미를 알 수 없다는 식의 잠언에 내 마음이 이끌린 적은 한 번도 없었네. 나보다 앞서 살아간 이들이 어떤 깨달음을 얻었든 내게는 중요하지 않았다네. 나는 그들과 다른 세상을 살 테고 그들과 다른 깨달음에 도달할 테니까. 결국…… 그들과 다른 세상을 살아 버렸고 다른 깨달음을 얻게 되었지. 젊음이 지나간 뒤에도 젊음의 의미를 모른다는 깨달음 말일세. 자네가 늙어서 내가 되었을 때 이 깨달음이 어떤 의미일지 퍽 궁금하다네.

청년은 여전히 그에게 아무것도 묻지 않았다. 그는 청년이 묻고 싶은 건 이런 게 아닐까 하고 생각했다. 일본을 떠나 상하이로 가는 배에 오를 때에도 신념이 없었다면 그 신념이 왜 상하이에서는 당연하게 여겨졌던 거냐고. 만약 그렇게 묻는다면 그는 청년에게 질문을 되돌려 줄 수 있을 거였다. 자네는 순결한 공산주의자로서 한평생 혁명을 위해 목숨을 바칠 준비가 되었는가? 인민을 위해 복무하고 인민을 위해 투쟁하여 인민 속에서 강건한 혁명가로 우뚝 서 이 세계의 모든 압제에 맞설 각오가 되었는가? 자네는 동지를 목숨처럼 아끼고 어떤 고난 속에서도 동지를 믿고 동지와 함께 산을 넘고 물을 건너 해방의 광장에서 산산이 부서져도 후회하지 않을 자신이 있는가? 자네는 자네를 사랑했던 모든 사람들과 결별하여 그 사람들이 모두 등을 돌리고 손가락질할 때 단 한 번도 역사와 인민을 배반한 적 없는 혁명가로 살아왔노라고 스스로를 설득할 수 있겠는가.

그는 이렇게 말할 수 없었다. 청년에게는 중요하지 않은 질문이라는 생각이 뒤늦게 들어서였다. 청년은 선택해야 했다. 그가 무슨 말을 하든 청년은 상하이에 가게 될 거였다. 그곳에서 불과 1년 만에 동지들의 절대적인 신임을 얻으면서 고려공산청년회의 비서가 되어 조선의 독립을 쟁취하기 위한 혁명가의 삶에 자신을 내던지게 될 거였다. 그는 처음에는 이르쿠츠크파에

속했지만 이르쿠츠크파와 상하이파의 대립이 격화될 때에는 두 계파에 모두 거리를 두고 독자적으로 활동했다. 고려공산청년회의 동지는 그와 한뜻이었다. 젊은 그들이 고려공산당의 선배 혁명가들과 다른 점은 혁명의 결정적인 시기가 도래할 때까지 무력투쟁을 거부하고 오로지 인민을 조직화하는 일에 평생을 바치기로 결심했다는 데 있었다. 그들은 혁명의 주체가 인민이라는 사실을 지독하리만큼 우직하게 고수했다. 선배들이 자주 망각하던 바로 그 단순한 진리를. 그들은 자본주의사회는 내부 모순으로 인해 필연적으로 붕괴되고 그 폐허 위에 사회주의가 도래할 거라고 믿었다. 그들이 이해한 공산주의자의 유일한 임무는 혁명이 임박한 결정적 순간에 인민의 부름에 응답할 수 있도록 전위정당인 공산당을 건설하고 지켜 내는 일이었다. 가만히 앉아서 인민이 불러 주기를 기다려도 된다고 생각하지는 않았다. 상하이를 떠나 조선으로 근거지를 옮기려 했던 이유도 인민과 함께 혁명을 준비하기 위해서였다. 그렇다면 이런 생각은 언제 어떻게 그의 내면에서 생겨났던가. 그는 청년 옆에 앉은 채로 상하이에 처음 도착했던 날 느꼈던 흥분을 떠올렸다. 그가 꿈꾸었던 미국의 도시들만큼은 아닐지라도 국제도시 상하이는 젊은 그를 들뜨게 하기에는 충분할 만큼 현대적이면서 화려했다. 도쿄도 활기가 있는 도시였으나 상하이는 눈에 보이는 것 이상이 감춰져 있음을 누구나 느낄 수 있을 만큼 역동적이었다. 도시 자체가 살아 있는 하나의 생명체로 여겨졌다. 그는 청년의 기색을 살폈다. 방금 상하이에 도착했음에도 그가 기대한 만큼 흥분한 표정은 아니었다. 그의 기억과는 달리 청년은 담담했다. 두려움을 감추기 위해 애써 태연한 척하는 사람을 떠올리게 하는 표정이기도 했다. 그는 고개를 끄덕였다. 어찌 두려움이 없을까. 두려움도 자연스러운 감정이었으리라. 청년의 두려움을 이해하는 순간 청년을 위로하고 싶어졌다.

이보게 젊은이, 공산주의는 혼자서 이룰 수도 없고 혼자서 꾸는 꿈일 수도 없다네. 공산주의사회는 모든 모순이 사라진 사회니까. 계급 모순과 같은 적대적 모순이 사라진 사회를 고도로 발달한 사회주의사회라 할 수는 있을지라도 공산주의사회라고 할 수는 없지 않은가. 공산주의사회는 노동자와 농민 사이의 계층적 갈등, 남자와 여자의 갈등, 젊은이와 노인의 갈등과 같은 비적대적인 모순마저 완벽하게 사라진 세상이야. 어쩌면 그런 세상은 거의 불가능한 세상일지도 모르지만 모든 모순이 사라진 세상을 꿈꾸는 것이야말로 공산주의자의 특권이라네. 이번에는 청년이 느낀 두려움을 제대로 짚어 낸 듯했다. 젊은이가 고개를 돌려 그를 바라보았다. 그리고 처음으로 그에게 말을 건넸다. 공산주의자를 자처하는 건 현실 세계에서의 실패에 대한 책임을 모면하기 위한 자기변호가 아닌가요? 공산주의는 불가능한 꿈이므로 공산주의를 실현하지 못했다 해도 나의 잘못은 아니라는 알리바이를 만들기 위한 치사한 속임수가 아닌가요? 고도로 발달한 사회주의사회도 아닌 초보적인 수준의 사회주의사회에서 살다 가지만 적어도 공산주의를 이루겠다는 숭고한 꿈을 지녔던 사람으로 남을 수는 있을 테니까요. 지금 당신이 바로 그런 사람이니까요. 나는 당신처럼 되고 싶지는 않아요. 숱한 과오를 저지르고도 결국에는 자신이 무슨 잘못을 저질렀는지 이해하지 못한 채 죽음을 앞두고서야 과거의 자신을 유령으로 불러들여 끊임없이 변명하려는 당신 같은 사람이 되고 싶지는 않아요. ……내게 중요한 건 오직 하나의 신념이에요. 공산주의가 내 목숨을 기꺼이 바쳐도 좋을 만큼 합당한지. 그것만이 중요해요.

1939년이었다. 7년에 이르는 수감 생활을 마치고 마흔 살이 되어 대전형무소에서 출소한 그는 봉희 누나에게 의지했다. 조선공산당 재건을 위해 지하에서 경성콤그룹을 지도하던 그에게 봉희 누나는 아무것도 묻지 않고 피난처와 활동 자금을 제공해 주었다. 그 시절의 봉희 누나는 더 이상 비구니가 아니었음에도 비구니일 때보다 승려에 가까운 분위기를 풍겼다. 봉희 누나에게 물은 적이 있었다. 누이, 그 시절에 왜 하필 불문으로 들어갈 생각이 들었답니까. 봉희 누나는 잠시 생각에 잠겼다가 차분한 목소리로 대답했다. 우연히 듣게 된 어느 스님의 말이 가슴에 새겨져서 그랬지요. 봉희 누나는 그에게 하대를 하지 않았다. 어려워서는 아니었다. 붓다는 두 그루의 사라나무 사이에서 머리를 북쪽으로 하고 몸을 서쪽으로 향하며 옆으로 누웠어요. 거기에서 마지막 말씀을 남기고 조용히 열반에 들었는데 헐벗은 사라나무에서 꽃이 피어나더니 바람 한 점 없는데도 꽃잎이 흩날리며 떨어져 붓다를 덮었다지요. 그 말을 들었을 때 이 세상에서 도망치고 싶은 날이 오면 불문에 들어가기로 마음먹었어요. 붓다처럼 고요하고 평화롭게 죽고 싶었어요. 한마디로 그냥 잘 죽고 싶었어요. 사는 건 어떨지 몰라도, 사는 건 내 맘대로 안 되어도 죽는 건 내 맘대로 하고 싶었지요. 절에 가면 잘 죽는 방법을 배울 수 있을 것 같았으니까요. ……아우님의 조카인 내 아이들도 자기들 나름의 불문에 들어간 거예요. 나는 그 아이들을 상관하거나 거역하지 않으렵니다. 어미로서 어찌 불안이 없겠습니까만 거기에서 뜻을 이루지 못한다면 그곳을 떠나 또 다른 세상으로 들어가겠지요. 나는 그저 힘껏 믿어 주면서 뒤를 받쳐 줄 따름입니다. 그는 봉희 누나의 가슴께를 물끄러미 바라보았다. 그가 짐작한 대로 누나 역시 오래전에 가슴뼈가 부러진 화부였다. 봉희 누나는 계속해서 말했다. 지금 와서 생각해 보면 잘 죽고 싶어서라는 말은 거짓이지요. 진심은 잘 살고 싶었으나 그럴 자신이 없으니 잘 죽고 싶은 거라고 둘러댔겠지요. 그는 고개를 끄덕였다. 그럼, 불문을 나온 뒤로는 그게 보이셨답니까. 그럴 리가요. 아우님, 그래도 하나는 알겠습디다. 어느 스님의 말이 내 가슴에 아로새겨진 까닭은⋯⋯ 너무 뜻밖이라 그랬다는 걸요. 아무리 못난 사람도 죽는 순간에는 저마다의 깨달음을 얻게 마련이지요. 그런데 붓다는 아무것도 깨닫지 않고 갔어요. 한 번 깨달은 자는 영원히 깨달은 자라는 걸 말해 주기라도 하듯. 대체 어떤 깨달음이기에 그럴 수 있는가. 그 깨달음을 나도 한번 만져 보고 싶다. 그런 주책맞은 생각이 들어서였다는 걸요.

청년의 단호한 목소리는 봉희 누나가 말했던, 한번 만져 보고 싶다는 염을 불러일으켰던 깨달음을 떠올리게 했다. 그는 봉희 누나의 손을 잡아끌어 자신의 가슴에 댔다. 누이, 나도 그런 깨달음을 얻고 싶습니다. 이윽고 봉희 누나의 손이 스르르 빠져나갔다. 내 보기에 아우님은 벌써 그걸 얻은 것 같습니다만⋯⋯. 그럴 리가요? 봉희 누나의 입가에 희미한 미소가 떠올랐다. 아우님, 보리수 아래서 마침내 모든 걸 알게 된 붓다는 오른손으로 땅을 만짐으로써 땅으로 하여금 당신의 깨달음에 대한 증인이 되어 줄 것을 요청했다지요. 만약 아우님의 신상에 변고가 생긴다면 나는 여기서 이렇게 땅을 만짐으로써 무사히 돌아오리라는 믿음을 전하렵니다. 그러니 어딜 가서 무얼 하든 부디 살아 돌아오시오. 그에게 살아 돌아오길 당부했던 봉희 누나는 그가 져야 할 짐을 대신 진 채 비참하게 죽었다. 봉희 누나의 피를 물려받은 두 조카 가운데 소산 역시 비참하게 죽었다. 제술만은 아직 어딘가에 살아 있을지도 모르지만 살아 있어도 사는 게 아닐 거였다.

그가 봉희 누나에 대한 생각에 잠겨 있는 동안 청년은 잠자코 기다려 주었다. 마침내 그가 청년에게 되돌아왔을 때 청년이 나지막한 목소리로 덧붙였다. 나는 당신이 무슨 생각을 하는지 알아요. ……나도 자네가 무슨 생각을 하는지 아네. 그렇다면 우린 서로의 심연이군요. 서로를 비추는 유령이지. 이 말도 기억하나요? 삶을 궁극적인 목적지에 이르기 위해 거쳐 가는 통로쯤으로 여기고 어떤 견해나 열정도 공유하지 않은 채 격식 차린 군중 뒤를 따라가야 한다고 생각하면 숨이 막혀요. 그게 누구의 말인가. 당신의 첫 번째 아내이지요. 당신과 함께 세바스토폴에서 지내던 그해 겨울, 당신의 아내는 이 시를 들려주고 당신에게 물었지요. 어쩌면 예브게니 오네긴은 이렇게 말하고 싶었을지도 모른다면서요. 우리에게 사랑이 헛되이 주어졌으니…… 우리는 언제나 사랑을 배반하고 사랑은 우리를 기만하는 거라고. 그는 천천히 고개를 끄덕였다. 그렇다네. 그때 나눈 대화를 기억하네. 오랫동안 나는 그 시구를 아내가 이미 나를 배신할 준비가 되었다는 증거로 여겼네. 실제로도 그랬으니까. 아내는 격식 차린 군중의 뒤를 따르는 대신 나와 함께 미래를 알 수 없는 심연으로 들어가기로 마음먹었고 우리 가운데 누구라도 그럴 수 있으리라는 걸 알았네. 자네가 나를 비난한다 해도 어쩔 수 없네. 우리는 사랑해서 결혼한 게 아니라 서로에게 배반하기 어려운 혁명 동지가 되어 주기 위해 결혼한 거니까.

해원이 물에 적신 수건을 감방 안에 넣어 주었다. 목욕을 못 한 지가 너무 오래되었다. 따뜻한 물이 가득한 물통에 몸을 담그고 싶었다. 그런 호사까지는 기대할 수 없었지만 이따금 감방에서 데리고 나가 한 동이의 미지근한 물을 쓸 수 있게 해주던 것마저 아득한 일이 되었다. 수건은 축축하고 차가웠다. 그는 벗은 몸 구석구석을 수건으로 꼼꼼하게 닦아 냈다. 힘주어 문지르면 때가 나오게 마련이어서 쓰다듬듯이 부드럽게 닦아야 했다. 그가 내놓은 수건을 집어 들며 해원이 물었다. 그런데 왜 그러셨죠? 그가 무슨 말이냐고 되물었다. 왜 조국과 인민을 배신했냐고 물었습니다. 매정한 목소리였지만 그에게는 무엇보다 반

가운 목소리이기도 했다. 그동안 해원이 이 질문을 던지기 위해 얼마나 고심했는지 알 수 있었다. 혀끝까지 밀려 나온 질문을 지그시 끌어당겨 억누르기를 수없이 반복했으리라. 젊은이에게는 이미 답이 주어졌다. 당의 최고 기구부터 가장 기본적인 세포조직에 이르기까지 일사분란하고 체계적이며 반박이 불가능한 방식으로 미제 간첩 도당의 수괴인 박헌영이 어떻게 공화국 정부를 전복시켜 새 정부를 구성한 뒤 미제에 갖다 바치려 했는지가 전파되었다. 그의 의심스러운 과거 행적들이 속속들이 드러났고 연결 고리가 미약하다 여겨졌던 수상스러운 행보들의 진정한 동기가 공개되었다. 당원뿐만 아니라 적어도 예비 당원까지 그가 직접 쓴 자아비판서인 〈나의 종파적 편협성과 계급적 암둔성과 개인 영웅주의와 소부르주아 이데올로기를 비판함〉이라는 제목의 문건을 어느 자리에서든 회람하고 성토했을 것이다. 그러므로 해원의 질문은 문건에서는 확인하기 어려운 은밀한 동기에 대한 것일 수밖에 없었다. 변명은 하지 마시길. 당신이 재판정에서 모든 혐의를 인정하며 처벌을 달게 받아들이겠노라 선언한 사실은 모두가 알고 있으니까요.

자네는 당원이니 당의 역사뿐만 아니라 조선 인민의 계급투쟁의 역사에 대해서도 잘 알겠지. 개화파에 대해 어떻게 평가하나? 개화파는 비록 일본을 등에 업었다는 시대적 한계가 있지만 고루한 왕도 정치와 봉건제를 끝장내고 새로운 문물을 도입하여 제국주의 세력의 침입을 막아 내려 애쓴 애국자들이라 알고 있지요. 그렇다면 전봉준에 대해서는 어떻게 생각하나? 녹두장군은 공화국의 수반께서도 존경하는 인물이지요. 전봉준은 탐악한 관리들의 횡포와 외세의 침략에 맞서 봉기했지요. 삼남에서 일어나 도성으로 진격하던 농민군의 의거는 홍경래의 의거가 지녔던 한계마저 넘어서고 이후에 일어난 항일의병운동의 도화선이 되었으며 그 정신은 3·1운동을 비롯한 자주독립운동의 지주가 되었지요. 그런 식으로 항일 투사의 정신 속에서 갑오농민전쟁의 정신은 죽지 않고 생명을 이어간 겁니다. 해원의 목소리는 책을 읽듯 단조로웠다. 자네 말에 동의하네. 그렇다면 자네는 전봉준이 체포된 후 조선 정부의 수반이자 개화파의 대표적인 인물인 박영효와 나눈 대화를 아는가. 해원은 잠시 침묵을 지켰다. ……그들이 나눈 대화에 대해서는 아는 바가 없습니다. 그는 이 솔직한 청년의 얼굴이 발그레하게 물드는 걸 두 눈으로 보고 싶어졌다. 그는 차분하게 말을 이었다. 해원에게 들려준다기보다는 스스로에게 들려주기라도 하듯이. 박영효는 대역죄인 전봉준을 엄하게 문초하며 이렇게 나무랐다네. 소위 동학당은 조정에서 오래전부터 금하지 않았더냐. 그런데도 감히 도당을 불러 모아 난을 일으켰겠다. 난군을 몰아 영읍을 함락하고 군기와 군량을 빼앗았으며 대소명관을 제멋대로 죽이고 나라 정사를 참람히 처단하였으며 왕세와 공곡을 뺏고 양반과 부자를 모조리 짓밟았으며 종 문서를 태워 강상을 무너뜨렸으며 토지를 균등히 분배하여 국법을 어지럽혔으며 대군을 몰아 왕성을 핍박하고 정부를 파괴하고 새 나라를 도모하였나니, 이는 곧 대역 불궤의 죄를 범한 것이니 어찌 죄인이 아니라 이르느냐! ……자네가 녹두장군이라면 무어라 대답했겠는가.

해원은 불쾌한 표정을 지었지만 감방 앞을 떠나지는 않았다. 전봉준은 한 치의 동요도 없이 차분하게 조목조목 반박했다네. 도 없는 나라에 도학을 세우는 것이 왜 잘못된 일인가. 민중에 해독되는 탐관오리를 베고 일반 인민의 평등적 정치를 잡은 것이 무슨 잘못이며 사복을 채우고 음사에 소비하는 왕세와 공곡을 거두어 의거에 쓰는 것이 어찌 잘못이란 말이냐. 조상의 뼈다귀를 우려 행악을 하고 뭇사람의 피땀을 긁어 제 몸을 살찌우는 자를 없애 버리는 것이 무엇이 잘못이며, 사람으로서 사람을 매매하여 귀천이 있게 하고 공토로써 사토를 만들어 빈부가 있게 하는 것은 인간의 도리에 위반되는 게 아니더냐. 이것을 고치자 함이 무엇이 잘못이며, 악정부를 고쳐 선정부를 만들고자 함이 무엇이 잘못이냐. 자국의 백성을 쳐 없애기 위하여 외적을 불러들였나니, 네 죄가 가장 중대한데 네놈이 어찌 감히 나를 죄인이라 이르느냐. 왜양은 육신적으로나 정신적으로나 우리의 적이다. ……해원은 아무 말이 없었다. 이 대화를 기록한 이들은 녹두장군 편에 섰던 이들이 아니었다네. 그 점을 고려하면 전봉준의 기세는 이보다 더 추상같고 논리적이었을 테지만 이것만으로도 충분하지 않은가. 젊은이, 자네에게 묻고 싶네. 자네는 내가 왜 조국과 인민을 배신했다고 생각하나?

7

2009년 5월 23일

그의 목소리를 듣는 순간 형체도 없는 내 몸이 가볍게 떨렸어
요. 익숙한 목소리고 이름이었어요. 그 이름이 꼭 내 이름인 것
같았지요. 무엇보다 속삭이듯 묻는 그의 말에 대답해야만 할 것
같았어요. 맞아요. 그게 바로 내 이름이에요. 이렇게 대답하고
싶었지만…… 확신은 없었어요. 정말로 그게 내 이름인지도 불
분명했으니까요. 그렇지만 그의 나직한 부름은 나라는 사람 아
니 중음신 아니 무엇이든 내 존재 전부를 호출하는 듯했어요.
이 호출은 거부할 수도 수락할 수도 없는 성질의 것이 아니어서
내가 대답하거나 말거나 이미 나는 그의 맞은편에 앉아 그를 마
주 보고 있는 것 같았지요. 그를 태운 버스는 서울로 가는 통상

적인 경로를 이탈하지는 않았어요. 대여섯 대의 검은색 경호 차량과 두 대의 순찰차가 버스를 호위했고 동행이 허락된 여덟 대의 취재 차량이 그 뒤를 따랐지요. 하늘에서 그를 주시하는 헬리콥터도 빼놓을 수 없겠지요. 그는 손바닥을 물끄러미 내려다보았어요. 차창의 매끄럽고 서늘한 느낌에 섞여 들었던 차갑고 작고 여린 누군가의 손을 직접 눈으로 보고 있는 것처럼 몰두했지요. 그를 사로잡은 낯설고 기이한 감각도 천천히 그에게서 떠나갔지요. 입 속에 남은 이름도 스르르 녹아 사라졌어요. 그러나 그 손에서 느꼈던 두려움, 무시무시한 공포만은 여전히 그의 가슴속에 남아 있었지요. 그는 마음을 다스리기 위해 좌석에 좀더 깊숙이 몸을 기대고 조용히 눈을 감았어요. 다스리다. 지금까지 그에게 이 말은 분노와 증오 그리고 혐오를 다스린다는 뜻이었어요. 나라를 다스린다는 건 갈등을 해소하고 국민이 서로를 증오하지 않고 혐오하지 않게 한다는 뜻이었지요. 이제 그는 나라가 아니라 스스로를 다스려야 했고 게다가 자신의 내부에서 생겨난 공포가 아닌 어딘가에서 급작스럽게 다가와 그를 점령해 버린 낯선 공포까지 다스려야 했어요.

그는 링컨의 취임사를 떠올렸어요. 처음 읽어 본 뒤로 오랜 세월 되풀이해서 읽었건만 처음 읽었을 때의 떨림은 한결같았지요. 너무 자주 읽은 탓에 때로는 자신의 취임사인 것만 같을

지경이었어요. 지금까지 그의 삶은 거기에 담긴 부드럽고 단호한 선언에 스스로를 일치시키려 노력한 세월이었다고 해도 지나치지 않았지요. 1865년 3월의 취임사였으니 한 세기에 더해 다시 반세기에 가까운 세월이 흘렀는데도 거기에 담긴 진심은 여전히 감동적이었어요. 처음 읽었을 때 그의 눈길은 "우리가 심판받지 않기 위해 남을 심판하지는 말도록 합시다"라는 문장에 오랫동안 머물렀지요. 아직 남북전쟁은 끝나지 않았지만 북군의 승리가 눈앞에 있었고 초선도 아닌 재선에 성공했으니 조금 오만해도 괜찮으련만 링컨의 취임사에는 전쟁을 막지 못했다는 자책과 전쟁에서 겪어야 했던 슬픔이 고스란히 담겨 있었지요. 원한을 품는 대신 모두에게 자비를 품고 고통과 슬픔을 치유하자는 내용으로 마무리되는 취임사는 취임사가 아니라 인간이 어떤 존재여야 하는가를 보여 주는 가장 인간적인 선언으로 다가왔어요. 링컨은 한 걸음 먼저 걸어 나가 미래를 사는 영광을 누리려 했던 게 아니라 한 걸음 먼저 걸어 나가 비탄에 빠진 사람을 안아 주려 했던 거겠지요. 승리를 간절히 바라기에 승리에 대한 선언을 기대했던 이들에게는 나약하고 한심한 취임사였을지도 모르지요. 적군을 상대로 싸워 피 흘리고 죽어 간 이들을 위로할 수 있고 철저한 복수를 약속하는 취임사를 꿈꾼 사람도 있었겠지만 링컨은 복수에 대해서는 한마디도 하지 않았어요. 그는 링컨의 용기에 감탄했어요. 전쟁에 책임이 없는 사람은 없으니 적을 단죄함으로써 책임에서 자유로워질 수 있다는 헛된 바람을 갖지 말라. 그런 바람이야말로 전쟁의 슬픔과 비극을 외면한 비인간적인 태도임을 링컨은 부드럽지만 분명한 어조로 말하는 거였어요. 누구보다 전쟁을 통감하고 책임감을 깊이 지닌 사람이기에 가능했던 선언. 그는 감았던 눈을 뜨고 고개를 돌려 차창 밖을 보았지요. 청와대 경호처가 제공한 버스를 타고 대검찰청으로 가는 자신에게도 그런 용기를 발휘해야 하는 순간이 올 것임을 알았어요.

그를 태운 버스는 입장휴게소에서 5분 정도 정차한 걸 제외하면 쉬지 않고 달려 대검찰청에 도착했어요. 오후 1시가 조금 지나서였지요. 그는 휴게소에서 내리지 않았기에 다섯 시간을 꼬박 버스에 갇혀 있던 셈이었어요. 버스는 청사 현관 앞에 멈추었어요. 봉하마을을 떠날 때와는 사뭇 다른 분위기였지요. 그를 지지하는 사람들만이 아니라 그의 구속을 요구하는 이들도 보였어요. 그가 옷매무새를 확인하는 동안 변호인단이 먼저 버스에서 내렸어요. 잠시 뒤 그가 버스에서 내리자 사진기의 셔터 소리가 여기저기서 요란하게 울렸어요. 어느 기자가 물었지요. 봉하마을에서 출발할 때 면목 없다는 심정을 밝힌 이유가 뭡니까? 현관으로 향하는 길의 양쪽 통제선에 몰려 있는 취재진을 둘러보던 그는 담담하게 대답했어요. "면목 없는 일이죠." 곧바로 다른 질문이 이어지자 그는 다음에 하시죠, 라고 한 뒤 청사 안으로 들어갔어요. 현관에서 기다리던 대검 사무국장이 그를 중수부장의 방으로 안내했어요. 중수부장은 자신의 방에서 그를 맞이해 차를 내왔지요. 중수부장은 이런 상황을 즐기는 사람처럼 보이려 애쓰는 것 같았어요. 그러니까 그를 기다렸다는 티를 전혀 내지 않고 바쁜 와중에 잠시 짬을 내어 그를 대접한다는 인상을 풍기려 했지요. 그는 예상했던 일이어서 당황하지는 않았어요. 그를 보좌하는 사람들이 불쾌감을 감추지는 못했지만요. 조금 뒤 그는 대검찰청 특별조사실인 1120호로 이동했어요. 특별조사실은 조사실 가운데 가장 널찍하고 조사가 오래 이어질 경우를 대비한 침대까지 마련된 곳이었어요. 그는 열린 문 앞에서 잠시 멈췄어요. 그의 입가에 쓰디쓴 미소가 맴돌았어요. 몇 해 전 평양에서 열린 정상회담을 위해 군사분계선을 넘을 때 잠시 멈추어 섰던 순간이 떠올라서였어요. 그때는 역사에 기록되기 위해서였지만 지금은 역사에서 지워지기 위해서라는 차이가 있었지요. 자기도 모르게 잠깐 멈추어 선 그 순간에 느낀 기시감이 오히려 그가 지금 어떤 상황에 처했는지를 명료하게 보여 주는 듯했어요. 출입문 맞은편에는 창을 등진 채 기다란 심문 책상이 놓여 있었고 중수1과장이 그 옆에 서 있었어요. 왼쪽 벽 창가 쪽에는 소파와 탁자가 있었고 그 앞 구획된 공간에 침대가 있었지요. 출입문 바로 왼쪽으로는 화장실이 있었어요. 특별조사실을 일별하던 그는 천장에 달린 감시 카메라를 보았어요. 중수부장은 자신의 방에서 특별조사실에 설치된 감시 카메라를 통해 조사 과정을 모두 지켜볼 수 있었고 필요할 때마다 보좌검사에게 지시사항을 전달하는 식으로 사실상 조사 전체를 지휘할 수가 있었지요. 그는 주심문관인 중수1과장 맞은편에 앉았어요. 주심문관 옆에는 보좌검사가 앉았고 그의 옆에는 변호인이 앉았지요. 그는 심문관의 신상에 대해 잘 알았고 어떤 식으로 그를 대할지도 잘 알았어요. 말투는 정중하겠지만 그를 여느 잡범처럼 상대할 게 분명했으니 거기에 흔들려서는 안 된다고 마음을 다잡았어요. 그는 중수1과장의 얼굴을 똑바로 보았어요. 심문은 예상한 수준을 넘어서지 않았어요. 심문이 진행될수록 검찰이 증거도 없이 그를 옭아매려 한다는 사실이 분명해질 뿐이었지요. 그가 조사를 받는 도중에도 검찰은 그에게 뇌물을 주었다고 진술한 사람과 그의 대질심문이 곧 있을 거라는 발표를 했지요. 그의 허락을 받는 절차를 무시하고 언론플레이를 하고 있다는 사실을 변호인이 전달해 주었어요. 10분씩 두 차례 쉰 걸 제외하면 저녁 식사를 위해 잠시 조사를 멈출 때까지

4시간 가까이 견뎌야 했지요. 그에게 씌워진 혐의는 뇌물을 받았다는 것이었지만 그는 아내와 비서관이 그런 돈과 선물을 받았다는 사실을 까맣게 몰랐으므로 달리 해명해야 할 게 없었어요. 그의 진실은 단순했기에 그의 대답 역시 단순할 수밖에 없었고 진실이 단순하다는 사실을 믿고 싶어 하지 않는 사람에게는 그의 태도야말로 죄지은 자의 태도로 보였지요. 검찰은 아무것도 증명하지 못했어요. 만약 뇌물을 받았다면 어떤 보상을 해주었는지를, 실질적인 보상이 이루어지지 않았더라도 어떤 약속을 했는지를 밝혀야 하는데 오로지 뇌물을 주었다는 진술 하나에만 의지하고 있었지요. 그는 먼 길을 왔던 터라 몸은 피곤했지만 정신만은 또렷했어요. 그의 가슴 한구석에 작은 희망마저 생겼어요. 무혐의로 밝혀지면 비록 시간은 걸리겠지만 그가 고향에서 이루려고 했던 일을 다시 이어갈 수 있으리라는 희망이요. 그를 대검찰청으로 불러들여 모욕을 주었고 그가 중대한 범죄를 저질렀으리라는 인상을 사람들에게 심어 주는 데 성공했으니 검찰도 내심 만족해할 거라고 생각했어요. 그는 주심문관의 뒤쪽에 있는 창을 바라보았어요. 블라인드로 가려지지 않은 아래쪽 창으로 빛이 들어왔어요. 세상과 연결된 유일한 통로라도 되는 것 같았지요. 오후가 깊어 가고 있었지요. 그는 바깥이 어떤 식으로 어두워지며 저녁이 오는지를 처음 본 듯한 기분이었어요. 하루가 저문다는 게 무슨 의미인지를 새삼 절감했어요. 저녁 식사를 마치고 7시 30분부터 다시 심문이 시작되었어요. 심문은 밤 11시를 넘겨서야 끝났어요. 그 뒤 새벽 1시까지는 조서를 검토했지요. 그 자신도 조서에 기록된 내용을 찬찬히 살폈지만 누구보다 변호인이 꼼꼼하게 살피면서 다시 한 번 그에게 확인을 시켜 주었지요. 모든 걸 마무리하고 대검찰청을 나선 시간은 새벽 2시였어요. 그는 기다리던 기자들의 질문에 짤막하게 대답했어요. "최선을 다해서 조사를 받았습니다." 그를 태운 버스가 천천히 대검찰청을 빠져나갔어요. 그는 눈을 감고 잠을 청했지만 깊은 잠에 빠져들지는 못했어요. 이따금 눈을 뜨면 버스 내부가 캄캄했던 터라 알 수 없는 심연에서 깨어난 듯했지요. 어느 한적한 길을 지날 때는 버스가 깊은 물속으로 잠겨드는 듯한 기분마저 들었어요. 누군가의 코 고는 소리가 들렸어요. 이윽고 저 멀리 동살이 잡히며 산의 윤곽이 분명해지더니 방금 세수를 하고 나온 것처럼 번하게 드러난 하늘이 보였어요. 봉하마을에 도착했을 때는 새벽 6시 즈음이었어요. 변호인과 수행원은 이미 잠에서 깨어나 내릴 준비를 하고 있었지요. 버스가 멈추고 자리에서 일어나려던 그는 열이 올라 식은땀을 흘리는 아이의 이마에 그러기라도 하듯 조심스럽게 손을 내밀어 창을 짚었어요. 그의 손바닥 아래서 무언가가 부드럽게 일렁거렸지요.

나는 그를 태운 버스가 봉하마을을 벗어나는 걸 지켜보던 그 자리에 그대로 머물렀어요. 내 귓가에는 그의 침통한 목소리가 되풀이해서 들려왔어요. 집을 나서기 전 그는 자신을 둘러싼 측근들에게 이렇게 말했지요. 변명하기는 싫었지만 지금까지 자신을 믿고 따라 준 이들에게는 최소한의 설명이 필요하다고 여겼어요. "여러분에게 정말 미안합니다. 이런저런 설명을 하는 게 구차하게 들릴 수 있겠지만 이번 일을 나는 정말로 나중에야 알았습니다." 그를 둘러싼 사람들은 말하지 않아도 다 안다는 듯 무겁게 고개를 끄덕였어요. 그가 떠난 뒤 나는 오래도록 그 자리에 선 채 텅 비어 가는 길을 바라보았어요. 그 길 위로 내려앉은 아침이 무르익어 대낮이 되고 대낮이 기울어 오후가 깊어 가고 오후가 저물어 저녁이 스며드는 걸 보았지요. 어느덧 사위가 캄캄해지고 가로등에 불이 켜지고 창에서 새어나오는 불빛들에 멍이 든 것처럼 푸르스름해진 어둠 속으로 날아드는 때 이른 날벌레들을 보았지요. 아직까지 둥지로 깃들지 못한 새가 어두운 하늘을 지나갔어요. 그러는 동안 나는 그의 목소리를 들었고 그가 무얼 느끼고 무얼 생각하는지를 헤아릴 수 있었지요. 밤이 깊을수록 그의 가슴속에 헛될 수도 있지만 전혀 가망이 없지는 않은 희망이 생겨나는 것도 알았어요. 대략 여덟 시간에 걸쳐 심문을 받는 동안 그가 평온과 여유를 되찾아 가는 것도 알았지요. 그리고…… 내 기억이 아니라면 다른 누구의 기억일 수 없는 무언가가 떠올랐어요. 내가 누구였는지 내가 왜 이처럼 떠도는 신세가 되었는지 추측할 수 있었고 내가 어떤 사람이었는지…… 누구를 사랑하고 무엇에 분노하고 어떤 일에 절망한 사람이었는지를. 그건 분명히 발견하거나 알았다기보다는 느꼈다고밖에 표현할 수 없는 깨달음이었어요. 나는 처음으로 스스로를 느꼈고 그 느낌은 육체가 없는 존재가 육체를 부여받은 것처럼 생생했어요. 만약 처음으로 육체를 부여받는다면 할 법한 일들, 주먹을 쥐었다 펴고 무릎을 굽혔다 펴고 발가락을 꼼지락거리고 머리를 쓸어 넘기고 고개를 움직여 보고 눈을 굴려 보고 입을 벌려 소리를 내보고…… 그런 일들을 하듯이 나에 대해 생각해 보았어요. 언제 누구에게 태어났고 어떤 과정을 거쳐 자랐으며 좋아하는 음식은 무엇이었는지 누구를 사랑하거나 미워했는지를요. 어렴풋하게나마 떠올랐어요. 그런데 내가 누구였는지를 조금 알게 되어 기분이 좋아졌다고 말할 수는 없었지요. 이상하게도 무서웠어요. 차라리 아무것도 모르던 방금 전으로 되돌아가고 싶었으니까요. 내가 누구였는지가 불확실할 때는 무엇이든 될 수 있었지만 실체가 드러나고 마침내 확정되면 단 하나의 존재, 다른 설명이 필요하지 않은 완결된 존재가 될 것 같았어요. 내 실체에 다가갈수록 불안해지리라는 예감이 들었어요. 이미 어느 정도는 불안했지요. 안개에 싸여 있던 내 모습이 희미하게 형체를 드러냈는데 나 자신이 가엽다는 생각이 들었으니까요. 누구인지 잘 모르겠지만 너는, 아마도 나일 게 분명한 너는 참 외롭고 쓸쓸하고 많이도 아팠구나. 그게 누구든 사람이라면 그럴 수밖에 없었으리라는 평범한 진리로는 내 불안을 위로할 수 없으리라는 것도 깨달았어요. 수뢰 혐의자로 대검찰청에서 심문을 받았으니 전직 대통령으로서 누릴 수 있는 영예는 이미 짓밟힌 셈이었지만 인간으로서의 영예마저 짓밟혔다고 할 수는 없듯이 나를 짓밟고 간 것들에 의해 내가 부서졌다 해도 내가 이 세상에 태어나 웃고 울면서 보낸 시간들이 송두리째 사라졌다고 할 수는 없을 테니까요. 내가 누구였든 나는 이제 다른 누군가의 기억에 존재할 테고 그들마저 모두 사라지기 전까지는 그들 안에서 살아갈 수 있겠지요. 지금의 나 역시 누군가의 기억 속에 있는 모습일 수도 있겠다는 생각이 들었어요. 만약 그렇다면 나는 꽤 근사하게 기억되고 있는 것이겠지요.

어쩌면 내가 조금이나마 이전의 나에 대해 알 수 있게 된 건 그의 마음을 들여다보았기 때문이 아니라 그를 떠나보낸 뒤 거의 죽은 사람처럼 하루를 견딘 그의 아내를 들여다보려 했기 때문인지도 모르지요. 노부인은 소리 내어 울지는 않았지만 누가 보더라도 아 이 사람은 지금 울고 있구나, 라고 느낄 수밖에 없을 만큼 상심한 얼굴이었어요. 그가 집을 떠나기 전에 살짝 안아 주기는 했지만 노부인은 거기에서 깊은 위로를 받지는 못한 것 같았어요. 그런 껴안음에서조차 애정을 느낄 수 없다면 도대체 어디에서 애정을 구할 수 있을까요. 어떤 의미에서 노부인은 버림받은 사람이었고 가장 가까운 사람에게 버림받았기에 완벽하게 버림받은 사람이었지요. 노부인을 보고 있노라면 그에게 화가 났어요. 노부인이 분노를 표현하지 않기 때문에 내 마음이 더욱 그런 것 같았어요. 그는 입버릇처럼 사람 사는 세상을 만들고 싶다 했지만 바로 곁에 있는 사람을 누구보다 냉정하게 대했어요. 다른 이들에게는 소탈하고 친근한 사람으로 여겨지고 받아들여지기를 바라면서도 정작 아내에게는 그런 자신에게 헌신하는 것이 당연하다는 태도를 보였으니까요. 지금 노부인을 위로할 수 있는 유일한 사람은 그 자신밖에 없는데 노부인이 간절하게 그를 필요로 하는 이 순간에 그는 등을 돌려 버렸지요. 사람에게는 무엇보다 사람이 필요하다는 걸 그는 알지 못한 거예요. 불현듯 무언가가 내 마음속으로 깊숙이 파고들어 왔어요. 그러니까 사실 내가 바로 그랬던 거예요. 나는 노부인처럼 가장 가까운 사람에게 버림받은 적이 있고 그 사람에게 위로를 구했음에도 위로를 받지 못했던 거예요. 나는 울지는 못했지만 우는 게 무언지는 알았으므로 내가 울고 있다는 걸 알았어요. 나는 마지막 순간까지 내가 사랑했지만 나한테 상처를 준 그 사람을, 아니 그 사람들을 생각하고 있었던 거예요. 왜 나를 외롭게 내버려 두었는지 이해하지 못했으므로 깊은 슬픔을 품은 채 이 세상을 떠나야 했고 아마도 바로 그런 이유로 아직까지 이 세상을 떠나지 못한 거라는 사실을 깨달았어요. 내가 그처럼 고통스럽게 죽었다는 걸요.

그가 돌아온 뒤 봉하마을은 평온을 되찾았어요. 되찾았다는 표현은 좀 이상하긴 하지요. 그가 고향에 내려온 뒤로 이 마을이 평온했던 적은 없으니까요. 그러니 낯설고 기이한 평온함이라고 하는 게 사실에 가깝겠지요. 그는 가라앉기는 했어도 밝은 기운이 느껴지는 목소리로 자신을 수행했던 이들에게 고맙다는 인사를 했지요. 그를 수행해 서울에 다녀온 비서관들도 오전에 모두 퇴근했고 그 역시 적어도 한나절 정도는 충분히 휴식을 취할 수 있게 되었지요. 버스에서 잠시 눈을 붙이긴 했지만 불편한 자세였던지라 오히려 몸 구석구석이 아팠어요. 아내가 마련해 둔 잠자리에 누운 그는 잠시 깊은 잠에 빠져들기도 했지만 대체로 얕은 잠에서 허우적거려야 했어요. 그가 잠들자 그가 어렵사리 억눌렀던 것들이 슬그머니 고개를 들고 일어난 탓이었지요. 그는 자부심이 있었어요. 타인의 조언을 기꺼이 받아들였지만 그의 말과 글에는 오롯이 그의 생각과 감정이 담겨 있었기에 단 한 번도 말과 글을 다른 사람에게 위임한 적이 없었지요. 그러나 최근에 그가 내뱉고 쓴 말과 글은 그의 마음속에서 무르익어 절로 나온 게 아니라 외부의 영향에 의해 어쩔 수 없이 그래야만 했던 것이었어요. 이 말과 글은 그에게서 나왔음에도 진정으로 그에게 속하지 않은 것 같았고 심지어 다른 사람의 것처럼 여겨질 정도였지요. 그는 자신의 말과 글에 책임질 수 없는 상황에 처한 것 같았지요. 무엇보다 그런 책임이 자신에게 없으므로 결코 책임질 필요가 없다는 식의 자기 정당화에 사로잡히게 될까 봐 두려웠어요. 눈을 감았다 떴을 뿐인데 그새 예닐곱 시간이 지나 한결 가뿐해진 몸과 마음으로 일어날 수 있는 편안한 잠은 그의 삶에서 다시는 없을 테지요. 딱히 악몽이라 할 순 없지만 뒤숭숭한 꿈에 시달려야 했고 눈을 뜨면 꿈에서는 놓여났으나 그와 동시에 일상적인 불안이 그의 가슴을 짓눌렀지요. 평소의 그라면 잘 억눌러 다스릴 수 있을 테지만 잠든 동안에는 분노와 수치가 악몽으로 찾아왔지요. 지금 그가 느끼는 분노와 수치는 어제부터 새로 생겨난 것이었어요.

그가 대통령으로 재임하는 동안 하지 못한 일 가운데 가장 뼈아픈 건 검찰 개혁이었어요. 검찰 개혁을 위해서는 검찰과 경찰의 수사권 조정과 대검찰청 중앙수사부의 폐지, 고위공직자 범죄수사처 설치가 필요했지만 이 가운데 어느 것 하나 실현하지 못했어요. 검찰의 독립성을 보장하려는 시도였지만 검찰은 이를 받아들일 생각이 전혀 없었지요. 그는 순진했어요. 진심을 다해 설득하면 충분히 가능하다고 믿었지요. 검사야말로 누구보다 검찰의 정치적 독립을 바랄 거라고 생각했으니까요. 그가 대통령이 되어 가장 먼저 한 일은 평검사들과 대화를 나누는 거였지요. 그가 확인한 건 젊은 평검사들마저 특권의식과 우월의식에 깊이 빠져 있다는 것뿐이었어요. 법무부장관만이 아니라 대통령한테조차 잡범을 대하듯이 내려다보는 이들이 일반 국민을 어떻게 생각하고 대할지는 뻔했으니까요. 그들은 기득권을 포기할 생각이 없었어요. 이미 주어진 특권만이 아니라 미래에 획득하게 될 모든 특권을 포함해서 아무것도 놓을 생각이 없었지요. 민주주의에 대한 신념도 없고 이상도 없는 자들이었기에 검찰이 정치에서 자유로워질 때 오히려 더 권위가 높아진다는 사실을 받아들일 수가 없었던 거지요. 그런 자들은 결코 반성하지도 않을 테고 과오를 인정하지도 않을 테지요. 스스로를 오류가 없는 존재라고 여길 테니까요. 법무부장관이 처음으로 검찰 지휘권을 발동했을 때에도 그들은 조직적으로 반발했지요. 언젠가 문화계의 한 측근이 그가 저지른 실수를 지적하며 말해 준 적이 있어요. 왜 영화나 드라마에 정의로운 검사가 자주 등장하는지 아십니까. 현실에서는 볼 수 없기 때문이지요. 검사가 불공정과 불의에 민감하고 이 세계의 폭력과 부정을 일소하는 데 앞장서 주기를 바라기에 사람들은 영화나 드라마에 등장한 비현실적인 검사를 보면서 대리만족을 느끼지요. 그는 잠시 생각에 잠겼다가 이렇게 대꾸했어요. 현실에 없다고 포기하면 우리는 결코 현실에서 그런 검사를 볼 수 없게 됩니다. 나는 극장이나 텔레비전에서가 아니라 직접 이 두 눈으로 그런 검사들을 보고 싶습니다. 원칙과 상식이 통하는 사람 사는 세상은 그렇게 이루어져야 하니까요. 어쩌면 그의 신념은 신념이 아니라 진리였는지도 모르지요. 검사가 그런 열망을 품었다 해도 조직과 제도와 현실이 검사로 하여금 그런 열망을 품었다는 사실조차 잊도록 강요하는 것일 수 있을 테니까요. 그렇다면 정치인은 검사가 용기를 내어 스스로를 돌아보고 지금보다 한 걸음 더 나은 쪽으로 갈 수 있도록 길을 만들어 줄 의무를 지는 셈이지요. 결국 그는 정치인으로서나 대통령으로서나 제 역할을 다하지 못한 거였어요. 검사를 겨냥하던 분노와 수치가 사그라졌어요. 대신 그의 가슴속에서는 자신의 무능과 불철저함을 겨냥한 새로운 분노와 수치가 생겨났지요. 이 분노와 수치가 바로 지금 잠든 그의 의식 속에서 뒤숭숭한 꿈이 되어 나타난 거였어요.

　그는 점심 무렵에 눈을 떴어요. 여기저기 봄기운이 살포시 내려앉아 있었지요. 뜰로 나가고 싶었지만 그러지 않기로 했어요. 그는 사랑채로 가서 남쪽 창을 통해 바깥을 내다보았어요. 그의 생가는 한창 복원이 진행 중이었어요. 원래 터와는 약간 떨어진 곳인 데다 그의 기억이 불확실해서 완벽하게 일치하지는 않겠지만 하루하루 달라지는 모습을 보면 어린 시절로 되돌아간 듯한 기분이 들곤 했지요. 생가의 주변에는 일꾼들이 분주히 움직이고 있었지요. 그는 멀리 던진 시선을 끌어당겨 담장 안쪽 잔디밭에 선 산딸나무를 바라보았어요. 한때는 아침이면 늘 그 나무의 안부부터 확인하곤 했지요. 잔디밭에 듬성듬성 자리한 관목들 사이로 아직은 키 작은 산딸나무 한 그루가 보이면 마음이 놓였지요. 지난밤을 무사히 견딘 어린 나무에 부딪힌 햇살들이 잘게 부서지며 흘러내렸고 그와 더불어 그의 가슴속에 깃든 시름이나 걱정도 씻겨 내려가는 듯했으니까요. 지난해 입동이 지난 어느 날 4·3유족회가 기증하고 심은 산딸나무에만 유일하게 표지석이 있었지요. 그는 유족회 사람들을 배웅할 때 내년 5월 꽃이 피면 찾아와 달라 했어요. 이제 약속했던 5월이 되었고 산딸나무는 꽃망울을 틔울 준비가 된 것 같은데 유족회는커녕 누구도 청할 수 없는 처지가 되어 버렸지요. 산딸나무의 하얀 꽃은 순결한 제주도민을 뜻하며 가을에 맺히는 붉은 열매는 4·3의 아픔을 뜻한다던 그들의 목소리가 이토록 생생하건만 아무것도 기약할 수 없게 되었어요.

노부인은 퍽 안심한 눈치였어요. 변호인단을 비롯해 비서관들의 분위기도 나쁘지 않았기에 이보다 나빠지지는 않으리라 짐작할 수 있었고 지금 상황에서는 그것만으로도 마음을 진정시키기에는 충분한 듯했어요. 그러나 점심을 지나 오후가 되자 언론의 논조가 조금씩 변하는 걸 알 수 있었어요. 그를 인격적으로 모욕하는 기사나 사설은 새삼스럽지 않았으나 검찰의 태도가 불분명해서 다른 속셈이 있는 것 같았어요. 저녁이 되자 그의 아내를 다시 검찰로 소환해서 조사할 예정이라는 기사가 나오기 시작했고 그때부터 노부인은 잠시나마 누렸던 평온을 잃고 말았지요.

다음 날은 부처님오신날이었어요. 정토원을 찾은 이들이 이른 아침부터 봉화산 산길을 올랐고 마애불에 들러 기원을 하는 이들도 있었지요. 봄볕이 완연해진 뒤로는 등산객도 많아진 터라 여느 주말 봄날과 다름없이 느긋한 하루였지요. 그리고 나는 처음으로 그의 목소리가 아닌 저 멀리 거리를 가늠할 수 없는 아득히 먼 곳에서 시작된 듯한 소리를 듣게 되었어요. 이 세상이 아닌 저세상에서 들려오는 소리처럼 아득했지요. 혹은 과거에서 아니 미래에서 오는 중인지도 몰랐지요. 물론 그 소리가 무슨 소리인지는 알 수 없었지요. 꽃들이 깔린 부드러운 흙길을 걸어오는 누군가의 발소리처럼 부드러웠어요. 나는 처음으로 듣게 된 이 소리가 무척 궁금했어요. 드디어 그의 목소리만이 아닌 다른 소리를 듣게 되었다는 생각이 들었으니까요. 그러나 이내 그 소리가 그의 내면에서 울리는 소리, 바로 그가 듣는 소리라는 걸 알게 되었어요. 그는 지난밤에도 깊이 잠들지 못하고 밤새 뒤척였지요. 뒤숭숭한 꿈에서 깨어난 그는 그날 하루 종일 대검찰청으로 향하던 길에 잠시 잡아 보았던 차갑고 작고 여린 손, 봉하마을에 도착했을 때 차창을 짚으며 느꼈던 바로 그 손이 간밤에 자신의 손을 쓸고 지나갔다는 생각을 했어요. 그는 궁금했지요. 그 손은 무슨 의미일까. 왜 그런 느낌에 사로잡혔을까. 오전 내내 이 생각에 잠겼던 그는 마침내 기억해 냈어요. 그가 어루만져 본 적 있는 손이라는 걸요.

만약 그를 이전의 그와 지금의 그로 나눌 수 있다면 1981년 가을부터 시작해 이듬해 봄에야 검거가 완료된 부림사건이 기준이라고 할 수 있었지요. 그가 변호인으로 선임되어 처음 면회를 갔던 날이었어요. 변호인 접견실은 일반 접견실과 달리 독립

된 공간이었지요. 접견실에서 혼자 담배를 피우며 아직 한 번도 본 적 없는 학생들을 기다렸어요. 계절은 겨울의 한복판이었고 접견실은 비교적 난방이 잘 되는 편이었으나 구치소는 그럴 리가 없었지요. 어디선가 발소리가 들려왔는데 분명 그 소리는 다리를 저는 사람의 그것처럼 불규칙하고 불안정했지요. 그는 고개를 들어 접견실로 들어오는 학생들을 보았어요. 학생들의 얼굴은 차가운 감방에 시달린 흔적이 역력했지만 무엇보다 겁에 질려 있었지요. 교도관은 접견실 구석의 작은 책상 앞에 앉았어요. 그는 우선 담배를 한 대 건넸어요. 학생들은 주춤거리면서 담배를 받지 않으려고 했지요. 파리한 입술이 떨리는 게 보였어요. 주눅이 든 꼴을 보고 있노라니 정권이 떠들어 대는 것처럼 거창한 사상범일 수도 있겠다는 생각은 전혀 들지 않았어요. 사실 그는 별로 내키지 않았지만 부산 지역 변호사들의 존경을 받는 김광일 변호사의 부탁을 언제까지나 모른 척할 수는 없었어요. 마지못해 변호인단에 합류는 했으나 선임계를 낸 변호사에도 서열이 있으니 자신은 그저 보조 역할을 하는 것만으로도 생색은 낼 수 있으리라는 심산이었지요. 하지만 학생들은 고문을 당한 게 분명해 보였어요. 영장도 없이 체포를 했으니 정당하게 구속기간 연장을 신청했을 리도 없었고 거기까지는 사안의 중대성을 생각하면 이해할 만한 지점도 없지 않았으나 고문을 당한 흔적이 너무나 분명했기에 그는 피가 거꾸로 솟는 기분이었어요. 고문이라니. 이 기분은 논리적으로 설명할 수가 없었어요. 학생들은 그를 믿지 못하는 것 같았어요. 그의 질문에 제대로 답변도 해주지 않았고 그가 민감한 사항을 물을 때면 아예 입을 꾹 다물고 서로의 눈치만 보았지요. 첫 만남에서는 데면데면했지만 접견이 되풀이되자 학생들은 조금씩 입을 열기 시작했어요. 그렇지만 학생들은 여전히 그를 믿지 않는 것 같았어요. 그가 정보부의 끄나풀은 아닐까 걱정하는 듯했지요. 겁에 질려 그를 경계하고 어디론가 숨으려고만 하는 학생들이 답답하기도 했지만 입장을 바꾸어 생각하면 충분히 그럴 수 있는 일이었어요. 사실관계조차 확인하지 못한 채 접견실을 나오면 울화가 치밀었어요. 그는 거리에서도 사무실에서도 집에서도 그 생각뿐이었어요. 왜 학생들은 나를 믿지 못하는가, 왜 내게 진실을 말해 주지 않는가, 이런 열패감에 사로잡혔지요. 그럴 때면 흔들리는 마음을 다잡기 위해 앙굴마라 이야기를 떠올렸어요. 앙굴마라는 잔인하기 이를 데 없는 살인자였고 천 번째 살인을 저지르려는 순간 붓다를 만나 회심하여 비구니가 되었지요. 그러나 수행자가 되었다 해도 악명 높은 살인자였던 앙굴마라에게 아무도 마음을 열지 않았어요. 오히려 입장이 바뀌어 앙굴마라는 어디를 가든 누구를 만나든 거의 죽을 만큼 구타를 당하고 조롱을 받으며 내쳐졌지요. 하루아침에 살인마에서 수행자로 변신한 앙굴마라를 아무도 신뢰하지 않았으니까요. 앙굴마라는 이 모든 걸 견뎌 마침내 깨달음을 얻었다 했으니 그가 감당해야 할 불신쯤이야 앙굴마라에 비하면 차라리 하나의 은총이라고도 할 수 있었지요. 뭇사람들이 앙굴마라의 회심을 순순히 인정하게 될 때까지는 많은 세월이 필요했고 그토록 긴 세월 동안 포기하고 싶고 주저앉고 싶은 유혹에 얼마나 자주 시달렸을지를 생각하면 그가 느끼는 열패감은 그를 시험에 들게 하려는 게 아니라 오히려 그에게 용기를 불어넣어 주려는 순수한 감정에 가깝다고도 할 수 있었어요. 어느 날 그는 접견을 마치고 돌아서기 전에 불쑥 손을 내밀어 한 젊은이의 손을 잡았어요. 의도한 건 아니었어요. 자기도 모르게 손을 내밀었지요. 차갑고 작고 여린 손이었어요. 당황하는 기색이 생생하게 느껴졌지요. 깊이를 헤아릴 수 없는 두려움과 공포 그리고 불신과 혐오…… 그럼에도 마지막까지 포기하지 못한 인간에 대한 단 한 조각의 믿음이 전해졌어요. 그의 손에서 학생의 손이 스르르 빠져나갔어요. 접견실을 나오던 순간에도 버스를 타고 돌아가는 길에도 집에 돌아와 잠자리에 누워서도 그의 손안에 잠시 머물렀던 느낌만은 생생하게 살아 있었지요. 아내의 손을 처음 잡았을 때 느꼈던 떨림과 비슷하면서도 전혀 다른 느낌이었어요. 학생은 내 손을 어떻게 느꼈을까라는 생각이 들었어요. 학생에게 따뜻한 손으로 받아들여졌을지 무언가를 움켜쥐려는 난폭한 손으로 받아들여졌을지 가늠할 수가 없었지요. 그는 후회했어요. 그렇게 덥석 손을 잡기 전에 손바닥을 문질러 온기가 조금이라도 더 전해질 수 있도록 했어야 한다는 후회였지요. 다음 접견에서 학생들은 옷을 벗고 고문을 당해 입은 상처를 그에게 보여 주었어요.

만약 그때 부림사건의 변호를 맡지 않았다면 내 인생은 달라졌을까. 온몸이 시퍼렇게 멍들고 손톱과 발톱이 새까맣게 죽은 젊은이들을 만나지 않았더라면 내 인생은 어떻게 되었을까. 아들의 행방은 물론 생사조차 알 수 없어 김주열처럼 죽임을 당해 어딘가에 버려져 있을 거라 여기고 시신이라도 찾겠다며 실성한 듯이 영도다리 아래부터 동래산성 풀밭까지 뒤지고 다니던 평범한 부모들을 만나지 않았더라면 어땠을까. 그건 운명이었다고 말해 주기 위해 다시 그 손이 나를 찾아온 것이었던가. 그는 이런 상념에 빠져들었어요. 그럼에도 불구하고 그가 잡아 본 적 있는 손이라는 확신은 들지 않았어요. 그의 귓가에 들린 해원이라는 이름을 가진 사람은 그가 변호를 맡았던 이들 중에는 없었으니까요. 그는 곰곰이 생각에 잠겼어요. 만약 운명을 상기시키려는 의도였다면 아직 그가 겪지 않은 운명을 가리키는 것일 수도 있었지요. 그가 이 세상을 떠나기 전에 최후로 변호해야 할 누군가가 그를 먼저 찾아온 건 아닌지, 그에게 아직 해야 할 일이 남았음을 일러 주기 위해 왔던 건 아닌지. 그렇다 해도 무슨 소용이란 말인가. 나는 이제 스스로를 변호할 수도 없는 처지인데 내가 과연 다른 누군가를 변호할 수 있단 말인가. 그게 내 운명이라 해도 내가 받아들일 수 없고 영영 내 것일 수 없는 운명이겠지. 그는 운명을 이해해 보려는 시도를 했으나 그러면 그럴수록 체념에 가까운 상태에 이르렀어요.

다음 날에는 복원 중인 생가의 상량식이 있었지만 그는 참석하지 않았어요. 그다음 날은 어린이날이어서 관광객들도 제법 찾아왔지만 그는 꼼짝도 하지 않았어요. 그로부터 하루하루 봄은 깊어 갔고 그와 노부인의 시름도 깊어 갔어요. 초여름이라 해도 좋을 만큼 한낮에는 무더울 정도였지요. 징검다리 연휴라서 봉하마을을 찾는 관광객도 부쩍 늘었지요. 그는 지붕 낮은 집에 웅크린 채 바깥에서 들려오는 사람들의 목소리에 귀를 기울였지요. 마음 같아서는 예전처럼 집 앞으로 나가 사람들과 인사를 나누고 손을 흔들고 그들의 말에 귀를 기울이고 싶었어요. 검찰은 그를 구속할 예정이라거나 그의 아내를 소환할 예정이라는 식으로 언론에 밝혔지만 실제 행동으로 옮기지는 않았어요.

변호인은 전형적인 언론플레이니 신경 쓰지 말라고 거듭 요청했지만 노부인은 다시 검찰에 끌려갈 수 있다는 생각만으로도 기진맥진한 것처럼 보였지요. 검찰은 무리수를 두지 않을 겁니다. 영장을 청구했다가 기각되면 큰 타격을 입게 되니까요. 이런 식으로 완급을 조절해 언론의 관심을 유지하면서 있지도 않은 증거를 찾기 위해 혈안이 되어 있을 겁니다. 그는 별로 동요하지 않았어요. 여전히 내가 들을 수 있는 목소리는 그의 목소리가 유일했기에 그의 한숨 한 조각, 나직한 탄식 한 조각도 흘려들을 수 없었지요. 그전에도 그는 말을 아꼈지만 대검찰청에 다녀온 뒤로는 더욱 말을 아꼈지요. 그의 생각들은 희미할 경우도 있고 뚜렷할 경우도 있어서 그가 정말로 무슨 생각을 하는지 알아내려면 나 역시 생각을 해야 했어요. 그건 마치 눈앞에서 벌어지는 사건을 목격하면서도 그게 무엇인지 알 수 없는 경우처럼 당황스러웠지만 적어도 그의 감정만은 분명하게 느낄 수 있었기에 그가 무얼 생각하는지 역시 거의 정확하게 알 수 있었어요.

　주말이 지나고 다시 한 주가 지나는 동안에도 그는 큰 동요 없이 하루하루를 착실하게 보냈어요. 주로 변호인단과 대책을 논의하면서 시간을 보냈지만 그는 별로 말이 없었어요. 입을 굳게 다문 채 고개를 끄덕이거나 한숨과 비슷한 소리를 이따금 낼 뿐이었지요. 그는 여전히 노부인과는 별다른 대화를 나누지 않았어요. 나는 좀 답답했어요. 아니 여전히 그에게 화가 나 있었지요. 그의 마음속에서는 아내에 대한 생각이 불안하게 뒤엉켜 있었어요. 그를 겨냥한 검찰 수사가 다시 아내를 향하면서 언론은 그가 자신의 죄를 아내와 같은 주변 사람의 책임으로 떠넘기려 한다는 비난을 연일 쏟아 냈어요. 그가 법적인 책임에서 자유로워지면 의도한 만큼의 정치적 효과를 얻어 낼 수 없기 때문임을 누구보다 잘 아는 그였지만 비난을 단순한 비난으로 흘려듣지 못하고 뼈저리게 절감하는 것도 마찬가지로 그였지요. 이런 아내를 버리란 말입니까. 그가 대통령 후보 경선을 치르던 도중 다른 후보가 그의 장인의 남로당 활동 경력을 문제 삼았을 때 했던 말이었지요. 그가 평소에 아내에게조차 하지 않던 말이었기에 그가 어떤 생각을 품었는지를 아내 역시 처음 알게 된 말이기도 했어요. 그는 아내에게조차 아니 어쩌면 아내이기 때문에 진심을 말할 수 없었던 거지요.

그는 부림사건을 변호하는 동안 학생들과 친밀한 관계를 맺게 되었고 그때부터 세상을 다른 눈으로 보게 되었지요. 그 젊은이들을 알게 되기 전까지 그의 꿈은 누구나 꿈꾸던 좀 더 안락한 삶일 뿐이었어요. 그는 젊은이들이 현실 세계의 모순을 해결하기 위한 하나의 방도로 사회주의적 전망에 관심을 갖는 이유도 납득할 수 있었어요. 그가 누군가에게 애정을 드러내는 방식은 그 사람의 관심사에 주의를 기울일 뿐만 아니라 그걸 공유하는 거였어요. 아내와 처음 사귀던 시절 아내가 언급한 톨스토이나 도스토예프스키의 소설을 읽어 보지 않았음에도 아는 척을 했던 게 부끄러웠던 그는 남몰래 그 책을 구해다가 읽곤 했지요. 그들의 작품을 읽으며 그가 주의를 기울인 건 작품 자체의 의미보다는 왜 아내가 이 작품을 좋아하게 됐을까, 아내의 마음을 사로잡은 매력은 무엇일까를 헤아리는 거였어요. 마찬가지로 그는 젊은이들이 관심을 갖게 된 사회주의와 공산주의에 호기심을 품게 되었고 그러한 사상의 어떤 부분이 젊은이들을 사로잡았는지 알고 싶었지요. 그는 충격을 받기도 했어요. 어떤 젊은이가 해방이 되자마자 발표되었던 이른바 박헌영의 8월테제라고 불리는 문건을 보여 주었을 때였지요. 그에게는 인상적일 수밖에 없었어요. 박헌영의 테제는 해방이라는 혼란스럽고 복잡한 상황에서 발표된 것이라고 보기에는 정세 판단이 정확할 뿐만 아니라 논리적이어서 오랜 세월 숙고를 거친 듯한 인상을 주었어요. 거기에 담긴 내용 역시 놀라울 만큼 현재적이었어요. 박헌영이 진단하고 제시한 현실과 문제의식이 그 시절을 살아가는 사람이라면 누구나 공감하지 않을 수 없을 만큼 당대 현실과 닮아서였지요. 특히 조선혁명의 현 단계라는 소제목의 내용은 1945년의 역사적 상황이 수십 년의 세월이 흐르는 동안 조금도 변하지 않은 채 유지되었다는 느낌을 불러일으키기에 충분했어요. "오늘 조선은 부르주아민주주의혁명 단계에 있다. 이 혁명의 가장 중요한 과업은 완전한 민족적 독립의 달성과 농업혁명의 완수이다." 이렇게 시작하는 부분이었지요. 젊은이들은 그의 가족사나 개인사를 잘 알지 못했기에 박헌영의 테제가 그에게 어떤 감상을 불러오게 될지 몰랐어요. 장인의 전력 탓에 아내와의 결혼을 집안 어른들이 한사코 반대해서 그가 겪어야 했던 어려움에 대해서도 알지 못했어요. 젊은이들은 그의 얼굴에 떠오르는 심각한 표정을 보며 의아해할 수밖에 없었지요. 8월 테제는 그가 잘 알지 못하는 장인과 같은 그 시대 사람들의 열망이 무엇이었는지, 왜 그런 길을 걷도록 했는지를 이해할 수 있게 해주는 하나의 표지와 같았어요. 그는 되풀이해서 읽었어요. 테제에 담긴 세계관을 이해해 보려 애쓰면서요.

즉 일본 제국주의의 완전한 추방과 토지문제를 해결하는 새 정권 수립이다. 봉건과 자본주의 잔재를 청산하기 위해서는 우선 혁명적으로 토지문제를 해결해야 한다. 대지주들의 토지를 몰수하여 토지 없는 농민들에게 분배해야 한다. 또한 출판, 언론, 비판, 집회 및 시위의 자유에 대한 권리를 획득하는 것도 중요하다. 공산당 및 기타 혁명적 단체들을 합법화하고, 정부 정책에 공산당의 참여권을 획득해야 한다. 일일 8시간 노동의 실현과 인민대중 생활의 조속한 개조를 위해서도 투쟁해야 한다. 일본 식민주의자들에게서 토지, 산림, 지하자원, 공장 및 제조소, 운수, 우편, 은행을 몰수하고 그들을 국유화하여 국가 관리에 넘겨야 한다. 국가 재원으로 의무교육을 실현해야 한다. 정치와 경제 부문에서 여성들의 지도적 역할을 강화할 것이다. 소득의 크기에 따른 세제를 실시하여 조선의 자유와 독립을 보호하기 위해 군대를 조직해야 한다. 이런 과업들은 인민에게 근본적인 권리를 부여하는 진보적 민주주의를 반영한다. 이것들을 실현함으로써 진정한 민주주의가 성취될 것이다. 오직 이런 조건에서만 단기간에 인민 생활이 개조될 수 있으며 진보적인 조선이 창조될 것이다. 노동자 농민, 인텔리는 이 길로 가고 있다. 그들은 어쨌든 혁명적으로 전진하고 있다. 이와 반대로 조선 민족부르주아지는 어떤 희생을 치르더라도 자기의 친일적 성향을 숨기려 하고 있다. 좌파 민족주의자, 민족개량주의자, 사회개량주의자(계급투쟁을 거부한), 사회파시스트(반역자, 일본 제국주의의 주구들) 등은 민주주의 혹은 공산주의라는 가면을 쓰고 나서기 시작했다. 우리의 과업은 이들과 비타

협적 투쟁을 전개하면서 노동자, 농민, 소부르주아지 등 혁
명적 대중의 선두에 서는 것이다. (1945년 8월, 박헌영 8월테제
〈현 정세와 우리의 임무〉에서)

그는 한숨을 내쉬었어요. 공산주의자인 박헌영이 공산주의 혁
명이 아닌 부르주아민주주의혁명을 주장했다는 점에서 훗날
그가 링컨의 연설문에서 발견한 것과 같은 용기를 보았어요. 어
떤 믿음을 지녔느냐보다 중요한 건 세상을 지금보다 나은 세상
으로 변화시키기 위해 해야 할 일이 무엇인지 아는 것임을 강조
했으니까요. 스스로의 신념과 사상을 위반한 것처럼 비칠 수 있
는 위험을 감수하기로 마음먹은 사람의 용기 같은 걸요. 그러나
그가 김구를 존경함에도 김구가 실패했다는 사실을 잊지 않듯
이 박헌영의 주장이 매력적이라 해도 박헌영 역시 실패했다는
사실을 상기하지 않을 수 없었어요. 이 실패. 역사적인 실패. 언
제까지나 영원할 것만 같은 실패. 그가 지금까지 겪어 왔던 실
패. 지금 겪고 있는 실패. 앞으로 그가 겪게 될 실패. 그가 지상
에서 사라진 뒤에도 이러한 실패를 기꺼이 감당하길 주저하지
않을 아직 도래하지 않은 사람들이 벌써부터 그리웠어요. 그들
은 어쨌든 혁명적으로 전진하고 있다…… 그들은 어쨌든 혁명
적으로 전진하고 있다…….

8

2014년 4월 16일

네가 태어났다고 해서 엄마와 아빠가 마냥 기뻤던 것만은 아니다. 착잡했다고나 할까. 착잡하다니……. 이런 상태를 가리키는 적당한 말이 많지 않은 이유는 아마도 그때의 감정을 솔직하게 드러내기 어려워서이거나 실제로 무엇을 느끼는지 알지 못해서일 거였다. 기쁨 속에 두려움이 있었고 두려움 속에 기쁨이 있었다. 엄마와 아빠는 남들보다 비겁하지 않았지만 특별히 용감하지도 않았다. 부정적이고 비관적인 생각이 떠오르면 겁에 질려 가슴이 두근거리고 얼굴이 창백해졌다. 엄마와 아빠는 그런 생각을 했다는 사실마저 무서워서 아예 입을 꾹 다무는 쪽을 선택하는 사람이라고 할 수 있었다. 말하지만 않으면 위험을 피할 수 있으리라 믿기라도 하는 것처럼. 이처럼 말하지 않았기 때문에 엄마와 아빠는 신경을 곤두세운다 해도 서로가 진심으로 무엇을 걱정하고 근심하는지를 알아보기가 쉽지 않았다. 너를 낳고 이틀 동안 엄마는 웃지 않았다. 아빠는 엄마가 슬픈 거라고 생각했지만 엄마는 슬픈 게 아니라 두려운 거였다. 방금까지도 너 하나로 가득했던 배가 푹 꺼졌고 그 빈자리에는 공허라고 이름 붙일 수밖에 없는 게 차올랐다. 무사한 너를 보게 되어 기뻤지만 이제 겨우 하나의 고비를 넘었을 뿐이었다. 그걸 생각하니 앞날이 까마득했다.

엄마는 너에게 무한한 책임을 느꼈다. 너는 엄마의 일부이고 분신이었으며 또한 엄마와는 전혀 다른 새로운 생명이기도 했다. 엄마에게 너는 낯익고도 낯선 존재였고 엄마의 전부인 동시에 엄마와 완벽하게 무관한 존재였다. 엄마는 너의 엄마이지만 너 자신일 수는 없었다. 엄마가 슬픔을 느꼈다면 바로 그것뿐이었다. 엄마는 네가 되고 싶었다. 네가 되어서 네가 느끼게 될 고통, 슬픔, 분노, 절망과 같은 부정적이고 비관적인 것이라면 뭐든 대신 치러 내고 싶었다. 너의 마음속에 한 톨의 슬픔도 생겨나지 않도록 너의 눈에서 슬픔의 눈물은 단 한 방울도 흐르지 않도록…… 하고 싶었으나 그럴 수 없다는 사실 탓에 괴로웠다. 엄마에게는 용기가 필요했다. 어느 때보다 단단한 각오가 필요했다. 그런 일을 견디려면 그런 일에 맞닥뜨렸을 때 머뭇거리지 않아야 했다. 만약 감당하기 어려워 주저앉거나 쓰러지게 된대도 슬픔에 사로잡혀 헛되이 시간을 낭비하면 안 되었다. 일상이 제대로 흘러갈 수 있으려면 아파서도 안 되었다. 생각할수록 각오해야 할 일의 목록만 늘어났다. 결제해야 할 청구서가 끝없이 출력되듯 드르륵 소리를 내며 목록표가 눈앞에서 천장을 통과해 먼 하늘로 올라갔다. 혼자 힘으로는 한계가 있으니 이제 엄마와 아빠는 눈빛만으로도 서로의 생각을 알아채야 했고 서로에게 의지가 되어 주어야 했다.

아빠는 침대 아래 바닥에 앉아 엄마가 남긴 저녁을 먹고 있었다. 쩝쩝 소리를 내며 달게 먹고 있었다. 아빠는 뒤통수가 따가웠는지 고개를 슬쩍 돌려 엄마를 보았다. 그리고 배시시 웃었다. "좀 싱겁긴 하네. 여보는 원래 맵고 짠 거 좋아하잖아. 내가 조리실에 말 좀 해줄까?" 엄마는 힘없이 고개를 저었다. 저 사람을 믿고 의지할 수 있을까. 이런 생각이 스치고 지나갔다. 엄마의 눈빛에 의혹이 떠오른 걸 아빠도 눈치챘다. 긴장한 아빠는 수저를 내려놓았다. "무슨 걱정 있어? 나한테 말해 봐, 응?" "그런 거 아니야. 체하겠어. 꼭꼭 씹어 먹어." 엄마는 나지막하게 한숨을 내쉬었다. 너를 키우려면 무엇보다 먼저 아빠와 손발이 맞아야 할 텐데 그럴 수 있으리라는 믿음이 생기지 않았다. 엄마는 아빠의 뒤통수를 바라보았다. 아빠가 머릿속으로 무슨 상상을 하는지 눈에 훤히 보이는 듯했다. 아직 네가 엄마 배 속에 있던 어느 날 네가 딸이라는 사실을 의사가 넌지시 일러 주었다. 초음파사진을 가리키며 의사가 말했다. "여기 뭐가 없네요." 아빠는 무슨 말인지 알아듣지 못했다. "뭐가 없다는 거지?" 헤어나기 힘든 혼란에 빠지기 전에 엄마가 그 말이 무슨 뜻인지를 일러 주었고 그제야 아빠는 이마를 탁 쳤다. 그때부터 아빠는 기대와 흥분을 감추지 않았다. 아빠의 머릿속에서 너는 이미 무럭무럭 자라고 있었다. 아빠는 피아노를 연주하는 너를 흐뭇한 표정으로 바라보았고 레이스가 달린 화려한 드레스를 입고 빙그르 도는 너를 향해 엄지를 치켜세웠다. 네가 초등학교와 중학교를, 고등학교와 대학교를 졸업하는 날 아빠는 커다란 꽃다발을 너에게 안겨 주었고 어느 먼 나라로 여행을 떠나 해 질 무렵 서쪽을 향해 나란히 앉아 노을을 바라보았으며 너의 손을 잡고 결혼식장에 들어섰다. 네가 낳은 아이를 안고 산책하러 다녔으며 마침내 슬픔이 가득한 눈으로 늙은 아빠를 지켜보는 너의 손을 어루만지다가 숨을 거두었다. 조금씩 다른 방식으로 네 삶이 완성되기도 했다. 네가 전문직에 종사하며 자유롭고 풍요롭게 살아가는 걸 지켜보거나 누군가와 사랑을 나누기는 하되 결코 결혼은 하지 않고 당당하게 자신만의 삶을 살며 언제까지나 아빠 곁에 남아 주거나. 아빠가 꿈꾸는 네 삶의 형태는 다양했지만 그게 무엇이든 마지막 장면은 항상 죽어가는 아빠 곁을 지키는 너에게 "네가 있어서 아빠는 행복했어" 하고 속삭이는 걸로 마무리되었다. 아빠의 상상 속에서 너는 무한한 기쁨의 원천이었고 너와 함께하는 순간은 모두 빛나는 추억이 되었다. 아빠는 이 세상의 무엇도 너에게 위협을 가하지 못하도록 너를 지켜 줄 든든한 수호자였고 네가 슬프거나 아프거나 괴롭거나 힘들 때면 찾아와 기댈 수 있는 안전한 피난처였다.

엄마는 아빠가 바로 이런 상상을 하고 있다는 걸 알았다. 그러니까 한마디로 믿음이 가지 않았다. 아빠는 너와 누릴 장밋빛 미래에 대해서만 생각할 뿐 그런 미래를 실현하기 위한 필수적인 것들은 전혀 고려하지 않았다. 대체 무슨 돈으로 피아노를 사줄 것이며 외국으로 가족 여행을 떠날 것인지. 학원비, 과외비, 등록금은 어떻게 감당할 것인지. 네가 혼자 잠들고 꿈꿀 수 있는 안락한 방이 있는 집으로 이사하려면 어떻게 해야 하는지와 같은 현실적인 문제는 아빠의 머릿속에 떠오르지 않았다. 다 잘될 거야 식의 자신만만함만은 높이 쳐줄 수 있었다. 하지만 그런 자신감이 다 잘될 수는 없는 거야 식의 변명으로 바뀌리라는 것도 뻔했다. 아빠는 엄마의 시선을 털어 내기라도 하듯 손으로 뒤통수를 문질렀다. 다시 한숨이 나왔다. 아빠를 믿지 않을 수 없었지만 믿을 수도 없었으므로 엄마는 각오를 해야 했다. 이틀 동안 엄마가 웃을 수 없었던 이유다. 심술이 난 엄마는 아빠의 달콤한 상상을 헝클어 놓고 싶었다. "여보, 내 친구 선영이 알지? 걔는 첫애 낳았을 때 시부모님이 고생했다며 격려금을 줬대." "으응, 그랬대? 근데 식구끼리 격려금이 다 뭐야. 우습다. 그지?" "그래, 우스워. 천만 원 줬대. 우스워도 좋으니까 나도 한번 받아 보고 싶네." 엄마가 의도한 대로 아빠의 속내는 복잡해졌다. 아빠가 꿈꾸던 장밋빛 미래가 삽시간에 암울해졌다.

너에게도 이 시절은 기쁨과 두려움이 뒤섞인 때였다. 너는 주로 신생아실에서 하루를 보냈다. 하루에 세 번 엄마의 젖을 물었다. 젖을 잘 빨지는 못했지만 엄마 품에 안겨 있다는 것만으로도 만족하는 것 같았다. 그건 본능이었으므로 다른 설명은 필요하지 않았다. 엄마의 숨결과 숨소리, 심장박동과 긴장한 팔에서 전해지는 떨림, 그리고 살냄새와 너의 이름을 부르는 다정한 목소리. 네가 안전하게 보호받고 있다는 느낌이 부족한 적은 없었다. 신생아실에서는 엄마가 유축기로 뽑아낸 젖을 보관했다가 젖병에 담아 너에게 주었다. 그럴 때면 너는 입 안에 맴도는 달콤한 젖의 향으로 엄마를 기억해 냈다. 퇴근하자마자 조리원으로 달려온 아빠는 신생아실이 들여다보이는 창에 얼굴을 대고 너를 찾았다. 아빠는 둔한 편이라 모든 신생아를 꼼꼼히 살핀 뒤에야 너를 찾아낼 수 있었다. 엄마가 아빠에게 몇 번침대, 어느 자리라는 걸 일러 주어도 마찬가지였다. 사실 네 침대의 위치가 바뀌기도 했고 침대 안쪽에 붙은 이름표가 보이지 않을 때도 있었다. 아빠가 볼 때마다 너는 잠들어 있었다. 아직도 엄마 배 속에 있는 것처럼. 저녁이 되면 마지막 수유를 위해 조무사가 너를 엄마가 있는 산모방으로 데려다주었다. 너와 아빠가 얼굴을 마주 볼 수 있는 유일한 때이기도 했다. 너는 얌전했다. 엄마의 가슴에 안겨 젖을 빨거나 포대기에 싸여 침대 위에 누웠거나 너는 이 세상을 탐색하는 것처럼 귀를 기울였다. 너의 얼굴은 차가운 곳에 있다가 방금 따뜻한 방에 들어온 것처럼 발그스름했고 여기저기에 각질이 일어나 있었다. 너도 엄마 배 속의 양수에 둘러싸여 있을 때와는 다르다는 걸 알았다. 너를 감싼 포대기는 부드럽긴 했지만 양수만큼은 아니었다. 엄마 배 속에 있을 때는 발로 차며 몸을 굴릴 수 있었지만 지금은 기껏해야 기저귀를 갈기 위해 포대기를 풀었을 때 두 다리를 버둥거리는 것뿐이었다. 너는 엄마에게서 떨어져 나왔지만 아직 너의 오감은 활짝 열리지 않은 데다 엄마의 기억이 너무나 선명했기에 여전히 엄마 배 속에 있는 것처럼 느낄 수 있었다. 가끔은 눈을 뜨고 엄마와 아빠를 보았다. 기지개를 켜듯 몸을 비틀기도 했다. 그럴 때마다 엄마와 아빠는 놀란 표정을 감추지 못했다. 이따금 네가 발이라도 편하게 움직일 수 있도록 포대기 아래쪽을 들춰 주었다. 발바닥에는 자글자글한 주름과 허연 태지 가루가 가득했지만 보드랍고 매끄러웠다. 다른 피부와 마찬가지로 불그스름했지만 투명해 보이기까지 하는 발이었다. 엄마와 아빠는 그 작은 발을 손 위에 올려놓고 얼마나 자주 감격했던가. 손가락 못지않게 앙증맞은 발가락이 꼼지락거리면 비명이라도 지를 것 같은 표정을 지었다.

그리고 너는 얼마나 자주 무서웠던가. 너는 마침내 태어나고야 말았다. 이 세상에 태어난 너는 무엇을 타고났을까. 네가 쥐고 온 것과 네가 앞으로 쥘 수 있는 것들은 무엇일까. 너의 귓가에는 엄마와 아빠의 목소리가 맴돌았다. 태어나 줘서 고마워. 우리 딸로 와줘서 고마워. 사랑해 우리 아가……. 굳이 의미를 헤아릴 필요가 없는 말들이 너의 귀를 통해 들어와 너의 마음에 새겨졌다. 듣기에 좋고 고운 말이었다. 너도 그런 말을 하고 싶었다. 엄마와 아빠에게 들려주고 싶었다. 네가 살짝 입을 벌린 채 혀를 움직이면 엄마와 아빠는 까르르 웃으며 즐거워했다. 네가 무슨 말을 하려는지를 헤아리지는 않았지만 너도 기분이 좋았다. 네가 눈을 떴을 때는 네 얼굴 가까이 엄마와 아빠의 얼굴이 다가왔다. 너에게는 그저 어른거리는 그림자와 비슷했지만 그게 누구의 얼굴인지 몰랐던 건 아니었다. 아빠가 포대기에 싸인 너를 조심스럽게 안으면 너는 그게 아빠인 걸 알았다. 엄마와는 달랐으니까. "해원아, 눈 떠봐. 아빠야." 네가 마지못해 눈을 살짝 뜨면 아빠는 호들갑을 떨면서 좋아했다. "봐, 내 말을 알아들었어. 눈 떠보라니까 뜨잖아!" 엄마와 아빠가 자신들의 말이 너에게 어떻게 받아들여질지 노심초사하듯이 너 역시 너의 표정이 엄마와 아빠에게 어떻게 받아들여질지 궁금했다. 네가 얼굴을 찌푸리며 머리를 흔들면 기저귀를 살피거나 배고픈가 봐! 하며 젖을 물렸다. 엄마 아빠와 함께하는 시간은 짧았다. 이제 곧 조무사가 너를 데리러 올 거였다. 너는 침대 위에 얌전히 누워 있었다. 네가 무슨 말이라도 할 것처럼 입을 벌렸다. 그 안에서 새의 혀처럼 작은 너의 혀가 움직였다. 엄마와 아빠는 너에게 귀를 기울였다. 네가 무슨 말을 하든 알아들을 준비가 된 사람 같았다. 너는 이렇게 말했다. 나를 낳아 줘서 고마워. 나도 엄마와 아빠의 딸로 태어나서 정말 기뻐. 사랑해 엄마, 아빠……. 엄마의 눈에 눈물이 고였다. 아빠의 눈에는 의혹이 서렸다. "여보, 우리 딸이 졸린가 봐."

네가 태어난 뒤 이 주가 되었을 무렵 너의 배꼽이 떨어졌다. 아빠는 배꼽 떨어진 자리에 배꼽이 생겼으니 배꼽이 떨어졌다고 말하는 건 이상하다고 중얼거리다가 엄마에게 야단을 맞았다. 곰곰이 생각에 잠겼던 엄마가 설명해 주었다. "여보, 그건 엄마인 내 배꼽에서 떨어졌다는 뜻이야." "당신 배꼽에서 떨어진 지이 주나 되었는데." "이제 완전히 떨어진 셈이잖아." 엄마가 그 말을 할 때의 목소리가 처연했기에 아빠는 수긍할 수밖에 없었다. 아빠는 너의 배꼽을 꼼꼼하게 살폈다. "이렇게 예쁜 배꼽 본 적 있어?" 너의 배꼽은 휑하니 뚫린 구멍처럼 아직 덜 아문 상태였다. 하지만 끝이 조금 올라가는 아빠의 목소리는 듣기에 좋았다. 너는 신생아실에 있는 동안에도 엄마와 아빠가 무슨 대화를 나누는지 알 수 있었다. 여전히 정해진 시간에 너는 엄마 품에 안겨 젖을 빨았다. 수유용 방석에 너를 뉜 채 끌어안은 엄마는 네가 젖을 잘 물 수 있도록 자세를 조심스럽게 바꿔 가며 애썼지만 너는 기대만큼 젖을 잘 빨지는 못했다. 저녁 수유를 마치고 너를 신생아실로 돌려보낸 뒤에 아빠는 엄마 옆에 앉아 잔심부름을 했다. 젖이 잘 도는 편인데 네가 잘 먹지 않아 엄마는 속이 탔다. 유축기로 젖을 짜는 동안에는 엄마의 신경이 날카롭기 때문에 아빠는 헛기침조차 삼갔다. 아빠는 엄마의 옆얼굴을 훔쳐보았다. 산모라는 말이 이전과는 다른 이미지로 다가왔다. 얼굴은 핼쑥했고 피부는 푸석푸석했다. 팔목에는 너의 발목에 채워진 것과 똑같은 일련번호의 띠가 채워져 있었고 조리원이 제공한 품 넓은 옷 탓에 부풀었다 꺼졌다 하는 풍선 인형 같았다. 끼니마다 억지로 먹기는 했지만 그저 시늉만 하듯 몇 숟가락 뜨고 말 뿐이었다. 하루 이틀은 몰라도 이 주가 넘도록 제대로 먹지 못하니 걱정이 되었다. 아빠는 엄마의 손을 쓰다듬으며 조심스럽게 말했다. "여보가 잘 먹어야 우리 딸 먹일 젖도 잘 나올 거 아냐." 엄마는 아무 대답이 없었다. 아빠는 네가 건강하게 태어난 게 엄마 덕분이라고 치켜세워 주면서 임신과 출산으로 축난 몸을 추슬러야 하니 조리원에서 제공하는 마사지도 꼬박꼬박 잘 받고 영양을 보충해 주는 산모용 주스가 입에 맞지 않더라도 잘 섭취하라는 당부를 덧붙였다. 엄마를 다독이고 위로하기 위한 말이었지만 하나 마나 한 말이기도 했다. 아니 차라리 하지 않았다면 더 좋았을 말이었다. 엄마의 두 눈에 눈물이 글썽이더니 이윽고 방울져 흘러내렸다. 소나기의 첫 빗방울이 그러듯이 이불 위로 엄마의 눈물이 투둑투둑 떨어졌다. 아빠의 머릿속에는 닭똥 같은 눈물이라는 말이 떠올랐다. 왜 하필이면 닭똥에 빗대었을까. 닭똥은 냄새도 고약한데. 정말 소리 없이 요란하게 흐르는 눈물이었다. 깜짝 놀란 아빠가 엄마를 끌어안으려 하자 엄마가 아빠의 가슴팍을 두 손으로 밀어냈다. "여보, 왜 그래?" 눈물을 그친 엄마가 아빠를 노려보았다. "내가 파출부야? 유모야? 내가 잘 먹어야 젖이 잘 나와? 지금도 가슴이 탱탱 불어서 건드리기만 해도 아파 죽겠는데 여보 눈에는 이게 안 보여?" 아빠는 입을 딱 벌린 채 엄마가 퍼붓는 말을 듣고만 있었다. 아빠는 기어들어 가는 목소리로 간신히 대들었다. "그런 뜻이 아니잖아. 난 그냥 여보가 걱정되니까……" "나를 걱정하는 거 맞아? 난 여보한테 뭐야. 애 키워 주는 아줌마야?" "해원이가 내 아이야? 우리 아이잖아. 그런 뜻이 아닌 거 알잖아." 이전에도 이와 비슷한 다툼이 없지는 않았지만 너를 둘러싼 감정적 대립이라는 점에서 엄마와 아빠 모두에게 낯선 상황이기도 했다.

　이런 말다툼은 앞으로도 가끔 비슷한 방식으로 재현될 거였다. 네가 막 돌이 지났을 무렵에도 엄마는 이와 똑같은 하소연을 퍼부은 적이 있었다. 녹초가 된 엄마가 죽은 듯이 누워 있는데 아빠가 너를 안고 그 위를 넘어가 버린 날이었다. 침대와 장롱, 화장대만으로도 비좁은 터라 침대 아래 겨우 사람 하나 누울 만한 공간이 남았고 보통 그 자리에서 아빠가 잠을 잤다. 아빠로서는 엄마를 넘어가지 않고는 너를 침대에 누일 수가 없었다. 하지만 엄마의 머릿속에는 이런 생각이 떠올랐다. 내가 사람이 맞나? 하물며 개가 누워 있어도 함부로 넘어 다니지는 않을 텐데. 아, 지긋지긋해. 엄마는 아빠에게 분한 마음을 털어놓았고 아빠는 잠든 네가 깰까 봐 안절부절못했다. "여보 제발 조용히 말해. 해원이 깨겠어." 그 꼴이 엄마의 화를 돋우었다. "야!" 엄마가 버럭 소리를 질렀다. 그러자 엄마 입에서 뭔가가 튀어나와 아빠 얼굴로 날아갔다. 아빠 얼굴에 맞고 방바닥에 떨어진 그것은 데굴데굴 굴러 침대 아래로 들어갔다. 아빠가 엎드려서 침대 아래로 손을 뻗었다. 아빠의 손가락에 잡혀 나온 건 이빨 조각이었다. 아빠가 엄지와 집게손가락으로 잡은 잇조각을 엄마의 눈앞에 갖다 댔다. 엄마는 혀로 이를 더듬었다. 작은 어금니 가운데 하나가 반쯤 떨어져 나간 걸 알았다. 엄마와 아빠는 잇조각을 신기한 눈으로 바라보았다. "여보 안 아파?" "응, 안 아파." "거참 되게 신기하네. 전에도 이런 일 있었어?" "아니, 없었어." "여보도 참 고생이다. 해원이 기르면서 별일을 다 겪으니깐." "날마다 신세계야." "근데 이것도 까치가 물어 가게 지붕에 던져야 하나?" "그건 젖니지. 이건 간니라서 어차피 새로 나지도 않을 텐데 뭐." "뿌리째 뽑힌 건 아니라서 다행이야." 엄마가 입을 살짝 벌렸다. 아빠는 그 안으로 들어갈 듯이 얼굴을 가까이 들이댔다. "부러진 거 보여?" "아니, 안 보여." "다행이야. 안 보이는 쪽이라서." "보여도 괜찮지 않을까. 덧니처럼 매력적일 수도 있잖아." 그러는 동안 엄마와 아빠는 방금까지 왜 살기등등했는지를 까맣게 잊었다. 엄마의 마음속에 새로운 불안이 생겨났다. "이빨 빠지는 꿈은 식구 가운데 누군가가 죽는 거라던데." "꿈이 아니니까 괜찮아." "아, 맞다. 괜히 걱정했네." "그러고 보니 여보 고모님이 좀 편찮으시잖아. 그건가?" "여보 이모님도 편찮으시잖아." 자칫하면 새로운 다툼이 일어날 뻔했으나 다행히 네가 잠에서 깨어나 칭얼거렸다. 너는 잠결에도 엄마와 아빠가 나누는 대화를 들었을 테고 이 대화가 다른 방향으로 흘러가기 전에 끼어들어야 한다고 생각했을 것이다. 엄마는 잇조각을 작은 플라스틱 통에 넣어 고이 간직했다. 그 통은 잡동사니를 모아 놓은 상자에 들어가게 되고 엄마와 아빠의 기억에서 까맣게 지워지지만 훗날 중학생이 된 너에게 발견되어 네 책상 서랍 구석으로 자리를 옮기게 될 거였다. 너는 가끔씩 그 통을 꺼내 흔들어 잇조각이 통의 내부에서 구르는 소리에 귀를 기울일 거였다. 어떤 날은 경쾌하게 들리고 어떤 날은 우울하게 들렸다. 너는 돌잔치가 끝나고 얼마 안 되었을 때 부러진 이가 아빠 얼굴로 날아간 적이 있다는 엄마의 이야기를 떠올렸다. 엄마는 이가 부러진 채로 살아왔다. 다행히 그와 비슷한 일은 다시 생기지 않아 엄마의 나머지 이는 무사했다. 그러나 엄마가 너를 낳고 키우면서 잃어버린 게 어디 그뿐이었을까. 작은 통속에서 구르는 잇조각이 내는 소리에 귀를 기울이는 건 네가 엄마를 진심으로 미워하는 건 아님을 확인하는 의식이기도 했다. 엄마를 진짜로 미워하게 될까 봐 스스로를 달래는 행동이기도 했다. 그 소리를 들을 때마다 달아올랐던 네 마음이 한숨 죽으며 평온을 되찾았다.

어쩌면 너 역시 기억하는 것인지도 몰랐다. 엄마와 아빠가 부러진 이 하나를 두고 온갖 상상을 할 때 침대에 누워 있던 너는 아득한 잠 속으로 미끄러져 들어가는 중이었다. 잠이 들 때마다 너는 사랑하는 사람을 남겨 둔 채 어딘가로 떠난다는 생각이 들었다. 세 살이 될 무렵까지도 그러했다. 너는 잠드는 걸 무서워했다. 하루 종일 시달려서 지친 엄마가 너를 재우기 위해 가슴에 안거나 등에 업으면 너는 불안해졌다. 잠 속으로 들어가는 기분은 어두컴컴한 구멍 속으로 떨어지는 것과 비슷했다. 너는 거기로 추락하지 않기 위해 무언가를 잡으려 했지만 손에 잡히는 것이 없었기 때문에 주먹을 꼭 쥔 채 울었다. 그때의 울음은 엄마가 듣기에 참 서글펐다. 서러워하는 것 같았다. 왜 나를 재우려 하느냐고 묻는 것 같았다. 자고 싶지 않다고 애원하는 것 같았다. 네 울음에 엄마는 애가 탔지만 너를 재우기 위해 어르고 얼렀다. "우리 아가 무서워하지 마. 코 잘 자야 키도 쑥쑥 크고 몸도 건강해지는 거야. 우리 딸 자는 동안 엄마가 지켜 줄 테니까 무서워하지 마. 엄마는 언제나 옆에 있으니까." 짧게는 한 시간 길게는 두 시간을 그렇게 달래야만 너는 겨우 잠이 들었다. 세 살이 지난 뒤로는 잠드는 걸 예전처럼 무서워하지는 않았으나 새벽에 깨는 경우가 잦았다. 그러면 너는 흐느꼈다. 잠에서 깨면 깜깜하기 이를 데 없는 데다 혼자 내버려진 기분이 들어서였다. 엄마가 너를 끌어당겨 품에 꼭 안고 등을 토닥토닥 두드려 주어야 다시 잠들 수 있었다. 잠에 취한 엄마의 목소리가 너를 다시 잠 속으로 이끌었다. 유치원에 다니던 시절에도 마찬가지였다. 네가 새벽에 깨어나도 더는 무서워하지 않게 된 건 초등학생이 되어서였다. 나쁜 꿈을 꾼 게 아니라면 엄마를 찾지 않고도 다시 잠들 수 있었다. 그런 식으로 너는 밤과 잠을 너의 것으로 만들어 갔다. 누구의 속삭임도 손길도 필요로 하지 않게 되었고 밤 속의 잠을 잠 속의 꿈을 온전히 소유하게 되었다. 그때부터 너의 꿈은 누구에게도 방해받지 않는 너만의 것이었다. 그렇다 해도 네 꿈이 늘 즐거운 건 아니었다. 때로는 악몽이라는 표현으로도 부족할 만큼 무시무시했기에 엄마 품이 그리울 때도 있었다. 하지만 그때의 너는 알고 있었다. 이제 더 이상 그런 일로 엄마의 품을 파고들 수 없다는 걸. 이제 누구도 그런 이유로 너를 달래기 위해 등을 토닥토닥 두드려 주지 않으리라는 걸. 또한 그래야만 한다는 걸. 어른이 되는 걸 피할 수 있는 사람은 이 세상에 없다는 걸 너는 알았다. 그러니까 너도 몰랐던 거다. 어른이 될 수 없는 사람도 있다는 걸. 네가 바로 그런 사람이라는 걸.

하루하루 지날수록 엄마는 초조했다. 산후조리원에서는 일주일 단위로 비용을 치러야 했다. 너의 배꼽이 떨어졌으니 너에게 닥칠 수도 있는 긴급한 위험은 지나갔다고 봐도 될 듯했다. 주위 사람들도 다들 그렇게 조언하고 격려했다. 배꼽만 떨어지면 한시름 놓아도 된다고. 엄마는 퇴원하고 싶었지만 아빠가 정색을 하며 반대했다. 아빠는 너와 엄마의 건강 때문이라고 했지만 혼자 집에서 빈둥거릴 수 있는 시간을 늘리고 싶어서 그러는 것도 같았다. 아빠도 각오를 해야 하니 마음의 준비를 할 시간이 필요한 거라고 이해하기로 했다. 믿는 구석이 있는 것도 같았다. 어느 날 퇴근하고 조리원으로 온 아빠는 내내 싱글벙글거렸다. 아빠가 그럴 때면 엄마는 그냥 기다렸다. 잠깐 기다리면 오래 기다릴 필요가 없다는 걸 엄마는 경험으로 알았다. 뭔데 그래? 좋은 일 있어? 이런 식으로 반응을 보이면 아빠는 더 뜸을 들일 게 분명했다. 그러나 모른 척하거나 무시하면 아빠는 안달이 나서 묻지 않아도 먼저 털어놓기 마련이었다. 아빠는 비밀이 없는 사람이었다. 비밀이 없다면 좋을 것 같지만 반드시 그렇지만도 않았다. 세상일이란 게 그랬다. 적당히 감추었다가 적당한 때를 보아 드러낼 줄 알아야 오해와 갈등이 없는 경우가 더 많았다. 아빠는 거기에서 옳고 그름을 가려내려는 쓸모없는 시도를 하는 사람이었고 엄마는 옳고 그른 것이 한 가지 사실의 이면에 불과하다는 걸 아는 사람이었다.

　너의 돌잔치 때도 마찬가지였다. 너도 그날이 무슨 날인지 아는 것 같았다. 시내 중심가의 한식당이었다. 주말이면 돌잔치와 회갑연 등으로 북적이는 유명한 곳이어서 엄마와 아빠는 다섯 달 전에 미리 예약을 해두었다. 그날 너는 엄마 아빠와 더불어 질리도록 사진을 찍었다. 처음에는 하얀 드레스를 입었다가 잔치가 시작되기 전에 한복으로 갈아입었다. 대여 한복이었지만 맞추기라도 한 듯 딱 맞아서 너는 불편을 느끼지 못했다. 치마와 저고리를 입고 버선과 조바위는 날이 제법 따스하니 생략하는 대신 색동 굴레를 머리에 썼다. 네가 머리를 움직일 때마다 굴레에서 흘러내린 술이 부드럽게 찰랑거리고 반짝였다. 세월이 흐른 뒤 돌잔치 사진을 보면서 너는 깔깔대며 웃었다. 되게 귀찮아하는 표정이어서 그랬다. 심술부리기 직전의 얼굴이었다고나 할까. 너도 돌잔치가 즐거운 의례라는 건 알았다. 사람들이 모두 너를 바라보았고 너의 몸짓 하나하나에 웃음을 터뜨렸다. 병풍 앞에 상이 차려져 있고 너는 높은 의자에 앉아 있었다. 엄마와 아빠는 네 양옆에 서서 하객을 응대했다. 하객은 덕담을 하고 축의금을 건넸다. 이윽고 돌잔치에서 가장 중요한 순서인 돌잡이 시간이 되었다. 네 앞에는 쌀이 담긴 그릇, 벼루와 붓이 올려진 책, 활과 막대기, 엽전 꾸러미, 명주실 타래 등이 놓여 있었다. 하객이 저마다 뭘 잡으라고 소리를 치는 바람에 너는 정신이 사나워서 집중할 수가 없었다. 네 손이 바로 앞에 있는 명주실 타래를 향했다. 색깔은 달라도 엄마가 좋아하는 꽈배기를 닮아서 눈길이 갔다. 그러자 엄마가 명주실 타래를 쌀이 담긴 그릇 옆으로 밀고 엽전 꾸러미를 잽싸게 그 자리에 놔두었다. 그런데도 네 손은 다시 명주실 타래 쪽을 향했다. 엄마가 슬쩍 손을 내밀어 네 손을 막았다. 아빠가 엄마에게 눈치를 줬다. "잡고 싶은 거 잡게 내버려 둬." 엄마는 코웃음도 치지 않았다. 너는 엄마의 의도를 알 것 같았다. 네 손은 반대편의 활을 더듬었다. 네가 활을 들고 흔들자 하객은 웃음을 터뜨리며 박수를 쳤다. 잔치를 진행하던 사회자가 방금 한 건 예행연습이었으니 이제부터 진짜라고 했다. 너는 좀 짜증이 났지만 사람들이 호기심 가득한 눈으로 지켜보고 있으니 어쩔 수 없었다. 너는 두 손으로 상을 짚고 네가 골라야 할 물건들 위로 몸을 기울였다. 너는 막대기, 붓, 명주실 타래 등에 끌렸는데 그것들이 손으로 쥐고 흔들기에 적당해 보여서였다. 네 오른손이 막대기 쪽을 향했다. 엄마가 자세를 바로잡아 주는 척하며 네 몸을 살짝 돌려놓았다. 네 눈앞에는 엽전 꾸러미가 있었다. 하지만 너는 방금 전에 마음을 빼앗겼던 명주실 타래 쪽으로 손을 뻗었다. 엄마가 네 손을 탁 치더니 엽전 꾸러미를 거의 너의 손에 쥐여 주다시

피 했다. 마침내 엄마가 바란 대로 너는 엽전 꾸러미를 들어올렸다. 박수와 환호성이 났다. 아빠도 호탕하게 웃었다.

예상은 했지만 돌잔치에 비용이 제법 들어갔던지라 축의금을 정산해 보니 남는 돈은 거의 없었다. 금모으기운동이 끝난지 얼마 안 된 때여서 돌반지는 거의 들어오지 않았는데도 그랬다. 엄마는 아빠가 사회생활을 제대로 하지 못한 탓이라고 타박했다. 그게 싸움의 발단이 되었다. 말다툼 중에 아빠가 돌잡이 과정에서 느낀 불만을 털어놓았다. "그래서는 안 됐어. 재미있자고 하는 건데 사생결단하듯이 돈을 쥐여 줄 건 뭐야. 그게 무슨 의미가 있어. 해원이가 원하는 걸 잡게 했어야지." 엄마는 기가 막힌다는 듯 헛웃음을 흘렸다. "우리 해원이가 나중에 가난하게 사는 걸 보고 싶어?" "그걸 잡는다고 부자로 사는 것도 아니잖아." "그러니까, 싫다고?" "싫은 건 아닌데…… 억지로 그럴 필요는 없었다는 거지." "내가 바보야? 그거 잡으면 정말 부자가 되고 안 잡으면 가난해질 거라고 믿어서 그랬던 거야?" "물론 그건 아니겠지." "그게 아닌데 왜 괜한 트집이야!" 아빠는 고개를 갸웃 기울였다. 엄마 말에 수긍하기는 했지만 뭔지 모르게 찝찝했다. 늘 이런 식이었다. 아빠가 말로 엄마를 누를 수 있으리라 믿는 것부터가 잘못이었다. 여느 때라면 아빠는 이쯤에서 물러나 대체 무슨 이유로 엄마의 말에 수긍하게 되었는지를 생각해 보고 결국 아무것도 알아내지 못해 혼자 끙끙 앓다가 잊고 말 거였다. 그랬다면 좋았으련만 아빠는 머릿속에 뭔가 떠올랐고 그걸 이야기하지 않고는 배길 수가 없었다. 엄마가 엽전 꾸러미를 네 손에 쥐어 줄 때 옆으로 밀려난 명주실 타래가 바닥에 떨어졌다. 아빠는 곧장 그걸 주울 수가 없었다. 환호성이 잦아든 뒤에도 그럴 수가 없었다. 모두들 사진을 찍기 위해 순서를 기다렸다. 사진을 다 찍고 난 뒤 아빠는 명주실 타래를 바닥에서 집어 들었다. 누구의 발에 밟혔는지는 모르겠지만 신발 자국이 나 있었다. 아빠가 보기에 네가 정말로 붙잡고 싶어 한 건 명주실 타래 같았기에 마음이 뒤숭숭했다. 다른 누군가의 발자국이 아니라 아빠의 발자국일지도 몰랐다. 왠지 너의 꿈을 짓밟은 듯한 기분이었다. 아빠는 그때 느꼈던 묘한 슬픔을 엄마에게 털어놓았다. 아빠가 말하지 않았다면 엄마는 까맣게 잊었을 일이었다. 엄마도 그걸 보았다. 엄마도 그걸 주우려 했지만 그럴 기회가 없었다. 아빠가 그걸 주워서 상 끝에 올려놓는 걸 보았다. 그러고는 잊어버렸다. 아빠가 상기시키지 않았다면 전혀 기억하지 못하거나 먼 훗날 늙어 죽기 직전에나 잠깐 떠올릴지도 모를 일이었지만 아빠가 한번 말해 버렸으니 그 뒤로 엄마 역시 가끔 떠올릴 수밖에 없었다. "우리 딸은 그걸 잡으려고 했단 말야. 잡고 싶은 걸 잡게 놔두어야 했어." 이 말은 너의 진로

라든지 특히 너의 학업과 관련해서 무언가를 결정해야 할 때 아빠가 되풀이해서 하게 될 말이었다. 만약 그날 아빠가 말하지 않았다면 아무 의미도 없는 일이었겠지만 한번 말해진 뒤로는 영원히 잊을 수 없는 중대한 일이 되고 말았다. 물론 아빠에게 책임이 있는 건 아니었다. 네가 그렇게 죽지만 않았다면 예전에 그런 일이 있었지, 하며 돌잔치를 추억할 때 곁들일 유쾌한 일화에 지나지 않았을 테니까. 아빠가 느낀 묘한 슬픔을 엄마도 느꼈겠지만 거기에서 어떤 암시도 볼 수 없었다. 엄마와 아빠가 서로에게 멀어져 간 이유도 돌아보면 그처럼 사소한 일들이 쌓이고 쌓여서였다. 조금씩 어긋난 걸 조금씩 맞춰 갔지만 완벽하게 이전 상태로 돌아가지는 못하고 살짝 어긋난 채로 세월이 흘렀다. 아주 작은 어긋남이 쌓이고 쌓여 커다란 틈이 생겨났다. 그 틈을 너도 볼 수 있었다. 틈의 존재를 모르거나 못 본 체하는 건 엄마와 아빠였다. 일부러 그랬다기보다는 당연하다고 생각해서였다.

아빠가 봉투를 건넸다. 엄마는 이게 뭐냐는 눈빛으로 보았다. "격려금!" 아빠는 뿌듯한 얼굴로 말했다. 시댁 식구들이 각출해서 주는 돈이라고 했다. "많지는 않아. 백만 원이야." 백만 원이 적은 돈은 아니었다. 적기는커녕 엄마에게는 귀하기만 한 돈이었다. 엄마는 고맙네, 하고 그만이었다. 엄마가 호들갑을 떨며 기뻐할 줄 알았던 아빠는 실망을 감추지 못했다. "여보 친구랑 비교돼서 그래? 우리 쪽 형편 알잖아." 엄마는 고개를 저었다. 친구가 첫애를 낳고 시부모한테 격려금으로 천만 원을 받았다고 한 건 반만 사실이었다. 격려금을 받은 건 맞지만 삼백 정도였다고 기억했다. 엄마도 그냥 해본 소리였다. 친구의 시댁은 부유했다. 부유하다는 건…… 격려금을 줬다는 사실을 기억조차 하지 못한다는 뜻이기도 했다. 그러므로 친구는 머리를 조아릴 필요가 없었다. 고맙다고 하면 끝이었다. 친구의 시댁은 그 돈으로 생색을 낼 시도조차 하지 않을 테니까. 엄마의 시댁은 가난했다. 그러니 이 돈은 언제까지나 기억될 거였다. 시댁 식구들의 마음속에서 엄마와 아빠의 마음속에서 언제까지나 죽지 않고 도리, 정성, 가족애, 사랑 같은 말로 형태를 바꿔 가며 살아남을 거였다. 엄마는 쓸쓸했다. 각출해서 백만 원을 모아 격려금으로 준 정성이 고맙지 않은 건 아니었다. 마지막 수유를 위해 산모방으로 건너온 너는 엄마와 아빠 사이에 감도는 이상한 기류를 느꼈다. 아빠가 눈을 떠보라고 하면 눈을 번쩍 뜨고 엄마가 젖을 물리면 최선을 다해 젖을 빨았다. 기저귀를 갈아주면 다리를 바둥거렸고 너를 안고 어르면 미소를 지었다. 배꼽은 차츰 아물면서 오므라들었다. 태지가 떨어져 나간 피부는 이

전보다 보드랍고 투명했다. 네 눈동자는 눈부시게 새까맸다. 너라는 존재는 존재 자체만으로도 엄마와 아빠를 압도했다.

　네가 중학교 3학년이었을 때 아빠는 한동안 집을 떠나 지냈다. 아빠는 직원 숙소로 사용하는 낡은 빌라 근처의 식당에서 혼자 늦은 저녁을 먹었다. 단골 식당이었는데 손님은 아빠 말고 아무도 없었다. 술장사가 아닌 밥장사를 하는 곳이어서 저녁은 대체로 그러했다. 워낙 외지고 한적한 곳이라 저녁이 되면 주위가 고요하다 못해 적막해졌다. 김치찌개 뚝배기에서 김이 모락모락 피어올랐다. 한 숟가락 떠서 입에 넣은 아빠는 사레가 들려 켁켁거렸다. 아빠의 맞은편에 앉은 너는 비현실적이었다. 거기에서 집까지는 두 시간 가까이 걸렸다. 주말도 아닌 평일이었다. 아빠는 말을 좀 더듬었다. 그래도 할 말은 다 했다. "우리 딸, 어떻게 여기까지 왔어? 땡땡이 친 거야? 아니면 집 나온 거야?" "아빠 보고 싶어서 왔어. 아빠 생일이잖아." "생일은 내일인데." "내일은 못 오거든. 오늘 왔으니까 오늘인 거야. 아주머니, 여기 소주 한 병이요." 너는 아빠의 술잔에 술을 따라 주었다. "땡땡이 아니야. 중간고사 기간이거든." 아빠는 울지 않았지만 울고 있는 거나 마찬가지였다. 네가 가져온 작은 케이크에 초를 꽂아 노래를 부르고 박수를 치고 입바람으로 촛불을 끄고……. 식당 밖은 적막했고 식당 안도 그 못지않게 적막했다. 너는 아빠에

게 고백했다. 엄마에게 큰 실수를 했다고. 무슨 실수냐는 아빠
의 물음에 너는 애써 발랄한 목소리로 대답했다. "아빠가 입에
달고 사는 말은 건강, 건강이잖아. 엄마는 돈, 돈이고. 엄마가 하
도 돈, 돈 하길래 그럼 이렇게 가난한데 왜 나를 낳았냐고 말해
버렸어." "실수했네." "실수했지. 나 아직 사춘기인가 봐." "사춘
기라도 말은 가려서 해야지." "그래서 고백하잖아. 용서해 줄 거
지?" "용서야 엄마가 해야지." "아빠는?" "난 우리 딸 믿어. 잘
못한 걸 알면 그걸로 된 거야. 그리고…… 가난한 엄마 아빠한
테 왔는데도 이렇게 곱게 자라 줘서 대견하고 고마워." 너를 버
스터미널까지 태우고 갈 택시가 식당 앞에 섰다. 바깥은 깜깜했
다. 택시의 전조등이 무례하게 여겨질 만큼. 너는 아빠에게 언
제 집에 돌아올 거냐고 물었다. 아빠는 어깨를 으쓱했다. "아빠,
사랑해." "아빠도 해원이 사랑해. 아빠가 좋아하는 말 해줄래?"
너는 아빠의 얼굴을 올려다보았다. 아빠의 눈을 들여다보았다.
"아빠 눈 속에 나 있어." 아빠는 흐뭇해했다. 네가 네 살이었을
때 처음 했던 말이었다. 네가 다섯 살이 되고 여섯 살이 되고 일
곱 살이 되어서도 했던 말이었다. 그러다 언제부턴가 하지 않게
된 말이었다. 네가 초등학교 6학년일 때 아빠가 말했다. 그 말을
들으면 괴로움이 다 사라질 것 같다고. 그래서 너는 그 말을 해
주었다. 그 이후로 아빠는 종종 너에게 그 말을 해달라고 졸랐

다. 아빠의 생일 축하를 위한 만남이었으니 너도 기쁘게 그 말을 했다. 아빠 눈 속에 해원이 있어. 그럼 내 눈 속에도 아빠가 있겠지. 아빠도 보여? 이렇게 덧붙이는 대신 너는 꿈이 있다고 말했다. 아빠가 무슨 꿈이냐고 물었다. "내 꿈은 나중에 아빠 같은 사람 만나서 사랑하고 결혼하는 거야." "아빠 알아주는 건 우리 딸뿐이야." "더 들어 봐. 아빠 같은 사람은 이런 사람일 거야. 아내가 외로워하는데도 집을 나가 버리는 사람. 아내를 내버려 두고 혼자 사는 사람. 일 끝나면 혼자 술이나 마시며 우는 사람. 아내가 왜 아파하는지 알면서도 모른 체하는 사람. 언제까지나 아내를 외롭게 하는 사람……." "해원아, 엄마와 아빠는 어른들만의 문제를 겪는 거야. 네가 알 수 없는 것들도 있어." 해원은 식당 앞 단풍나무의 가장 낮은 나뭇가지에서 잎사귀 하나를 땄다. "이거 기억나? 아빠가 그랬잖아. 엄마는 단풍잎 같은 사람이라고." "기억 안 나는데." "난 기억이 나는데." "아빠가 뭐라고 했는데?" "뭐 이런 말이었어. 단풍잎은 뾰족하지만 찔려도 아프지 않다고." "들어도 모르겠는걸. 언제 그랬는데." "사실 나도 잘 몰라. 아빠가 그런 말을 했던 것만 기억나. 꿈에서 보거나 들었나 봐." 너는 아빠의 손바닥에 단풍잎을 올려놓았다. 아빠는 단풍잎을 살며시 손안에 쥐었다. 부서질세라 찔릴세라 조심스럽게. 너는 아빠의 허리를 껴안았다. 아빠는 멀어지는 택시를 지켜보았다. 택시가 밝힌 전조등마저 어둠 속에 푹 잠겨 더는 보이지 않을 때까지 그 자리에 선 채 너를 생각했다. 아빠는 그제야 뭔가 깨달은 기분이었다. 네가 했던 말에서 아내라는 말을 딸이라는 말로 바꾸어도 똑같은 뜻이라는 걸.

네가 신생아실로 돌아간 뒤 엄마는 아빠에게 퇴원하고 싶다는 뜻을 내비쳤다. 아빠는 예전과 같은 이유를 들어 반대했다. "장모님도 아직 여력이 안 되시잖아. 당분간은 조리원에서 지내는 게 여보한테도 좋을 거야." "우리 엄마 이야기가 왜 나오는데?" "내가 휴직할 수도 없고 장모님이 도와주셔야 산후조리를 할 수 있잖아." "우리 엄마가 애 키워 주는 할머니야? 그렇지 않아도 언니네들 애들을 다 맡아서 키워 주느라 등골이 휘었는데 나까지 그러란 말야? 여보 어머님은 고고하셔서 애 보는 일은 못 하셔?" "시어머니랑 함께 지낼 수 있겠어?" "함께 지내든 말든 말이라도 해봤냐고. 그렇게 해주시겠대?" "말씀은 없었지만 여보가 그러길 원하면 해주시지 않을까?" "그럴 분이었다면 왜 여기에 한 번도 안 오실까." "한 번 오셨잖아." "한 번 오셨지." "여보가 불편해할까 봐 안 오시는 거겠지." "내가 불편해할까 봐 그때 격려금 안 주시고 지금 주신단 말야? 왜 나한테 직접 주면서 좋은 말씀 한마디도 안 하시는데. 우리 해원이를 당신들 손녀로 생각하기는 하는 거야?" "원래 그렇잖아. 옛날 분들이라 그런 말 못 하는 거 알잖아. 여보…… 솔직하게 말해. 격려금이 너무 적어서 화가 났어?" "뭐라고? 야!" 엄마는 베개를 들어 아빠에게 던졌다. 아빠는 잽싸게 피했지만 저만큼 날아간 베개가 물이 담긴 컵을 넘어뜨렸다. 아프지도 않은 베개였는데 차라리 맞을 걸 하는 후회가 생겼다. 베개도 젖고 바닥도 젖었다. 아빠는 마침 할 일이 생겨 다행이라는 듯 수건으로 바닥의 물기를 꼼꼼하게 훔쳤다. 수첩과 광고 책자가 날아와 아빠의 등에 맞고 떨어졌다. 엄마는 이불을 둘러쓰고 울었다. 아빠는 그 앞에 가만히 앉아 엄마의 울음이 잦아들기를 기다렸다. 이런 게 산후우울증인가 싶었다. 신경이 날카롭고 예민한 거야 당연하달 수도 있었지만 손에 잡히는 대로 물건을 집어 던지는 건 당연하다고 보기 어려웠다. 아빠는 뒤통수가 따가워서 손으로 거기를 쓰윽 문질렀다. 그래도 이상해서 뒤를 돌아보았다. 아무도 없었다. 산모방 내부를 둘러보았지만 이불을 둘러쓰고 우는 엄마 말고 다른 사람은 없었다. 아빠의 뒤통수를 노려볼 다른 사람이 없는 게 분명했는데도 여전히 뒤통수가 따가웠다. 귀신인가. 아빠는 엄마가 울음을 그치기를 기다렸다. 아빠의 뒤통수를 바라본 건 너였다. 너는 신생아실 침대에 누운 채 엄마와 아빠를 보았다. 여전히 너는 엄마 그리고 아빠와 연결되어 있었다. 너만 그런 것은 아니었다. 너와 함께 신생아실에 있던 모든 아기들이 저마다의 방식으로 산모방에 있는 엄마 그리고 아빠와 연결되어 있었다. 서로 떨어져 있을 때에도 무슨 생각을 하는지 어떤 기분인지 무얼 하는지를 보고 듣고 알 수 있었다. 세월이 흐르면 상실하게 될 능력이었다. 그걸 지녔다는 사실을 기억하지 못하므로 무얼 잃어버렸는지 알지 못하게 될 뿐이었다.

너는 보았다. 아빠가 이불을 둘러쓴 엄마 앞에 우두커니 앉아 있는 걸. 아빠는 엄마가 우는 이유를 알지 못했지만 엄마가 느끼는 두려움은 이해했다. 적어도 그 순간만은 아빠도 무엇이 옳고 그른지를 따지려 하지 않았다. 지금 해야 할 일은 우는 엄마를 지키는 것임을 아빠는 알았다. 엄마가 마음껏 울 수 있도록 방해하지 않고 지켜보아야 한다는 걸 알았다. 엄마가 어떤 방식으로 울었는지를 기록해야 했고 엄마가 요구할 때 증언할 수 있어야 했다. 실컷 울고 난 엄마는 아빠가 품에 안을 때 거부하지 않았다. 엄마 머리에서는 고약한 냄새가 났다. 그 냄새 탓에 아빠도 우울했다. "미안해. 속상해서 그랬어. 격려금 주셔서 감사하다고 전해드려." 아빠의 얼굴이 무두질을 한 가죽처럼 쫙 펴졌다. 아빠는 뿌듯했다. 인내는 아빠의 자랑거리였다. 네가 일어서서 걷게 되기 전까지 아빠의 가장 큰 걱정거리는 네 뒤통수가 아빠처럼 납작해지는 거였다. 아빠는 거의 하루 종일 꼼짝없이 누워 지내는 네가 걱정이 되었다. 아빠는 너를 주의 깊게 지켜보며 이리저리 머리를 돌려 주었다. "짱구 베개니까 신경 쓰지 말래도." 엄마가 혀를 차면 아빠는 머쓱하게 웃었다. "내 뒤통수가 납작한 건 인내심이 많아서래. 눕혀 놓은 대로 가만히 있어서 그랬다는 거야." "그때부터 겁쟁이였던 거네." "겁쟁이가 아니라 얌전하고 말 잘 듣는 착한 아기였던 거지." "해원이가 겁쟁이가 되는 건 싫은 거지?" "뒤통수가 납작해지는 게 싫은 거야." "그런 말 다 거짓말이야." "왜 거짓말이야?" "여보를 잘 돌보지 않아서 뒤통수가 납작해진 걸 여보가 착해서 그렇다고 핑계 대는 거니까." 아빠의 머릿속에서는 한 번도 떠오른 적 없는 생각이었지만 듣고 보니 일리가 있었기에 아빠는 약간 놀랄 수밖에 없었다. "여보는 참 무정해." "뭐라고?" "참 다정하다고." 아마도 그날 이후로 아빠는 미덕의 목록에서 인내를 제외해야 할지 심각하게 고민했을 것이다.

너는 계속해서 보았다. "선영이가 천만 원 받았다는 거 내가 좀 과장한 거야. 기껏해야 한 삼백 받았을걸. 나한테는 이 돈 백만 원이 천만 원보다 크고 귀중해." 엄마의 목소리는 달콤했다. 울어서 목이 잠긴 터라 한결 부드럽기도 했다. 그 목소리는 아빠의 가슴 한구석을 간질이는 힘이 있었다. "여보, 내가 산후우울증인가 봐. 갑자기 슬퍼지고 공허해져. 마음은 안 그런데 자꾸 여보한테 소리를 치게 돼. 내가 나빴어." 이전에는 한 번도 아빠에게 소리를 치거나 아빠를 사납게 대한 적이 없다는 투였다. 아빠는 엄마의 말에 토를 달지 않았다. "괜찮아, 여보. 여보는 단풍잎 같은 사람이야." 엄마가 설명을 바라는 눈길로 아빠를 바라보았다. "뾰족하고 날카로운데 위협적이진 않잖아. 오히려 귀엽고 사랑스럽잖아. 누굴 해치거나 다치게 하려는 게 아니잖아. 여보가 손톱 끝으로 등을 긁어 주면 얼마나 시원한지 몰라." 하지만 아빠는 몰랐다. 손톱 끝으로 긁다가 뾰루지에라도 걸리면 뾰루지가 떨어져 나가면서 상처가 나고 피가 나고 아프기도 하다는 걸. 엄마와 아빠는 언제 그랬냐는 듯 이런저런 이야기를 소곤거렸다. 너는 미소를 지었다. 단풍잎 같은 사람, 하고 나직하게 읊조렸다. 엄마도 단풍잎, 하고 속삭였다. 책갈피에 자리를 잡듯 네 마음 갈피에 스며든 단풍잎 하나가 물들었다. 책을 펼치지 않아도 가만히 귀를 기울이면 바스락바스락 소리가 들렸다.

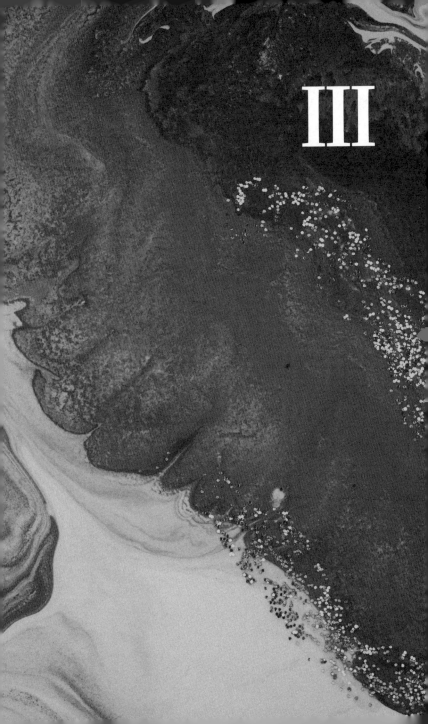

III

9

1895년 4월 24일

그들이 이야기를 나누는 동안 꿈이라는 낱말이 아직 자고 있는 죄수들의 머릿속으로 툭 떨어졌다. 그때 마침 꿈을 꾸고 있던 죄수는 그 말 탓에 지금 자신이 꿈속에 있는 게 아닌가 의심하게 되었고 꿈조차 없이 곤히 자던 죄수는 비로소 꿈을 꾸기 시작했다. 잠결에 듣는 모든 소리에 반응하는 건 아니었다. 죄수를 꿈으로 이끌기도 혹은 꿈에서 몰아내기도 하는 말은 음식과 관련된 것들이었다. 밥이라는 말이 들리면 자면서도 군침을 흘렸고 술이라는 말이 들리면 절로 입꼬리가 올라갔다. 그에 비하자면 꿈이라는 말은 아무 쓸모가 없었다. 밥처럼 허기를 채워 주지도 못하고 술처럼 기분을 달래 주지도 못하니까. 오히려 꿈은 쓰디쓴 뒷맛을 남기기 마련이었다. 꿈에서조차 감옥을 보는 죄수는 없었으니까. 잠에서 깨어나 꿈에서도 빠져나오면 방금 전까지도 감옥 아닌 다른 곳에 있던 것만 같았기에 진저리를 치며 자신이 있는 곳이 감옥임을 실감할 수밖에 없었다. 꿈은 죄수를 깊은 슬픔에 빠뜨릴 뿐 현실적으로 아무런 도움을 주지 못했다. 그런데도 꿈을 꿀 수밖에 없는 이유는 꿈이란 원해서 꾸고 말고 할 수 있는 게 아닌 데다 비록 짧은 순간에 불과할지라도 꿈이 아니고서야 어디에서도 그와 비슷한 순간을 누리지 못해서이기도 했다. 그 와중에도 무뢰배 하나는 쳇 꿈 같은 소리하고 있네, 하며 코웃음을 쳤으나 그것마저도 사실은 꿈속에서 내뱉는 말임을 무뢰배 자신은 알지 못했다.

장군이 꿈에서 보았던 광경은 눈에 맺힌 게 아니라 마음에 서린 것이니 마음에 새겨진 그림이라 할 수 있지요. 해원의 목소리는 나직했으나 그의 귀에는 어떤 목소리보다 선명하게 들렸다. 꿈을 눈으로 보는 게 아니라는 생각은 그의 머릿속에서는 한 번도 떠올라 본 적 없는 것이었기에 낯설고 기이했다. 전봉준은 해원의 말을 이해는 했지만 수긍하지는 못했다. 하지만 나는 보았네. 그걸 눈으로 보았든 눈이 아닌 다른 무엇으로 보았든 무슨 상관이겠는가. 해원의 입가에 쓸쓸한 미소가 떠올랐다. 물론 상관이 없지요. 하지만…… 보고 싶어 하시잖아요. 해원의 말이 그의 가슴을 쿡 찔렀다. 자네 말대로 보고 싶다네. 꿈에서가 아니라 내 눈으로 직접 보고 싶다네. 전봉준이 깊은 한숨을 내쉬었고 그 소리를 듣기라도 했는지 육십 노인이 몸을 부르르 떨었다. 눈으로 보고 싶다면 눈을 떠야지요. 잠에서 깨어나야지요. 그는 해원의 말을 곱씹었다. 그럴수록 정신이 사나워졌다. 그러니까 눈을 뜬 채로 꿈을 꾸라는 말이지. 지금까지 그래오지 않았나요. 창의군은 눈을 뜬 채로 눈앞에 펼쳐진 꿈의 광경을 보지 않았나요. 비로소 그는 고개를 끄덕였다. 눈을 뜬 채로 꿈을 꾼다는 건 꿈이 현실이 된다는 뜻이었다. 해원은 그에게 꿈에서 벗어나 꿈을 이루라는 말을 하는 거였다. 그러나 이제 그에게는 두 번 다시 기회가 찾아오지 않을 거였다. 보았네. 보셨지요. 보았으니 이렇게 되고 말았네. 보았으니 다시는 이전으로 돌아갈 수 없는 거겠지요.

그는 다나카 지로와 나누었던 대화가 떠올랐다. 김개남이 효수되었다는 사실은 알고 있었지만 자세한 사정은 알지 못했던 그에게 다나카는 김개남의 죽음을 상세히 전해 주었다. 전라감사는 김개남을 서울로 압송하는 대신 전주천변의 초록 바위라 불리는 서교장에서 목을 벤 뒤 장대 끝에 머리를 매달았다. 김개남에게 원한을 품은 자들이 달려들어 배를 갈라 내장을 꺼내고 살점을 나누어 가졌다. 그 뒤 김개남의 머리는 궤짝에 담겨 서울로 보내졌고 수구문 밖에서 사흘 동안 다시 서소문 밖에서 사흘 동안 효시되었다. 일본 측은 전봉준 역시 김개남처럼 처형될까 봐 서울로 압송할 것을 강력하게 요구했다. 그가 김개남처럼 처형되지 않은 건 일본 덕분임을 은근히 드러내려는 의도임을 그 역시 모르지 않았다. 다나카는 진저리를 치며 덧붙였다. 김개남 장군에게 죽임을 당했던 남원 부사의 자식들이 그악스러웠다지요. 제 아비의 제상에 올리겠다며 살점을 베어 가는 것으로는 분이 풀리지 않았는지 김이 펄펄 나고 피가 뚝뚝 흐르는 간을 그 자리에서 씹어 먹었다고 합니다. 다나카는 그 장면을 목격하기라도 한 것처럼 자세히 설명했다. 묵묵히 다나카의 이야기를 듣고 있던 그는 천천히 고개를 끄덕이며 잘된 일이라고 말했다. 다나카는 뭐가 잘된 일이냐고 물었다. 개남은 개남답게 죽었네. 잘린 머리가 그처럼 오랫동안 장대 끝에 매달려 있었으니 얼마나 많은 이들이 올려다보았겠는가. 개남에게 원통한 건 오직 그이의 머리가 호남과 호서, 경기만이 아닌 관서와 관북, 해서와 관동 마침내 영남에 이르기까지 조선 팔도 곳곳에 내걸리지 못함이었을 것이네. 개남은 살아서 장군이었듯이 죽어서는 그처럼 장군기가 되어 나부끼기를 바랐을 테니 크게 억울하지는 않을 것이네. 나 역시…… 목이 잘린다면 내 머리가 장대 끝에 매달려 조선 곳곳에 내걸리기를 바라네. 다나카는 조심스러운 말투로 물었다. 조리돌림이나 마찬가지인 그런 처분이 수치스럽지 않으시겠습니까? 수치라. 그게 수치일 리가 있겠나. 장대 끝에 매달린 개남의 머리를 보고 두려움에 떠는 이들도 있겠지. 손가락질하거나 침을 뱉거나 잘 죽었다며 조롱 하는 이들도 있을 테지. 분기가 치솟지만 겁이 나서 아무 말 못 하는 이들도 있을 것이네. 무얼 느끼든 그게 누구든 원하든 원 하지 않든 목숨을 걸어야 하는 상황에 맞닥뜨리면, 사는 게 사 는 게 아니어서 죽음이 두렵지 않거나 이미 죽은 것이나 마찬가 지여서 새로 태어나고 싶은 때에 이르면 개남의 얼굴이 떠오를 걸세. 그러면 개남이 어떤 분노 속에서 죽어 갔는지 이해할 테 고 개남의 절망이 개남만의 것이 아니었음을 알게 되겠지. 개남 은 자신의 머리를 허공에 내건 게 아니라 그이를 바라보는 사 람들의 마음속에 장대를 꽂은 거라네. 다나카는 고개를 끄덕이 긴 했지만 그의 말에 진정으로 수긍하는 것처럼 보이지는 않았 다. 다나카에게 중요한 건 마음속 깃발이 아니라 현세의 깃발이 었을 테니까. 보았으니 다시는 이전으로 돌아갈 수 없는 거라는 해원의 말이 바로 그가 다나카에게 들려주고 싶은 말이기도 했 다. 그는 보았다. 비록 실패했지만 사람이면서도 사람으로 살아 갈 수 없기에 사람답게 살기 위해 바닥에 납작 엎드렸던 몸을 일으킨 사람들을. 그걸 보아 버렸는데 어찌 본 적 없는 것처럼 굴 수 있단 말인가.

계절은 깊다 못해 바뀌는 중이었다. 계절의 변화는 죄수들에게
별 의미가 없었다. 감옥에는 오직 겨울과 여름밖에는 없기 때문
이었다. 죄수들이 어떻게 받아들이든 저녁이 찾아와 창살 밖이
어두워지는 시간이 늦어지듯 새벽이 되어 어둠이 걷히는 시간
은 빨라졌다. 겨울에서 봄으로 건너가는 시기는 노인이나 병자
만이 아니라 멀쩡한 사람도 갑작스레 죽기 십상인 터라 쇠약하
고 병약한 죄수들은 자신들도 그 꼴이 될까 봐 걱정을 품은 채
일기의 변화를 두려운 눈으로 지켜보았다. 누가 시간을 알려 주
지 않더라도 죄수들 역시 인정을 알리는 종소리가 들리면 밤이
깊었음을, 파루를 알리는 종소리가 들리면 머지않아 날이 샐 것
임을 짐작했다. 물론 파루를 알리는 시간은 새벽 4시 무렵이었
으니 죄수들은 대부분 잠든 채 종소리를 들었다. 그 소리가 들
리면 습관처럼 눈을 떴지만 입맛을 다시며 다시 눈을 감기 마련
이었다. 그러면서 속으로는 몇 번째 종소리인지를 헤아렸다. 서
른세 번째 소리를 끝으로 운종가는 다시 고요해졌다. 그때부터
해뜨기 직전까지가 하루 가운데 가장 혹독하게 추운 시간이기
도 했기에 죄수들은 옆에 누운 다른 죄수 가까이 다가가 서로의
체온을 나누면서 기상 시간이 될 때까지 얕은 잠에 빠져들었다.

먼 데서 혹은 가까운 데서 닭 우는 소리가 들리면 일어날 시간이 가까워진 거였다. 늦잠을 자는 게 두려워 침소에 닭을 둔 왕도 있었다지만 죄수들은 닭 우는 소리가 들리면 우선 저걸 어떻게 잡아먹을까를 생각했다. 아직 겨울이 한창이던 어느 날이었다. 파루를 알리고 얼마 지나지 않아 부지런한 닭 한 마리가 가까운 곳에서 울었고 전옥서가 술렁거렸다. 불이 나더라도 꼼짝도 않을 몇몇을 제외하곤 나머지 모두 잠에서 깨어나 귀를 곤두세웠다. 나장들의 투덜대는 소리와 문이 삐그덕 열리는 소리가 나더니 부산한 발소리가 한동안 이어졌다. 죄수들은 바깥의 동정에 신경을 곤두세웠지만 무슨 일이 일어난 건지 알지 못해 조바심이 생겼다. 나장이 문을 열고 들어와 친절하게 알려 줄 리도 없었으니 경험 많은 몇몇 죄수가 어떤 판단을 내릴지 기다릴 수밖에 없었다. 육십 노인이 벌떡 윗몸을 일으키며 손으로 이마를 쳤다. 저건 들것에 시신을 싣고 나가는 소리야. 밤사이 누가 죽은 거지. 죄수들은 한숨을 내쉬었다. 감옥에서는 드물지 않은 일이었지만 풋내기 죄수들이 대부분이어서였다. 누가 죽었는지를 두고 의견이 분분하자 번쩍이가 소리를 질렀다. 잠 좀 자자, 잠 좀. 누가 죽었는지 그렇게 궁금하면 명일인지 해원인지한테 물으면 될 거 아냐? 해원은 아무 말이 없었다. 사기범이 혀를 찼다. 뻔한 일이네. 누구라도 죽어 나가면 같은 방에 있는 자들이 시늉으로라도 곡을 하기 마련인데 이렇게 쉬쉬하면서 데리고 나가면 그게 누구겠는가? 죄수들이 말이 없자 사기범이 따지듯 물었다. 동쪽 마지막 칸에 따로 칸막이가 된 방이 있지. 그 방에 누가 머무는지 모르는 죄수는 없었다. 그 이름을 입에 올리면 똥을 본 것처럼 비릿한 침이 입 속에 고였다. 거기에는 망나니 둘이 살고 있었다. 한 명은 사십 대였지만 육십 노인 못지않게 고비늙은 사내였고 다른 한 명은 아직 서른이 되지 못한 젊은이였다. 살고 있다는 표현이 어울리는 이유는 망나니도 죄수임에는 분명하지만 여느 죄수와는 달리 먹을 것과 입을 것이 넉넉히 주어져서였다. 둘 가운데 어느 쪽이란 말이오? 누군가 묻자 사기범이 말했다. 당연히 늙은 쪽이지. 지난겨울 들머리에 사형수 여럿의 목을 베고 며칠 동안 몸져누웠더니 그예 이 겨울을 넘기지 못하는구면. 사기범의 말을 듣고 난 죄수들은 체증이 가라앉은 것처럼 속 시원한 표정으로 다시 몸을 웅크렸다. 사형수들은 이게 잘된 일인지 아닌지를 따져 볼 수밖에 없었다. 목을 치는 데에 이골이 난 관록 있는 망나니가 죽었으니 남은 건 젊은 쪽이었다. 젊은 망나니는 사형수의 목을 단번에 자르지 못해 담이 센 자도 그걸 보면 기함을 할 만큼 끔찍하다니 그 꼴을 당하는 사형수의 고통은 이루 말할 수 없을 정도일 게 분명했다. 그렇게 보자면 차라리 젊은 쪽이 죽는 게 나았다. 망나니의 죽음을 두고 그날 오전 무렵에는 전옥의 모든 죄수들이 논쟁을 했다. 결론 없는 논쟁이었지만 사기범이 아퀴를 지었다. 답답한 사람들 보게. 형률이 바뀌어서 이제 더는 목을 치지 않는대도. 그 말에 죄수들이 고개를 갸웃 기울이며 그렇다면 이제 망나니가 무슨 소용이냐고 물었다. 소용이 없지. 그래서 늙은 쪽이 목숨 줄을 놓은 거라네. 어차피 쓸모가 없어진 망나니들도 목이 졸려 죽을 테니 차라리 그게 나을지도 모르지. 육십 노인이 자지러지게 기침을 터뜨린 뒤 해맑은 얼굴로 물었다. 그게 사실이면 누가 됐든 목이 뎅겅 달아날 일은 없겠네그려. 사기범이 한심하다는 듯 혀를 찼다. 노인은 해원의 손을 잡았다. 잘됐구나 잘됐어. 너도 그리 흉하게 죽지는 않을 모양이야. 노인은 고개를 두리번거렸다. 봉준이는 어디 갔는가? 누군가 재판소에 갔다고 일러주었다. 이 기쁜 소식을 빨리 전해 주고 싶은데. 봉준이도 그리 흉하게 죽지는 않을 모양이니 잘된 일이 아닌가. 노인은 그가 이 사실을 알게 되었을 때 얼마나 상심할지 짐작조차 하지 못했다.

해원에게 하루 앞의 일을 묻는 죄수가 노인만은 아니었다. 처음에는 긴가민가했던 그들이었지만 잠들기 전에 다음 날의 운명을 묻는 노인을 날마다 지켜보면서 좋은 구경거리에 몰려드는 사람들이 그렇듯이 하나둘씩 해원에게 다음 날의 운수를 묻게 되었다. 구경꾼들 틈에 끼어드는 새로운 구경꾼처럼 늘어나 그 방에 있던 모든 죄수가 잠자리에 들기 전이면 의식이라도 치르 듯 해원에게 얼굴을 보아 달라 청하게 되었다. 그럴 때면 농담 이라도 하는 것처럼 보이고 싶었던지라 어떤 대답이든 상관없 다는 식으로 굴었지만 해원의 입에서 무슨 말이 나올지 가슴을 졸이는 게 누구의 눈에나 훤히 보였다. 해원의 입에서 흉한 운 수를 알리는 말이 나온 적은 없었다. 기껏해야 얼굴이 핼쑥하다 는 둥 낯빛이 거무죽죽하다는 둥 어제나 오늘이나 내일이나 별 다를 게 없는 신상에 관한 것이었다. 혹시라도 캄캄해서 아무것 도 안 보인다는 말이라도 들을까 봐 마음을 졸인 티를 감추고는 그럼 그렇지, 죄수 신세가 거기서 거기지 하며 편안하게 몸을 웅크리며 잠을 청하곤 했다. 해원에게 다음 날이 어떨지를 묻 지 않는 사람은 전봉준밖에 없었다. 그의 운명이야 뻔했으니 이 상한 일도 아니었다. 하루 앞을 내다보는 재주를 정말로 지녔든 안 지녔든 즐거우면 그만이었기에 해원을 대하는 죄수들의 태 도는 한결 부드러워졌다. 조금씩 서로에게 익숙해져서인지 이 전처럼 거리를 두거나 까닭 없이 괴롭히는 일이 줄었다. 그러나 하루하루 지날수록 해원은 서랍에 처박힌 야광주처럼 빛을 잃 어 갔다. 전봉준이 이감된 뒤로도 마찬가지였다.

죄수들은 안 보고 안 듣는 척하면서도 전봉준의 일거수일투족을 놓치지 않으려 했고 그가 자면서 내뱉는 뜻 모를 탄식에도 깊은 의미가 감춰져 있을 거라 짐작했다. 전봉준이라면 마땅히 잡범들로서는 결코 할 수 없는 무언가를 비록 감옥이라 할지라도 해내야 한다고 믿은 거였다. 가슴이 두근거리고 간지러운 기대감이 죄수들로 하여금 전봉준을 참고 견디게 하는 동기라고 할 수 있었지만 그는 여느 죄수들과 자신을 구별하려 하지도 않았고 그에게 쏟아지는 관심에 적절한 방식으로 화답하려 애쓰지도 않았다. 김새는 일이었다. 어디에서나 마찬가지겠지만 좁은 감옥에 갇혀 비슷비슷한 군상들에 섞인 채 지내다 보면 눈칫밥만 늘게 마련이어서 누가 강자이고 누가 약자인지쯤은 금세 알아볼 수 있었다. 물론 감옥에서 가장 힘이 센 자는 두말할 나위 없이 나장이었다. 그런 나장들조차 전봉준에게는 함부로 하지 못했다. 그가 아무것도 요구하지 않았지만 나장들은 무언가를 요구받은 것처럼 긴장했다. 그가 고압적이거나 오만한 태도를 보이지 않았는데도 나장들은 상전의 명을 받드는 하인처럼 고분고분했다. 전봉준이 전옥서로 이감되고 오래지 않아 죄수들은 그를 간파했다. 그는 어디서나 볼 수 있는 흔한 약자에 불과했다. 권력이 없어서만은 아니었다. 실제로 그는 제 육신조차 건사할 수 없을 만큼 망가진 사람이었다. 사내답게 한판 붙어 보자며 으르렁거리는 이가 다 부끄러워질 만큼 상처 입고 신음하는 중늙은이일 뿐이었다. 바깥에서 주먹깨나 썼다고 자부하는 무뢰배들 눈에는 한주먹감도 안 되는 병자에 지나지 않았다. 언제든 마음만 먹으면 끽소리도 못하게 짓누를 수도 있다는 점 때문에 죄수들은 느긋했다. 죄수들은 나장의 말 한마디에 벌벌 떠는 신세였지만 나장은 전봉준의 눈치를 보는 신세였고 전봉준은 죄수들에게 얕잡아 보이는 신세였던 셈이다. 죄수들은 이런 묘한 상황을 기이하다고 생각할 만큼 어리석지는 않았다. 살다 보면 그런 경우가 얼마나 흔하던가. 자식은 아비를 무서워하고 아비는 어미를 무서워하며 어미는 자식을 무서워하고. 그런 상황은 묘하다기보다는 차라리 절묘하다고 하는 게 어울렸다. 감옥에서 풀려나면 주변 사람들이 전봉준에 대해 물어볼 게 뻔했다. 죄수들은 그런 질문을 받을 때 으스대면서 들려줄 수 있는 의미심장한 일화 몇 개쯤을 얻어 갈 수 있으리라는 기대감을 완전히 버리지는 못했다.

감옥의 일상은 한결같았다. 계절은 봄으로 바뀌었지만 추위는 여전했다. 죄수들도 춘래불사춘이라는 말을 입에 달고 살았다. 아직 판결이 나지 않았거나 새로운 죄가 밝혀져 추가 신문을 받게 된 죄수들이 아침나절에 경무청에 끌려갔다가 저녁이 다 되

어 돌아왔다. 새로 잡혀 들어온 자도 있었고 판결을 받아 풀려
난 자도 있었다. 풀려나는 죄수와 누구보다 살갑게 인사를 나누
는 사람은 육십 노인이었다. 조만간에 자신도 감옥에서 풀려나
해후하게 되리라 믿는 것처럼 보일 정도였다. 전봉준은 하루가
멀다고 의금부로 끌려 나갔다. 신문을 하는 때도 있었지만 공
초를 작성하는 주사들이 겨우 글자 하나를 확인하기 위해 불러
놓고 하루가 다 가도록 내버려 두는 경우도 드물지 않았다. 그
를 괴롭혀 진을 빼려는 수작이었으나 그럴수록 정신은 더 맑아
졌다. 의금부 마당 한가운데 딱딱한 형틀에 앉은 채 얼마나 자
주 회한에 잠겨야 했던가. 오후가 저물어 어두워지고 눈이 내리
면 하늘을 올려다보았다. 눈구름으로 뒤덮였으니 별이 보일 리
가 없었다. 그러나 눈 내리는 허공은 펄펄 끓는 듯했고 눈송이
하나하나가 하늘에서 떨어지는 별들 같았다. 큰 기대는 하지 않
았으나 한 가지 소식을 기다리는 중이었다. 그는 농민군에 대한
살육을 멈추고 일본군이 이 땅에서 물러나면 투항할 생각이 있
노라고 다나카에게 전했다. 다나카는 어려운 일이라고 고개를
저으면서도 회신을 기다려 달라고 말했다. 그리고 마침내 다나
카의 회신이 도착했다. 단 두 글자였다. 불가.

그날 밤 노인은 여느 때와 마찬가지로 해원에게 다음 날의
안부를 묻고 만족스러운 얼굴로 잠이 들었다. 다른 죄수들도 저

마다의 안부를 확인한 뒤 잠을 청했다. 파루를 알리는 종소리가 끝나고 얼마 안 되어서였다. 여느 새벽과 별다르지 않은 시간이었다. 어둠 속에서 숨죽인 흐느낌이 맴돌았다. 설핏 잠이 깬 죄수들은 누군가 꿈속에서 우는 거라 생각했다. 아니면 여옥 쪽에서 들려오는 소리일 거라고 생각했다. 전봉준은 눈을 떴지만 가만히 누운 채 그 소리에 귀를 기울였다. 옆자리의 육십 노인에게서는 아무런 기척이 없었다. 반대쪽의 해원이 노인 쪽으로 몸을 돌린 채 숨죽여 울고 있었다. 그는 손을 뻗어 옆자리를 더듬었다. 노인의 깡마른 손이 만져졌다. 그 손을 가만히 쥐었다. 진맥을 짚을 때처럼 손에서 전해지는 기운에 신경을 곤두세웠다. 그는 나지막하게 탄식했다. 삭정이처럼 메마르고 딱딱했지만 손가락이 굽혀지는 걸 보면 숨을 거둔 지 얼마 안 된 듯했다. 추위에 트고 갈라진 데다 피고름이 얼어붙은 손등은 거칠기 짝이 없었다. 손가락 마디는 툭 불거졌고 손바닥에는 네댓 개의 옹이가 박혀 있었다. 그가 수없이 만져 본 여느 농민의 손과 다를 바 없이 익숙한 손이었다. 그의 것이라 해도 상관없을 손이기도 했다. 그는 오래도록 노인의 손을 잡고 있었다. 먼동이 틀 무렵 죽은 이의 육신에 남은 마지막 온기마저 그의 손바닥 안에서 가뭇없이 사라졌다. 그사이 해원의 숨죽인 울음도 잦아들었고 감옥은 평소와 다름없게 되었다. 다른 죄수들은 아직 노인의 죽음을 알지 못했다. 그와 해원 역시 노인이 정확히 언제 숨을 거두었는지는 몰랐으니 노인의 임종을 지킨 이는 아무도 없는 셈이었다. 죄수들은 여느 날과 달리 오싹해하면서 잠에서 깼는데 처음에는 그 이유를 알지 못해 꽃샘추위가 닥쳐서인 줄만 알았다. 이윽고 죄수들은 어제 아침과 오늘 아침의 차이를 깨달았다. 듣는 이마저 피를 토하고 싶게 하는 노인의 기침 소리가 들리지 않은 거였다. 그 소리를 들으며 하루를 시작했는데 막상 노인이 잠잠하니 하루 운세가 사나울 것만 같은 착각이 들었다. 노인을 두고 몇 마디 농담을 하던 죄수들은 뒤늦게 사실을 알아챘다. 사기범이 두 손으로 얼굴을 쓱 문질렀다. 삼십 대 사형수가 조용히 곡을 했다. 다른 죄수들은 침묵을 지키는 것으로 애도를 표했다. 밤새 수직을 섰던 나장들은 교대도 하지 못한 채 노인의 시신까지 처리해야 했다. 죄수들은 나장들의 신경을 거스르지 않기 위해 그처럼 조용히 노인을 떠나보냈다. 아침 점고가 끝난 뒤 번쩍이가 투덜거렸다. 젠장, 맨날 듣던 그 소리도 못 듣게 되니 그리워지네. 사형수가 사형당하지 않고 얼어 죽었으니 복 받은 셈 쳐야지. 예상하지 못한 일은 아니었으나 막상 노인이 죽고 나니 죄수들은 떨떠름한 기분이었다. 하루만 지나도 기억에서 사라지겠지만 기억이 아닌 다른 형태로 가슴에 남으리라는 걸 알아서였다. 누군가가 해원을 두고 말했다. 어젯밤에 노인네한테 멀쩡할 거라고 말하더니 오늘 일은 눈에 안 보였나? 해원은 고개를 푹 숙인 채 아무 말이 없었고 다른 죄수들도 한마디씩 했다. 그러게 말야. 간밤에 시체가 되었다면 노인네 앞이 캄캄해야 할 텐데 오늘도 무사할 거라고 했잖아. 내 그럴 줄 알았지. 하루 앞을 볼 수 있다고 할 때부터 우스웠단 말야. 밤마다 우리한테 했던 말도 다 공갈이겠구먼. 죄수들은 지금까지 해원이 그럴듯하게 거짓말을 해왔던 거라며 깔깔댔다. 사기범이 혀를 차며 아침저녁으로 마음이 바뀌는 죄수들을 조롱했다. 노인네가 죽을 줄 알았다 해도 곧이곧대로 말할 수 있겠어? 자네들 가운데 누가 당장 내일 거꾸러져 북망산천으로 간대도 해원은 한마디도 하지 않을 걸세. 나라도 그럴 테니까. 그 말에 몇몇은 고개를 끄덕였지만 몇몇은 콧방귀를 뀌었다. 말할 수 없어서인지 정말 아무것도 몰라서인지 어찌 알 수 있겠냐며 도리를 쳤다. 경무청에서 나온 순검들이 죄수들을 호명했다. 감옥이 분주해졌다. 여기저기서 차꼬가 덜그럭대는 소리가 났다. 제 이름이 불린 번쩍이가 해원 쪽을 노려보았다. 순검 나리들께서 이 몸을 왜 부르실까? 분명 오늘은 아무 일도 없다고 했으렸다. 오후에 돌아온 번쩍이는 누구에게랄 것도 없이 분통을 터뜨렸다. 동료 무뢰배가 무슨 일이냐고 묻자 누군가 경무청에 투서를 넣어 곤욕을 치렀다고 말했다. 원한을 품은 자가 해묵은 일을 꺼내어 소를 올린 거였다. 그 탓에 번쩍이의 수감 기간이 늘어날 뿐만 아니라 형벌도 가혹해질 게 분명했다. 번쩍이는 나장에게 부탁해서 일부러 해원 옆에 자리를 잡았다. 죄수들은 번쩍이가 해원에게 무슨 해코지를 할지 호기심 가득한 눈으로 지켜보았다. 그날 밤에는 아무도 해원에게 다음 날의 운수를 묻지 않으려 했다. 재밋거리 하나가 사라진 탓에 죄수들은 입맛을 다시며 몸을 웅크렸다.

해원은 앞날을 내다보는 재주를 잃은 지 오래였다. 그런 재주를 가진 적이 있었던가 싶을 만큼 까마득했다. 지난밤 해원은 노인이 다음 날이 어떨지 물었을 때 잠시 머뭇거렸다. 눈에 보이는 게 없어서이기도 했지만 눈에 보이는 것도 있어서였다. 노인은 며칠 사이에 눈에 띄게 쇠약해졌다. 자지러지게 기침을 한 뒤면 으레 피가 섞인 가래를 뱉어 냈다. 가만히 있어도 몸을 덜덜 떨었는데 추위 때문이 아니라 병이 깊어서임을 알 수 있었다. 정신이 온전한 순간이 줄었고 지금 여기가 감옥인지 평생을 살았던 북묘 옆 그 집인지 구분하지 못했다. 그런 노인이 지난 밤에는 얼굴에 화색이 돌았다. 혼잣말을 하며 싱글벙글 웃었다. 보는 이의 마음도 즐거워지는 표정이었다. 물론 정신이 온전한 건 아니었다. 명일아, 내 하나 말해 주랴? 너도 혼례를 하고 아비가 되면 알겠지만 피붙이란 게 참 얄궂어서 한때는 원수처럼 밉다가도 한번 마음이 풀리면 사무치게 그립기도 하단다. 자식 복이 없어서 늘그막에 딸 하나 간신히 살려 냈고 그 딸이 갓난이를 낳았지. 딸이 갓난이를 던져두고 사라져 버린 탓에 어미는 황망하게 세상을 떴고 나는 나대로 속이 끓었지만 갓난이 하나 보고 사는 세월이 섭섭하지는 않았다. 그 아이가 자랄수록 나는 늙어 갔지만 그게 순리로 여겨졌으니까. 그런데 말이다. 갓난이 야 늘 보고 싶었다만 오래전에 소식이 끊긴 딸은 얼굴조차 가물 거리는데 요새는 딸이 자꾸 보이는구나. 집으로 돌아와 내 앞에 서 큰절을 하더니 펑펑 울더라. 나도 펑펑 울었다. 불쌍하고 가여워서 울었고 갓난이 생각이 나서 울었어. 그래도 딸을 보니까 좋더구나. 잊었던 사람을 눈앞에 있는 것처럼 생생하게 다시 만나면 저승으로 갈 때가 된 거라던데……. 가는 일이 왜 가슴 아픈 일인지 알겠더라. 그냥 가는 게 아니라 그립고 살가운 사람들을 두고 가는 거라서 아프다는 걸 비로소 알겠더구나. 그렇게 말한 뒤 노인은 몸을 뉘었다. 잠들기 위해서가 아니라 딸을 만나기 위해서 그러는 것처럼.

갓난이는 진령군의 집에 드나드는 이들 가운데 가장 말수가 적은 아이였다. 처음에는 허드렛일을 했지만 눈썰미가 좋고 손이

빨라서 까다로운 진령군의 시중을 들게 되었고 그러면서도 실수가 없었다. 나이가 지긋한 무당들은 갓난이를 신딸로 삼고 싶어 했으며 박수들은 은근한 눈으로 갓난이를 훑어보곤 했다. 갓난이는 굿에 사용되는 신물을 깔끔하게 관리하고 준비하는 일에 빈틈이 없었다. 궁에 들어갈 때가 아니면 하루 종일 방에 처박혀 지내는 해원이 가장 자주 마주치는 이도 진령군이 아닌 갓난이였다. 갓난이는 해원과 마주치면 고개를 돌리거나 숙였지만 하루하루 지쳐 가고 음울해 보이는 청년이 되어 가는 해원을 진령군만큼 가까이에서 지켜본 사람이기도 했다. 갓난이는 해원이 분노를 간신히 삭이고 가까스로 평정심을 유지하는 사람임을 알아보는 것 같았다. 마찬가지로 해원은 발소리만 듣고도 갓난이인 줄을 알았고 목소리만 듣고도 갓난이가 어떤 기분인줄을 알게 되었다. 그 과정은 자연스러워서 해원과 갓난이는 원래 그렇게 서로를 알아보기 위해 태어난 사람들인 것만 같았다. 해원은 갓난이를 생각하면 가슴이 두근거리고 기분이 야릇했다. 늘 가까이에 있는데도 먼 곳에 있는 것처럼 혹은 언제라도 먼 곳으로 떠나 버릴 사람이라도 되는 것처럼 아슬아슬한 심정이었다. 그러나 갓난이에게 기우는 마음이 해원의 분노를 달래주지는 못했다.

해원은 진령군이 굿을 할 때 사용하는 칼, 방울, 거울과 같은 존재일 뿐 그 이상도 그 이하도 아니었다. 해원은 그보다 더 나은 걸 바랐다. 진령군이 어미라고 말한 적은 없지만 진짜 어미가 되어 주길 바랐다. 내가 너의 어미라고 말해 주길 바랐다. 진령군은 해원을 자식으로는 대하지 않았다. 청년의 마음속에서 진령군에 대한 반발심이 생겨난 것도 당연한 일이었다. 어느 날 진령군이 행하던 사술을 엿본 뒤로는 진령군을 거부하고 혐오해도 좋을 정당한 이유까지 갖게 된 셈이었다. 민비의 총애를 받는 진령군은 권력의 그늘이란 게 얼마나 허망한지 알기에 민비의 마음을 붙들어 둘 수 있는 일이라면 뭐든 마다하지 않을 사람이었다. 해원은 점차 말수가 줄어들었고 눈에 보이는 것들을 더는 말하지 않게 되었다. 진령군이 물으면 보이지 않는다고 대답했다. 진령군은 타인의 마음속을 꿰뚫어 보는 눈을 지닌 사람이었다. 해원의 반항이 어디에서 비롯되었는지를 간파할 수 없도록 해원 역시 용의주도해야만 했다. 그런 식으로 한 해가 지나고 두 해째가 되자 진령군도 해원의 재주가 정말로 사라져 버린 게 아닌가 의심하게 되었다.

햇살이 푸짐하게 내려앉던 봄날이었다. 뒤뜰에 나와 양지바른 곳에 앉은 해원을 지나치던 갓난이가 속삭였다. 그 약 먹으면 안 돼. 해원이 눈빛으로 무슨 말이냐고 물었다. 진령군이 주는 약을 먹으면 눈이 멀게 될 거야. 해원은 무슨 뜻인지 알아챘다. 잠시 뒤 해원은 헛웃음을 흘렸다. 짐작은 했지만 그토록 모진 술수를 정말로 쓸 것이라 믿고 싶지 않았다. 눈먼 이들이 점을 치며 생계를 유지할 수 있었던 건 눈을 내주고 앞날을 점치는 재주를 얻었을 거라는 사람들의 믿음 덕분이기도 했다. 눈이 멀쩡한데도 눈이 먼 시늉을 하는 점쟁이가 적지 않은 것도 그래서였다. 눈을 빼앗아 재주를 되살릴 수 있다면 진령군은 능히 그럴 수 있는 사람임을 해원은 깨달았다. 그날 밤 진령군은 약사발을 올린 상을 해원 앞에 내려놓았다. 기가 허해 보이니 이걸로 몸보신을 하거라. 해원은 물끄러미 약사발을 내려다보았다. 얼른 마시거라. 해원은 진령군을 똑바로 바라보았다. 이걸 마시면 정말로 눈이 먼답니까? 방 안에 잠시 정적이 흘렀다. 이윽고 한숨을 내쉰 진령군은 차라리 잘 되었다는 듯 털어놓았다. 어떻게 알았는지 묻지는 않겠다. 알면 됐다. 대국에서 가져온 귀한 약재다. 눈만 멀게 할 뿐 네 몸에 다른 해를 끼치지는 않을 거야. 해원은 코웃음을 쳤다. 만신께서 보기에 눈은 그냥 내주어도 되는 하찮은 거군요. 진령군이 고개를 끄덕였다. 어차피 그 눈은 소용이 없지. 너는 눈으로 본 게 아니라 신령으로 보았던 거니까. 눈을 잃고 신령을 되찾는다면 희생이라 말할 것도 없지 않겠느냐. 잊지 말아라. 네가 영영 앞날을 보지 못하면 우리도 끝장이라는 걸. 그렇군요. 만신께는 그게 가장 중한 일이군요. 그럼 그렇게 하겠습니다. 송곳으로 이 눈을 찌를 수도 있었을 텐데 고통 없이 눈을 멀게 하려고 귀한 약재를 구해 주셨으니 감읍할 일이지요. 해원은 약사발을 두 손으로 받쳐 잡고 벌컥벌컥 들이켰다. 약사발을 상에 내려놓은 뒤에는 살풋 미소를 지었다. 이제 지팡이 하나 마련해 주시렵니까? 해원의 두 눈이 이글이글 타올랐다. 앞을 볼 수 없게 될 그 눈에서 눈물 대신 불똥이 흘렀다. 청년은 더 이상 진령군이 어미인지 아닌지 중요하지 않았다. 마음속에 있던 어미는 그 순간에 죽었으므로.

해원의 눈은 천천히 멀었다. 단번에 눈앞이 캄캄해지면 좋으련만 원래 그런 약재인지 혹은 해원에게만 그런 식으로 효험이 나타나게 된 건지 알 수 없었다. 돌아보면 아주 오랫동안 해질 무렵 어둑어둑해지는 시간 속에 머물렀던 것 같았다. 땅거미가 느릿느릿 깔리고 이내가 자욱하게 서리는 세월이었다. 해원이 약사발을 단숨에 들이켠 이후 진령군이 처음 한 일은 갓난이를 내보낸 것이었고 해원에게 처음으로 한 말은 바로 이것이었다. 만시지탄이다. 그 아이는 도화살이 있다. 언젠가 너를 죽이고 말 거야. 해원은 빙그레 웃었다. 만신께서 이미 저를 죽였는데 그게 무슨 대수란 말입니까. 눈이 머는 만큼 앞날을 보는 해원의 신령도 사라졌다. 의미는 불분명했지만 선명하고 뚜렷하게 보이던 광경들이 희미해졌다. 해원의 세계는 먹이 번진 산수

화와 인물화처럼 배경과 주제의 경계가 허물어지고 서로를 넘나드는 곳이었다. 그러므로 거짓을 말할 필요가 없었다. 해원은 본 대로 이야기했고 해석은 진령군의 몫이었다. 진령군이 신통력을 잃고 있다는 소문은 공공연하게 퍼져 갔다. 교태전에 불려가는 횟수가 줄었고 굿판을 벌이는 일도 줄었다. 무당과 박수의 왕래마저 뜸해지자 진령군의 얼굴에는 수심이 가득했다. 해원이 마지막으로 민비를 보았던 날 밤이었다. 호남과 호서의 농민이 난을 일으키고 군국기무처가 설치되는 등 진령군의 처지는 풍전등화였다. 유생들이 진령군을 처단하라는 상소를 올릴 때마다 든든한 바람막이가 되어 주던 민비가 등을 돌릴 낌새를 보였다. 진령군은 민비의 깊은 속내를 알고 싶어 했다. 몰라서가 아니라 확인하고 싶은 거였다. 해원은 진령군이 바라는 말을 해주었다. 왕비 곁에는 언제나 진령군이 있노라고. 진령군은 민비의 신임이 영원하다는 의미로 받아들였다.

해원은 눈이 천천히 멀었기에 눈이 멀지 않은 것처럼 꾸미는 데에 차츰 노련해졌다. 다른 이들은 해원에게서 달라진 점을 알아채지 못했다. 산들바람에 잎사귀 한 장이 팔랑거리며 떨어지는 광경마저 헤아리는 사람을 보면서 어찌 눈이 멀었으리라고 생각할 수 있을까. 해원은 이전에 알고 있던 것들과 눈이 아닌 다른 감각에 의지해서 눈이 멀고 있다는 사실을 감출 수 있었다. 눈을 깜박이는 모습과 눈동자의 움직임마저 자연스러웠다. 오히려 두 눈에 공허라고 부를 말한 묘하게 아름다운 빛이 서리면서 이전보다 한결 그윽하고 신비로운 광채를 띠었다. 해원의 시선은 부드럽게 어루만지는 손길 같기도 했다. 해원이 앞날을 내다보는 능력을 되찾은 거라 믿은 진령군은 점점 수렁에 빠져들었다. 어느 이른 새벽 어수선한 꿈을 꾸다 잠에서 깬 진령군은 머리맡을 더듬어 자리끼를 찾았다. 자리끼가 손에 잡히지 않자 습관처럼 갓난이를 불렀다. 목이 마르구나. 물 좀 다오. 아무 대답이 없었다. 진령군은 갓난이가 없다는 사실을 깨달았다. 그리고 까닭 없이 쓸쓸해졌다. 쓸쓸함에 대해 생각하던 진령군은 바깥에서 들려오는 인기척에 귀를 기울였다. 진령군은 등잔불을 켰다. 간단히 옷매무새를 만지고 머리를 틀어 올려 비녀를 꽂았다. 잠시 뒤 방문이 열리며 물 대접을 든 갓난이가 들어왔다. 진령군은 물을 마신 뒤 갓난이를 지그시 바라보았다. 갓난이는 차분하게 지난 일을 설명했다. 포청의 포졸들이 며칠 전부터 북묘 근처의 민가를 들쑤시고 다녔다. 궁중 연회에서 시중을 들 여자들을 차출하기 위해서였다. 본래는 술집 유녀 가운데 뽑아야 했지만 포졸들끼리 작당하여 평소에 눈독 들이던 여염집의 여자를 끌고 가는 일이 빈번했다. 어린 여자들은 궁이라는 말만 들어도 기겁을 했다. 궁으로 끌고 가지만 않는다면 뭐든 하겠다며 빌기 마련이었으니 포졸들 입장에서는 희롱하고 농락하기 좋은 먹잇감이었다. 갓난이도 그렇게 끌려갔다. 포졸들은 처음부터 궁으로 데리고 갈 생각이 없었다. 딸자식을 찾으러 온 사람들과 흥정해서 뒷돈을 챙기는 게 가장 큰 목적이었으나 뜻대로 되지 않더라도 마음껏 희롱할 수 있으니 손해 볼 일은 없었다. 우리 할아버지도 마을 사람들과 함께 저를 찾으러 오셨는데 젊은 사람들이 성미를 이기지 못하고 포졸들을 때려눕히는 사달이 났지요. 포교와 포졸들이 마을에 우르르 들이닥쳐 물고를 내겠다며 으름장을 놓고 사람들을 끌고 갔어요. 할아버지와 저는 숨을 곳도 없고 도망칠 곳도 없어서 서로 붙든 채 울고 있었는데……. 진령군은 고개를 끄덕였다. 해원이 너를 데리고 온 게로구나. 며칠이나 되었냐는 진령군의 물음에 갓난이는 이틀 전의 일이라고 답했다. 진령군은 비로소 이해했다. 해원이 눈을 잃어 가면서 무엇을 얻었는지를. 진령군은 피하기 어려운 운명이 다가오는 걸 감지했다. 그런 운명은 파멸일 수밖에 없었으므로 심사숙고해야 했다. 갓난아, 때가 안 좋구나. 호시탐탐 노리던 자들에게 기어이 빌미를 주고 만 셈이야. 날이 밝으면 포졸들이 여기로 들이닥칠 게 분명하다. 이제 아무도 우리를 보호해 주지 않는단다. 당황한 갓난이는 머리를 조아렸다. 날이 밝기 전에 떠나겠어요. 진령군은 아무 말이 없었다. 밖에서 해원과 갓난이의 할아버지인 육십 노인은 이 모든 이야기를 듣고 있었다. 그 새벽에 갓난이와 노인은 자신들의 집으로 돌아갔다. 이틀 뒤 노인은 살인죄로 잡혀갔다. 포졸과 처음 맞섰던 젊은이 가운데 하나가 포졸에게 맞아 앓다가 죽었는데 사건을 무마하기 위해 노인에게 혐의를 씌운 거였다. 갓난이도 포청에 끌려가 곤욕을 치렀다. 즉결 처분을 받은 뒤 풀려났으나 거의 넋이 나가고 말았다. 해원은 진령군에게 작별을 고한 뒤 갓난이에게 갔다. 그때쯤에는 맹인이나 다름없었다. 그리고 거기에서 모든 걸 지켜보았다. 진령군의 집이 몰수되고 그 집에서 진령군이 쫓겨나는 걸. 머리를 풀어헤친 채 실성한 사람처럼 깔깔깔 웃어대는 진령군을 보며 해원은 심장이 쥐어짜지는 듯한 고통을 느꼈다. 갓난이를 곤경에서 구하기 위해 노인이 순순히 혐의를 인정하고 감옥으로 들어가는 것도 보았다. 해원은 계속해서 보았다. 갓난이의 운명을 보았다. 그 운명에서만 위로를 받을 수 있었다. 갓난이 곁에는 자신이 있었다. 갓난이와 혼례를 치르고 아이를 낳고 이따금 다투기는 하되 서로를 믿고 의지하며 해로하는 삶이었다. 갓난이는 모르는 갓난이의 앞날이었다. 노인이 사형 판결을 받았다는 소식을 듣고 갓난이가 까무러쳤을 때에도 해원은 아무 걱정도 하지 않았다. 포졸들이 들이닥쳐 포승줄로

묶어 끌고 갈 때에도 갓난이에게 안심하라고 타일렀다. 무죄가 입증되어 금방 방면될 것이니 부디 몸을 돌보며 기다리라고 당부했다. 이틀 뒤 돌아온 해원은 갓난이가 들보에 목을 매고 죽었다는 걸 알았다. 갓난이의 시신을 끌어내려 방바닥에 뉘고 오래도록 말을 잊었다. 상상조차 하지 못한 일이었고 납득할 수도 없는 일이었다. 해원은 알 수 없었다. 분명 갓난이의 앞날을 보았건만. 해원은 마루 끝에 앉아 보이지 않는 세상을 응시했다. 남녘에서 농민군이 봉기하여 서울로 오고 있다는 소문이 들려왔다. 이미 일본군에게 무참히 패해 뿔뿔이 흩어지고 도망치는 중이라고도 했다. 녹두장군이라 불리는 이가 대장이라고 했다. 상복을 입은 채 백마를 타고 대장기를 휘날린다고 했다. 그날부터 해원은 꿈에서 그런 사람을 보았다. 누군가의 죽음을 애도하기 위해 허위허위 길을 떠나는 사람을 보았다.

전봉준에게 들려주는 해원의 이야기를 죄수들도 듣고 있었다. 번쩍이마저 숨소리를 죽인 채 귀를 기울였다. 어두웠지만 해원의 눈은 정갈하게 빛났다. 잠이 든 줄 알았던 갓난이의 할아버지가 눈을 뜨더니 이렇게 말하더군요. 그런데 명일아, 네 눈은 언제부터 그렇게 된 거니. 참 얄궂은 일이구나. 죄수들은 혀를 찼다. 해원의 눈이 멀었다는 사실을 노인이 어떻게 알았을지를 생각하느라 한동안 골머리를 앓을 거였다. 당신은 그런 재주가 없음에도 누구보다 눈이 밝았고 다른 이들이 알지 못하는 것까지 보았지요. 나는 그런 재주가 있음에도 누구보다 눈이 어두웠던 거예요. 자리에 누웠던 몇몇 죄수들마저 윗몸을 일으키고 차디찬 벽에 등을 기댔다. 저마다 생각에 잠긴 채 내리던 비가 진눈깨비로 바뀌어 날리는 창살 밖을 올려다보았다. 운명을 알고 싶어 하지 않는 사람은 없었지만 운명을 안다고 해서 기대한 것만큼 즐겁지도 행복하지도 않으리라는 사실에 가슴이 먹먹해졌다. 차라리 태어나지 않았더라면 더 좋았을 것이라는 생각이 들었다. 마침 여옥에서 구슬픈 울음이 들려왔다. 투덜대는 나장의 목소리가 들렸지만 그 순간만은 죄수들조차 겁을 먹지 않았다. 삼십 대의 사형수가 해원에게 물었다. 꿈에서 보았던 그이가 바로 지금 여기 있는 녹두장군과 같은 사람임을 어떻게 아느냐고. 알 수 있어요. 어떻게? 화가 나니까요. 화가 난다고? 예, 화가 납니다. 숱한 사람들의 목숨이 허무하게 스러졌으니까요. 자신마저 이렇게 결박되어 죽음을 앞에 둔 처지로 떨어졌으니까요. 질문을 던졌던 죄수가 고개를 저었다. 그게 어디 녹두만의 잘못일까. 일본군이 워낙 막강했으니 별수 없는 노릇이지. 이제 다 끝난 일이야. 새삼 분노할 것도 안타까울 것도 없네.

전봉준은 해원의 말을 곱씹어야 했다. 꿈을 눈으로 보는 게 아니라는 말이 무슨 뜻인지 알았다고 여겼는데 착각이었음을 깨달았다. 꿈은 눈으로 보는 것도 아니고 마음으로 보는 것도 아니었다. 꿈은 보려고 하는 사람에게만 정체를 드러내는 거였 다. 눈이거나 마음이거나 상관없이 간절히 바라는 사람에게만 기적처럼 주어지는 거였다. 그는 해원을 바라보았다. 해원은 그 가 무슨 생각을 하는지 다 아는 것 같았다. 장군의 잘못이 맞습 니다. 왜인지 아십니까? 그는 고개를 저었다. 창의군의 실패는 창의군만의 실패가 아니니까요. 장군과 창의군이 꾸었던 꿈은 모든 백성의 꿈이었으니까요. 창의군이 실패했으니 이제 막을 수도 거스를 수도 없게 되었지요. 전봉준은 가슴이 아렸다. 해 원의 말을 듣고 있을 수가 없었다. 그는 해원의 말을 복기라도 하듯 한 마디 한 마디 힘을 주어 말했다. 무슨 말인지 알겠네. 창 의군이 실패했으니 대세는 기울었지. 척양척왜가 실패했으니 서양과 왜국이 태산처럼 밀려오겠지. 누군가 저항을 이어 가겠 지만 창의군의 봉기가 최대이자 최후의 봉기였으니 대세를 막 을 수도 거스를 수도 없게 되었지. 그게 조선의 앞날이라는 걸. 그의 눈에서…… 눈물이 흘러내렸다. 죄수들은 말을 잃었다. 그 가 눈물을 흘린다는 게 어쩐지 현실 같지가 않았다. 오늘 판결 이 내려졌네. 이제 내게는 남은 시간이 별로 없다네. 길어야 며 칠 아니, 어쩌면 내일 당장 처형을 당할 수도 있겠지. 이젠 정말 묻고 싶네. 나를 보면 무엇이 보이나?

점고를 마친 죄수들이 잠을 청하기 위해 자리에 들고 얼마 되
지 않아서였다. 의금부의 나장들이 전옥서 나장들과 나직한 목
소리로 이야기를 나누는 소리가 들렸다. 남옥의 여러 칸에서
문이 열리는 소리가 났다. 나장들이 들어와 전봉준을 부축해
일으켰다. 죄수들이 눈을 비비며 일어나 수군거렸다. 전봉준을
비롯해 농민군 우두머리들 모두가 각자의 방에서 끌려 나왔다.
전봉준은 해원이 내민 손을 잡았다. 가시는 겁니까? 그래, 이제
가네. ……눈이 보이지 않는다는 것만 밝히면 살인 누명도 벗
을 수 있을 거네. 효험이 있을지 모르지만 자네 눈을 살릴 수 있
는 약방문을 써두었네. 한때는 제법 용한 의원이라 인정받았
으니 감옥에서 나가게 되면 꼭 약을 구하게나. 그는 무슨 말인
가를 더 하려다 그만두었다. 어쩐지 해원이 이미 알고 있으리
라는 생각이 들었다. 해원이 뭐라 말할지도 가늠이 되었다. 그
가 무슨 말을 하든 해원은 이렇게 말할 게 분명했다. 장군께서
더 잘 보고 계시지 않습니까. 나장들은 그를 들것에 싣고 의금
부로 갔다. 골방에 내려진 그는 다른 접장들과 눈인사를 나누
었다. 나장들이 그의 손목을 등 뒤로 돌려 묶은 뒤 발목까지 묶
었다. 이윽고 그의 목에 올가미가 걸렸다. 그는 눈을 감았다. 그

의 눈앞에 동곡리 지금실의 집이 어른거렸다. 식구들과 며칠을 함께 보낸 뒤 집을 나설 때였다. 그는 다시는 집으로 돌아올 수 없으리라는 예감이 들었다. 그는 자식들의 손을 하나하나 쥐어 보았다. 아들딸 할 것 없이 모두 거칠고 차가운 손이었지만 이상하게도 부드럽고 따뜻하기 이를 데 없었다. 그는 마지막으로 아내의 손을 쥐어 보았다. 부드럽고 따뜻했다. 그는 해원에게 말해 주고 싶었다. 눈으로 볼 수 없는 것들을 보면서 알게 되지 않았느냐고. 눈이 멀고 앞날을 내다보는 재주를 잃었지만 완전히 잃은 건 아니었잖냐고. 해원이 사랑하는 사람의 앞날만은 볼 수 있게 되었음을, 눈을 잃고 얻은 게 바로 그것이었음을 말해 주고 싶었다.

나장들이 밧줄을 당기자 전봉준의 몸이 가볍게 둥실 떠올랐다. 마흔한 살 상처 입은 사내의 몸뚱이는 너무나 가벼워서 툭 치면 저 하늘로 올라가 버릴 것만 같았다. 밧줄 끝을 기둥에 묶은 뒤 나장들은 한 걸음 물러섰다. 비도의 우두머리들이 몸을 뒤틀며 죽어 가는 걸 말없이 지켜보았다. 해원은 감옥에 누운 채 이 모든 걸 보았다. 해원은 노인의 꿈을 떠올렸다. 네 눈은 언제부터 그렇게 된 거니. 이렇게 묻고 잠을 청하듯 죽음으로 미끄러져 들어가던 노인에게서 보았던 것들이었다. 죽기 직전의 노인이 꾸었던 꿈이었다. 그 광경은 너무나 생생해서 노인의 꿈이 아니라 해원 자신의 꿈인 것만 같았다.

법무아문 대신은 협판에게 판결문을 인계받아 궁궐로 들어갔다. 대신은 왕에게 조아리며 판결문을 바쳤다. 전봉준과 비도의 수괴들을 사형에 처하니 윤허하여 주십시오. 왕은 늘 하던 대로 그렇게 하라고 말했다. 돌아서던 왕이 문득 생각났다는 듯 언제 집행할 거냐고 묻자 대신은 즉시 시행하겠노라 답했다. 새벽이 되어 대신이 강녕전을 찾아와 알현을 청했다. 커피를 마시던 왕이 물끄러미 대신을 바라보았다. 전하, 전봉준을 비롯하여 비도의 수괴들을 처형하였나이다. 알았다. 왕은 인상을 찌푸렸다. 관례적인 표정이었다. 모두가 내 부덕의 소치이므로 책임을 통감한다는 뜻이 담긴 표정이었다. 사형은 백성을 교화하는 데 실패했음을 자인하는 것이기에 참으로 덕성스러운 군주라면 기뻐하거나 통쾌하게 여겨서는 안 되었다. 왕은 침소로 들어가 편히 몸을 눕혔다. 작은 근심이 하나 사라졌지만 그 외에도 근심거리는 태산과 같았다. 그러나 왕은 꿈조차 없는 혼곤한 잠 속으로 가볍게 빠져들었다. 하늘에 몇 개의 별이 새로이 걸렸다.

10

1956년 7월 19일

그는 일제에 세 번 체포되어 세 차례 투옥되었다. 중도에 병보석
으로 풀려나 해외로 탈출한 적도 있었지만 다른 경우에는 만기
를 채우고서야 출소할 수 있었다. 감옥에서 지낸 세월만 십여 년
이었다. 이십 대 가운데 삼 년과 삼십 대 가운데 칠 년을 감옥에
서 흘려보냈고 오십 대의 중반부터 지금까지 삼 년을 이 감방에
서 지내는 중이었다. 지금이 그가 겪게 될 마지막 감옥 생활이라
는 것도 잘 알았다. 그의 삶이 마침표를 찍게 될 시간이 다가오
고 있었다. 눅눅한 감방에도 봄꽃 향기가 밀려들어 왔다. 평양平
壤의 봄이었다. 평양이란 지명만 두고 보자면 얼마나 부드러운
이름인가. 그의 고향인 예산禮山에서 느낄 수 있는 부드러움은

산으로 이루어진 거칠고 척박한 땅을 살아가는 예의 바른 사람들이라는 의미에서 비롯되었지만 평양은 평平과 양壤 두 글자 모두 고르고 비옥하며 너른 들판을 뜻했다. 그 땅으로 젖줄처럼 강이 흐르니 평양은 봄이 시작되는 고장일 수밖에 없었다.

그는 알지 못했으나 평양은 노동당 3차 대회로 분주했다. 대낮이면 감방의 공기도 따뜻해졌다. 공산주의가 기꺼이 목숨을 바쳐도 좋을 만큼 합당한지 아닌지만이 중요하다던 청년은 이제 그를 찾아오지 않았다. 머지않아 청년은 그러한 신념을 갖게 될 테고 신념에 따라 살기를 열망하게 될 거였다. 그는 소년이 그리웠던 것처럼 청년이 그리웠다. 세월을 거슬러 돌아갈 수 있다면 상하이 시절로 돌아가고 싶었다. 왜 그런 생각이 드는지 헤아려 보니 무엇이든 가능하다고 믿었던 시절이어서인 듯했다. 무엇이든 가능하다. 이것이야말로 젊은 시절의 그와 동지들을 묘사하는 데 가장 어울리는 말이기도 했다. 그는 해원에게서도 무엇이든 가능하다고 믿는 젊은이의 단호함을 느꼈다. 그가 왜 조국과 인민을 배신했다고 생각하는지를 물었을 때 경악하는 해원의 얼굴을 바로 눈앞에서 보듯 그려 볼 수 있었다. 해원은 신중한 사람이 모욕을 받았을 때 흔히 그렇듯이 차분하게 경악하는 것 같았다. 이 질문이 질문의 형태를 띠고 있다지만 사실 하나의 선언임을 해원도 잘 아는 것 같았다. 한마디로 조국과 인민을 배신한 적이 없다고 말한 것이나 마찬가지였으니까. 공화국의 적법한 재판을 거쳐 유죄를 선고받고 자아비판까지 한 죄인의 입에서 나온 말이기에 젊은이는 어리둥절했겠지만 이내 무슨 뜻인지 간파했을 거였다. 당신은 좀 다를 줄 알았습니다. 그 말을 할 때 해원의 목소리는 어느 때보다 싸늘했다. 그는 변명을 덧붙이고 싶었다. 나는 해방 이듬해부터 수상과 함께 지냈네. 수상과 함께 길을 걷고 밥을 먹고 회의를 했지. 함께 비행기를 타고 모스크바와 북경을 다녀왔고 자동차를 타고 공화국 곳곳을 다녔으며 지하 벙커에서 전쟁을 견뎠네. 내가 미제의 고용간첩이라면 수상은 왜 그토록 오랜 세월 동안 눈치채지 못했겠는가. 부수상인 내가 정말 간첩이었다면 말일세……. 이런 변명은 지극히 당연해서 할 수 없고 해서는 안 되는 말이기도 했다. 젊은 시절의 그도 마찬가지였다. 당연한 말은 당연해 보인다는 뜻일 뿐 진리와는 무관하다고. 대신 그는 이렇게 말했다. 그 당시 공산주의라는 용어가 없었을 뿐 전봉준과 농민군은 모두 공산주의자였다네. 공산주의는 이념이 아니네. 혁명을 꿈꾸는 사람은 모두 공산주의자야. 공산주의자는 영토를 점령하는 자가 아니라 압제와 억압과 수탈과 착취를 당하는 사람에게 꿈이 되어 주는 자이네. 그 사람과 함께 꿈을 꾸는 자이네. 공산주의자의 유일한 임무는 꿈을 점령하는 것이네. 영토가 아니라 인민의 마음속에 들어가 인민과 하나가 되어야 하지. 그 일은 이미 실현되었다네. 변혁을 꿈꾸는 사람이 있는 한 공산주의는 사라지지 않고 그 사람의 꿈속에서 언제나 살아 있을 테니까.

그 뒤 해원의 태도는 눈에 띄게 냉담해졌다. 이상한 일이기도 했다. 해원은 그를 감시하는 자들 가운데 한 사람에 불과했다. 강의가 끝난 뒤 내무성으로 출근해서 자정 무렵까지 근무하다가 돌아가는 대학생 신분의 필사자일 뿐이었다. 책을 펴놓고 공부를 해도 내무성 기관원들이 눈감아 주었으니 나름대로 특별대우를 받는 신분이라고도 할 수 있었다. 그와 개인적인 친분도 없었고 오히려 그를 조롱하거나 경멸하는 게 자연스러운 젊은이일 뿐이었다. 그가 마음을 졸이거나 전전긍긍할 이유가 없는 사람이었다. 만약 이유가 있다면 그가 이야기를 나눌 수 있는 유일한 사람이라는 것 정도였다. 그는 불현듯 깨달았다. 그의 마음이 기울었다는 건 해원의 마음 역시 그에게 기울어 있다는 뜻이기도 하다는 걸. 어쩌면 해원에게 그는 아버지 혹은 할아버지와 같은 식구 가운데 누군가를 연상시키는 사람일 수도 있었다. 외모가 닮아서일 수도 있었고 단지 나이가 비슷해서일 수도 있었다. 구체적인 까닭은 알 수 없지만 그런 게 아니라면 달리 납득할 만한 설명을 찾을 수 없었다.

봄이 깊고 여름이 다가오는 동안 다른 유령들이 그를 찾아오기는 했다. 그러나 소년과 젊은이처럼 오래 머물지는 않았다. 그의 장례식에라도 온 것처럼 그를 잠깐 들여다보고 한숨을 내쉬거나 고개를 저은 뒤 사라지곤 했다. 나이가 든 그의 유령들은 지금의 그와 너무나 가까워서 그에게 묻고 싶은 게 없는 듯했다. 밤이 되면 사위가 고요해졌고 어느 먼 숲에서 우는 소쩍새 소리마저 선명하게 들려왔다. 희미한 그림자 같은 유령들이 그의 눈앞에 어른거렸다. 이미 죽은 그의 동지들이었다. 동지들은 그를 원망하거나 힐난하지 않았지만 그는 죄책감과 모멸감 탓에 고개를 들 수가 없었다. 봄비가 내렸다. 벽을 타고 내려온 빗물이 바닥에 흥건히 고였다. 그렇게 고인 물에서 조용히 일어나는 파문을 지켜보았다. 천장에서 빗물이 뚝뚝 떨어져 그의 정수리를 두들기기도 했다. 비 탓인지 처음에는 미열이 오르더니 목이 붓고 가래가 끓으며 온몸이 뜨겁게 달아올랐다. 3차 당대회에서도 그의 이름이 거론되었다. 종파분자, 미제 간첩으로 다시 비판받았다. 진상 조사를 위해 파견된 소련 대표단이 대회를 참관하고 있어서였다. 그는 혼수상태에 빠진 것처럼 정신을 차리지 못한 채 끙끙 앓았다. 내무성 지하 감옥에 갇혀 지내는 동안 크게 앓은 적이 없는 그였기에 기관원들도 신경을 쓰는 눈치였다. 당연히 그를 걱정해서는 아니었다. 그는 이미 죽은 자였지만 수상의 명령 없이는 죽을 수도 없는 자였다.

열병이 그를 점령하자 밤낮은커녕 자신이 있는 곳이 어디인지 분간할 수도 없었다. 축축하고 미지근한 빗물에 흠뻑 젖은 채 고열에 시달리며 그의 의식은 어딘가 먼 곳으로 달려갔다. 그는 사경을 헤매는 사람처럼 정신을 잃은 채 여러 날을 흘려보냈다. 내무성에 소속된 의사가 그를 진찰하고 갔지만 이러한 사실조차 그는 알지 못했다. 침을 삼킬 수 없을 정도로 목구멍이 따갑고 입 안이 바싹 메말랐다. 이따금 그는 끔찍한 갈증을 느끼며 눈을 떴다. 말라붙은 눈곱 탓에 아랫눈시울과 맞붙었던 눈꺼풀이 찢어지듯 떨어졌다. 눈을 뜨긴 했으나 보이는 건 없었다. 어둠보다 깊은 어둠이었다. 그의 입에서 물을 달라는 가느다란 목소리가 흘러나왔다. 그의 입에서 나온 말이라고 할 수 없을 정도로 낯설게 들리는 목소리였다. 누군가가 와주기를 잠시 기다린 그는 다시 한번 물을 달라고 말했다. 복도를 걸어오는 발소리는 들리지 않았다. 해원이라면 분명 그가 낸 기척을 알아채고 왔으련만. 멀리서 어수선한 소리가 들려왔다. 그의 이름을 부르는 간수의 목소리를 알아들을 수 있었다. 그는 힘겹게 몸을 한 바퀴 굴려 감방 구석으로 갔다. 슬며시 눈을 뜨고 감방을 둘러보았다. 내무성의 감방과는 조금 달랐다. 찬찬히 둘러보던 그는 젊은 시절에 수감되었던 서대문형무소가 떠올랐다. 그는 꿈을 꾸고 있는 거라고 믿었다. 간수의 발소리가 점점 가까워졌다. 그의 감방 안으로 두 명의 간수가 성큼 들어섰다. 그가 떨리는 목소리로 물었다. 젊은이, 자넨가? 그의 얼굴이 일그러졌다. 그를 일으켜 세우려는 듯 간수의 팔이 그의 겨드랑이 쪽으로 들어왔다. 더 물러설 수는 없기에 그는 몸부림을 쳤다. 그제야 손목에 수갑이 채워져 있다는 걸 알았다. 움직일 때마다 숨이 막힐 정도의 통증이 찾아왔다. 온몸이 명투성이였으니 그럴 수밖에 없었다. 그는 무슨 일이 벌어지는 중인지 알 수가 없었다. 간수들에게 끌려 나온 그의 머릿속에는 또다시 고문실로 끌려가고 있다는 생각밖에 들지 않았다. 계속해서 겪어 온 일이었음에도 자꾸만 무릎이 꺾이는 걸 어쩌지 못했다. 그가 주저앉으면 간수들은 사납게 일으켜 세웠다. 까마득히 잊었던 일본어 욕설이 그에게 퍼부어졌다. 그가 일어서지 못하면 그대로 질질 끌고 갔다. 고문을 받고 죽은 동지가 떠올랐다. 그 역시 고문을 받다가 죽겠지만 그 동지가 죽어 가면서 느꼈을 비참함을 생각하면 치가 떨렸다. 그의 결심과는 무관하게 그의 육신과 정신은 구타와 고문으로 허물어지는 중이었고 간신히 제정신이 들면 닥쳐올 구타와 고문에 대한 생각 탓에 명료한 판단을 내릴 수가 없었다. 그럴 때면 차라리 정신을 잃고 싶었다. 얼굴에 들이붓는 찬물에 깨어나는 기절 상태가 아니라 말 그대로 정신이 사라져 버린 상태, 영원히 돌아올 수 없는 죽음의 상태로 건너가 버리고 싶었다. 그때 느꼈던 절망감을 그는 정확하게 기억할 수 있었다.

열병에 시달리는 그가 꿈속에서 되돌아간 시절은 1927년 겨울이었다. 지난가을 4회 공판 중에 반 미친 상태로 재판정에서 격렬하게 저항한 이후로는 한 번도 법정에 출정하지 못했다. 그사이 단식을 시작했고 간수들은 그에게 억지로 음식을 먹이기 위해 수갑을 채웠다. 그가 완강히 버티자 구타하고 고문했으며 그럴수록 그의 저항도 한층 거세어졌다. 그는 죽기를 각오했다. 죽기를 각오해야만 살아 나갈 방법도 있다고 믿었다. 하루하루 지날수록, 가을이 깊어 만추가 되고 만추마저 무르익어 겨울로 접어들 무렵에는 왜 단식을 시작했는지조차 기억할 수 없게 되었다. 가끔 제정신이 들면 슬픔과 고통 탓에 도망치고 싶은 생각이 간절해졌고 그가 할 수 있는 일이 없다는 현실을 깨달으면 벽에 머리를 부딪혀 죽어 버리고 싶을 뿐이었다. 독방에 갇힌 그는 바닥에 깔린 거적을 풀어헤친 뒤 그렇게 모은 짚으로 새끼를 꼬아 목을 매달기도 했다. 간수들이 거적을 치워 버린 뒤에는 옷을 찢어 길게 묶은 뒤 목을 매달았다. 매번 숨이 넘어가기 직전에 발각되어 스스로 목숨을 끊으려는 시도는 실패로 돌아갔다. 죽기 위해 그러는 것만은 아니었다. 그가 감옥 벽에 몸을 던지거나 이마를 찧거나 단식을 하거나 목을 매달거나 무얼 시도하든 그건 오히려 그를 옭아맨 답답한 상태를 벗어나려는 몸부림에 가까웠다. 그를 절망에 빠뜨리는 현실에서 탈출하려는 시도, 말하자면 살고자 하는 또 다른 발버둥이기도 했다. 살기 위해서는 스스로를 죽음 가까이 혹은 정말 죽음 그 자체로 떠밀어야만 했고 살기 위해 시도했던 일들이 점점 그를 진짜 죽음으로 데려가는 중이었다. 그의 두 눈은 쥐가 파먹어 들어간 구멍처럼 퀭했다. 눈자위는 흐릿했고 눈동자는 불안하게 흔들렸다. 본래 지독한 근시이기도 했지만 이제 그런 눈으로는 아무것도 볼 수 없을 듯했다. 간수들에게 이끌려 간 곳은 출감 수속을 밟는 사무실이었다. 고문실이나 사형장이 아니었음에도 그는 몸을 벌벌 떨었다. 대기실의 기다란 의자 위에 앉은 채 앞으로 무슨 일이 닥쳐올지 몰라 전전긍긍하던 그는 병보석으로 출소하게 되었다는 말을 알아들었다. 간수들이 그를 일으켜 세웠다. 작은 방으로 끌려간 그는 수의를 벗고 수감될 때 입었던 옷으로 갈아입었다. 문 앞에서 기다리던 사람이 그에게 다가와 악수를 청했다. 그 손을 빤히 바라보던 그는 자신도 모르게 바깥으로 가는 방향이 아닌 감옥으로 향하는 길로 뒷걸음질을 쳤다. 간수들이 달려와 그를 붙잡았다. 그는 이해할 수 없었다. 병보석이라니. 출소라니. 그건 있을 수 없는 일이었다. 새로운 형태의 고문일지도 몰랐다. 그에게 손을 내밀었던 사람은 자신을 변호사라고 밝혔다. 박 선생, 정말 나를 모르겠소? 허현이외다. 낯익은 목소리였지만 낯선 얼굴이기도 했다. 아니, 낯익은 얼굴이었지만 그의 변호사라는 말은 믿어지지 않았다. 허현이라는 이름도 낯익으면서 낯설기는 마찬가지였다. 간수가 변호사로 위장한 것일지도 몰랐다. 그는 깔깔 웃었다. 나를 속이려 이렇게 치졸한 짓까지 하다니. 그래, 너희들이 원한다면 기꺼이 속아주겠다. 허탈한 기분이 들자 이상하게도 흥분이 가라앉았다. 여전히 간수들이 그를 부축한 채 복도를 빠져나갔다. 이 간수들도 내무성 기관원들이 위장한 것만 같았다. 몸수색을 한 뒤 몇 개의 문을 통과했다. 그는 서류가 이 사람 저 사람의 손으로 옮겨지는 걸 물끄러미 바라보았다. 변호사라고 소개한 사람은 걱정스런 얼굴로 그를 지그시 바라보았다. 그는 시선을 회피하지 않고 마주 보았다. 아는 사람인 것도 같았다. 정말로 변호사일지도 몰랐다.

마침내 형무소 정문을 나섰다. 초겨울의 찬 공기를 호흡하며 잠깐 하늘을 올려다보았다. 오후의 서늘한 빛에 눈이 부셨다. 그를 기다리던 사람들이 그에게 다가왔다. 노부인이 그의 얼굴을 덥석 안고 쓰다듬었다. 핼쑥한 얼굴의 젊은 부인이 그 옆에 선 채 노부인의 등을 어루만졌다. 그는 고개를 두리번거렸다. 이게 다 무슨 일입니까? 왜 내가 여기에 있죠? 나를 다시 돌려보내 주세요. 그 말을 들은 사람들은 아무 말도 하지 못했다. 그가 실성했다는 건 소문으로 들어 알고 있었지만 직접 눈으로 확인하면서 새삼 비감에 젖었다. 수첩에 메모를 하던 취재기자들과 셔터를 누르던 사진기자들도 그 순간만은 침묵을 지켰다. 그들의 얼굴에 떠오른 처연한 표정을 바라보며 그는 새로운 의문에 사로잡혔다. 이 사람들은 대체 누구길래 나를 보며 서글프고 괴로운 표정을 짓는단 말인가. ……나는 이들에게 슬픔을 불러일으키는 사람인가…… 나는 이들에게 고통을 주는 사람인가. 노부인과 젊은 부인이 그의 손을 잡아 길가에 서 있는 승용차로 데려갔다. 그는 뒤를 돌아보았다. 형무소의 높은 담장이 금방이라도 와르르 무너지며 그를 덮칠 것만 같았다. 승용차 뒷좌석에 오른 그는 떨리는 목소리로 물었다. 나를 어디로 데려가는 거요? 죽이고 싶다면 그냥 여기서 죽이시오. 그는 차창 밖에서 있는 사람들을 겁에 질린 눈으로 바라보았다. 나를 이대로 보내지 마시오. 나를 구해 주시오. 그를 태운 승용차는 서소문의 정신병원 앞에 멈췄다. 기자들을 태운 승용차들도 잇따라 도착했다. 진찰실로 끌려간 그는 간단한 문진을 받고 입원실로 옮겨졌다. 그는 발버둥을 치며 침대를 벗어나려 했으나 건장한 사내들이 그의 두 팔과 다리를 붙잡았다. 그는 노부인과 젊은 부인을 간절한 눈빛으로 바라보았으나 소용이 없었다. 사내들은 그의 옷을 벗기고 헐렁한 환자복으로 갈아입혔다. 손목과 발목을 결박당해 침대에 묶인 채로 그는 흐느꼈다. 나한테 왜 이러는 거냐며 원망도 하고 애원도 했다. 불같이 화를 내며 호통을 치기도 했다. 비명을 지르며 깜빡 혼절했다가 깨어나서는 미친 듯이 웃어 댔다. 한참을 웃어 대던 그는 손을 내젓다가 단단한 벽이 만져지자 거기에 이마를 박았다. 머리가 어질어질했다.

해원의 목소리가 들렸다. 괜찮습니까? 젊은이의 손이 그의 이마를 부드럽게 짚었다. 그런 줄만 알았는데 그의 이마를 짚은 손 따위는 없었다. 꿈에서 빠져나온 그는 잠시 허둥거렸다. 그는 해원이 철문 아래로 건네는 물 대접을 받아 들었다. 고개를 두리번거렸다. 내무성 지하 감옥이었다. 그의 늙은 육신은 여전히 여기에 있었고 미처 돌아오지 못한 그의 정신은 과거와 현재 사이 어딘가에 있었다. 그는 미지근한 물을 조심스럽게 들이켰다. 사레가 들려 한동안 켁켁거렸다. 젊은이는 문 앞에서 잠자코 기다리고 있었다. 내가 얼마나 잠을 잤는지 말해 줄 수 있나? 내가 알기로는 사흘입니다. 이걸 덮으세요. 철문 아래로 반듯하게 개켜진 담요 한 장이 들어왔다. 고맙네. 나한테 고마워할 필

요는 없습니다. 의사의 지시를 따른 것뿐이니까. 내가 잠든 동
안 의사가 다녀갔군. 그렇다고 들었습니다. 이 약도 마찬가지지
만. 이윽고 해원이 고백이라도 하듯 나직하게 말했다. 의사만
다녀간 게 아니라 당신의 재판이 적법한지를 확인하기 위해 소
련에서 온 대표단도 다녀갔지요. 그는 무슨 말인가 싶어 잠시
생각을 가다듬어야 했다. 이내 그는 쓴웃음을 지었다. 대표단이
왔는데 정작 당사자인 그를 면담하지 않고 그냥 갔다면 진상규
명 역시 요식행위에 불과하다는 뜻이었다. 갈증은 가셨지만 벽
에 등을 기대니 머리가 지끈거리고 가슴이 울렁거렸다. 해원이
넣어 준 가루약을 삼킬 자신이 없었다. 해열제에 불과하겠지만
그의 증상을 완화하는 데에는 도움이 될 거였다. 두 눈을 질끈
감고 약을 입 안에 털어 넣었다. 구역질이 치밀었다. 참으려 했
으나 결국 방금 마신 물을 다 토했다. 약 탓에 입 안이 썼다. 그
는 미안하다고 말했다. 해원이 그를 뭐라고 비난할지 알 수 있
었으니까. 인민은 고뿔에 걸려도 약은커녕 쉬지도 못한 채 아픈
몸을 이끌고 새벽부터 재건 현장에 나가는데 당신은 그 귀한 약
을 삼키기는커녕 토해 내기만 하는군요. 해원은 분명 이렇게 말
하고 싶을 거였다. 그는 잠시 생각에 잠겼다. 그는 지금도 해원
이 어떻게 생겼는지 몰랐다. 목소리만 듣고 생김새를 미루어 짐
작할 뿐이었다. 어둠 속에서 얼핏 본 적은 있으나 환한 빛 아래

서 제대로 본 적은 없었다. 그런데도 오래전부터 알던 사람처럼 해원이 어떻게 생겼는지를 선명하게 떠올릴 수 있었다. 강퍅하다는 느낌이 들 만큼 선이 분명했지만 둥그스름한 이마는 내면의 부드러움을 감싸고 있는 듯했고 외꺼풀에 쑥 들어간 눈은 바로 그 부드러움이 드나드는 장소라도 되듯 윤이 났다. 아마도 그 눈은 서울을 떠나 평양에 왔던 순간부터 그의 곁을 지키고 그에게 더없이 위로가 되어 주었던 지금의 아내 윤옥을 떠올리게 할 거였다. 그는 아내인 윤옥과 여덟 살인 나타샤, 다섯 살인 세르게이가 사무치게 보고 싶었다. 자식들의 처지를 생각하면 참담했기에 되도록 생각하지 않으려 애썼으나 그가 마음먹은 대로 다룰 수 없는 거의 유일한 일이기도 했다. 이런 생각은 한 번 생겨나면 반드시 다른 핏줄에 대한 상념으로 그를 이끌었다.

그는 힘겹게 몸을 뉘었다. 눈을 감았다. 방금까지 머물렀던 꿈속으로 되돌아가고 싶었다. 모스크바에 있는 비비안나의 얼굴이 어른거렸다. 수상과 처음으로 함께 모스크바를 방문했던 해방 이듬해 여름이었다. 남과 북의 공산당 지도자 회의를 마친 뒤였다. 회의 결과를 보고하고 이후 활동을 보장받기 위해 방문해야만 했다. 거기에서 그와 세죽 사이에 태어났던 아이 영影, 비비안나를 15년 만에 보게 되었다. 늘 그리워하던 딸이었건만 막상 눈앞에서 보니 믿어지지 않았다. 그의 이목구비를 빼닮은 아이가 혼자서 이토록 곱게 자랐다는 사실도 실감이 나지 않았다. 비비안나는 경직된 태도로 그를 맞았다. 그가 다가가 부드럽게 안았을 때에도 비비안나는 고개를 살짝 옆으로 돌렸다. 그는 딸이 얼마나 긴장했는지 느낄 수 있었다. 떨림이 잦아들 때까지 오래도록 껴안고 싶었다. 비비안나, 고개를 들어 보렴. 부모 없이 홀로 자란 터라 그를 낯설어하고 어려워하면서도 호기심으로 가득한 딸이 고개를 들고 그를 보았다. 파파……. 아빠, 딸의 입에서 나온 아빠라는 이 말은 그가 알고 있는 어떤 말보다 다정하게 들렸다. 사랑하는 딸. 비비안나는 그 말을 알아듣지 못했기에 그는 러시아어로 다시 말했다. 비비안나가 볼을 그의 가슴팍에 댔다. 그는 지금도 그때의 벅찬 감정을 생생하게 느낄 수 있었다. 모스크바 근교에서 딸과 보낸 사흘도 어제 일처럼 떠올랐다. 겨우 사흘이었지만 부녀지간이란 15년이라는 세월로는 갈라놓을 수 없는 관계였기에 서로를 딸과 아비로 느끼고 받아들이기에는 부족하지 않은 시간이었다. 거기에서 비비안나의 엄마가 살아 있을 뿐만 아니라 유배 중이라는 사실도 알게 되었다. 만날 수는 없었지만 대신 그는 모스크바에 체류 중이던 조카에게 옛 아내를 찾아 보살펴 달라 부탁했다. 혹시 전할 말이 있느냐는 조카의 질문에 그는 고개를 저었다. 그는 생각해 보았다. 만약 살아 있는 동안 옛 아내와 해후하게 된다면 무슨 말을 나누게 될지. 그가 할 수 있는 말은 이런 것일 게 분명했다. 결국 우리는 언제나 사랑을 배반하고 사랑은 우리를 기만하는 거라던 그 말처럼 되어 버렸구려. 세죽도 고개를 끄덕이며 바로 그렇게 되어 버렸다고 대답하겠지. 만약 한마디 덧붙일 수 있다면…… 당신이 내게 미안하다고 할 필요가 없소. 사랑을 홀로 배반할 수 있는 사람은 없으니까. 당신과의 약속을 지키지 못했으니 오히려 내가 당신에게 용서를 구해야 하오.

야속하게도 딸과 함께 지낸 사흘은 순식간에 지나갔다. 그는 딸을 만났을 때처럼 헤어질 때에도 품에 꼭 안았다. 비비안나가 말했다. 믿지 않으시겠지만 기억이 나요. 뭐가 기억이 난다는 거니? 어렸을 때요. 제가 다섯 살이 되던 해에 저를 스타소바 육아원에 맡겨 두고 상하이로 떠나셨잖아요. 그때도 저를 이렇게 안아 주셨어요. 까맣게 잊었던 일인데 이제 떠올랐어요. 아빠가 이렇게 안아 주었던 날이요. 그는 고개를 저었다. 비비안나, 나의 딸, 네 기억이 이 아비에게도 얼마나 감격스러운 것인지 알아주면 고맙겠구나. 하지만 네가 알지 못한 한 가지를 꼭 말해 주고 싶단다. 비비안나, 네가 무얼 느꼈든 너를 내 품에 안았을 때 내가 느낀 기쁨이란 말로 형용할 수 없을 만큼 컸다는 걸 말이다. 그의 목소리는 떨려 나왔고 딸의 눈에는 눈물이 그렁그렁 맺혔다. 그는 딸의 눈물을 손가락으로 닦아 주었다. 그의 품에서 빠져 나온 비비안나가 말했다. 엄마……. 그는 비비안나가 아빠라는 말을 하고 싶었던 거라고 여겼다. 딸은 러시아어로 고쳐 말했다. 마마. ……마마? 딸은 고개를 끄덕이며 다시 말했다. 엄……마? 그제야 그는 딸이 무슨 말을 하려는 건지 알았다. 다음에 만날 때에는 엄마와 함께 만나고 싶다는 말임을 깨달았다. 그래, 그러자꾸나. 다음엔 엄마와 함께, 우리 셋이 만나 즐거운 시간을 보내자꾸나.

그리고 이제 셋이 한자리에 모여 즐거운 시간을 보낼 가능성은 없었다. 그는 벽을 등지고 돌아누웠다. 여전히 꿈속으로 들어가지는 못했다. 그가 내쉬는 숨은 그가 느끼기에도 열기가 가득했다. 돌이켜 보면 딸에게 그런 말을 하면서도 그의 마음은 복잡하기 이를 데 없었다. 두 번째 아내와의 사이에서 생겨난 아이 생각도 났다. 아지트 키퍼를 노리개로 삼아 아이까지 낳게 했다고 비판하는 당원들도 있었으니 조심스러울 수밖에 없었지만 비겁하게 감추거나 부인하지는 않았다. 비록 절차를 갖추어 혼인을 한 건 아니었지만 부부나 다름이 없었고 아이 역시 엄연한 그의 아들이었다. 살아 있다면 올해로 열여섯 살이 되었을 테니 해원보다는 네댓 살 어린 셈이지만 제법 사내 티가 날 만큼 장성했을 거였다. 그 아이, 병삼을 돌봐 줄 이들은 모두 죽었으니 아이도 필시 죽었을 테지만 유령이 되어 그를 찾아온 적은 없으니 살아남았을지도 모른다. 살아 있다 한들 그가 남선에 있는 병삼을 위해 할 수 있는 일은 없었다. 평양에 있는 나타샤와 세르게이라면 가느다란 희망이 있었다. 재판을 받기 전에 수상을 대면한 적이 있었다. 수상은 그를 동무라고 부르지 않았다. 예전처럼 친근하게 박 동지라고 불렀다. 수상은 직설적으로 말하지 않았지만 자신의 뜻이 무엇인지를 상대방이 훤히 알 수 있게끔 말하는 재주가 있었다. 그는 늘 그렇듯이 장황하게 늘어놓는 수상의 말에 귀를 기울였다. 결국 수상이 하고 싶은 말은 그가 모든 혐의를 인정한다면 주변 사람의 신변을 보장해 줄 수 있다는 거였다. 그가 아끼고 사랑하는 사람들. 그의 아내인 윤옥과 그의 아이들인 나타샤와 세르게이, 그리고 경성콤그룹 시절부터 그와 함께했던 동지들. 뭐라 말할 수 없을 만큼 당혹스러웠다. 그는 기시감을 느꼈다. 언제였던가. 전쟁이 한창이던 1951년 늦가을이었다. 소련대사관에서 행사가 있던 날이었다. 수상은 술에 취해 그에게 잉크스탠드를 던지고는 이렇게 으르렁거렸다. 서울만 점령하면 남선 전역에서 봉기가 일어나 순식간에 해방이 가능하다는 그의 말을 전적으로 믿었다고. 그는 그런 말을 한 적이 없으므로 수상의 말을 바로잡아 주었다. 서울을 점령하는 순간 남선의 모든 인민이 봉기하여 남선을 단번에 해방시킬 수 있게 될 때까지는 전면전을 해서는 안 된다 했노라고. 그러자 수상은 그를 비꼬았다. 오, 그게 바로 이론가 선생의 신노선인가? 이론가는 수상이 붙인 그의 별명이었다. 이론가라는 별명에는 실천하거나 투쟁하지 않고 공허한 말만 내세운다는 조롱이 담겨 있었다. 그는 수상이 술에 취한 척했으며 이 모든 말과 행동 역시 철저히 계산된 것임을 느꼈다. 그 뒤 당의 세포 단위까지 그가 서울만 점령하면 전쟁은 다 이긴 셈이라 호언장담했다는 소문이 퍼져 나가는 데에는 오랜 시간이 걸리지 않았다. 돌아보면 이미 그때부터 그와 남로당 출신들은 패전의 책임을 고스란히 지게 되었던 셈이다. 그는 수상의 정치적 도약을 위한 발판 노릇을 할 수밖에 없다는 걸 인정해야 했다. 만약 상황이 반대였다면, 그가 수상의 위치에 있고 수상이 그의 위치에 있었다면 어떤 판단을 내리고 어떤 결정을 했을지를 가늠해 보았다. 어쩌면 그 역시 비슷한 선택을 했을지도 모른다. 그는 고개를 저었다. 비록 자신의 선택 때문에 주위 사람들이 고초를 겪는다해도 평생을 바친 신념을 배반할 수는 없다고 말했다. 수상은 그럴 줄 알았다며 너털웃음을 터뜨렸다. 박 동지, 남은 사람은 살아야 하지 않겠소. 박 동지의 식솔을 생각해 보시오. 원한다면 중국이나 소련으로 보내 주겠소. 그러니 언제든 마음이 바뀌면 기별하시오. 내가 한 약속은 꼭 지킬 테니. 우리는 이론가하고는 달라서 약속은 반드시 지키니까 그 점은 걱정 말라. 감방으로 돌아오니 아내인 윤옥이 보낸 편지가 있었다. 이틀 뒤 그는 수상에게 짤막한 전언을 보냈다. 약속을 지켜 주시오. 내무상을 통해 답신이 왔다. 자아비판서를 제출하라는 거였다. 그는 펜을 쥐고도 오래도록 망설였다. 나의 종파적 편협성…… 계급적 암둔성…… 개인 영웅주의…… 소부르주아 이데올로기…… 비판함. 한 글자 한 글자를 쓸 때마다 거기에서 한 걸음씩 멀어지는 기분이었다. 이 비판서는 결정적인 항복일 수밖에 없었다. 그의 것이 아닌데도 그의 것이 될 수밖에 없는 비판이었고 한 번 쓰이면 영원히 쓰인 것이 되는 비판이었다. 그의 눈에 눈물이 맺혔다. 제목만 덩그렇게 쓰인 백지 위로 지나온 세월이 한꺼번에 흘러갔다. 이런 광경은 죽음에 임박해서야 볼 수 있는 것이었으니 자아비판서를 쓸 때의 그는 죽기 직전의 상태인 거였다. 죽음을 앞두고 진실이 아닌 거짓을 말해야 하는 상황에 처하리라는 걸 오래전부터 알고 있었던 것처럼 그는 눈물을 닦고 차분하게 스스로를 비판해 갔다.

그는 귓가에 들려오는 사각사각 소리에 눈을 떴다. 소쩍새 우는 소리도 희미하게 들렸다. 여전히 밤이었다. 저건 해원이 무언가를 쓰는 소리다. 지원서라면 이미 끝냈을 텐데 아직도 무언가를 공들여 쓰고 있다는 건 그가 짐작했던 대로 지원서가 아닌 다른 글임을 뜻했다. 머뭇거리지 않는 걸 보면 마침내 쓸 말을 찾아낸 듯했다. 까무룩 잠에 빠져든 그는 서대문형무소에서 병보석으로 출소해 정신병원에 입원했던 날로 되돌아갔다. 손과 발을 묶인 채로 그는 병실이 어두워졌다 환해지는 걸 지켜보았다. 며칠이 흘렀다. 출소할 때 보았던 젊은 부인이 떠주는 미음을 먹으며 기운을 차릴 수 있었다. 의사는 자꾸만 자신이 누구인지 알아보겠냐고 물었다. 그는 고개를 저을 수밖에 없었다. 그가 아는 이들, 그가 안다고 믿었던 이들이 그 때문에 죽거나 그를 배신했다. 젊은 부인을 따라 병원을 나섰다. 눈에 익은 경성의 풍경이었지만 낯선 곳에 내버려진 기분이었다. 여기가 어디냐고 묻자 젊은 부인은 혜화동이라고 했다. 그는 실소를 했다. 여긴 혜화동이 아니라 내무성 지하 감옥이오. 젊은 부인은 시름에 잠겼으나 기운을 잃지는 않았다. 그 태도로만 보면 그가 정말로 정신이 나갔다고 믿지는 않는 듯했다. 일본 경찰이 그의 집을 밤낮없이 감시하고 있으니 실성한 척하는 거라고 믿는 듯했다. 그러나 하루하루 지날수록 젊은 부인 역시 그가 정말로 실성했을지도 모른다는 생각을 하는 것 같았다. 누가 찾아오든 그는 벌벌 떨면서 도망치려 했다. 맨발로 심지어는 알몸으로 뛰

쳐나가는 경우도 있었다. 그와 마주친 사람들은 눈길을 돌렸다. 그가 알몸이어서만이 아니라 가죽만 남은 몸 곳곳에 수놓인 멍자국 탓이었다. 병보석으로 출감한 지 며칠 되지도 않았는데 그가 미쳐 버렸다는 사실을 누구나 알게 되었다. 감옥에서 고문을 당해 죽는 사람이 흔했듯이 감옥에서 풀려나온 뒤 미쳐 버린 사람도 흔했기에 그가 미쳤다는 사실 역시 선선히 수긍할 수밖에 없었다. 다만 어떤 고문도 그를 망쳐 놓을 수 없으리라는 기대와 믿음마저 내려놓아야 했기에 씁쓸해하면서 받아들일 수밖에 없었다. 계절은 겨울로 들어서고 있었다. 감옥에서 몸이 상한 그는 저녁이 되면 맥을 못 추고 쓰러졌다. 그러면 젊은 부인은 이불을 덮어 주고 그 옆에 우두커니 앉아 이런저런 이야기를 들려주었다. 어느 밤 그는 깜빡 잠이 들었다가 깨어났다. 젊은 부인은 곁에 앉아 책을 읽고 있었다. 낯익은 모습이었다. 그는 언제였는지를 생각해 보았다. 상하이에서였을 것이다. 고려 공청 사무실이 떠올랐다. 이 젊은 부인은 일을 하다가도 틈이 나면 책을 펼쳐 들여다보았다. 그가 무슨 책이냐고 물으면 수줍게 웃고 말았는데 세월이 흐른 뒤에도 마찬가지였다. 이제 그는 젊은 부인이 누구인지 분명히 알 것 같았다. 그걸 깨닫는 순간 가슴이 저렸다. 그가 깨어난 기척을 느낀 젊은 부인이 고개를 돌리고 그를 보았다. 어디 불편한 데가 있냐고 묻는 눈길이었다. 그는 조심스럽게 물었다. 세죽, 당신이오? 그럼요, 당신의 아내 세죽이에요. 아내가 반색을 하며 고개를 끄덕였다. 그렇구려. 그럼 당신도 죽었단 말이오? 살아 있기를 바랐는데 결국 그렇게 되었구려. 유령이 되어 나를 찾아왔구려. 아내의 눈동자가 흔들렸다. 그는 윗몸을 일으켜 벽에 등을 기대고 아내의 얼굴을 찬찬히 들여다보았다. 상하이에서 결혼을 한 뒤로 제법 세월이 흘렀음에도 아내는 그 시절과 별다르지 않았다. 아내는 여느 동지들과는 달리 섬세하고 감성이 풍부했다. 이를테면 아내는 콜론타이의 〈적연〉에 등장하는 바샤, 작가인 콜론타이의 분신이라 할 수 있는 인물보다는 톨스토이의 〈안나 카레리나〉의 주인공인 안나를 더 애틋하게 여기는 사람이었다. 훗날 동지들이 콜론타이를 여성 혁명가의 전범으로 여기며 환호할 때도 아내는 조용히 미소만 지을 뿐이었다. 아내는 음악 선생이 되고 싶다는 꿈을 품고 부푼 가슴으로 상하이를 찾았던 시절의 흔적을 고스란히 지닌 채 나이를 먹어 가는 사람이었다. 어른이 되길 거부한 완고한 청년이라고나 할까. 누구보다 성숙하고 속이 깊었지만 누구보다 미성숙한 상태 그대로 오래 남은 사람이기도 했다. 어쩌면 그런 사람이었기에 그의 동반자가 되었을지도 모른다. 그가 둘만 있던 고려공청 사무실에서 휘트먼의 시를 차분한 목소리로 암송했던 어느 밤 이후로 그를 보는 세죽의 눈빛이 달라졌으니까. 아내가 그의 손을 잡았다. 이렇게 당신 눈앞에 버젓이 살아 있는데 유령이라니요? 그는 고개를 저었다. 당신은 알수가 없겠지만…… 나는 지금 내무성의 지하 감옥에 갇힌 신세라오. 이제 곧 죽을 운명이기도 하다오. 물끄러미 그를 바라보던 아내가 한숨을 내쉬었다. 당신은 죽지 않아요. 내가 당신이 죽도록 내버려 두지 않을 테니까요. 반드시 당신을 살려 낼 거예요. 어림없소. 이미 당신은 죽어 이렇게 내 앞에 나타났으니 피할 수 없는 운명이오. 아내의 두 눈에 눈물이 맺혔다. 그는 아내의 손을 잡아끌었다. 그의 품에 안긴 아내가 다시 물었다. 당신, 정말 내가 누구인지 모르나요? 정말로 내가 알지 못하는 곳으로 도망쳐 버린 건가요? 그는 고개를 끄덕였다. 아내는 계속해서 말했다. 나는 당신이 미친 척하는 거라고 생각했어요. 나를 보는 눈빛이 그렇다고 말해 주었으니까요. 그런데 만약 정말로 당신이 그런 거라면, 우리 지금 부부의 정을 나누어요. 그는 품에서 아내를 살짝 밀어냈다. 두 어깨를 잡고 아내의 얼굴을 똑바로 마주 보았다. 여보 세죽. 상하이에서 결혼식을 올리고 여운형 선생의 문간방에 신방을 차렸던 그날 우리가 했던 약속을 기억하시오? 기억해요. 조선을 일본으로부터 완전히 해방시키고 혁명을 완수하기 전까지는 아이를 갖지 말자고 굳게 약속했지요. 우리는 지키지 못할 약속을 해서는 안 되오. 당신한테는 아직 기회가 있소. 무슨 기회가 있단 말인가요? 그는 어디서부터 말해야 할지 막막했다. 그를 찾아왔던 소년 시절의 유령을 대했을 때와 비슷한 기분이었다. 우리는 이 밤에 아이를 갖게 된다오. 그리고 내년 가을 조선을 탈출하기 위해 두만강으로 가는 도중에 아이를 낳게 된다오. 작고 예쁜 딸이오. 핏덩이에 불과한 그 아이를 데리고 무사히 국경을 넘어 블라디보스토크에 도착하오. 아내는 아이가 어떻게 생겼냐고 물었다. 당신을 닮았다면 좀 더 예뻤으련만 하필이면 나를 닮아서 까무잡잡하다오. 아내가 미소를 지었다. 이름은 뭐냐고도 물었다. 영이오. 비비안나라고도 하오. 예쁜 이름이네요. 우리는 곧 모스크바로 가 우리 인생에서 가장 여유롭고 행복한 시간을 보내게 된다오. 다시는 재현할 수 없는 삼 년의 세월이었다오. 그러고 난 뒤에는요? 우리는 어린 딸을 육아원에 맡겨 둔 채 혁명 사업을 위해 다시 상하이로 가지만 1년 반 만에 체포된다오. 우리 모두요? 아니, 나만 체포되었소. 6년 형을 선고받고 만기가 되어서야 출소하게 된다오. 당신이 체포된 뒤 나는 어떻게 되었나요? 당신은…… 모스크바로 돌아가지만 얼마 안 되어 카자흐스탄으로 유배를 떠나오. 그리고 거기에서 죽을 때까지 돌아오지 못하오. 아내는 말이 없었다. 그가 들려주는 미래가 끔찍해서만은 아닌 듯했다. 아내가 나직한 목소리로 물었다. 그럼 당신이 상하이에서 체포되는 순간이 우리의 마지막이겠군요. 그 뒤로 다시는 만나지 못하고요. 그렇다오. 우리의 아이는 부모 없이 홀로 자라오. 그러니 다시 생각해 보시오. 정말 아이를 가져야 하는지. 당신에게는 기회가 있다오. 당신은 못다 한 공부를 마쳐 선생이 될 수 있을 거요. 음악 선생이든 영어 선생이든 당신은 훌륭한 선생이 될 거요. 당신은 훌륭한 집안의 건실한 사람을 만나 가정을 꾸릴 수 있을 테고 적어도 비참하게 살다가 비참하게 죽지는 않을 거요. 그러니 당신은 선택해야 하오. 아니, 지금 선택한 걸 포기해야 하오. 아내가 처연한 목소리로 말했다. 당신은 벌써 잊었군요. 내가 부유하기만 한 쓸모없는 사내들을 물리치고 당신을 선택했다는 사실을요. 그건 젊은 시절의 만용일 수도 있소. 지금 그 말은 나를 모욕하는 거라는 걸 정말 모르나요? 그는 어떻게든 아내를 설득하고 싶었다. 당신은 나를 버려야 하오. 곰곰이 생각에 잠겼던 아내가 생각났다는 듯 말했다. 내가 만약 아이를 포기한다면 당신은 어떤 약속을 할 건가요? 다른 사람과의 사이에서 아이를 가질 건가요? 솔직하게 말해 봐요. 해방이 되고 혁명을 완수하는 날 당신이 없고 나 혼자 살아남았다면 다른 사람을 만나게 될 거요. 그 사람과 아이도 갖게 되겠지. 마찬가지로 내가 이 세상에서 사라지고 당신 혼자 남는다면 당신 역시 누구든 만날 수 있고 그래야만 하오. 그 사람과 아이도 가져야 하오. 아무런 죄책감 없이? 그렇소. 죄책감도 후회도 미련도 없이 그래야 하오. 고마워요. 뭐가 말이오? 그렇게 말해 줘서. 그렇게 말해 주지 않았다면 당신을 원망했을지도 모르니까요. 이 말 때문에 그는 아내가 유령이라는 걸 확신하게 되었다. 아내가 옷을 벗고 이불 속으로 들어갔다. 그 역시 알몸이 되어 이불 속으로 들어갔다. 그는 아내를 품에 안았다. 아내가 말했다. 만약 이 세상에 당신이 없다면, 나 혼자 남게 된다면, 그러니까 우리 아이와 나 이렇게 둘만 남게 된다 해도 나는 혼자서라도 갈 거예요. 소리에 놀라지 않는 사자와 같이 그물에 걸리지 않는 바람과 같이 흙탕물에 더럽혀지지 않는 연꽃과 같이 무소의 뿔처럼 혼자서 가겠어요. 해방이 없다면, 혁명이 없다면 이 삶은 아무런 의미가 없어요. 그러니 당신도 약속해 줘요. 마지막 순간까지 공산주의자로 살겠다고. 공산주의를 배반하지도 더럽히지도 않겠다고. 공산주의자의 품위를 끝까지 지키겠다고. 당신이 마지막 공산주의자라 해도 결코 후회하지 않겠다고 약속해 줘요. 그럴 수 있죠? ……그렇소. 약속하오. 꼭 지켜 줘요. 꼭 지키겠소. 꼭. 꼭.

열은 내렸지만 그는 오랫동안 기운을 차리지 못했다. 내무성 기관원들의 분위기가 느슨해진 듯했다. 이따금 그의 감방 앞으로 와서 말을 걸기도 했다. 물론 그를 조롱하기 위한 거였지만 평소와는 사뭇 다른 태도였다. 유쾌하게 웃고 떠들기도 했다. 며칠 뒤 주말에는 해원이 그의 감방에 미역국을 넣어 주었다. 이게 뭐냐고 묻자 생일상이라고 대답했다. 내무상의 지시였다고 했다. 감방 앞에서 머뭇거리던 해원이 한마디를 던지고 갔다. 생일, 축하합니다. 고맙네. 그는 목이 메어 목소리가 잘 나오지 않았다. 계절이 여름으로 바뀔 무렵 그의 노쇠한 몸은 한층 허약해졌다. 가래에 피가 섞여 나오는가 싶더니 기어이 각혈을 했다. 지하에서 3년을 지냈으니 그의 폐가 망가지지 않으면 이상한 일이었다. 어느 날 그는 감방 구석에 웅크리고 앉은 소년을 보았다. 경성고보 진학을 위해 고향을 떠나던 무렵의 자신인 줄 알았는데 낯이 선 소년이었다. 찬찬히 들여다보니 전혀 낯선 것만도 아니었다. 어디선가 본 적이 있는 듯했다. 소년은 그를 말없이 바라보았다. 자신이 누구인지 기억해 내기를 기다리는 것처럼. 그는 알 듯 모를 듯한 소년을 바라보다 전쟁이 한창이던 무렵 강계 근처 만포에서 보았던 한 소년이 떠올랐다. 소년이 무슨 말을 했는지도 떠올랐다. 해원이 감방 앞에 서 있었다. 그가 물었다. 우리 만난 적이 있던가. 해원이 대답했다. 만난 적이 있지요. 그 소년은 아버지와 두 형과 누나 모두 전선에 있다고 했다. 어머니와 어린 동생들을 자신이 지켜야 하지만 그래도 군대에 가고 싶다고 했다. 부수상 동지는 힘이 센 분이니까 자기 소원을 들어 달라고 말했다. 그는 지금은 남은 식구를 힘껏 돌보고 좀 더 자란 뒤에 입대하라고 소년을 타일렀다. 소년은 준비해 온 말이라도 되듯 어색하지만 단호하게 말했다. 아닙니다. 저는 어리지 않습니다. 당과 인민이 부르는 곳이라면 어디든 가겠습니다. 당과 인민은 자네가 가족을 지킬 것을 명한다네. 아마도 그렇게 타일러서 되돌려 보냈을 것이다. 그러나 소년은 무슨 말인가를 더 하려다가 끝내 울음을 터뜨리더니 팔뚝으로 눈물을 훔치면서 가버렸다. 눈물을 훔치며 멀어지는 소년의 뒷모습이 생생하게 떠올랐다.

장마가 끝나고 쓰르라미가 울기 시작할 무렵 기관원들의 경직된 목소리가 들렸다. 그는 해원에게 무슨 일이 있느냐고 물었다. 해원은 나직한 목소리로 말했다. 수상을 음해하려는 자들이 당 전원회의를 소집했으나 오히려 당원들에게 축출당했습니다. 중국에 빌붙어 분파주의를 조장한 자들이라더군요. 몇몇은 체포됐지만 몇몇은 중국으로 도망쳤다고 합니다. 그는 사태를 헤아려 보았다. 연안파가 수상을 숙청하려다 실패한 듯했다. 이제 마오가 그의 목숨을 구해 줄 수도 있다는 실낱같은 희망마저 사라져 버린 셈이었다. 그는 죽음이 임박했음을 알았다.

부탁이 있네. 부탁해도 들어줄 수는 없습니다. 괜찮네. 내 말을 들어 주는 것만으로도 고마울 테니까. ……무슨 부탁입니까. 인터내셔널가를 불러 줄 수 있겠나. 해원은 아무 말이 없었다. 한번 듣고 싶다네. 자네 목소리로 부르는 그 노래가 어떤 느낌일지가 궁금하다네. 해원은 심사숙고를 하는 사람이 으레 그렇듯이 고개를 숙인 채 오랫동안 말이 없었다. 이윽고 해원이 천천히 고개를 저었다. 그럴 수는 없습니다. 당신 같은 공화국의 반역자는 그 노래를 부를 자격도 들을 자격도 없으니까요. 그는 고개를 끄덕였다. 자네 말이 맞네. 그렇지만 죽음을 앞둔 사형수를 위해 들려줄 수는 없겠나. 종파주의자도 간첩도 아닌 그저 이제 곧 죽게 될 가련한 늙은이를 위해서 말일세. 그렇다면 직접 부르시지요. 그것까지는 간섭하지 않을 테니까요. 나도 그러고 싶지만 그럴 수가 없다네. 왜 그럴 수가 없단 말입니까? 기억이 나지 않아. 할 말은 있는데 입 속에서만 맴돌 때가 있듯이 머릿속에서는 그 노래의 곡조가 울리는데 입이 떼어지질 않는다네. 그러니까…… 난 그 노래를 잃어버린 거야. 조금 뒤 해원이 나직하고 가느다란 목소리로 노래를 불렀다. ……일어나라 저 주로 인 맞은 주리고 종된 자…… 이는 우리 마지막 판가림 싸움이니……. 잃어버린 가사가 떠올랐지만 그는 따라 부르지 않았다. 이제 그 노래는 그의 노래가 아니었다. 지금 그의 앞에서 노래를 부르는 젊은이의 것이어야 했다. 그는 노래를 마친 해원에게 말하고 싶었다. 미안하네, 진심으로 미안하네. 자네가 꿈을 꾸며 살 수 있는 조국이 아니어서. 자네 가슴에 분노와 증오만을 남겨 두어서…… 진심으로 미안하네.

내무성 기관원들이 그를 감방에서 불러냈다. 그는 기관원의 얼굴을 지그시 바라보았다. 지하 감옥을 담당하는 기관원이 아니었다. 지금의 내무상이 정보국에서 일하던 시절부터 함께하던 자들이었다. 그들 중에는 그를 조사하고 심문했던 자도 있었다. 기관원들이 양쪽에서 그의 팔을 단단히 움켜쥐었다. 복도를 따라 걸으면서 그는 감방에 서린 세월을 봉인하듯 한 걸음 한 걸음을 즈려디뎠다. 한때는 이 감방들마다 동지들이 있었다. 이제 그들 가운데 살아남은 자는 한 명도 없었다. 그들을 기억해 줄 마지막 사람인 그 역시 동지들 뒤를 따라가는 중이었다. 그는 최후의 사람이었다. 유령에 가까운 사람이었고 사람의 흔적을 간직한 유령이었다. 조선공산당의 역사가 이제 그를 마지막으로 저물고 있었다. 복도 끝 책상은 말끔하게 치워져 있었다. 책상 앞 의자 역시 텅 비어 있었다. 책상 앞에 앉아 편지를 쓰던 젊은이도 없었다. 그 젊은이를 다시 볼 수 없다는 생각이 들자 가슴이 울렁거렸다. 서러웠다. 그는 계단을 올라 창살문을 지나고 또 다른 창살문을 지나 기나긴 복도를 따라 걸었다. 기관원들은 아무 말이 없었고 그 역시 아무 말이 없었다. 마지막 문이 열리자 깊은 밤의 나른한 공기가 그의 얼굴을 부드럽게 쓰다듬었다. 감방의 서늘한 공기와는 다른 여름밤의 공기였다. 한낮의 열기가 채 가시지 않아 여전히 미지근했고 낮 동안 사람들이 내쉰 숨은 물론이고 그들이 나눈 은밀한 대화마저 깃들어 있는 듯했다. 그는 잠시 하늘을 올려다보았다. 평양의 밤하늘에는 빛나는 눈동자 같은 별들이 박혀 있었다. 두 대의 관용차가 있었다. 앞 차의 뒷좌석에 앉은 이는 윤곽만 보였으나 내무상인 게 분명했다. 내무성의 수장이 직접 나왔으니 그가 어디로 갈 것인지가 너무나 분명했다. 이것이야말로 돌이킬 수 없는 현실이었다. 지난겨울 재판에서 사형을 선고받은 뒤부터 지금에 이르기까지 그가 절망과 고통 속에서 보냈던 일곱 달이…… 아니 그의 온 생애가 한꺼번에 그의 마음속으로 밀려들어 왔다. 아니 그의 마음을 찢고 나와 허공에서 산산이 부서지려 하는 것인지도 몰랐다. 어쨌거나 그는 가슴이 저렸다. 자기도 모르게 손으로 가슴을 움켜쥐었다. 부러진 가슴뼈가 달그락거렸다. 기관원이 그의 손목에 수갑을 채우려 하자 낯익은 내무상의 목소리가 들렸다. 놔두라. 거리는 적막했다. 오가는 이는 한 명도 없었고 어느 곳에서 모깃불이라도 피웠는지 밤공기는 매캐했다. 길 건너편에 한 사람이 있었지만 행인은 아닌 듯했다. 그를 가운데에 두고 양쪽으로 기관원들이 자리를 잡았다. 그를 태운 관용차는 인적도 없고 오가는 차량마저 드문 길을 천천히 달렸다. 얼마 만에 보는 평양의 거리인가. 놀라운 속도로 재건 사업이 펼쳐지고 있었지만 곳곳에 전쟁의 흔적이 남아 있을 거였다. 도로와 건물은 이전보다 웅장하고 견고하게 세울 수 있겠지만…… 이미 죽은 이들은 무엇으로도 되살릴 수가 없을 거였다. 관용차는 민가를 지나 포장이 되지 않은 울퉁불퉁한 길을 느리지만 끈질기게 달려갔다. 구불구불한 비탈길을 한참 오른 뒤에야 멈춰 섰다. 그는 미끄럽고 가파른 산길을 올랐다. 나무뿌리에 걸려 넘어졌을 때에는 앞서가는 내무상의 조롱하는 목소리가 들려왔다. 이론가 선생, 꾸물거리지 마라. 평생 이론만 외웠으니 다리에 무슨 힘이 있겠어. 멀리서 삽질하는 소리가 들려왔다. 아마도 거기가 그의 무덤인 듯했다. 어둠 속에서 암구호가 오갔다. 삽질하던 자들이 간략하게 보고하는 소리가 들렸다. 이윽고 내무상이 그에게 다가왔다. 이론가 선생, 하고 싶은 말 있소? 그는 하고 싶은 말이 없었다. 문득 전봉준 역시 교수대 앞에서 이와 똑같은 질문을 받았다는 사실이 떠올랐다. 뭐라 대답했는지도 떠올랐다. 나는 다른 말은 없다. 나를 죽일진대 종로 네거리에서 목을 베어 오고 가는 사람에게 내 피를 뿌려 주어야지 어찌 컴컴한 도둑굴 속에서 남몰래 죽이려 하느냐. 그는…… 뒤를 돌아보았다. 눈에 익은 선을 지닌 사람이 무릎을 꿇더니 한 손으로 땅을 짚는 게 보였다. 그는 빙그레 미소를 지었다. 내무상은 기다리지 않았다. 총구를 그의 관자놀이에 대고 권총의 방아쇠를 당겼다. 쓰러진 그의 가슴팍을 향해서도.

11

2009년 5월 23일

그는 장인어른과 같은 이들이 어떤 꿈을 꾸며 살았는지 짐작할
수는 있었어요. 그러나 꿈은 꿈이어서 세대마다 다를 수밖에 없
고 꿈을 꾸는 동안에는 꿈이라는 사실을 인식하기 어렵듯이 꿈
에서 깨어나면 그것이 꿈이었음을 모를 수가 없었지요. 그가 현
실의 비참함에 눈을 떠갔음에도 공산주의에 이끌리지 않은 이
유는 오랜 세월 법을 공부했기 때문이었어요. 그는 헤겔의 법철
학을 부인할 수 없는 법 정신의 토대라고 여겼지요. 국가를 도
덕적 이상이 실현된 최고의 상태로 본다는 점에서 이상적이고
관념적이기는 했지만 공산주의가 개별성을 보편성에 강제적으
로 통합시키려는 경향이 있다면 헤겔의 법철학은 개별성과 보

편성이 고유의 속성이면서 서로를 반영하는 거울 같은 관계라고 보았으니까요. 그가 지향하는 다원주의는 독자성을 배제하지 않으면서 공존을 모색하는 것인데 비해 공산주의는 필연적으로 전체주의를 지향할 수밖에 없다고 생각했어요. 그가 보기에 사람들은 누구나 저마다의 꿈이 있는데 공산주의가 바라는 세상은 그 꿈을 단일한 형태로 수렴해야만 가능했어요. 서로 다른 꿈을 하나의 꿈으로 일치시켜야 한다는 생각은 사람을 믿기 때문이 아니라 믿지 못하기 때문에 가능한 발상이었지요. 민주주의는 모든 사람이 같은 꿈을 꾸는 세상이 아니라 저마다 다른 꿈을 꾸고 있음에도 공존이 가능한 사회여야 했어요. 추악하고 파렴치한 꿈을 꾸는 사람이 생겨나는 걸 막을 수는 없다 해도 그런 사람이 사회를 지배하거나 뒤흔들 수 없도록 하는 게 바로 민주주의라고 여겼지요. 정치에 관심을 가졌을 무렵 그는 과거 정치인들의 행적을 꼼꼼하게 공부한 적이 있어요. 누가 되었든 배울 만한 점이 있다면 배우고 싶어서였지요. 제헌의회에서 활동한 유진오의 헌법 초안에는 인민이라는 용어가 사용되었는데 다른 의원들이 공산주의자가 사용하는 용어라며 반발하는 바람에 어쩔 수 없이 철회했다는 일화도 인상적이었어요. 유진오는 이렇게 탄식했다고 해요. 국민은 국가 구성원을 뜻하니 국가가 우위에 있다는 냄새를 풍기지만 인민은 국가도 함부로 할 수 없는 자유와 권리의 주체를 지닌 사람을 뜻하기에 결과적으로 인민이라는 좋은 단어를 공산주의자에게 빼앗긴 셈이라면서요.

그러나 그의 마음이 기운 쪽은 국민도 인민도 아니었어요. 백성이나 신민보다 자유로운 존재를 뜻하긴 했지만 역시 한계가 있었지요. 인민은 실패한 개념이었으니까요. 국민이란 말 역시 여전히 뭔가 부족하게만 여겨졌어요. 부림사건 이후 정치에 입문할 무렵까지 그 역시 다른 이들처럼 국민보다는 민중이라는 용어에 마음이 기울었지요. 민중은 시대를 막론하고 사회적 토대가 되는 사람을 가리키니까요. 그가 민중이라는 용어에 완전히 사로잡히지 않은 이유는 그 용어 역시 여러 계층과 계급을 포괄하기에는 어려움이 있어서였어요. 국민도 인민도 민중도 아니라면 역사의 주인인 그들을 무어라 불러야 할까. 오랜 세월 그는 심사숙고했어요. 그의 마음은 시민이란 용어에 기울었지만 주변 사람들은 대체로 부정적이었지요. 시민이 부르주아의 번역어로 사용되었기에 거부감이 큰 탓이었어요. 정치적이고 철학적인 의미가 아닌 일차적 의미에서는 도시에 사는 사람을 가리키기 때문이기도 했지요. 이런 선입견을 벗어날 수만 있다면 국가 사회의 일원으로서 그 나라 헌법에 의한 모든 권리와 의무를 지닌 자유민을 뜻하는 시민이야말로 가장 이상적이며 현실적인 용어였어요. 6월 항쟁을 거치면서 그는 확신을 갖게 되었어요. 항쟁에 직접적으로 간접적으로 참여했던 사람들은 국민에도 민중에도 포섭되지 않는 새로운 성격을 지닌 사람들이었고 자유라는 권리를 포기하지 않기 위해 의무 역시 다하기를 주저하지 않은 사람들이었지요. 그는 시민이 되기로 마음먹었고 시민과 함께 살기로 마음먹었어요. 그가 정치를 하기로 마음먹은 순간이기도 했지요.

지붕 낮은 집의 분위기는 점점 더 침울해졌지요. 그는 피붙이들이 검찰에 불려가 조사를 받는 광경을 속수무책으로 바라보아야 했어요. 노부인은 근심과 걱정 탓에 깊이 잠들지 못했고 깊이 잠들지 못하는 아내 곁에서 그 역시 시름에 잠겼지요. 선물로 받은 명품 시계를 논두렁에 버렸다고 진술했다는 보도를 보면서도 그는 담담했어요. 그의 변호인단과 비서관들은 검찰이 의도적으로 사실을 왜곡하고 있다는 명백한 증거이며 이 증거는 훗날 그에게 유리하게 작용할 테니 오히려 잘된 일이라며 흥분했어요. 그는 차분하게 고개를 끄덕였지요. 나는 그가 운 좋게 잠들었다가 사나운 꿈에 시달리는 걸 보았어요. 그의 꿈속에서 사람들은 얼굴이 없었고 무리를 이루어 강물처럼 흘러갔지요. 시커멓고 끈적거리는 물이었어요. 혁명적으로 전진하는 강이었고 강이 이른 곳은 더 막막하며 어두운 곳이었지요. 달빛이거나 별빛이거나 어디선가 내려온 빛이 수면에 부딪혀 산산조각이 나면서 불티처럼 반짝거렸는데 아무런 소리도 들리지 않았지만 비명처럼 들렸어요. 침대에서 빠져나온 그는 서재로 갔어요. 불은 켜지 않은 채 희미한 빛이 스며든 그곳에 우두커니앉아 새벽이 물러나는 걸 지켜보았어요. 꿈에서 깨어났는데 꿈에서 보았던 강으로 들어선 듯한 기분이었지요. 시간은 강물처럼 흘렀어요. 그는 강 한복판의 섬이 된 듯 박명 속에서 자신을 할퀴고 지나가는 물살을 느끼며 괴로워했지요. 지금까지 그가살아오면서 옳다고 믿었던 것들이 그에게 등을 돌렸고 그가 지키려 애썼던 신념마저 그를 떠나는 중이었으니까요. 머지않아모든 신념이 사라지고 텅 빈 바닥만이 남으면 그것이야말로 그의 유일한 신념이겠지요. 그렇게 모두가 떠난 뒤 남은 바닥은매끄럽고 평평한 게 아니라 그의 이마에 새겨진 깊은 주름살처럼 울퉁불퉁할 테지요.

수심에 잠긴 그를 보면서 누군가가 떠올랐어요. 정확히 누구인지는 알 수 없었지만 내가 살아 있는 동안 나와 가까웠던사람이라는 건 분명했지요. 그 사람도 이마에 주름살이 있었는데…… 평소에는 그리 눈에 띄지 않았지만 인상을 쓰면 확연하게 드러나던 주름살이었는데……. 눈이 나쁜 것도 아니면서 왜 그렇게 이맛살을 찌푸리냐고 그 사람에게 물은 적이 있어요. 그 사람은 어깨를 으쓱하면서 이렇게 말했지요. 어른이 되고 싶었거든. 이마에 주름이 좀 잡히면 그럴싸해 보이잖아. 그리고 아마 이렇게 뒷말을 흐렸지요. 어른은 못 되고 주름만……. 농담으로 들리기를 바라지만 농담으로 들릴 리가 없다는 걸 아는 사람처럼 쓸쓸한 목소리였다는 것도 기억이 났어요.

그의 시선은 창을 통과해 바깥을 향했지만 창에 서린 희미한 형상에도 얼마쯤은 머물렀지요. 익숙한 형상이라서 아주 희미했음에도 선이 굵은 스케치처럼 알아보았어요. 그의 살짝 벌려진 입 속에서 이파리 하나가 어른거렸어요. 창에 서린 그의 모습과 창밖의 풀잎이 겹쳐진 건데도 입 속에서 자란 것처럼 보였어요. 입을 살짝 벌린 자신을 보면서 기원을 알 수 없는 슬픔을 느꼈지요. 이 슬픔은 지독하거나 날카롭지는 않았지만 아련하고 아득해서 그가 태어나기 전부터 가지고 있던 것만 같았어요. 태어나기 전부터 지닌 슬픔이라니 말도 안 된다 싶었는데 만약 이 슬픔이 자신만의 것이 아니라면, 아주 오래전부터 사람이라면 누구나 지닐 수밖에 없는 슬픔이라면 그럴 수 있겠다는 생각이 들기도 했어요. 문득 그는 입을 살짝 벌린 채 잠들었던 누군가가 떠올랐는데 오래지 않아 그게 누구였는지를 깨달았어요. 그가 사법고시를 준비하던 젊은 시절의 일이니 퍽 오랜 기억 가운데 하나였지요. 형이었어요. 평소에는 전혀 떠오르지 않던 기억이 갑자기 선명하게 떠오르는 경우가 있듯이 이번에 그가 떠올린 기억도 이전에는 반추해 본 적이 없는 낯설고 익숙한 기억이었어요. 고무신만 신고 지내던 소년 시절에 처음으로 선물 받은 운동화가 갑자기 떠오르는 때가 있는 것처럼요. 그런 기억은 썩 중요한 기억이 아닌 터라 세월이 흐르면서 희미해지고 무뎌지고 마침내 완전히 사라지게 되는 줄 알았는데 어느 날 갑자기 불쑥 떠오르면서 처음 운동화에 조심스럽게 발을 밀어 넣던 순간에 느꼈던 두근거림마저 되살아나지요. 지금이야 흔하다지만 그 시절에는 귀하고 비싸기만 했던 운동화를 차마 함부로 신을 수가 없어 가슴에 꼭 품어 보던 순간처럼 까맣게 잊은 사소한 기억마저 떠오르면 기억이란 참 끈질기구나 하며 감탄할 수밖에 없어요. 그리고 누구나 으레 그렇듯이 잊힌 줄 알았던 다른 아름답고 소중한 기억들도 떠올릴 수 있겠지 싶어 머릿속을 더듬어 보지만 그런 기억은 외려 꼭꼭 숨어 버린 것처럼 더는 그를 찾아오지 않지요. 그럴 때면 쓴웃음을 흘렸어요. 비록 추억하고 싶은 아름다운 기억을 더는 불러들이지 못했지만 그는 하루 종일 살짝 벌려진 입의 이미지에 사로잡혀 지냈어요. 거기에 뭔가 다른 기억 혹은 의미가 있는 것 같았으니까요. 그가 가장 먼저 떠올린 건 만약 신이 어떤 인간을 먹기만 하고 일하지 않아도 되게 만들었다면 그에게 입만 만들고 손은 만들어 주지 않았을 테고 또 어떤 인간을 일하기만 하고 먹지 않게 만들었다면 그에게 손만 만들고 입은 만들어 주지 않았을 거라던 링컨의 말이었어요. 대부분의 사람들이 신을 자신의 집 천장에 붙은 행운의 부적쯤으로 여긴다면 링컨의 신은 그가 보기에도 아름다웠어요. 링컨에게 그런 생각을 불어넣어 준 신이라면 믿을 만하다고 여겼지요. 신이라. 그는 잠깐이긴 했지만 신의 목소리가 들리지 않을까 귀를 기울였지요. 물론 아무 소리도 들리지 않았어요. 그 역시 세례를 받은 가톨릭 신자이긴 했지만 성당에 열심히 다닌 적은 없었지요. 그런데도 가톨릭에 입교했던 이유는 그에게 많은 영향을 끼치고 도움을 주었던 신부가 교리시험이고 뭐고 다 면제해 줄 테니 세례만 받으라며 끈질기게 권유해서만은 아니었어요. 그보다는…… 아내가 원해서였어요. 누군가 그에게 조언을 해주었지요. 집에 들어와도 잠깐 눈만 붙이고 나가거나 아예 며칠씩 들어오지 않기 일쑤인 남편을 걱정하며 견뎌야 하는 삶이 얼마나 지옥 같은지를요. 그 조언에 마음이 흔들려 세례를 받기로 결심했던 게 떠올랐어요. 신부 앞에 나란히 선 채 세례를 받던 광경도 떠올랐어요. 아내에게 어느 정도의 위로가 되었는지 확신할 수는 없었지만 세례를 마친 후 활짝 웃었을 때 그의 가슴에 차오르던 묘한 안도감도 어제 겪은 일처럼 되살아났어요. 노부인은 여전히 그를 피했고 그 역시 자신을 피하는 아내를 피했지요. 그러나 그가 아내를 피하는 건지 노부인이 남편을 피하는 건지 구분하기 어려운 순간들이 더 많았지요. 한 공간에 거주하면서도 서로를 없는 사람인 척 자연스럽게 대할 수 있으려면 감정이 없어야 하는데 그와 노부인은 상대에게 누구보다 강렬한 감정을 품었기에 그럴 수가 없었어요. 두 사람의 어긋난 시선이 지나간 자리는 어디든 약간씩은 움츠러들고 딱딱해진 듯한 느낌이 들었고 그들이 숨 쉬는 공기마저 변질해서 희미하게 부패한 냄새가 나는 것 같았지요.

새벽에 그가 떠올렸던 건 오래전 세상을 떠난 그의 큰형이었어요. 그에게는 아버지나 다름없는 사람이었는데 그런 표현으로는 다 설명할 수 없는 사람이기도 했어요. 어떤 면에서는 아버지보다 아버지 같았고 아버지가 해주지 못하는 걸 해준 사람이기도 했지요. 아마도 살짝 벌린 입에서 죽은 형을 떠올리게 된 건 그가 처음으로 목격한 가까운 이의 죽음이라서 그랬을 거예요. 그가 대통령이었을 때 헌법재판소가 탄핵을 기각한 날도 형의 기일이었지요. 어떤 해는 바빠서 잊기도 했고 어떤 해는 감상에 젖어 형을 추억하기도 했지만 지금처럼 죽은 형이 생생하게 떠오른 적은 없었어요. 형은 예상하지 못한 사고를 당해 운명했기 때문에 당시에는 경황도 없고 현실감도 없었지요. 그에게는 뼈아픈 상실이었지만 세월이 흩어 놓은 수많은 기억 가운데 하나일 뿐이었으니 죽은 형의 얼굴을 방금 전에 본 것처럼 선명하게 떠올리게 된 지금 이 순간이 그에게도 퍽 낯설기만 했어요. 논두렁에 명품 시계를 버렸다는 기사가 계속해서 쏟아져 나왔지만 그는 여전히 살짝 벌린 입에 사로잡혀 있었지요. 주위 사람들과 의논해야 할 일이 있으면 성실하게 귀를 기울였고 자기 의견을 분명하게 말했어요. 크게 달라진 게 없는 듯했고 그를 조롱하는 보도에도 평정심을 유지하고 있는 것 같았어요. 적어도 변호인단과 비서관의 눈에는 그렇게 보이는 게 분명했어요. 혼자 있을 때면 담배를 피우며 상념에 잠겼고 살짝 벌린 입이 무얼 말해 주는지를 헤아렸지요. 다음 날엔 보수 단체 회원들이 그의 집 근처에서 기자회견을 하면서 봉하마을 사람들과 실랑이를 벌이기도 했지요. 그다음 날엔 비가 조금 내렸어요. 나는 비를 맞으며 그를 지켜보았지만 비는 나를 그대로 통과해 바닥을 적셨지요. 바람이 나를 통과해 지나가거나 빗줄기가 그럴 때면 오래전의 익숙한 감각이 깨어나며 그것들이 나를 관통한 게 아니라 나와 하나가 되었다가 분리되는 듯한 기분이 들었어요. 마을은 모내기 준비가 한창이었고 그가 귀향하여 가꾸었던 생태연못에 수련을 심는 사람들도 있었지요. 그는 지붕 낮은 집에 틀어박힌 채로도 분주하고 활기찬 봄을 느낄 수 있었어

요. 삽이나 괭이와 같은 농기구를 챙겨 장화를 신고 집을 나서
는 사람들이 빗물에 젖어 한껏 부드러워진 땅 위를 성큼성큼 걷
는 발소리가 그의 귓가에 맴돌았어요. 새와 개구리가 우는 소리
며 꽃이 피어나는 소리까지도 들을 수 있었지요. 해의 움직임을
따라 그늘이 옮겨 다니는 소리마저 들리는 듯했어요. 땀이 맺힌
이마를 쓰윽 닦아 내는 손짓과 허리를 펴고 밀짚모자의 챙을 살
짝 들며 봉화산과 뱀산을 바라보는 사람들이 눈앞에 있는 것 같
았어요. 오월의 하늘은 고왔고 바람은 그치지 않았지요. 그렇게
앉은 채로 봄과 봄을 살아가는 사람들을 생각하다 보면 그리운
이의 이름을 부르기 위해 살짝 입을 벌리는 순간이 떠올랐고 입
속에서 아직 갈피를 잡지 못해 실바람에 이파리가 그러듯이 잘
게 떨리는 혀를 본 것 같은 기분도 들었어요. 부동의 긴장 상태
라고 할 수 있는 짧은 순간이 그를 둘러쌌지요. 광주……. 광주
에서 시민들이 군부의 총칼에 쓰러져 간 지 29년이 되었고 그
가 광주에서 열린 대통령 후보 경선에서 파란을 일으키며 1위
를 한 지 7년이 지났지요. 그에게 부산은 삶의 고향이지만 광주
는 신념의 고향이었어요. 부산은 그가 딛고 일어선 실질적인 토
대였고 광주는 마음이 힘들고 지쳐 도망치고 싶고 숨고 싶을 때
마다 그를 일으켜 세워 준 신념의 토대였어요. 그가 대통령은커
녕 대통령 후보조차 될 수 없으리라 믿었던 사람들의 마음속에

변화가 가능하다는 믿음을 심어 주었던 광주. 그가 경상도 출신인데도 불구하고 당의 대통령 후보로 신뢰해 준 광주. 그날로부터 겨우 7년밖에 지나지 않았다는 사실이 믿어지지 않았어요.

이른 새벽 잠자리에서 빠져나온 그는 안채의 거실 소파에 앉았다가 노부인의 기척을 듣고 서재로 옮겨 갔어요. 그는 서재에 머물면서 오늘이 무슨 날인지를 헤아렸지요. 해마다 5월 18일이 되면 두서없이 떠오르던 기억들이 어김없이 그의 머릿속에서 들끓었어요. 도청 앞을 가득 메운 사람들, 버스 지붕 위에서 태극기를 흔드는 사람들, 대오를 갖추어 시민을 향해 총구를 겨눈 군인들……. 헌혈을 하기 위해 병원과 임시 수용소 앞에 길게 줄을 선 사람들, 두려움과 경악과 분노가 뒤섞인 목소리, 총소리와 비명과 달려가는 군홧발 소리, 누군가를 부르는 소리와 대답하는 소리 그리고 울음소리. 시위대를 향해 총을 난사하는 군인들은 딴 세상에서 온 듯했고 눈앞에서 벌어지는 참혹한 광경이 현실이라는 사실을 믿을 수 없어 넋이 나가 버린 사람들은 자신이 어디에 있는지 알지 못하는 것 같았지요. 어딘가에 암매장되어 사라진 사람들과 체육관의 시신들. 태극기에 덮인 시신들을 떠올릴 때 그는 잠시 머뭇거렸어요. 그의 눈길은 태극기에 가려진 죽은 이의 얼굴을 향했지요. 총탄이나 개머리판에 의해 부서진 게 아니라면 얼굴을 덮은 태극기는 죽은 이의 얼굴 형상을 따라 주름이 잡히며 굴곡을 드러냈어요. 그는 얼굴의 형태가 어떤지를 헤아리려는 듯 마음속으로 눈을 가늘게 뜨고 바라보았어요. 그의 눈길은 마침내 태극기를 지나 가려진 얼굴에 닿았어요. 오래지 않아 그는 죽은 이들이 한결같이 입을 벌리고 있다는 걸 깨달았어요.

그가 처음으로 기억하는 건 오래전에 죽은 형이었지요. 죽은 형의 얼굴을 보았던 때에도 강렬한 인상을 받았지만 왜 그런 인상을 받게 되었는지를 따져본 적은 없었어요. 이제야 그가 왜 그토록 충격을 받았는지 알게 되었어요. 죽은 형의 벌려진 입. 과묵하고 진중한 사람이었기에 살아 있는 동안에는 늘 단정하게 다물려 있던 그 입이 비명이라도 지를 것처럼 벌려진 모습 때문이었다는 걸요. 한마디로 죽은 사람이란 입을 벌린 채 입을 다문 사람이었지요. 숨 쉴 수 없고 말할 수 없는 입. 그는 고요하게 생각에 잠겼어요. 이 생각은 너무나 명징해서 그가 무슨 생각을 하는지 주의를 기울일 필요가 없을 정도였어요. 그의 생각이 내 생각인 것처럼 여겨졌으니까요. 그는 침묵에 대해 생각했어요. 그가 보내는 이 시간은 창살만 없달 뿐 감옥이나 마찬가지였어요. 경호원과 비서관들이 사용하는 대기실 쪽은 늘 북적였지만 소란스럽지는 않았어요. 탄식을 하거나 분개해서 목소리를 높이는 경우도 있었지만 서로가 주의를 주면서 단속했기에 언제 그랬냐는 듯 금세 수그러들기 마련이었지요. 오월의 찬란한 햇살이 중정을 비롯해 안뜰과 뒤뜰에 수북이 쌓이는데 지붕 낮은 집은 아직 동면에서 깨어나지 못한 짐승처럼 잔뜩 웅크리고 있었지요. 사방에서 감시하는 기자들의 카메라 탓에 안뜰은 어림도 없었고 뒤뜰조차 나가기가 쉽지 않았지요. 오직 중정만이 그에게 허락된 뜨락이었어요. 집채로 둘러싸여 사방이 막힌 터라 하늘을 올려다보는 일만 허락되는 중정이었기에 지금의 그에게는 자신이 무엇을 해야 하는지를 상징하는 공간처럼 여겨졌어요. 중정에 내려설 때마다 도덕경의 한 구절이 떠올랐지요. 천망회회소이불실. 하늘의 그물은 성글어도 빠뜨리지 않는다고 풀이할 수 있는 구절이었지요. 손바닥으로 하늘을 가리고 싶을 때마다 그가 마음을 다잡기 위해 새겨읽던 구절이었어요. 서재를 나선 그는 차마 중정으로 내려서지는 못한 채 그곳을 물끄러미 바라보았어요. 중정은 사색에 잠긴 것처럼 고요했는데 그 고요는 누구의 침범도 허용할 수 없다는 듯 단단해서 설령 그 집의 주인이라 해도 함부로 들어서지 말라고 경고하는 듯했어요. 그는 복도에 선 채 그 작은 공간에 밀도 있게 채워진 공기를 들이쉬었어요. 따뜻했어요. 과분하다 싶을 만큼요. 저 작은 뜨락이 겉보기와는 달리 다정하다는 생각이 들었지요. 만약 중정이 말을 할 수 있다면 이렇게 말할 것만 같았어요. 이 침묵 속으로 들어오라고. 그는 여전히 선뜻 중정으로 내려서지는 못한 채 침묵과 침묵의 침묵과 침묵의 침묵의 침묵을…… 생각했어요. 침묵이란 입을 다문 상태이며 필사적인 노력을 필요로 하지요. 죽은이들이 한결같이 입을 벌리고 있는 건 그게 가장 자연스러운 상태이기 때문이에요. 어떤 노력도 필요하지 않은 상태이며 그것이야말로 죽음과 같은 상태, 죽음 자체라고 할 수 있지요. 입을 다문다는 건 죽음이 아닌 삶의 형식이며 생명이 있는 자와 살아있는 자 그리고 숨이 있는 자와 사유하는 자의 형식이지요. 입을 다문다는 건 말하지 않는다는 것이며 침묵을 지킨다는 것이야말로 살아 있는 사람이 말하는 방식이라 할 수 있겠지요. 침묵하기 위해 입을 다물려면 신음이나 비명조차 삼가야 하고, 외치고 싶고 항변하고 싶고 거부하고 싶은 욕망까지 억눌러야 하지요. 하지만…… 죽은 자의 벌려진 입이란 또한 무엇인가를 말하고 있는 게 아닌가 하는 생각이 그를 가로막았어요. 죽은 형의 얼굴을 보았을 때 더 정확하게는 그 벌려진 입을 보았을 때그는 형이 괴로워한다는 걸 알았어요. 살아 있는 동안 미처 하지 못한 말들이 어두컴컴한 입 속에서 바깥으로 나오지 못한 채함께 죽었지요. 누군가의 죽음은 말의 죽음이기도 하니까요. 살아남은 자는 죽은 이가 무슨 말을 하고 싶어 했는지를 헤아려야만 하고 경우에 따라서는 살아남은 자가 죽을 때까지 결코 알 수 없는 비밀로 남을 수도 있었지요. 형을 잃은 지 오랜 세월 이 흘렀고 그 역시 적잖은 죽음을 보았어요. 가까운 이의 임종 을 지키기도 했고 잘 알지는 못하지만 억울한 이들을 위해 변론 을 하면서도 보았지요. 각기 다른 죽음이었지만 또한 죽음이란 한결같은 구석이 있어서 살아 있는 동안 가난했거나 부유했거 나 평범했거나 비범했거나 상관없이 동일한 근원으로 돌아가 고 있다는 느낌을 불러일으켰어요. 그 느낌은 굳이 말하자면 비 참함에 가까웠어요. 삶이 끝나고 마침내 죽음에 이르러서야 살 아 있는 동안 정말로 하고 싶었던 말이 있었음을 보여 주듯 살 짝 벌려진 입. 만약 그렇다면 침묵을 지킨다는 게 도대체 무슨 소용일까 싶었지요. 침묵이 산 자의 권리라면 죽은 자가 침묵을 후회하는 건 어떤 의미인지 알 수 없었어요. 그는 괴로웠어요. 그가 괴로워하면 이상하게도 나 역시 아팠어요. 어디가 아픈지 구체적으로 말할 수는 없지만 왈칵 눈물이 쏟아질 것 같은 상 태가 되었거든요. 그의 입술이 달싹거린 건 하고 싶은 말이 있 다는 뜻이었지만 그 입술 사이로 아무 소리도 새어 나오지 않 은 건 그가 할 수 없는 말이라는 뜻이기도 했어요. 그는 중정에 내려서지 못했어요. 중정 한가운데로 걸어가면 그가 볼 수 있는 건 오직 하늘뿐일 테니까요. 하늘을 올려다보면 빠져나갈 구멍이 없다는 깨달음이 무겁게 다가올 테고 그렇게 되면…… 그가 지금까지 미뤄 왔던 결심을 해야만 할 테니까요. 결심이라. 나는 중정으로 내려가 그를 바라보았어요. 내가 그를 막는다고 해서 그가 중정으로 들어서지 못할 리는 없겠지만 그가 나를 느끼고 나를 알아보고 내 말을 들어 주길 바랐어요. 마침내 그는 중정으로 내려섰어요. 얼어붙은 호수로 발을 내딛듯 조심스럽게 내려섰지요. 나는 그가 뒤를 돌아보길 바랐어요. 복도에 우두커니 선 채 그의 등을 바라보는 노부인을 가리켰어요. 얼음의 두께를 알지 못해 일단 한 걸음 디뎌 보는 사람처럼 발끝부터 조붓한 뜨락의 가장자리로 들여놓았지요. 그가 고개를 들고 나를 보았어요. 사실은 살짝 고개를 든 거였고 그러는 동안 잠깐 그의 시선이 내게 머물렀을 뿐이지 나를 알아본 것 같지는 않았어요. 그는 침묵에 몰두한 탓에 또 다른 침묵을 알아채지 못했어요. 그가 복도에 우두커니 서 있을 때부터 노부인이 지켜보았는데 그런 사실을 까맣게 몰랐지요.

가슴이 저렸어요. 가슴을 부여안았지만 가슴에 내 손이 닿는 느낌은 없었지요. 그런데도 가슴 안에서 뭔가 덜그럭대는 듯했고 가슴뼈나 갈비뼈가 부러져 심장과 허파를 찔린 기분이 들었지요. 나는 잠깐 혼란스러웠어요. 내가 그를 미워해서 그런가 싶었고 이 노인과 나는 아무런 관계도 없는데 왜 조바심이 생기는지 알 수 없어서이기도 했지요. 그러니까 약간 후회가 되었어요. 노부인이 자신을 바라보는 줄도 모른 채 작은 뜰로 내려선 그를 보면서 어쩐지 나를 보는 것만 같았어요. 내가 저지른 실수를 그가 똑같이 저지르고 있다는 생각이 들었어요. 어떤 잘못을 했는지 뚜렷하지는 않지만 내가 사랑했던 사람이 있었고 그 사람을 아프게 했다는 건 기억이 났어요. 그 사람이 나를 아프게 했던 것도 기억이 났지만 서글프지는 않았어요. 그런데도 서러운 감정이 드는 건 그 사람에게 괜찮다고, 나 사실 아무렇지도 않았다고 말해 주지 못해서였어요. 그 사람은 이 말을 듣고 싶었을 테고 그 사람이 이 말을 듣고 싶어 한다는 걸 나 역시 알았을 텐데 나는 왜 그 말을 하지 않았을까요. 아마도 언제든 할 수 있으리라 믿어서 미뤄 둔 거였겠지요. 아니면 그 사람이 한동안 괴로워하도록 놔두는 게 나쁘지 않아서였겠지요. 그렇게 해도 괜찮다고 생각해서였겠지요. 살아 있는 동안 그런 일이 가끔 있었으니까요. 시간이 지나 격해졌던 감정이 가라앉으면 당시에는 심각했던 일이 별일 아닌 것처럼 여겨지고 그러면 화를 내거나 억울해하던 내가 겸연쩍고 부끄러워서 낯을 붉히기도 했지요. 내 달아오른 볼을 어루만지며 내 눈을 지그시 들여다보던 사람. 눈을 맞춘 그 순간만큼은 그 사람이 무슨 생각을 하는지 어떤 기분인지 알 것 같았지요. 지금 내가 그를 보면서 느끼는 것처럼 무엇을 생각하고 무엇을 걱정하며 무엇에 아파하는지 손에 잡힐 듯이 알아볼 수 있던 짧은 순간들이 떠올랐어요. 어쩌면 그 순간이 되풀이되길 바라서였는지도 모르겠어요. 다투고 토라지고 등 돌리고 씩씩대다가도 내 기분을 알아주고 다친 마음을 달래기 위해 애쓰는 사람은 그 사람뿐임을 깨달으면서 그 사람과 하나가 된 듯한 일치감을 느낄 수 있는 순간에 누리게 될 떨림과 기쁨을 기다리는 즐거움 같은 것 말이에요. 이런 생각을 하는 동안 그는 한 걸음 한 걸음 내디뎌 작은 중정의 한가운데에 섰어요. 나는 그의 눈길이 닿는 곳으로 둥실 떠올랐어요. 그가 나를 볼 수 있다고 믿었어요. 그가 차창을 향해, 차창 너머를 향해 나직한 목소리로 내 이름을 불렀을 때 분명히 나를 보았을 테니까요. 그가 하늘을 보기 위해 고개를 들었을 때 하늘이 아닌 내가 보이기를 바라며 나는 중정이 한눈에 내려다보이는 높이까지 떠올랐어요. 지붕보다 약간 높은 허공이었고 그의 정수리가 똑바로 내려다보이는 곳이었지요. 해가 제법 높이 솟아오른 터라 중정의 반 정도는 그늘이 드리워졌고 서늘하다고는 할 수 없지만 신선하고 부드러운 공기가 뒤섞인 채 고여 있었지요. 그의 몸 역시 그늘과 햇살이 반씩 차지했어요. 허리 아래는 그늘에 담겼고 허리 위는 햇살을 받으며 빛이 났지요. 반쯤 물에 잠긴 듯했는데 물속으로 들어가려는 중인 것도 같았고 물에서 나오려는 중인 것도 같았어요. 그런 생각을 하니 내 몸이 차갑고 어두운 물속을 기억해 냈어요. 내 몸은 차갑게 식으며 뻣뻣해졌는데 그때의 느낌도 생생하게 떠올랐지요. 숨이 가빠진 느낌이 들어서 잠깐 고개를 돌려 저 멀리 사자바위 쪽을 바라보았어요. 그제야 숨 가쁜 느낌이 잦아들었어요. 지붕을 타고 미끄러지던 한 줄기 바람이 중정으로 곤두박질치면서 그를 쓸고 지나갔어요. 그의 머리칼이 건듯 날렸지요. 그는 가까운 곳에 있는 누군가의 숨결이라도 느낀 것처럼 살짝 몸을 떨었어요. 물속에서 나는 차갑게 부풀어 올랐어요. 귓구멍으로 물이 밀려들어 오면서 귀가 먹먹해졌는데 물의 진동이 고스란히 전해져 왔지요. 가까운 곳과 먼 곳에서 들려오는 소리가 주먹처럼 내 귓속을 때리며 울려 댔어요. 차차 주변이 고요해졌고 더는 아무 소리도 들리지 않게 되었을 때 두 눈에서 눈물이 흘렀는데 그 눈물은 지금 어디에 있을까요. 이런 기억들은 내 의지와는 무관하게 그냥 떠올랐어요. 생각해서 떠오른 게 아니라 몸이 기억하는 만큼이지요. 몸과 마음은 완전히 달랐으니까요. 내 몸은 거인의 손아귀에서 으스러지는 것처럼 고통스러웠는데 내 마음은 그 고통에는 전혀 영향을 받지 않았어요. 내 마음은 다른 방식으로 고통스러웠지요. 내가 이렇게 고통스러워한다는 걸 그 사람은 알까. 이런 의문이 섬광처럼 스치고 지나가듯 내가 살면서 한 번도 떠올리지 않았던 수백 수천 개의 질문이 한꺼번에 생겨났어요. 더는 질문조차 떠오르지 않게 되었을 때 나는 침묵의 세계로 깊이 잠겼고 그때부터 내 몸은 물크러져서 살갗이 벗겨지며 떨어져 나갔지요. 그렇게 나는 살짝 입을 벌린 채 영원한 잠이 든 줄만 알았어요. 잠깐 잠에서 깨어난 순간이 있었지요. 내가 물속에서 끌어올려져 뭍으로 나왔을 때였어요. 내 몸은 출렁이는 배에 실려 부두에 닿았어요. 다시 들것에 올려져 작은 방으로 옮겨졌지요. 뭍은 바닷속 못지않게 차가웠어요. 얼마나 시간이 흘렀을까. 웅성거리는 소리가 나고 발소리가 나더니 나를 덮은 방수포가 벗겨졌어요. 뭉개지고 일그러진 창백한 내 얼굴. 잠든 것처럼 살짝 입을 벌린 내 얼굴. 내 이마에 따뜻한 입김이 닿는 느낌이 났어요. 이어서 뜨거운 눈물이 내 얼굴 위로 후드득 쏟아졌지요. 몇 방울은 내 입 속으로 흘러들어 와 내 혀를 부드럽게 적셨어요. 메마른 입술이 이마에 닿았다가 떨어지더니 열이 오른 뺨이 내 얼굴에 닿았지요. 할 수 있었다면 나 역시 그랬을 거예요. 내 이마에 입을 맞추고 내 얼굴에 눈물을 떨구고 내 볼에 자신의 뺨을 댄 그들처럼 나도 똑같이 했을 거예요. 그들이 살짝 벌어진 내 입에 귀를 갖다 댄다면 나는 이렇게 말했을 거예요. 보고 싶었어요…… 사랑해요. 엄마, 아빠.

그를 보고 있노라면 그가 무슨 생각을 하는지 알 수 있었지만 그렇다고 해서 그의 생각을 모두 이해한 건 아니었어요. 내가 받아들이기 어려운 건 그의 감정들이었지요. 노부인을 향한 그의 감정을 이해하기 어려운 것처럼 그가 느끼는 슬픔과 두려움도 내게는 아득했어요. 그가 떠올리는 과거의 일들이야 온전히 그의 과거이니 내가 이해하지 못한다 해도 이상할 게 없었지만 바로 지금 그가 보고 듣는 것들이 불러일으킨 그의 감정조차 이해하기가 어렵다는 사실은 조금 이상했어요. 우리는 서로 다르긴 했지만 나도 이전에는 사람이었으니 사람이라면 누구나 공감하고 고개를 끄덕일 법한 평범한 감정이라는 게 있을 테니까요. 하지만 뭐랄까 사물을 인식하는 그의 방식부터가 낯설었어요. 그는 자신을 둘러싼 사람들과 교감하듯이 다른 사물과도 교감하는 것 같았어요. 어쩌면 내가 그의 목소리를 들을 수 있게 된 것도 나여서가 아니라 그이기 때문일 수도 있었지요. 그가 벽에 걸린 밀짚모자를 보면 밀짚모자를 쓰고 들판으로 나섰던 기억이 자연스레 떠올랐고 뙤약볕이 내리쬐어 밀짚 한 가닥 한 가닥이 바싹 말라 가는 느낌마저 그의 내면에서 되살아났어요. 그건 그의 체험이 아니었을 텐데도 그가 겪은 일처럼 자연스러웠어요. 스스로를 밀짚모자인 것처럼 느꼈으니까요. 마찬가지로 그가 밀짚모자를 쓰거나 벗을 때 그의 머리둘레를 조이거나 풀어 주던 감각이며 챙을 살짝 들어 올려 먼 곳을 볼 때 머리둘레가 적당히 느슨해지던 느낌까지 되살아났고 그가 까맣게 잊었던 사소한 기억들이 모자에 깃들어 있기라도 한 듯 혹은 모자가 들려주기라도 한 듯 환하게 볼 수도 있었지요. 그러니까 그는 모자와 함께 있는 동안은 그가 느낀 것들을 모자와 나눌 수 있는 사람이었고 모자가 아무 말이 없어도 모자가 느낀 것들을 함께 느끼는 사람 같았어요. 나는 그런 일이 정말로 사람에게 가능하리라고는 믿을 수 없었지요. 엄마나 아빠처럼 아주 가까운 사람과의 관계에서라면 그럴 수 있다고도 생각해요. 엄마가 아프면 나도 아픈 것 같았고 아빠가 풀이 죽으면 나도 기운이 나지 않았어요. 엄마와 아빠가 나보다 훨씬 나를 잘 느꼈을지도 모르지요. 언젠가 장염에 걸려 한동안 고생한 적이 있어요. 처음에는 단순한 복통인 줄 알았어요. 생리통이 심한 엄마처럼 나도 그런 줄만 알았지요. 열이 많이 오르지는 않았지만 무얼 먹든 토하거나 설사를 하는 바람에 기력이 없었고 그처럼 몸이 아프니 마음마저 사나워져서 우울했어요. 엄마와 아빠가 아무렇지도 않다는 게 속이 상했고 내 기운을 북돋으려고 애쓰는 모습까지 짜증이 났지요. 보름쯤 지나서야 이전의 건강을 되찾을 수 있었어요. 그동안 많이 야윈 탓에 피부가 푸석거렸고 눈 밑이 새까맣고 눈동자마저 퀭해서 내가 아닌 다른 사람처럼 보일 정도였어요. 내가 밥을 먹을 수 있게 되어 기쁘다면서 엄마는 내가 좋아하는 반찬을 만들어 푸짐하게 상을 차려 주었어요. 밥상 앞에 앉았을 때 엄마가 마지막으로 뜨끈한 국그릇을 내 앞에 놓아 주었는데 그릇이 밥상에 올려지면서 내는 소리가 귀에 거슬렸어요. 수전증을 앓는 사람이 그러듯 미세하게 떨리는 소리였어요. 바닥에 납작 엎드린 날개 달린 곤충이 파르르 떠는 것처럼요. 국그릇의 국물이 넘칠락 말락 출렁거렸고 그걸 내려다보다 문득 그런 생각이 들었어요. 눈물이 차오르는 눈 같다고. 고개를 돌려 엄마를 보았어요. 엄마는 배시시 웃었는데…… 나보다 더 야위어 보였어요. 엄마니까 그랬을 거라고 생각해요. 엄마와 아빠라면 그럴 수 있겠지요. 내가 조금만 아파도 나보다 더 아파하고 내가 조금만 기뻐도 나보다 더 기뻐할 수 있는 사람이겠지요. 내 기분과 감정을 나보다 섬세하게 포착하고 내가 받아들이고 곱씹는 것보다 더 간절하게 품을 수 있는 사람이겠지요. 그건 부모와 자식이기에 가능한 일일 테고 우리 식구만이 아니라 다른 식구들에게서도 흔히 볼 수 있는 일이겠지요. 사랑하는 사람들이 서로의 마음을 느낄 수 있다면 논리적으로 설명할 수는 없지만 상대가 아플 때 자신 역시 실제로 아플 수도 있는 거겠지요. 하지만 그게 다른 사람과의 관계에서라면 불가능하거나 어려울 거예요. 잠깐 공감할 수는 있을지 몰라도 타인의 아픔을 내 아픔과 똑같이 느끼거나 그보다 더 절실하게 느낄 가능성은 거의 없을 테니까요. 그건 잘못도 단점도 아닌 자연스러운 것이겠지요. 만약 그게 가능하다면 그거야말로 이상한 일일 테고요.

내가 지켜본 그에게는 이상한 일이 자주 일어났어요. 타인의 슬픔과 기쁨을 자신의 것처럼 받아들였어요. 내가 잘못 본게 아니라면 그런 척하는 게 아니라 정말로 그랬어요. 세상에는 별별 사람들이 다 있으니 놀랄 일이 아닐지도 모르지요. 나는 생각했어요. 어쩌면 이런 생각들이 그를 지켜보면서 생겨난 게 아니라 처음부터 내 안에 있었을 가능성에 대해서요. 나는 무엇에도 놀라지 않는 존재니까요. 나라는 존재 자체가 있을 수 없는 일을 뜻하니 이보다 더 놀라운 일이 있다 해도 정말로 놀랍지는 않을 테니까요. 그가 내 이름을 불렀을 때 내가 당혹스러웠던 것도 있을 법하지 않은 일이 일어나서가 아니라 내 이름을 부를 때의 그의 기분이 내게도 전해져서였어요. 이 기분은 그의 것이기도 했고 원래 내 안에 있던 것이기도 했어요. 그가 이름을 불러 주는 순간 정체를 드러낸 감정이라고나 할까요. 비록 그 감정이 비참함이라 해도요. 마지막으로 남은 문제는 하나인 셈이지요. 그렇다면 그는 어떻게 내 마음을 알아볼 수 있었을까요. 그렇게 태어난 것일 수도 있고 혹은 스스로 얻어 낸 것일 수도 있겠지요. 진실이야 무엇이든 그가 내 마음을 알아볼 수 있다 해도 그가 미덥지는 않았어요. 그를 등 뒤에서 바라보는 노부인. 노부인의 간절함이 담긴 눈길이 나한테도 이토록 생생하게 전해지는데 왜 그는 알지 못할까요.

마침내 그가 천천히 고개를 들어 하늘을 올려다보았어요. 그의 눈길은 나를 통과해 먼 하늘로 달려갔지요. 그의 콧잔등에 주름이 잡혔어요. 부신 햇살에 눈을 깜박거렸어요. 그의 목소리가 들려왔어요. 그는 결심하는 중이었어요. 나는 나도 모르게 소리를 쳤어요. 꼭 그래야만 하나요. 누군가의 남편으로 아버지로 할아버지로 살아갈 수도 있잖아요. 그의 눈동자가 흔들렸어요. 내 목소리를 듣기라도 한 것처럼요. 그 순간 내 마음이 다급해졌어요. 그가 서 있는 중정을 내려다보면서 하나의 이미지가 선명하게 떠올랐거든요. 그가 선 중정이야말로 지붕 낮은 집의 살짝 벌려진 입처럼 보인다는 걸요. 그는 할 말이 있지만 말할 수 없었고 지붕 낮은 집은 그의 은신처였지요. 유일하게 하늘을 향해 트인 공간인 중정은 세상과 그를 이어 주는 통로지만 말이 오가는 통로는 아니었어요. 단지 하늘을 올려다볼 수 있는 공간이었지요. 그는 중정의 한가운데, 침묵의 한가운데에 선 채 이러한 사실을 내가 깨달은 것처럼 깨달았어요. 나는 그가 결심을 하게 되면 되돌릴 수 없으리라는 걸 알았어요. 한번 결심하면 그 순간 모든 게 이루어지는 사람이니 결심하는 순간이 바로 실행하는 순간이라는 것도요. 그를 가로막을 수 있는 마지막 순간이기도 했지요. 그를 되돌릴 수 있는 마지막 기회였어요. 나는 그가 뒤를 돌아보기를 바랐어요. 복도에 선 채 그를 바라보는 노부인을 보면 결심하지 않을 수도 있으니까요. 그것만이 마지막 방법인 듯했어요. 나는 계속해서 외쳤어요. 제발 뒤를 보라고. 고개를 돌려 당신을 지켜보는 아내를 보라고. 두려움에 떨며 당신이 고개 돌려 봐주길 바라는 이를, 당신이 무슨 결심을 하는지 아는 것처럼 무릎이 꺾이고 무너져 내릴 듯한 슬픔을 간신히 견디는 중인 사람을 보라고. 부탁이에요. 제발 고개를 돌리고 뒤를 보세요. 아저씨, 할아버지…… 이 고약한 늙은이야 제발 뒤를 보란 말이야. 그의 눈빛이 반짝였어요. 눈물이 고여서인지 그저 햇살이 반사되어서인지는 모르겠지만 분명 내 말을 알아들은 것처럼요. 나는 눈송이처럼 내려가 그의 얼굴 주변으로 떠다녔어요. 그에게 말을 건네고 외치며 으름장을 놓았어요. 살면서는 한 번도 해본 적 없는 욕설도 지껄였어요. 뭔가 이상했어요. 그는 내 말을 알아들어야 했고 나를 볼 수 있어야 했으니까요. 어쩌면 내 목소리를 들을 수 있고 나를 볼 수 있기 때문에 외면하는 건지도 몰랐어요. 화가 났어요. 모른 척한다고 해서 피해 갈 수 있는 일도 아니잖아요. 만약 정말로 결심하고 싶다면 누구보다 아내에게 먼저 말해야 하잖아요. 뒤에 남겨진 노부인이 얼마나 깊이 절망하게 될지 정말 모르는 게 아니라면 말이에요. 누군가를 깊은 절망에 빠뜨려도 되는 정의란 없잖아요. 당신이 지금까지 바라 왔던 세상 역시 그런 세상은 아니었잖아요. 정의 같은 거 단번에 실현될 수도 없잖아요. 포기하지는 않겠지만 부당하게 얻지도 않겠어요. 설령 누군가를 구렁텅이에 밀어 넣고 얻는다 해도 그런 정의가 오래갈 수는 없어요. 나는 있는 힘을 다해 그에게 달려들었어요. 하지만 나는 그를 가뿐히 통과해 버렸지요. 통과하긴 했지만 벽이 우둘투둘한 좁은 골목을 지난 것처럼 아팠어요. 나는 그와 노부인 사이에 있었지요. 나는 오래된 질문에 겨우 대답을 찾아낸 사람처럼 간신히 말했어요. 그래요, 내가 바로 해원이에요. 쓸쓸하고 차가운 바다에서 비참하게 죽은 해원이라고요. 내가 비참한 건 그렇게 죽어서가 아니라 반드시 말해야 했던 한마디를 하지 못한 채 죽어서였어요. 당신도 그런 길을 가실 건가요. 그의 어깨가 흔들렸어요. 그가 머뭇거리는 게 보였어요. 나는 다시 한번 그의 몸에 세게 부딪혀 갔지요. 그를 통과한 나는 그의 발치 앞에서 굴

렸어요. 그가 고개를 숙이고 나를 보는 것 같았어요. 이상하게
도 나는 아팠어요. 육신을 지닌 것처럼 아팠어요. 바닥에 떨어
져 구를 때는 통증 탓에 신음을 내기도 했어요. 그의 육신 가운
데 일부가 내게 온 것만 같았지요. 그는 그만큼의 육신을 잃었
을 테고요. 바닥에서 벌떡 일어난 나는 다시 그에게 달려갔어
요. 그를 통과할 때 그의 몸이 미약한 내 육신의 무게를 느끼며
아주 조금 휘청였어요. 그와 노부인 사이에 떨어진 나는 그 자
리에 주저앉았지요. 온몸이 타오르는 듯했어요. 햇볕 때문은 아
니었어요. 아마 이것도 내 기억의 일부이겠지요. 차가웠던 몸이
활활 타오르며 부서지는 소리가 귓가에 맴돌았어요. 조금만 더
외치고 달려들면 그가 나를 느낄 것 같았는데 움직일 수가 없었
어요. 처음 이 마을에 왔을 때처럼 내 의지가 아니라 운명 같은
것에 속박되어 주저앉기라도 한 것처럼요. 내가 할 수 있는 일
이 없다는 절망이 서서히 번져 왔어요. 물속 깊이 잠겨 드는 것
처럼 숨이 찼어요. 억울했어요. 서러웠어요. 내 부러진 가슴뼈
와 갈비뼈가 덜그럭댔어요. 그리고 기적처럼 그가 뒤를 돌아보
았어요. 그가 나를 보았어요. 그는 나를 차분하게 바라보았어요.
그의 눈길은 내 주변으로 흩어졌다가 다시 모였고 조금 더 위,
바로 노부인이 서 있는 쪽을 향했지요. 나는 까무러칠 것 같은
기분이었어요. 무언가를 해냈다는 생각이 들었고 이걸 위해 여

기에 와 있는 거라는 생각마저 들었지요. 그는 완전히 몸을 돌려 똑바로 아내를 보았어요. 나는 뒤를 돌아보았어요. 노부인이 안채 쪽으로 가는 게 보였지요. 노부인의 발걸음은 금방이라도 쓰러질 것처럼 위태로웠지만 이내 안채로 사라져 버렸어요. 나는 깨달았어요. 그는 고개를 돌려 창에 서린 아내의 형상을 보았어요. 얼핏 보았을 뿐인데 그는 가슴이 서늘해졌어요. 그는 몸을 돌려 더 자세히 보려고 했어요. 정말로 아내를 본 건지 궁금했어요. 하지만 햇빛에 작아진 동공 탓에 창 너머 어둠 속에 잠긴 아내를 정확히 알아보지는 못했어요. 노부인은 등 돌린 그가 서재로 돌아오려 하는 줄 알았던 거예요. 그의 시선을 벗어나기 위해 서둘러 자리를 떠났던 거지요. 그가 볼 수 있었던 건 잔영 같은 아내의 모습뿐이었어요. 그는 궁금했어요. 아내가 그 자리에 선 채 자신을 지켜보고 있었던 건지 아니면 그저 그 자리를 지나치는 모습을 우연히 보게 된 것인지. 그와 아내의 시선이 마주친 아주 짧았던 그 순간은 지나가 버렸어요. 언젠가 내가 그러했듯이. 그의 목소리가 들려왔어요. 꿀벌들의 날갯짓 소리와 비슷했어요. 그 순간 그는 죽은 자의 벌려진 입이 되기로 결심했어요. 아무 말도 하지 않음으로써 해야 할 말을 남김없이 할 수 있는 유일한 길을 걸어가기로 마음먹었어요.

비가 내렸어요. 비가 그친 뒤로는 물비린내가 사방에 가득했지요. 그는 홀로 견뎠어요. 겉으로 보기에 그는 평온을 유지했기에 아무도 그가 어떤 결심을 했는지 알아채지 못했어요. 하루가 지나고 또 하루가 지났어요. 나는 그의 곁에 웅크리고 앉은 채 새록새록 떠오르는 기억을 곱씹었어요. 결심을 했던 그날 그는 이 세상에서 사라진 거나 마찬가지인 셈이었어요. 그가 더는 생각을 하지 않게 된 건지 아니면 나와 그 사이의 연결 통로가 사라진 건지 모르겠지만 점점 더 그의 생각을 알 수 없게 되었어요. 여느 사람들과 마찬가지로 그의 표정과 몸짓을 보며 그가 무얼 생각하고 어떻게 느끼는지를 가늠해야 했지요. 그의 목소리도 들리지 않았어요. 정체가 불분명하고 희미한 소음 같았어요. 며칠이 지났어요. 그가 내 곁을 지나다가 내 발에 걸렸어요. 고개를 들어 보니 그가 내 앞에 쪼그리고 앉더군요. 그가 내 눈을 지그시 들여다보았어요. 네가 해원이니. 그가 이렇게 묻는 것 같았어요. 나는 고개를 끄덕였어요. 너한테 무슨 일이 있었던 거니. 나는 뭐라고 답해야 할지 알 수 없었어요. 그래도 뭐든 말하고 싶어서 입술을 달싹거렸지요. 그는 오랫동안 내 말에 귀를 기울였어요. 나는 아무 말도 하지 않았는데 그는 모든 말을 듣는 것 같았어요. 그가 고개를 끄덕였어요. 그는 내가 얼마나 아팠는지 얼마나 쓸쓸했는지 아는 것 같았어요. 하지만 내 고통이 어디에서 비롯되었는지 아는 것 같지는 않았어요. 나는 계속해서 말했어요. 미안하다는 말을 하지 못해서가 아니었어요. 사랑한다는 말을 하지 못해서도 아니었어요. 숨이 멎는 순간까지 엄마와 아빠를 불렀는데 엄마와 아빠는 내 말을 들었을까요. 그가 대답했어요. 다 들었단다. 지금 내가 너의 말을 듣는 것처럼 엄마와 아빠도 네 말을 들었단다. 그는 천천히 일어났어요. 그가 내게 손을 내밀었어요. 나는 그의 손을 잡았어요. 나는 허공으로 떠올랐지요. 떠오르기만 한 게 아니라 허공의 일부가 되어 갔어요. 그리고 결국 모든 게 기억이 났어요. 예언을 해도 좋을 만큼 남김없이 기억해 냈어요. 나는 나지막이 속삭였어요. 잊지 않을게 엄마, 아빠. 이 기억을 가지고 갈게.

12

2014년 4월 16일

삼 주 만에 퇴원하려 했으나 엄마는 한 주 더 조리원에 머물러야 했다. 기운이 없고 열이 올라 진찰을 받으니 신우신염이라고 했다. 심각한 병도 아니었고 증상도 가벼웠지만 수유를 위해 투약하지 않은 탓에 어느 때보다 충분한 휴식이 필요했다. 너에게도 그랬지만 엄마에게도 산후조리원의 산모방은 특별한 곳이었다. 아빠는 오래지 않아 그 방에 대한 기억을 대부분 잃게 되지만 엄마는 그렇지 않았다. 막 태어난 너와 함께하는 공간이어서만은 아니었다. 거기에서 지나온 삶 대부분을 돌아보아서였다. 깨어 있거나 잠들어 있거나 상관없이 아무 때나 불쑥불쑥 옛 기억이 떠올랐다. 까맣게 잊은 줄 알았던 일부터 너무 자주 기억해 내는 바람에 지겨웠던 일까지. 이 기억들은 새롭게 윤색되었다. 이를테면 이런 식이었다. 어린 시절 시골 마을의 친척 집에서 지낸 적이 있었다. 맑은 물이 흐르는 개울이 있었다. 개울가에 쪼그리고 앉았던 엄마는 모래무지 한 마리가 바닥을 파고드는 걸 보았다. 지느러미와 꼬리를 휘젓고 퍼덕이며 안간힘을 썼다. 피식 웃음이 나왔다. 엄마 품에 파고들기 위해 떼를 쓰는 아이 같았다. 떼를 쓰는 아이. 이런 표현은 이전까지는 엄마의 마음속에 떠오른 적이 없었다. 그런데도 오래전부터 그런 생각을 했던 것만 같았다. 그 아이가 바로 너를 뜻하는 거였다고. 그전까지 엄마는 왜 그 장면이 유독 마음에 남게 되었는지를 이렇게 풀이하곤 했다. 엄마의 부모는 사정이 있으니 며칠만 엄마 혼자 지내라고 했다. 어린 엄마는 그 말을 믿지 않았다. 형제들이 많은 집안에서 태어나 충분히 사랑받지 못한다고 생각하던 시절이었다. 친척 집에 버려진 거라고 여겼다. 어쩌면 영영 엄마를 데리러 오지 않을 수도 있었다. 엄마는 개울가에 나가 마음을 다잡았다. 정말 그렇다면 엄마도 부모를 버리겠다고 마음먹었다. 개울가에 앉은 엄마의 눈에 모래무지가 들어왔다. 엄마의 마음을 알고서 격려라도 하는 것 같았다. 엄마는 속으로 인사를 나눴다. 모래무지야 안녕. 모래무지도 꼬리로 인사를 했다. 그 장면은 엄마가 쓸쓸할 때마다 떠올랐다. 모래무지는 슬픔만

이 아니라 위로를 뜻하기도 했다. 며칠 뒤 약속대로 엄마의 부모가 엄마를 데리러 와주었으니까.

산모방 침대에 누운 채로 엄마는 떠오르는 기억을 하나하나 조심스럽게 다듬은 뒤 가라앉혔다. 엄마는 처음 피아노학원에서 발표회를 하던 날 뜻대로 연주가 되지 않아 제대로 끝마치지 못했다. 일곱 살이었을 것이다. 어색한 박수를 받으며 피아노 의자에서 내려왔다. 엄마는 고개를 돌려 창밖을 보았다. 하늘은 눈부시게 푸르렀다. 그 하늘은 너의 미소를 닮았다. 초등학교 3학년 때 가을이었다. 중요한 시험을 치르는데 자꾸만 연필심이 부러져 엄마는 당황했다. 시험을 마치고 책상 아래를 보니 부러진 연필심이 다섯 개였다. 그 형태는 활짝 편 너의 손가락 끝에 자리 잡은 손톱들 같았다. 중학생 때는 친했던 친구와 절교한 적이 있었다. 그 친구는 엄마에게 악담을 하며 다시는 보지 않겠다고 선언했다. 친구는 전학을 가면서 엄마에게 편지를 보냈다. 할 말이 있으니 만나자는 거였다. 엄마는 두근거리는 가슴을 두 손으로 꼭 누르고 약속 장소에 갔지만 친구는 없었다. 십 분이 지나고 삼십 분이 지났다. 한 시간이 지나고 두 시간이 지났다. 친구는 오지 않았다. 담벼락 아래 붉은 꽃이 한 송이 피어 있었다. 그 꽃은 너의 귀처럼 앙증맞았다. 수험생 시절 엄마는 자주 코피를 흘렸다. 집에서는 괜찮았지만 학교나 독서

실에서 그럴 때를 대비해 휴지를 갖고 다녔다. 미지근한 액체가 콧속을 가득 채우는 느낌이 들다가 스르르 풀려나간다 싶으면 어김없이 코피가 흘러나왔다. 멈추게 하려고 고개를 젖히면 코피가 입 속으로 왈칵 흘러들어 오기도 했다. 어느 날 새벽이었다. 세면대 앞에서 고개를 숙이자 코피가 투둑투둑 떨어졌다. 핏방울이 세면대의 경사면을 따라 주르륵 흘러갔다. 엄마는 핏방울이 만든 궤적을 오래도록 지켜보았다. 입으로 물감을 불어 그림을 그리던 미술 시간이 떠올랐고 비 오는 날 차창에 부딪혀 흐르던 빗방울도 떠올랐다. 핏방울은 선을 그리며 배수구 쪽으로 흘러갔는데 뒤에 길게 남은 궤적은 옅은 핏빛이었지만 배수구에서 여러 방울이 모이자 다시 짙은 빛을 띠었다. 가느다란 핏줄이 모여 무언가가 되었다. 혈연 혹은 혈통과 같은 낱말이 떠올랐다. 너는 거기에도 있었다.

엄마의 두 뺨은 흥분과 놀라움으로 발그레 물들었다. 따져 볼수록 지난날의 의미심장한 체험들은 모두 너를 예고했다. 네가 엄마에게 오리라는 징표가 이토록 많았다는 사실에 놀랐다. 그토록 많았는데 하나도 알아보지 못했다는 사실에도 놀랐다. 너는 엄마와 아빠에게 그냥 온 게 아니었다. 네가 오기로 예정되어 있었고 그 사실을 일러 주기 위해 무수한 사건들이 벌어졌다. 엄마와 아빠는 그것도 모른 채 살아온 셈이었다. 아빠가 퇴근하고 왔을 때 엄마는 이런 이야기를 들려주었다. "내가 당신을 참아 주는 이유를 알아?" 겁을 먹은 아빠는 눈만 끔벅거렸다. 참아 준 적이 없는 것 같은데 참아 주는 이유를 아느냐 묻는 건 시비를 거는 거라고밖에는 달리 생각할 수 없었다. "스무 살에 처음으로 사주를 봤어. 포장마차처럼 작은 노점이었거든. 점쟁이가 내 남편 될 사람은 나를 엄청나게 힘들게 한댔어." 아빠는 안도의 숨을 내쉬었다. "그 점쟁이 참 용하네." 엄마가 아빠를 흘겨보았다. 흠칫 놀란 아빠는 웃음으로 눙치려 했다. 다행히 엄마가 따라 웃었다. "다른 말은 없었어?" "있었지." "뭐였어?" "내 남편은 대기만성이라 참고 견뎌야 한댔어. 성공하면 그냥 성공하는 게 아니라 크게 성공한다고도 했어." 그럼 그렇지, 정말 용하네, 하며 맞장구를 쳤지만 아빠의 속내는 복잡했다. 대기만성이란 말 때문이었다. 아빠는 얼마 전에 회사를 그만둔 사원을 떠올렸다. 그 사람은 회사 생활에 적응하지 못하고 입사 석 달 만에 조용히 퇴사했다. 조촐한 송별식이 있었다. 아빠는 대기만성이라 그렇지 당신 같은 사람이 딱 맞는 일을 찾기만 하면 승승장구할 테니 힘을 내라며 그 사람을 위로해 주었다. 성가시고 어수룩한 사람 하나 내보냈다는 사실에 흐뭇해하면서. 아빠가 보기에 대기만성이라는 말은 으레 성공할 가망이 없는 사람에게 듣기 좋게 하는 말이었지만 엄마가 점쟁이의 말을 철석같이 믿는 것 같았기에 농담을 하려다 그만두었다. 동료가 퇴사한 걸 두고 고소해한 벌을 받는 것일지도 모른다는 생각이 들어서이기도 했다. 솔직히 그 사람의 용기가 부럽기도 했다. 너는 아빠에게 잘 참았다고 말해 주었다. "여보는 사주팔자나 운수점 본 적 없어?" 아빠는 생각하는 시늉을 했다. "내가 직접 본 적은 없어. 난 그런 거 관심 없거든." 아빠의 말은 거짓이기도 했고 진실이기도 했다. 직접 점집에 간 적은 없지만 신문이나 잡지에서 만나게 되는 오늘의 운세나 이달의 운세라는 심심풀이 기사를 그냥 지나친 적도 없었다. "어머니는 좀 다니시는 것 같긴 한데 난 한 번도 가본 적이 없어." "지금 내가 그런 거 믿는다고 비난하는 거야?" "관심이 없다는 거지 여보한테 뭐라고 한 건 아니잖아." 너는 아빠의 심장이 빠르게 뛰는 소리를 들었다. "나도 그런 거 안 믿어. 그냥 궁금하잖아. 나쁜 운수도 아니고……." 엄마는 아빠에게 말하고 싶었다. 정말 말하고 싶은 건 처음 사주를 보았을 때 무슨 이야기를 들었는지 따위가 아니었다. 까맣게 잊은 일들이 떠올랐고 거기에 숨어 있던 새로운 의미를 찾아내면서 느낀 감동을 아빠와 나누고 싶었다. 개울가에서 조약돌을 하나 건졌을 뿐인데, 바닷가에서 조개껍데기를 주웠을 뿐인데, 낙엽 하나가 어깨에 내려앉았을 뿐인데……
네가 오기 전에도 너를 만난 적이 있다는 말을 하고 싶었다. 모르고 지나쳤던 게시들 속에서 너를 발견하면서 느낀 경이로움을 말하고 싶었다. 아빠에게도 그런 게 있는지, 아빠도 너를 만난 적이 있는지 묻고 싶었다. 아니 분명히 만났을 테니 언제 어디에서 그랬는지 듣고 싶었다. 그런 이야기를 도란도란 나누고 싶었다. 너는 아빠에게 속삭였다. 엄마에게 귀를 기울이라고. 지금 아빠가 해야 할 일은 바로 그거라고. 아빠는 네 말을 알아들었다.

전세 버스에 오르기 전 너는 하늘을 보았다. 하늘은 맑았다. 반티를 맞춰 입은 남학생들이 누군가의 외침을 신호로 교복 상의를 힘껏 던졌다. 하늘을 향해 던졌지만 고만고만한 높이에서 잠시 머물렀다가 바닥으로 떨어졌다. 그 모습이 너의 시야로 비스듬히 들어왔다. 단축수업을 했지만 마지막 수업은 네 시가 되어서야 끝났다. 늦은 오후의 식은 햇살이 버스 차창에서 흘러내렸다. 열여덟 살이 될 때까지 셀 수도 없을 만큼 자주 올려다본 하늘이었다. 이따금 너는 의문이 들었다. 어두컴컴한 하늘보다 왜 화창한 하늘이 우울해 보이는 경우가 많은지. 너의 시야에 너처럼 하늘을 올려다보는 다른 아이가 들어왔다. 그 아이가 무슨 생각을 할지 헤아려 보았다. 너의 생각은 한군데에 머무르지 않았다. 산란하는 빛처럼 과거와 현재 그리고 미래로 달려갔다. 인원 점검을 마치고 담임선생이 탑승하자 버스가 출발했다. 아이들은 환호성을 질렀다. 비명처럼 들렸다. 너는 핸드폰으로 엄마에게 문자를 보냈다. 이제 학교에서 출발해. 수학여행을 가지 않는 몇몇 동급생과 다른 학년의 선생들이 운동장을 내려다보며 손을 흔들었다. 버스에 탄 학생들도 창에 바짝 붙어 손을 흔들었다. 버스는 교문으로 이어지는 내리막길을 천천히 내려갔다. 경사가 심한 터라 안전벨트를 채웠는데도 몸이 앞으로 쏠렸다. 한 아이가 이마를 앞좌석에 찧었다며 투덜대자 다른 아이들이 야유하며 놀려 댔다. 계절은 봄이었고 봄바람이 거셌다. 교문 근처의 무궁화도 녹음이 짙었고 길 건너편 공원도 온통 푸르렀다. 버스 창을 통해 바라보는 바깥은 고즈넉했다. 거리를 오가는 사람과 자동차들. 낯익은 건물과 길거리 풍경. 며칠에 불과했지만 집을 떠난다는 사실에 가벼운 흥분을 느꼈다. 너는 다른 아이들의 표정을 살피기 위해 뒤를 돌아보았다. 즐거운 표정들이긴 했지만 더 즐거운 일이 있을 거라는 기대 덕분에 간신히 즐거워하고 있는 것처럼 보였다. 간절히 바라던 일이라 해도 막상 그 일이 닥치면 기대한 것만큼 즐겁지가 않았다. 너만 그런 줄 알았는데 다른 아이들도 비슷한 듯했다.

너의 생각은 너의 것이 아닌 것처럼 여전히 여기저기를 떠돌았다. 엄마, 아빠와 함께 떠났던 여행들이 떠올랐다. 멀리 떠나 하루 이틀 묵고 온 적도 있었지만 나들이 삼아 당일치기로 다녀온 적이 더 많았다. 물론 그마저도 초등학생 때까지였다. 엄마와 아빠는 각자의 일로 분주했고 너는 너대로 바빴다. 여행 계획을 세웠다가 취소하는 일이 몇 번 되풀이되자 자연스럽게 계획조차 세우지 않게 되었다. 이번 여름에는 어디 한번 가볼까, 이런 식이었으니 계획을 세웠다고도 취소했다고도 할 수 없었다. 식구들이 함께 가벼운 흥분을 안고 먼 길을 떠났던 기억이 아득해지면서 너는 홀로 여행을 떠나는 상상을 했다. 잔지바르, 탕헤르, 초모랑마, 앙코르와트, 아크로폴리스, 마터호른, 리히텐슈타인, 프린스에드워드…… 이런 지명을 읊조리면 마음이 홀가분해졌다. 네가 한 번도 가본 적 없는 곳일수록…… 더 솔직하게 말하자면 네가 가기에는 너무 멀거나 여행 경비를 감당할 수 없으리라 여겨지는 지명일수록 매혹적이었다. 너는 엄마와 아빠가 모르는 곳에 가고 싶었다. 엄마와 아빠가 한 번도 들어본 적 없는 곳. 만약 네가 숨는다면 엄마와 아빠를 비롯해 누구도 너를 찾아낼 수 없는 곳일수록 좋았다. 지구에는 그런 곳이 없어. 너는 이렇게 속삭이며 마음속에서 지명을 하나하나 지웠다가 다시 쓰기를 반복했다. 머큐리, 비너스, 마르스, 주피터, 새턴…… 거기에 가면 지구가 궁금해질지도 몰랐다. 가끔은 이런 상상도 했다. 네가 여행을 떠난 곳에서 네 또래의 엄마나 아빠를 만난다면 어떨까. 너는 그들이 엄마와 아빠라는 걸 아는데 엄마와 아빠는 너를 알지 못하는 곳에서 다시 만난다면 무슨 이야기를 나누게 될지 생각하곤 했다. 그러면 아직 벌어지지 않은 일인데도 오래전에 겪은 일처럼 여겨지기도 했다. 내가 태어나기 전에 우리는 만난 적이 있어. 터무니없는 생각이어서 피식 웃음이 나왔다. 그런 적이 있다 해도 현실에서 뭔가 달라질 것 같지도 않았다. 불현듯 깨닫기도 했다. 이런 상상을 중학생이 된 뒤부터가 아니라 초등학생 시절에 했다면 어땠을지를. 터무니없다고 생각하지는 않았을 거였다. 오히려 너는 엄마와 아빠를 언제 만났는지를 기억해 내려 애썼을 테고 기적처럼 무언가를 기억해 냈을 수도 있었다. 한 아이가 처음으로 피아노 연주 발표회를 하던 날이었다. 아이는 연습할 시간이 별로 없었다. 집에는 피아노가 없었으니까. 마음은 흘러가는데 손가락은 움직이질 않았다. 연주를 끝마치지 못한 채 피아노 의자에서 내려온 아이는 울지 않으려고 애썼다. 고개를 돌려 창밖을 보았다. 하늘은 눈부시게 맑았다. 그날 이후 아이는 하늘이 구름 한 점 없이 맑을수록 서글펐다. 누구의 기억인지 알 수 없지만 너는 이런 기억을 떠올리게 되었을지도 모른다. 너는 궁금했다. 그 순간에도 울지 않을 만큼 야무진 아이였는데 하필이면 창밖을 보았을까. 엄마가 오지 않았거든. 엄마는 일하느라 바빠서 올 수가 없었거든. 아이가 너를 보고 말했다. 너는 고개를 끄덕였다. 너도 그랬다. 엄마는 오고 싶어 했지만 올 수가 없었고 며칠 전부터 너에게 미안하다고 말했다. 너는 엄마가 왜 그래야 하는지를 이해했고 이해했기 때문에 올 수가 없었다. 너도 하늘을 보았다. 터무니없는 생각이었지만 너는 거기에 사로잡혔다. 가슴속에서 무언가가 덜그럭댔다. 부러진 뼈들. 이런 말이 입속에서 맴돌았다. 만난 적이 있는데 기억하지 못하는 건 아닐지. 정말로 그렇다면 기억하지 못한다 해도 만난 적이 없노라고 할 수는 없었다. 지금 떠나는 이 여행이 바로 그 순간으로 가는 여행인 것만 같았다. 엄마와 아빠는 제주도에 간 적이 있었다. 신혼여행이었다. 대부분의 신혼부부가 해외로 떠나던 시절이었는데도 그랬다. 너는 엄마와 아빠가 협재굴과 정방폭포, 성산일출봉과 산방산을 배경으로 다정하게 팔짱을 끼고 찍은 사진들을 떠올렸다. 사진 속에서 엄마와 아빠는 행복해 보였다. 앞으로 어떤 역경이 닥쳐도 둘이 함께라면 헤쳐 나갈 수 있다는 믿음을 지녀서였다. 오래가지 못할 믿음이었지만 적어도 사진 속에서는 영원히 봉인된 믿음이기도 했다. 제주도에 가면 엄마와 아빠를 반드시 만나게 될 것만 같았다. 너는 불합리하다 못해 부당하다고까지 느껴지는 확신이 어디에서 비롯되었는지를 따져 보려 했다. 너는 영영 알아내지 못할 거였다. 거기에 가지 못했으므로.

네가 떠올렸지만 너의 것이 아닌 듯한 기억 탓에 너는 혼란스러웠다. 너는 알고 싶었다. 사람은 언제부터 사람인 건지. 원래 사람으로 태어났는데 살아가면서 점점 사람에서 멀어지는 건지 아니면 그 반대인지. 너는 창밖을 내다보다가 고개를 두리번거렸다. 누군가에게 묻고 싶은 게 생겼을 때 너도 모르게 하는 행동이었다. 엄마 배 속에서도 산후조리원의 신생아실에서도 엄마, 아빠와 함께 있는 산모방에서도 너는 그랬다. 네가 머리를 이리저리 흔들면 엄마와 아빠는 네가 무얼 원하는지 알아내기 위해 눈을 가늘게 뜨고 지켜보았다. 숨소리마저 거슬려 숨을 잠시 멈추고 귀를 기울였다. 엄마와 아빠는 네가 원하는 걸 거의 정확하게 알았다. 엄마와 아빠가 원하는 걸 네가 알았듯이. 네가 아빠에게 엄마 말에 귀를 기울이라고 속삭였을 때 아빠가 알아들었듯이. 너와 엄마 그리고 너와 아빠는 말을 하지 않아도 말이 통했다. 세월이 흘러 말을 해도 말이 통하지 않게 되는 순간이 왔지만 말이 통하던 시절의 기억마저 부인할 수는 없었다. 사라지지 않고 남은 이 기억이 네가 자라면서 느낀 슬픔의 숨겨진 이유이기도 했다.

엄마의 말에 귀를 기울이는 동안 아빠의 마음속에서도 낯선 말들이 솟아났다. 아빠는 너를 만난 적이 있는지를 엄마처럼 헤아렸다. 기억을 더듬을수록 기억이 물러나는 기분이었다. 엄마처럼 그 안에 깃든 낯설고 신비로운 의미를 찾아낼 수가 없었다. 엄마를 만나기 전에 사귀었던 사람들만 떠올랐다. 오래 사귄 사람도 있었고 잠깐 만났기에 만났다고 말하기조차 뭣한 사람도 있었다. 아빠는 네 이름이 혹시라도 예전에 알고 지낸 사람의 이름과 관련이 있는 게 아닐까 하는 걱정이 들었다. 혼자 짝사랑하다 포기한 적이 많아서였다. 아빠 자신도 모르는 무의식 속의 갈망이 그런 형태로 드러났을지도 모른다는 생각이 들자 엄마 얼굴을 똑바로 볼 수가 없었다. 아빠는 과거에 연인이었거나 연정을 품었던 이들의 이름을 하나하나 떠올려 보았다. 그럴만한 증거는 없다는 걸 확인하고서야 안심했다. 네 이름은 엄마와 아빠의 이름에서 한 글자씩 따왔는데 괜한 걱정을 했다며 손바닥으로 이마를 쳤다. 엄마가 의아한 얼굴로 아빠를 바라보았다. 아빠는 이마에 뭐가 기어가는 것 같아서 그랬다고 얼버무렸다. 아빠는 지난 삶에서 인상적이었던 순간이 언제였는지도 생각해 보았다. 좀 난감했다. 그런 순간이 별로 없어서였다. 기억하고 싶은 일도 없었고 기억이 난다 해도 새삼스럽지도 흥미롭지도 않은 일들뿐이었다. 대학에 합격했던 날이었던가. 사실 행복하지는 않았다. 더 좋은 대학에 가고 싶었으니까. 취직했던 날이었을까. 아직 백수였던 친구들에게 한턱냈다가 카드빚으로 고생한 기억이 더 선명했다. 넘어지지 않고 자전거를 탈

수 있게 되었던 날도 아니었다. 중학생 때 자전거를 타고 가다 구덩이에 빠진 적이 있었다. 그 뒤부터는 웬만하면 타지 않았다. 스무 살 무렵에 친구를 따라 처음으로 낚시를 갔다가 월척을 낚은 적이 있었다. 만약 그때 낚은 붕어가 너를 뜻한다면 아니 될 말이었다. 매운탕을 끓여서 친구와 함께 술안주로 먹어버렸으니까. 아빠는 초조했다. 엄마는 잔뜩 기대를 품고 아빠가 무슨 말이든 들려주기를 기다렸다. 뭐라도 찾아내야 했다. 찾아내지 못하면 거짓으로 지어서라도 해야 할 것 같았다. 까맣게 잊었던 일도 떠올랐다. 초등학교 6학년 여름방학 때였다. 무더운 밤이었고 잠을 설쳤다. 새벽에 깨어난 아빠는 속옷이 젖어서 깜짝 놀랐다. 예닐곱 살 이후로는 잠자리에서 오줌을 싸는 실수는 하지 않았다. 그게 몽정이라는 건 나중에야 알았다. 뭔가 으쓱한 기분이 들었고 전과는 다른 세상에 불쑥 입장한 기분도 들었다. 거기에 네가 있었을까. 말하기에는 곤란했다. 아빠의 낯빛이 어두워졌다. 운이 좋은 편도 아니었다. 소풍을 가서 보물찾기를 할 때 보물을 찾아본 적이 한 번도 없었다. 선생님이 눈치를 줘도 다른 애들이 먼저 찾아냈다. 언젠가는 선생님이 몰래 보물 하나를 쥐여 주었는데 선물로 바꾸기 전에 잃어버리고 말았다. 복권에 당첨된 적도 없었다. 어디 그뿐이던가. 믿었던 친구에게 뒤통수를 맞은 건 셀 수도 없을 정도였다. 말실수로 오해를 산 적도 많았다. 기억하기 싫은 일 가운데 하나는 오락실에서 불량배에게 걸려 질질 끌려 다니다가 두들겨 맞은 일이었다. 또 하나 있다면 군 시절에 후임병이 계급장 떼고 맞짱 뜨자고 해서 그러마 했다가 호되게 얻어맞은 일이었다. 더 생각하다가는 지나온 세월을 다 부정해야 할 것 같았다. 마침내 엄마가 말했다. "여보 어렸을 때 산삼 발견한 적 있다고 했잖아." "으응…… 산삼은 아니고 장뇌삼." "어쨌든 그런 걸 아무나 찾나?" "맞아. 그때 벌써 해원이가 왔던 거야." 아빠는 기억을 되살렸다. 초등학교 3학년 때였을 거다. 시골에 갔다가 거기 아이들과 산으로 들로 쏘다니다 그런 적이 있었다. 장뇌삼은 주인에게 돌려줘야 했지만 엄마에게 그 말을 덧붙이지는 않았다. 엄마는 흐뭇해했다. 아빠는 엄마에게 말하고 싶었다. 아무리 기억을 더듬어도 엄마가 말한 것과 같은 순간들은 없었던 것 같다고. 대신 이런 것만은 확실했다. 엄마가 임신한 걸 알게 되었을 때 느낀 떨림. 엄마처럼 입덧을 하며 느낀 묘한 두려움. 네가 엄마 배 속에서 무럭무럭 자라는 동안 너를 느끼고 너를 생각하며 지낸 시간들. 너의 태동을 엄마 배 속이 아닌 아빠 배 속에서 시작된 것처럼 느낀 순간들. 너의 탯줄을 자르고 처음으로 너를 안았을 때 느낀 감격과 이처럼 산모방에서 엄마와 함께 너를 지켜볼 때 가슴 깊은 곳에서 저녁밥 짓는 연기처럼 피어나는 간지럼. 이 경험들은 부인할 수 없고 삭제할 수 없다고. 네가 오리라는 상징들은 알아보지 못했더라도 상징을 뚫고 실체로 다가온 너를 이제 한순간도 알아보지 못할 리가 없다고. 내 삶에서 처음으로 잊을 수 없는 일이 벌어졌어. 아빠는 이렇게 말하고 싶었다. 너는 아빠가 엄마에게 하지 못한 말을 듣고 있었다. 너의 입꼬리가 살짝 올라갔고 아빠는 그걸 알아보았다. "여보, 우리 해원이가 젖 달래."

네가 자라는 동안 아빠가 네 말을 제대로 알아들은 경우는 손으로 꼽아도 될 정도였다. 머리가 텅 비어서는 아니었다. 애정이 없어서도 아니었다. 오히려 그 반대라고 할 수 있었다. 아빠의 머릿속에는 너무 많은 생각들이 있었다. 실현할 수 없는 소망들이 있었다. 행동으로 보여 줄 수 없는 종류의 관심과 집착이었다. 네가 중학생이 되기 전까지 아빠는 너를 자주 울렸다. 오래 울지는 않았다. 아빠는 서툴기는 했지만 나쁜 사람은 아니었다. 우스꽝스러운 표정을 짓거나 동물 몸짓을 흉내 내서 너를 웃게 했다. 그게 통하지 않으면 간지럼을 태워서라도 웃게 했다. 너는 기분이 나쁜 채로 웃어야 했고 웃다 보면 기분이 괜찮아졌다. 간지럼 태우기는 참아 줄 만했다. 다른 친구들의 아빠처럼 밤늦게 술에 취해 돌아와 곤히 자는 걸 깨워 얼굴에 입술을 비비거나 훈계를 늘어놓지는 않았으니까. 중학생이 된 뒤 너를 괴롭힌 건 불확실한 미래였다. 너는 불안을 배워 가는 중이었다. 그것 말고 너를 울릴 수 있는 건 이 세상에 없었다. 고등학생이 된 뒤로는 불안과 더불어 살아가는 법을 어느 정도 알게 되었다. 아빠는 너를 있는 그대로 보아 주지 않았다. 네가 이미 문을 나가 다른 세상으로 한 걸음 내디뎠다는 사실을 알지 못했다. 달리 말하자면 너는 아빠의 기억 속에만 있었다. 네가 여섯 살 때의 일이라면 아빠는 누구보다 잘 기억했다. 아빠, 누가 하늘을 깨끗이 치워 놨어. 아빠가 흐뭇하게 웃었다. 응, 그건 바람이 한 거야. 바람이? 그래, 바람이 한 거야. 바람이 쏙 불어서 구름을 다 몰고 가 버렸거든. 너는 아빠의 말에 귀를 기울이고 고개를 끄덕이고 감탄했다. 너는 엄마와 아빠를 괴롭힌 적이 없었다. 떼를 쓴 적이 없지는 않았다. 마트나 문구점에서 갖고 싶은 게 있다며 고집을 부리기도 했다. 아이스크림 가게나 빵 가게에서도 그런 적이 있었다. 너는 엄마나 아빠가 서글픈 얼굴로 안 된다고 하면 금세 포기했다. 가끔 엄마와 아빠를 놀라게 했다. 네가 무얼 갖고 싶어 했는지를 정확히 기억해 내서는 그걸 다시 사달라고 말해서였다. 이런 일이 되풀이되면 엄마와 아빠도 두 손을 들었다. 네가 정말로 갖고 싶어 한다고 믿을 수밖에 없어서였다. 아빠는 네가 중학생이 된 뒤로 달라졌다고 믿었다.

너는 아빠에게 말했다. 아빠는 달라졌다고. 엄마도 아빠도 네가 알던 엄마와 아빠가 아니라고. 그러면 아빠는 네가 사춘기라서 그렇다며 웃었다. 아빠는 진지하게 묻기도 했다. "혹시 남자애 때문이야?"

너도 사귀고 싶은 아이가 있었다. 노래를 잘 불렀고 누가 무슨 부탁을 해도 얼굴을 찡그린 적이 없는 아이였다. 너는 그 아이에게 고백하고 싶었지만 그러지는 않았다. 거절당할까 봐 그런 것만은 아니었다. 고백하지 않아도 알아줄 것 같았고 알아주는데 굳이 고백할 필요는 없을 듯했다. 네가 고백하고 싶은 아이가 있었던 것처럼 너에게 고백하고 싶어 하는 아이도 있었다. 그중 한 명이 실제로 고백하기도 했다. 좋은 아이였지만 받아들일 수는 없었다. 뭐라고 말해야 할지 너는 고민이 되었다. 만약 다른 아이를 마음에 두고 있어서 받아들일 수 없다고 한다면 그 아이는 네가 마음에 둔 아이가 누구인지 몹시도 궁금할 테고 나중에라도 알게 되면 그 아이와 자신을 비교하면서 열패감을 느낄지도 몰랐다. 너는 상처를 주고 싶지 않았으나 대답을 미루어 그 아이를 괴롭히고 싶지도 않았다. 솔직하게 말할 수는 없어서 거짓말을 하고야 말았다. 아직 누군가를 사랑하거나 누군가에게 사랑을 받을 준비가 안 되었다고. 그 아이는 현명했다. 상처를 주지 않으려 애쓰는 너의 의도를 어느 정도는 짐작했고 너의 거절을 순순히 인정했다. 그 아이가 아빠보다 어른스러웠다. 너에게 아빠는 항상 어른이 되어야 한다는 강박관념에 시달리는 소년처럼 보였고 엄마는 자기야말로 이미 어른인데 누가 감히 나를 어린애 취급하냐며 잔뜩 화가 난 소녀처럼 보였다.

너는 생각했다. 언제부터 엄마 그리고 아빠와 말이 통하지 않게 되었는지. 말이 통하던 시절이 있기나 했는지. 너는 알고 있었다. 너의 의심이 정당하지 않다는 걸. 하지만 과거는 과거였고 현재는 현재였다. 과거는 지금의 너에게 아무런 영향도 끼치지 못했다. 아빠가 집을 나갔던 시절에 엄마가 술에 취해 돌아온 적이 있었다. 너는 네 방에서 꼼짝도 하지 않았다. 엄마가 그냥 잠들기를 바랐다. 엄마는 문을 벌컥 열고 네 방으로 들어왔다. 너는 돌아보지도 않았다. 엄마가 다가와 너를 껴안았다. 엄마가 너를 껴안았을 때 너는 엄마의 떨림을 느꼈다. 네 얼굴에 떠오른 표정은 엄마의 포옹에서 아무런 해도 입지 않았다는 득의양양이었다. 정당한 분노가 너를 의기양양하게 만들었다. 그러나 의기양양하기 위해 자신의 분노가 정당하다고 믿는 경우가 훨씬 더 많다는 걸 너도 알았다.

엄마와 아빠는 더 이상 젊은 부부가 아니었다. 네가 엄마와 아빠에게 온 지 18년이 되었고 그 세월만큼 나이를 먹었다. 네가 자란 만큼 늙었고 네가 엄마 아빠와 멀어진 만큼 서로에게 멀어졌다. 엄마와 아빠는 화목하지 않았다. 엄마와 아빠는 서로를 증오했고 그걸 잘 숨기지도 못하면서 잘 감추었다고 착각했다. 너는 불안과 긴장 속에서 살아야 했다. 그렇게 견디고 참아서 구원한 건 가족의 행복이 아니었다. 더 깊은 경제적 곤란과 더 가난하고 비참한 삶으로 추락하는 걸 잠시 막아 줬을 뿐이었다. 너는 견디고 참아서 얻어 낸 게 사랑이나 행복이 아니라 몇 푼의 돈이었다는 사실에 화가 났다. 어떤 일이 실패했을 때 아빠는 자신이 무얼 의도했는지를 엄마가 알아주기를 바랐다. 실패할 수 있음을 예상했지만 가족의 행복을 위해 어렵게 결심했다는 사실을. 엄마는 실패가 자신의 탓이 아님을 알아주기를 바랐다. 그 일을 두고 다투다 보면 그 일을 왜 시도했는지와 같은 고상한 동기 같은 건 다 사라져 버렸다. 네 탓이니 내 탓이니 하면서 책임을 떠넘기며 그악스럽게 싸웠다. 다 내 탓이라며 순순히 굴던 아빠도 엄마의 관심사가 자기 탓이 아님을 증명하는 데 있다는 걸 깨달으면 돌변하여 엄마를 공격하고 비난했다. 네 앞에서 네가 보고 있는데도 그랬다. 엄마와 아빠가 손을 잡고 함께 울던 날도 있었다. 네가 초등학교 6학년 때였다. 그날은 일요일이었다. 도립미술관 앞 주차장에는 조문을 하러 온 사람들의 줄이 끝없이 이어졌다. 너는 무더위에 지쳤고 집에 가고 싶었다. 엄마와 아빠를 올려다보았지만 너의 마음을 알아주는 것 같지는 않았다. 서너 시간을 기다려 마침내 대통령의 영정 앞에서 절을 했다. 돌아가는 길에 아빠는 너에게 말했다. "해원아, 아빠 눈 속에 나 있어, 라고 말해 줄래." 아빠의 두 눈에 실핏줄이 얽혀 있었다. "그 말을 들으면 괴로움이 다 사라질 것 같아." 아빠는 지친 너를 업고 집으로 돌아갔다. 한 손으로는 엄마의 손을 꼭 쥔 채. "아빠, 그 할아버지 왜 죽었어?" "부유하고 권력 있는 자들에게 고개를 숙이지 않았거든." "그래서 죽은 거야?" "응, 괘씸해서 죽인 거야. 가난하고 힘없는 사람에게만 고개를 숙여서." 너는 분향소에서 보았던 사진을 떠올렸다. 뜻은 모르지만 거기에서 보았던 글귀도 되새겼다. 민주주의 최후의 보루는 깨어 있는 시민의 조직된 힘입니다. 너는 얼른 집으로 돌아가 자고 싶었다.

너는…… 나를 본 적이 있었다. 이런 식으로 보았다. 학생들을 태운 버스는 느릿느릿 시내를 빠져나갔다. 퇴근 시간이 다가오는 터라 도로에는 차량이 늘어 갔다. 익숙한 거리가 뒤로 물러났고 시의 외곽으로 접어든 버스는 고속도로에 들어섰다. 너희를 태우고 제주도로 갈 배의 출항 예정 시간은 6시 30분이었다. 아직 시간은 넉넉했다. 한 아이가 말했다. "연예인인가 봐." 그러자 너나 할 것 없이 어디 어디 하며 창밖을 살폈다. 옆 차선의 전세 버스 앞뒤로 경찰 순찰차가 호위하고 있었다. "야구선수단 아냐?" "버스에 낙서도 없고 아무 표시도 없어." 너도 그 버스를 보았다. 차창에 커튼이 내려져 있는지 버스 내부는 보이지 않았다. "리틀야구단이라서 그래." 누군가의 말에 모두 웃음을 터뜨렸다. 너는 창에 서린 얼굴을 보았다. 수심이 가득한 얼굴이었다. 잠깐 시선이 마주쳤다. 그렇다고 믿었다. 다른 아이들도 그 얼굴을 발견했는지 손을 흔들었다. 그 사람이 창에 손바닥을 댔다. 이렇게 묻는 것 같았다. 학생이니. 살짝 달싹거린 입술 모양을 보면 해원이니, 하고 묻는 것 같기도 했다. 예, 맞아요. 제가 해원이에요. 너도 모르게 속으로 대답했다. 그 사람이 너를 알리가 없었고 너 역시 그 사람이 누구인지 몰랐지만 모르는 사람이기에 가능한 대화가 있었다. 엄마와 아빠 그리고 친구에게 말할 수 없는 것들조차 그 사람에게는 말할 수 있을 것 같았다. 어차피 스쳐 지나가는 사람일 테니. 나들목을 앞두고 순찰차의 호위를 받는 전세 버스가 속도를 늦추었다. 아이들의 호기심도 금세 사그라들었다. 그 버스가 진출 차로로 들어섰다. 너는 손을 내밀어 그 사람의 손을 잡아 주고 싶다는 생각이 들었다. 버스에서 꺼내 달라는 것 같았다. 아득한 심연으로 추락하기 전에 손을 잡아 달라 말하는 것만 같았다. ……살려 달라고 하는 것 같았다. 너는 고개를 끄덕였다. 그렇게 너는 나를 보았다. 너는 나를 알지 못하고 나도 너를 알지 못하지만 우리는 만난 적이 있었다. 너는 고개를 돌려 나를 보았다. 너는 내게 꿈은 눈으로 보는 게 아니라고 말해 주었다. 너는 내게 노래를 들려주었고 내가 어디를 보아야 하는지를 알려 주었다. 그리고 너는 이 모든 걸 기억하지 못했다. 네가 무슨 생각을 하고 네가 무엇을 느끼는지 알았던 엄마와 아빠가 더는 그럴 수 없게 된 것처럼.

산후조리원에서 보내는 마지막 밤이었다. 엄마는 신우신염을 스스로 이겨 내는 중이었다. 퇴근한 아빠는 평소처럼 엄마가 남긴 밥을 게걸스럽게 먹고 가방을 쌌다. 몇 주 머물지 않았는데 챙겨야 할 짐이 많았다. 엄마와 아빠는 너를 안고 얼러 댔다. 조무사가 너를 신생아실로 데려갔다. 핼쑥한 얼굴의 엄마가 침대에 누웠다. 아빠는 침대 아래 바닥에 누웠다. 엄마가 침대로 올라오라고 해도 고개를 저었다. "여보." 엄마의 목소리는 처연했다. 아빠는 벌떡 윗몸을 일으키고 침대 가장자리에 턱을 댔다. "응." "내가 왜 나이 많은 당신과 결혼했는지 알아?" 아빠는 조금 억울했다. 겨우 세 살 차이인데 서른 살쯤 차이가 난다는 말투여서였다. "여자가 남자보다 정신연령이 세 살쯤 높대. 남자가 여자보다 세 살쯤 많아야 수준이 맞는 거야." "그렇지만 여보, 그 말은 남자는 치기 어린 행동을 해도 괜찮다는 면죄부일 수도 있고 여자는 남자보다 성숙하고 어른스러워야 한다는 강요일 수도 있어. 남자는 참지 않아도 상관없고 여자는 참지 않으면 안 된다는 말이기도 하잖아." 엄마는 잠시 생각에 잠겼다가 말했다. "내가 왜 당신과 결혼했는지를 말해 줬는데 꼭 그런 식으로 나를 비난해야겠어?" 뜨끔한 아빠는 입을 다물었다. 마지막 밤이라고 해서 순조로울 것 같지는 않았다. 아빠는 말을 돌렸다. "미안해. 근데 안 더워? 에어컨은 좀 그러니까 선풍기라도 켜줄까." "난 괜찮으니까 당신 더우면 그렇게 해." "나도 괜찮아. 불 끌까?" 창을 통해 들어온 희미한 빛이 산모방을 얼룩덜룩하게 물들였다. 엄마가 다시 말을 건넸다. "우리가…… 잘 키울 수 있을까." 처음 듣는 말이 아니었음에도 그 말을 들은 아빠는 심란하기 짝이 없었다. 이 밤이 지나면 너를 데리고 집으로 돌아갈 거였다. 출생 직후의 위험한 시기는 지났지만 앞으로 어떤 위기가 닥쳐올지는 아무도 알 수 없었다. 엄마와 아빠도 처음으로 엄마와 아빠가 된 거였다. 너에게 이 세상이 낯설고 신비로운 것처럼 엄마와 아빠 역시 너와 함께 살아갈 시간이 낯설고 신비로웠다.

너는 신생아실에서 엄마와 아빠를 보았다. 불 꺼진 산모방에 조금씩 차오르는 두려움도 보았다. 너는 아빠가 무슨 생각을 하는지 알았다. 아빠는 부모의 몫이 있듯이 너의 몫이 있으니 결국 너를 믿어야만 한다는 말을 엄마에게 하고 싶어 했다. 아빠도 두려운 거였다. 너를 믿어야 한다는 말은 엄마에게 건네는 당부만이 아니라 아빠 스스로를 납득시키려는 것이기도 했다. 신생아실에서 보낸 마지막 밤에 너는 엄마와 아빠를 무겁게 짓누르는 근심과 걱정을 똑같이 느꼈다. 지금 맞닥뜨린 운명을 피할 수 없다는 깨달음이 불러일으킨 슬픔도 있었다. 이런 슬픔을 너는 고등학생이 되었을 때에도 느낀 적이 있었다. 그때의 너는 엄마와 아빠가 느끼는 슬픔의 정체를 어렴풋이 짐작했다. 엄마와 아빠는 너에게서 이런 걸 보는 것 같았다. 네가 물려받은 것들, 생김새든 성격이든 뭐든지 간에 부모에게 물려받았다고 여겨지는 것을 남김없이 지워 버린 뒤 다시 태어나고 싶은 것처럼 보인다는 데에서 슬픔을 느끼는 듯했다. 너는 너였기에 엄마와 아빠의 딸이라는 사실만으로 규정되고 싶지 않을 뿐이었다. 너는 엄마와 아빠를 부정하지 않았는데도 엄마와 아빠는 부정당한 사람처럼 굴었다.

버스는 인천항을 코앞에 두고 있었다. 그때까지도 너의 생각은 너에게로 되돌아오지 않았다. 옆자리의 아이가 창밖을 가리키며 말했다. "저기가 난쏘공에 나오는 은강인가 봐." 지난주 국어 시간에 그 소설을 두고 토론수업을 했던 터라 아이들이 호기심을 보였다. 너는 며칠 전에 보았던 엄마의 얼굴을 떠올렸다. 엄마의 얼굴은 울고 난 뒤의 얼굴이었다. 그런 얼굴은 아무리 감추려 해도 감출 수가 없었다. 얼굴 자체가 밀고자였으니까. 지난 주말에 너는 수학여행에 가기 싫다고 선언했고 엄마는 그 이유가 자신에게 있는 거라고 믿었다. 엄마의 부은 얼굴을 보는 순간 너는 포기했다. 그 소설이 떠올랐다. 너는 거기에서 위기에 처했을 때 발휘되는 태연자약함을 읽었다. 그건 가난한 자들의 무기였다. 삶을 긍정하려는 필사적인 시도이기도 했다. 소설의 배경과는 다른 시대인데도 같은 시대를 사는 것 같았다. 버스는 출항 예정 시간을 한 시간 남겨 두고 여객터미널에 도착했다. 아이들은 들뜬 얼굴로 사진을 찍었다. 너는 엄마에게 문자를 보냈다. 아직 퇴근 안 했지? 인천항에 도착했어. 대합실에서 승선을 기다리는 동안 너는 핸드폰을 들여다보았다. 사진도 몇 장 전송했다. 안개가 짙어 출항이 연기되었다. 수학여행을 갈 수 없을지도 모른다는 말이 나돌았다. 각 반 반장들이 불려 가 회의를 하고 돌아왔다. 일단 배에 올라 저녁을 먹고 출항이 가능할 때까지 기다리기로 했다. 너는 핸드폰을 확인했다. 엄마의 문자가 와 있었다. 퇴근은 했는데 집은 아니야. 못 갈수도 있대? 너는 답 문자를 보냈다. 갈 수 있을 것 같아. 나 없는 동안 엄마도 자유니까 마음껏 즐겨. 너무 취하지만 말고. 고마워, 우리 딸. 배는 예정보다 세 시간이나 늦은 9시 30분 즈음에야 출항했다. 엄마, 이제 출발이야. 내 걱정은 하지 마. 친구들과 재미있게 보낼게. 아이들은 한껏 기대를 품고 갑판으로 몰려나왔다. 가장 높은 옥상에서 불꽃놀이가 시작되었다. 여전히 안개가 짙은 탓에 해안가의 불빛은 졸린 사람의 눈처럼 깜박거렸다. 폭죽이 허공을 가르며 쉭쉭 소리를 냈다. 텅 빈 바다 위로 꽝음이 울리며 불꽃들이 우수수 흘러내렸다. 난간에 기댄 너는 그리 멀지 않은 곳에 서 있는 그 아이를 보았다. 너는 손을 흔들었고 그 아이도 손을 흔들었다. 아무 말 하지 않아도 많은 말을 나눈 듯한 그 아이. 그 아이의 눈빛 속에서도 불꽃들이 흐를 거였다. 너는 초점이 맞지 않아 눈동자를 확대한 듯한 불꽃놀이 사진 몇 장을 엄마에게 보냈다. 엄마는 아침에나 네 문자를 확인할 거였다. 엄마, 정신이 들면 화장대 오른쪽 서랍을 봐. 너는 아빠에게 보내는 문자를 썼다 지웠다를 되풀이했다. 인천항에서 출발했어. 잘 다녀올게. 아빠…… 불꽃놀이가 끝난 뒤 너는 숙소로 돌아갔다. 아이들은 밤을 새워 놀자며 너의 손을 잡아끌었다.

아빠가 대답이 없자 엄마는 벽 쪽으로 돌아누웠다. 엄마의 기척을 느낀 아빠는 한숨을 내쉬었다. "돈이 문제지 다른 건 문제가 아니야. 그건 내가 책임질게. 그러니 여보, 돈보다 중요한 걸 지키고 살면 잘 키우는 거야." 엄마도 한숨을 내쉬었다. "돈보다 중요한 게 어딨어. 자식이 부모를 죽이는 이유도, 부모가 자식을 죽이는 이유도, 사람이 사람을 죽이는 이유도 알고 보면 다 돈 때문이잖아." 아빠는 엄마가 틀렸다고 생각하지는 않았다. 앞으로 엄마가 늘 하게 될 말은 이런 거였다. "돌고 돌아서 돈인 거야. 우리라고 돈을 거머쥐지 말란 법은 없어. 부자들이 날 때부터 돈을 물고 태어난 건 아니야." 아빠가 대꾸하게 될 말은 이런 거였다. "돌고 돌아서 돈인 게 아니라 그걸 보는 사람은 누구나 머리가 돌아 버려서 돈인 거야. 부자들은 날 때부터 돌아 버린 사람들이야. 우리는 멀쩡한 사람이고." 멀쩡하다는 그 말. 아빠가 하지 않았다면 심사숙고해도 괜찮았을 말. 그러나 아빠가 했기 때문에 멀쩡한 사람이야말로 이상한 사람일 거라는 생각이 들 수밖에 없는 말이기도 했다. 너는 가슴이 두근거렸다. 설레고 기뻐서가 아니라 착잡해서였다. 네가 자라는 동안 수없이 듣게 될 말들은 지금 듣는 이 말과 다르지 않을 테니까.

너와 함께 너의 이야기가 태어났다. 그 이야기는 네가 수학여행을 앞두고 국어 숙제로 읽게 될 소설처럼 쓸쓸할 거였다. 너는 그 소설을 읽으면서 부모와 연결되어 있던 신비로운 끈이 언제 끊어졌는지를 헤아릴 거였다. 신생아실의 여느 아기들과 마찬가지로 너에게도 있었던 능력이 언제부터 사라졌는지를.

너는 불꽃놀이가 끝난 뒤 숙소로 돌아가면서 할머니의 장례식을 떠올릴 거였다. 그날 너는 엄마와 아빠를 등 뒤에서 바라보고 있었다. 너는 아무렇지도 않은 척했다. 정말 아무렇지도 않았다. 슬퍼하는 엄마와 아빠라니. 너에게는 낯설었다. 엄마에게도 엄마와 아빠가 있다는 걸, 아빠에게도 엄마와 아빠가 있다는 걸 처음으로 실감했다. 침몰하는 배에서 너는 엄마와 아빠가 했던 이 말을 떠올릴 거였다. "사람에게는 사람이 필요해. 다른 무엇도 아닌 사람이 필요해. 그래서 사랑이란 말의 어원은 사람일 수밖에 없는 거야. 사랑은 사람에서 나온 말이야." 책을 들었는데 어느 갈피에서 오래된 단풍잎 하나가 툭 떨어지듯 기억이 날 거였다. ……엄마, 아빠. 사랑이 사람에서 나온 말이라면 사람도 사랑에서 나온 말일 거야. 그러니까 사랑과 사람은 함께 태어난 말인 거야. 엄마, 아빠가 나한테 그렇게 가르쳐 준 거야. 너는 아무도 펼쳐 볼 수 없는 책이 되어 세월이라는 서가에 꽂혔다.

　너는 신생아실에 누운 채로 먼 훗날 네가 하게 될 말을 미리 들었다. 너는 잠들 수 있을 것 같았다. 눈을 뜨면 아침일 테고 그러면 너는 엄마 품에 안겨 집으로 가게 될 거였다. 너는 잠들기 전에 엄마와 아빠가 나누는 이야기를 들었다. 너의 귓가에 대고 소곤소곤하는 것 같았다. 자장가처럼 들렸다. "여보, 내가 말한 적 있나?" "뭘?" "내가 왜 당신과 결혼했는지." "내가 세 살 어려서?" "내 입으로 말하기는 부끄럽지만…… 당신을 처음 보는 순간 잠깐 정신을 잃었어. 이런 게 운명이구나 싶었어. 눈앞이 하얘지면서 아무것도 안 보였거든." "흰소리 작작 해." "아무것도 안 보이는데 당신만 보였어. 그때 결심했어. 당신이 아니라면 난 결혼 같은 거 안 하겠다고. 여보…… 사랑해." 조금 뒤 엄마가 말했다. "거기 딱딱하지 않아. 침대로 올라와." "괜찮아. 여보 불편할 텐데." "그럼 나 재워 줘." 아빠는 침대로 올라가서 엄마를 슬쩍 안았다. "우리가 잘 키울 수 있겠냐고 물었지? 여보, 우리가 해원이를 잘 키우려면 필요한 게 하나 있어." "뭐가 필요한데?" "뭐가 필요하냐면……." 너는 스르르 잠이 들었고 엄마와 아빠는 밤이 이슥하도록 도란도란 이야기를 나누었다. 다음 날 오전 퇴원 절차를 마치고 엄마와 아빠가 너를 데리러 신생아실로 왔다. 아빠는 가방을 끌고 엄마는 너를 품에 안았다. 엄마가 너에게 말했다. "우리 아가…… 너무 오래 집을 떠나 있었지? 이제 우리 함께 가는 거야. 집으로 가는 거야. 보렴, 바깥은 이렇게 눈부셔. 너는 봄에 태어났는데 벌써 여름이 왔네." 너는 웃었다.

엄마는 화장대 오른쪽 서랍에서 네가 말한 걸 찾아냈다. 작은 플라스틱 통이었다. 필름 카메라를 쓰던 시절에 필름을 보관하는 통 같았다. 그 안에서 작고 여린 무언가가 굴러다니는 소리가 났다. 엄마는 그 통을 귓가에 대고 흔들었다. 엄마는 눈을 감고 그 안에 들어 있는 게 무엇인지를 생각했다. 기억이 났다. 네가 왜 이 통을 거기에 넣어 두었는지 알 것 같았다. 네가 무얼 기억해 냈는지도 알 것 같았다. 엄마는 작은 통 속에서 구르는 잇조각이 내는 소리에 귀를 기울였다. 네 목소리가 들렸다. 어느 날이었던가. 너는 엄마를 불렀다. "엄마." 엄마는 뒤를 돌아보았다. 엄마는 너에게 다가갔다. 엄마는 입을 꾹 다문 채 네 앞에 무릎을 꿇었다. 엄마의 입가가 파르르 떨렸다. 너는 엄마와 눈을 마주쳤다. 아빠도 엄마 옆에 무릎을 꿇었다. 엄마가 고개를 돌려 아빠를 보았다. "여보 들었어?" 아빠가 고개를 끄덕였다. "해원이가 엄마라고 했어." "그래, 들었어. 나도 똑똑히 들었어." "정말 엄마라고 한 거지?" "그래." "맘마라고 한 거 아니지?" 너의 입가에 괄호처럼 부드러운 선이 떠올랐다. 그로부터 몇 달이 지나서야 너는 아빠를 아빠라고 불러 주었지만 엄마라고 처음 분명하게 말했던 그날 아빠도 이미 그 말을 들은 셈이었다. 너는 엄마와 아빠를 번갈아 보았다. "엄마." 엄마가 너를 품에 안았다. 너는 그 품에서 엄마 냄새를 들이켰다. 땀 냄새가 섞인 살냄새였다. 아빠는 창밖을 보았다. 봄이 오고 있었다. 너는 소리 내지 않고 엄마를 불러 보았다. 소리를 내어도 내지 않아도 그 말은 부드럽고 따듯했다.

작가의 말

전봉준과 박헌영이 처형당한 날짜는 정확하지 않다. 전봉준의 경우는 음력을 양력으로 바꾼 것인데 연구자들 사이에서 널리 용인되는 견해를 따랐다. 박헌영 역시 사실 확인이 어려운 터라 일반적인 견해를 따랐다. 노무현은 《노무현 전집》을, 세월호 참사는 생존자와 유가족의 기록을 바탕으로 삼았다. 거슬러 올라가면 친구와 함께 농민전쟁 유적지 답사를 나섰던 스무 살 무렵의 여름이 있었다. 소나기가 내리던 무더운 그해 여름이 지난 뒤, 어디에서나 그이를 볼 수 있었다. 들판에서 거리에서 버스에서 지하철에서 비를 긋던 처마 아래와 술잔을 기울이던 허름한 술집 구석과 가난하지만 환하게 웃던 사람들 속에서…… 당신을 만났다. 눈여겨본 나무 그늘 아래 당신이 있었다. 나는 비로소 꽃그늘이란 말의 의미를 알게 되었다. 무성하게 피어난 꽃이 아니라 그늘 속에서 반짝이는 "물 먹은 별"(정지용, 〈유리창〉)이었음을.

역사가 된 경우와는 달리 역사가 되고 있는 사람이나 사연을 다루었으니 조심스러울 수밖에 없었다. 간절함이 귀중했기에 나는 이런 생각에 의지했다. 우리가 어떤 일을 했는지를 기록하는 게 역사라면 우리가 어떤 꿈을 꾸었는지를 기억하는 건 소설이라고. 소설은 기억이다. 아름답고 비참했던 사람들이 어떤 세계를 꿈꾸었는지를 기억하는 가장 쓸쓸한 형식이다. 잠이 들면 그들은 내게 예언 같은 이야기를 들려주었고 잠에서 깨어나면 나는 무슨 꿈을 꾸었는지 기억하려 애썼다. 이 소설은 가까스로 기억해 낸 이야기다.

어느 갈피라도 좋으니 당신의 마음을 닮은 작은 단풍잎 하나 끼워 주시길. 마침내 당신의 마음 갈피 어디에든 깃들어 고이 바스락거리기를. 잠든 아이에게 슬며시 이불을 덮어 주고 토닥거리듯이, 부디 그렇게…… 살아남은 이들 누구의 마음도 다치게 하고 싶지 않았다는 변명을 덧붙인다. 우여곡절을 함께 견뎌 준 박진혜 차장님과 편집부에, 연재 지면을 마련해 주고 책으로 엮어 준 문학사상에 깊이 감사드린다.

2021년 7월 손홍규

예언자와 보낸 마지막 하루

1판 1쇄   2021년 8월 18일
1판 2쇄   2021년 9월 17일

지은이   손홍규

펴낸이   임지현
펴낸곳   (주)문학사상
주소   경기도 파주시 회동길 363-8, 201호 (10881)
등록   1973년 3월 21일 제1-137호

전화   031)946-8503
팩스   031)955-9912
홈페이지 www.munsa.co.kr
이메일   munsa@munsa.co.kr

ISBN 978-89-7012-524-4 (03810)